KB234308

1930년대 한국 모더니즘 작가 연구

1930년대 한국 모더니즘 작가 연구

※ **필자 소개**

  조정래 - 서경대 국문학과 교수.
        『소설이란 무엇인가』, 『한국근대사와 농민소설』
  심원섭 - 경기대 겸임교수.
        『한·일 문학의 관계론적 연구』, 『문학비평이란 무엇인가』
  정희모 - 연세대 강사.
        『1950년대 문학과 서사성』, 「1930년대 김남천의 장편소설론 연구」
  이경훈 - 서남대 국문학과 교수.
        『이광수의 친일문학 연구』, 「염상섭 문학에 나타난 법의 문제」
  오문석 - 서경대 강사.
        「1950년대 모더니즘 시론 연구」, 「1930년대 후반 시의 '새로움'에 관한 연구」
  유성호 - 서남대 국문학과 교수.
        『한국 현대시의 형상과 논리』, 「김현승 시의 분석적 연구」
  김명석 - 충북대 강사.
        「김승옥론 : 일상성의 경험과 탈출의 미학」,
        「1950년대 소설에 나타난 근대성의 경험」

문예학총서 28

1930년대 한국 모더니즘 작가 연구

초판 1쇄 발행일 1999년 2월 27일

지은이 조정래 외
펴낸이 이정옥
펴낸곳 **평민사**
주소 서울특별시 서대문구 남가좌2동 370-40 (우: 120-122)
전화 (02) 375-8571, 375-3815(영업) 375-8572(편집)
팩시밀리 (02) 375-8573
등록번호 제10-328호

값 9,000원

★ 잘못 만들어진 책은 바꾸어 드립니다.

문예학총서 28

1930년대 한국 모더니즘 작가 연구

조정래 · 심원섭 · 정희모 · 이경훈
오문석 · 유성호 · 김명석 지음

평민사

이 책은 1930년대, 한국 문학에 새로운 기풍을 조성하였던 모더니즘 작가들에 대한 연구 논문 모음집이다. 이미 모더니즘 문학이나 모더니즘 작가들에 대한 연구가 적지 않게 발표되었다. 특히 1990년대 이후 문학 연구자들은 당대에 대한 해석의 한 방편으로 1930년대 모더니즘 문학에 대한 관심을 증폭시켰다. 다른 한 편으로 새로운 세기를 앞둔 시점에서 앞 세대를 정리하려는 욕구 때문에, 근대성의 문제를 새롭게 해부하려는 전 학계의 흐름에 따라 우리 나라 문학 연구자들도 근대성의 문학적 의미를 찾는다는 측면에서 최근에 이르기까지 모더니즘 문학과 모더니즘 작가 연구에 힘을 쏟고 있다.

최근에 모더니즘 문학 연구의 성과가 적지 않음에도 불구하고 저자들이 모더니즘 작가를 연구하여 책으로 묶는 것은, 그 많은 성과에도 불구하고 모더니즘 작가들의 정신과 작품들의 특성을 한데 묶어서 문학사적 의미 탐색을 추구한 책이 보이지 않았기 때문이다. 필자는 작가 연구야말로 문학사 연구여야 한다고 생각한다. 문학 연구에서 작가라는 요소가 지니는 가치가 적다는 뜻이 아니라, 문학사 속에서만이 개인의 참된 위치를 파악할 수 있다는 뜻이다. 그러나 보통 작가론 강의나 작가론 연구 논문들이 너무나 당연한 듯한 이 점을 소홀하게 여긴다.

현재 우리 나라 국문학과의 교과과정에서, 현대문학에 속하는 과목들은 크게 세 부류로 나누어 볼 수 있다. 하나는 문학개론, 시론, 소설론 등 원론에 해당하는 과목이고, 또 하나는 작품 및 작가론에 해당하는 과목들이고, 세 번째는 문학사에 관련된 과목들이다. 그러나 이 세 부류는 서로 의존하고 보완하는 관계에 있다. 원론도 변하며 문학사도 원론을 기초로 하여 구성된다. 마찬가지로 작가론 역시 문학사를 구성하면서 동시에 문학사에 의해 스스로 의미를 갖출 수 있다.

그런 점에서 저자들은 이 책에서 모더니즘 작가들만 추려서 그들의 정신적 지각과 정서적 무늬를 담아 내는 언어, 기법, 사상 등을 종합하여 고찰하되, 특히 그들이 한 시대적 흐름을 형성하는 내재적 힘과 문학 사적 의미를 드러내려 하였다. 이런 노력들을 통하여 작가론 강의가 구체적 생기를 얻을 수 있을 것이다. 마찬가지로 문학사의 새로운 해석에도 이바지할 수 있을 것으로 기대한다. 즉, 이 책을 읽으면 최소한 1930년대 모더니즘 문학 운동의 실체를 한눈에 파악하면서 동시에 개별 작가의 특성을 세세하게 알 수 있도록 하려는 것이 저자들의 목표이다.

이 연구를 위하여 저자들은 2년 동안 틈틈이 모여서 토론하고 학습하였다. 그 동안 저자들이 거두어들인 알곡들이 적지 않은데, 좌장 격인 필자가 게으르고 무능하여 그 수확들을 제대로 탈곡하지 못 하였다가 이제야 작가론에 해당하는 논문들만 모아서 책으로 내놓는다. 앞에서 밝힌 대로 합치된 뜻으로 연구하고 토론하여 책을 엮지만, 일곱 명의 저자들이 쓴 글을 엮다 보니 일관성을 잃어버린 요소들이 많을 것이다. 혹은 우리 전체의 시각에도 이의들이 있을 것이다. 여러분의 질책과 비판을 달게 받으려 한다.

어려운 시기에도 불구하고 출판을 맡아 주신 평민사 이정옥 사장님과 직원 여러분에게 감사드린다.

1999년 봄을 기다리며
저자 대표 조정래

1930년대 한국 모더니즘 작가 연구

◑ 차례 ◑

■김광균 론

이미지즘 시학의 방법적 수용과 그 굴절

유 성 호

1. 1930년대 시문학과 모더니즘

우리 근대문학사에서 '1930년대'라는 시기가 갖는 중요성에 대해서는 거의 대부분의 연구자가 공감하고 있는 것 같다. 10년 단위의 세대론적 분법(分法)이 필연적으로 지닐 수밖에 없는 비과학성 및 비효율성을 십분 감안하더라도 이 시기는 그 전후의 기간과 확연히 변별되는 문학사적 특수성을 강하게 구현한 우리 근대문학의 성숙기라고 할 수 있다. 다종다양한 양상으로 출몰한 문학사조 및 창작 방법들, 그리고 전대의 수준에 비해 볼 때 실질적으로 엄청나게 증가한 매체, 작가군 등의 현상적 변화만 보더라도 이 시기의 역동성은 다른 시기보다 훨씬 독자적 영역을 확보하고 있는 셈이다.

그러한 문학사적 현상 판단을 시문학에 한정하여 적용해 볼 때도 이 시기의 의의는 전혀 감소되지 않는다. 왜냐하면 이 시기에 이르러 우리 시문학은 시 장르 본연의 몫을 인식하고 역사와 시, 그리고 민족적 삶과 시의 형상적 결합을 비로소 성취하게 되기 때문이다. 따라서 이 시기는 우리 현대시의 본격적인 난숙기라고 할 만하다.1) 1930년대는 현상적으로 보아 우리 시단에서 지극히 다양한 시인들과 시적 경향이 혼재되어 나타났던 이른바 백가쟁명(百家爭鳴)의 시대였다. 일본 제국주의의 대륙 침략과 식민지 수탈 정책이 본격화되면서 우리 시문학은 시대적 응전의 양상으로 여러 가지 변화 양상을 겪게 되는데, 그것은 진보적 민족문학과 민족어에 대한 전면적 탄압으로 인한 프로 문학의 현상적 퇴조와 그로 인한 시인들의 내성화, 그리고 순수문학의 은성(隱盛)과 외래 사조에 바탕한 시적 움직임의 대두 등으로 나타난다. 이 시기에 하나의 뚜렷한 문학적 운동으로 각인되고 있는 모더니즘 시운동도 이러한 객관적 정세의 악화와 시 인식의 변이 그리고 시적 주체들의 미적 인식의 획기적인 변화 등의 맥락에서 도출된 것이라고 할 수 있다.

　주지하듯이 모더니즘 문학운동은 세계사적으로 볼 때 근대 자본주의 사회의 성립에 따른 미학적 반응의 소산이었다. 그것은 기본적으로 '도시'라는 익명의 생활 공간으로 상징되는 근대화의 체험을 반영하는 사유 및 표현 체계의 한 양식이다. 따라서 농촌공동체를 바탕으로 한 민족적 결속감을 노래했던 전통적 서정시의 개념은 모더니즘이라는 서구 충격의 획기적 여과를 거쳐 새로운 외연과 내포를 이루게 된다. 이와 같은 서정시 개념의 확장은 우리 현대시의 발전에 기름진 자양을 부여했을 뿐더러 시가 비로소 미적 실체임을 자각하게 해주었다. 그러한 변화는 시의 내용 및 형식에 커다란 변화를 가져오게 되는데 그 양상의 구체적 현현이 1930년대 모더니즘 시인 것이다.

　사실 이러한 문학적 움직임은 서구에서는 아방가르드나 입체파 운동 또는 다다이즘, 초현실주의 등의 전위적 운동으로 나타나게 된다. 하나의 미학적 공통성으로 포괄할 수 없을 정도로 다양한 진폭의 움직임을 보인 것이 모더니즘 운동이었던 셈이다. 그러나 1930년대의 우리 시사에 나타난 역사적 모더니즘의 실질적 내포는 이른바 이미지즘(Imagism)이나 주지주의(主知主義) 등으로 한정될 수밖에 없다. 왜냐하

---

1) 1930년대의 시문학사적 의의에 대해서는 한계전, 「1930년대 시문학의 일반적 경향」, 『1930년대 민족문학의 인식』(이선영 편, 한길사, 1990)을 참조할 것.

면 시인들이 의식적 자각을 가지고 창작 및 비평에 임했던 준거는 창작 방법적 의미의 모더니즘이었지 세계관의 전체적 변혁 및 전위 미학의 형태로 그것을 받아들였던 것은 아니기 때문이다. 더구나 실질적으로 우리 시사의 맥락에는 다다나 미래파, 입체파 또는 쉬르 등의 전위적 실험이 문학사의 한 뿌리로 형성된 예는 찾아보기 힘들기 때문이기도 하다.2)

기본적으로 모더니즘 문학이 갖는 일반적 특성은 자기 인식의 강화, 그리고 내면적 총체성, 기법에 대한 의존 등이다. 이러한 형식적 특성은 자본주의 현실이 가져다 주는 현실의 사물화와 파편화, 그리고 그로 인한 주체의 소외 등 근대성의 체험에서 기인된 것이다.3) 그러나 서구 모더니즘을 배태시킨 유럽 도시들과는 달리 식민 세력에 의한 일방적이고 타율적인 도시화의 양상을 겪은 1930년대 경성이라는 공간에서의 근대성 체험이란 기실 세계관의 변이를 겪을 만큼 그리 통전적이거나 전단적이지 않다. 근대화가 가져온 현란한 외피만을 감각적으로 경험하기 일쑤였고, 모더니즘이 고유하게 갖는 미적 근대성이라든가 미학적 비판의 기능이 자생적으로 육화되기에는 미적 주체들의 인식이 빠른 사회 변화를 따라가지 못했기 때문이다. 따라서 1930년대 모더니즘 시는 영미 모더니즘 이론의 도입과 더불어 경성에서 작가들이 겪는 체험 내용에 합당한 형식상의 새로운 감각을 결합하려는 시도 정도로 나타날 수밖에 없었다.4)

이러한 인식의 한계에도 불구하고 1930년대 모더니즘 시운동은 전대의 낭만주의시가 구현했던 자연 발생적 시관에 대한 반명제로 출발하게 된다. 엄청나게 가속도가 붙은 채로 변화하는 경성의 외양으로 상징되는

---

2) 김용직, 「30년대 모더니즘의 전개」, 『문예사조』, 김용직 외 편, 문학과지성사, 1977. 458쪽.

3) 나병철, 「모더니즘과 미적 근대성」, 『근대성과 근대문학』, 문예출판사, 1995. 138쪽.

4) 최혜실, 「모더니즘의 의기와 한계」, 『한국 현대시사의 쟁점』, 시와시학사, 199□. 310쪽.

현대 문명의 여러 조건에 대해 미적, 방법적으로 응전해 보려는 예술정신의 갈등 속에서 모더니즘은 방법적으로 수용된다. 현실의 비극적 양상을 자각하고 방법적 긴장을 시적 언어에 부여하여 감정 일변도의 서정시 개념의 의미를 확장시키려 했던 미적 인식의 변화에 대한 집착이 이 운동을 한결같이 견인했다고 볼 수 있다. 그러므로 1930년대 모더니즘 시에 이르러 우리는 현대의 복잡한 내면의식은 물론 감정의 무절제한 방출을 통어하는 언어적 절제력을 새롭게 인식하였다는 사실5)은 여전히 강조되어야 할 덕목인 것이다.

이 글에서 다루려고 하는 시인 김광균(金光均, 1914-1993)은 우리가 한국 근대시의 정신사 및 창작 방법을 논구하려 할 때 꽤 의미 있게 거론될 수 있는 독자적 영역을 구축한 시인으로 평가받고 있다. 왜냐하면 그는 1920년대 우리 근대시의 역사가 지녀온 병폐, 곧 경향시의 편내용주의와 낭만주의시의 감상적 퇴폐성을 방법적으로 극복한 1930년대 모더니즘 운동의 실천적 시인이었으며, 그 성과는 김기림(金起林), 정지용(鄭芝溶) 등과 더불어 고평받고 있는 것이 저간의 문학사 서술이 보여준 대체적인 모습이기 때문이다. 더불어 그는 장만영(張萬榮)이나 장서언(張瑞彦), 박재륜(朴載崙) 등으로 이어지는 한국적 이미지즘의 시 경향에 선구적인 길목을 트며 영향을 끼쳤다는 점에서도 사적으로 주목을 받고 있는 형편이다.

김광균 시에 대한 연구는 당대로부터 현재까지 질과 양, 양 측면에서 실로 많은 성과를 거두어 왔다. 길지 않은 근대시 연구사에도 불구하고 집중적으로 조명을 받은 얼마 안 되는 시인 중의 하나가 그인 셈이다.6) 그런데 그 대부분의 논의는 그의 시가 갖는 모더니즘 시로서의 공과(功過)를 해명하는 데 주로 바쳐졌다. 물론 최근 그의 시에 대한 주제론적

---

5) 최동호, 「형성기의 현대시」, 『현대시의 정신사』, 열음사, 1985. 29쪽.
6) 그에 관한 논의를 중간 결산한 논문집으로 『30년대의 모더니즘』(구상·정한모 편, 범양사출판부, 1987)이 있다. 이 책에는 그에 관한 다양한 안목의 글들이 실려 있다.

연구나 시 전체의 발전 단계를 통시적으로 짚어 가는 연구도 행해지기
는 했지만 그럼에도 불구하고 김광균이 갖는 문학사적 위치는 모더니즘
시를 잘 형상화해 낸 '창작 방법적' 시인으로 널리 알려져 있는 실정인
것이다.

이와 같은 연구사적 토대 위에서 우리는 김광균의 시에 나타나는 세
계 인식과 형상화 방법이 결합하는 방식을 모더니즘이라는 역사적 운동
의 테두리 내에서 검증해 보려 한다. "그의 눈에 비친 모든 현대적 사물
들은 그의 슬픈 마음에 부딪쳐, 그의 주저와 회한을 묘사하는 도구가 되
고 있을 뿐, 그의 감정상의 갈등이나 세계 인식의 고뇌의 대상이 되고
있지는 않다. (…) 현대 문명의 속도를 잃어버린 현대적인 사물들만을
비유의 대상으로 끌어들임으로써 그는 시에 활력을 주지 못한 채 새로
운 회화적 시의 가능성만을 보여 주고, 시작을 청산한다."7)는 극단적인
부정적 평가와 "그는 30년대의 우수한 모더니스트의 한 사람으로, 서정
적 에스프리의 낭만적 시인으로서, 또한 인간적 고통과 진실을 깊이 간
직한 휴머니즘 시인의 한 사람으로서 이 땅 시사에 오리도록 기억될"8)
것이라는 상찬 사이의 논리적 접촉점을 찾아 당대의 우리 현실 속에서
의 김광균 시학의 의의를 구명해 보려는 것이다.

원래 시인론은 한 시인의 작품 세계가 갖는 전모를 보이고 그의 주조
가 될 만한 요소들—주제, 세계관, 기법 등—을 핵심적으로 추출하여 가
치 평가를 한 후 당대의 여타 시인들과의 관계 속에서 시사를 기술
하는 단위자의 역할로서 의의가 있는 것이다. 그런 만큼 이 글도 김광균
시의 전 변모 과정이 의미하는 역학을 면밀히 추적해 보아야 하겠지만
그러한 통시적 연구보다는 주로 1930년대에 발표된 작품을 중심으로 그
의 세계 인식이 어떠한 창작 방법과 긴밀히 연관을 맺으며 시화되는가
를 따져 보고, 그 세계가 여타 세계와 변별적으로 영유하고 있는 성격을

---

7) 김윤식·김현, 『한국문학사』, 민음사, 1973. 214-215쪽.
8) 김재홍, 「방법적 모더니즘과 서정적 진실」, 『한국현대시인연구』, 일지사, 1986.
  260쪽.

모더니즘이라는 당대의 자장과의 관계 속에서 살펴보고자 한다.

2. 시의식의 기저(基底), 타자의 부재와 상실의식

우선 우리가 김광균의 시를 일별했을 때 가장 강렬하게 느낄 수 있는 그의 정신적 기저는 뿌리내릴 곳을 박탈당한 '근원적인 상실감'이라고 어렵지 않게 규정할 수 있다. 시인에게 있어 무엇을 잃어버린 듯한 한없는 부동감(浮動感)은 비단 김광균에게만 전유되는 것은 아니다. 어쩌면 식민지 시대를 살아갔던 당대의 시인들이 일반적으로 공유하고 있던 정신적 기조였다는 표현이 더 적실할 것이다. 특히 1930년대에는 주체의 응전 자체를 불가능하게 했던 객관적 정세 악화와 프로 문학의 위축, 그리고 시적 주체들의 내면화 등으로 이러한 상실감은 당시 시창작에 있어 근본적 토대 구실을 하였다. 따라서 이와 같은 상실의식은 자신의 물리적, 정신적 고향을 잃어버렸다고 믿는 당대의 시적 주체들에게 일반적으로 관류하던 정신적 현상이었다. 김종철은 "30년대 한국시의 두드러진 문학적 징후의 하나는 대부분의 시인들이 극심한 고향 상실감에 젖어 있다는 것"9)이라고 적절한 지적을 하고 있는데, 이것은 1930년대의 한국사를 규정했던 군국주의와 파시즘 체제에서 비롯된 시적 주체들의 시적 인식의 출발점으로 설정되었던 것이라고 보아야 할 것이다.

> 차단—한 등불이 하나 비인 하늘에 걸려 있다
> 내 호올로 어델 가라는 슬픈 信號냐
>
> 긴—여름해 황망히 나래를 접고
> 늘어선 高層 창백한 墓石같이 황혼에 젖어
> 찬란한 夜景 무성한 雜草인양 헝클어진 채
> 思念 벙어리되어 입을 다물다

---

9) 김종철, 「30년대의 시인들」, 『시와 역사적 상상력』, 문학과지성사, 1978. 11쪽.

> 皮膚의 바깥에 스미는 어둠
> 낯설은 거리의 아우성 소리
> 까닭도 없이 눈물겹그나
>
> 空虛한 群衆의 헝렬에 섞이어
> 내 어디서 그리 무거운 悲哀를 지고 왔기에
> 길—게 늘인 그림자 이다지 어두워
>
> 내 어디로 어떻게 가라는 슬픈 信號기
> 차단—한 등불이 하나 비인 하늘에 걸려 있다.

— 「瓦斯燈」 전문10)

이 작품의 시적 주체에게 보이는 1930년대의 경성은 찬란을 극한 문명의 도시임에 틀림없다. 그것은 낯설고, 자기 동일성을 가차없이 파괴하는 이질적 공간이다. 시적 주체에게 그 어지러운 변화는 충격적 경험으로 각인된다. 일찍이 이상(李箱)이나 구보(仇甫)에 의해서 식민지 시대 경성의 외양은 그 박람적 충격이 소설적으로 형상화된 바 있는데, 그 도회 문명은 근본적으로 강한 타율성에 의해 이식된 자본주의 사회였다. 이러한 도시화는 그 외양 변모의 현란한 숨가쁨이라는 측면과 또 다른 식민지적 모순의 착근(着根)이라는 측면의 이중적 속성을 띠면서 1930년대의 주체들에게 다가왔다. 그 이중적 속성에서 자연스럽게 유로되는 시적 주체의 정서는 화려함 속에 어김없이 찾아오는 공허감, 뿌리 없음, 현실 부적응성이었다. 그런데 그 양면적 성격 중 전자 곧 강한 정신적 부동성(浮動性)만을 감지하고 후자 곧 도시화의 역사적 맥락이 갖는 의미를 시적 인식에 담아 내기에는 당대의 미적 주체들의 역사의식은 참으로 허약했다고 할 수 있다. 1930년대 모더니즘 시는 그러한 한계 어

---

10) 『조선일보』, 1938. 6. 3.

린 인식이 담겨 있는 시대적 초상이라고 할 수 있다.

앞에 제시된 작품은 특히 감각적 이미지에 많이 의존하고 있다. 찬란한 밤 풍경에 둘러싸인 도회 가운데 뿌리를 잃고 부유(浮游)하는 현대인의 까닭 모를 슬픔이 감각적으로 드러나 있는 작품이다. 대개 '등불'이라는 시적 제재는 어둠 속에서 방향을 잃은 이들에게 길을 인도하는 긍정적 역할의 상징으로 많이 쓰이는데, 여기서의 등불은 색다른 함의를 지닌 '차단—한' 등불이다. 더구나 도시의 희뿌연 거리를 연상시키는 '가스등'이다. 이것은 이미 긍정적 의미의 등불로서의 기능을 상실한 '슬픈 信號'에 지나지 않는다. '차단—한 등불/ 비인 하늘/ 슬픈 信號' 등의 이미지 조형을 통해 우리는 차가운 가스등만이 빛나는 황량하고 쓸쓸한 1930년대 경성의 현상적 외피를 연상할 수 있다. 여기서 '차단—한'이란 조사(措辭)는 '차가운'이라는 촉각적 심상과 '차단된'이라는 폐쇄성을 동시에 암시하는 기능을 하는 교묘한 중의어인데 자신의 슬픈 실존을 역설적으로 명징하게 하는 데 기여하고 있다. 그러면서도 그것은 단순히 이미지만으로 나타나는 것이 아니라 '비인' '슬픈'과 같은 정서적 관념과 결합되어 나타난다. "내 호올로 어델 가라는 슬픈 信號냐"라는 구절은 식민지 도시의 암담하고 비애 어린 상황 속에서 방향 감각을 잃고 방황하는 도시인, 1930년대 식민지 현실 속의 지식인의 정직한 절규로 읽을 수 있다.

여기에 한 가지 더 주목을 요하는 부분이 1연 2행의 "내 호올로 어델 가라는"과 5연 1행의 "내 어디로 어떻게 가라는"이라는 두 수식어의 중첩 사용이다. 이 시행이 반복되고 있는 것은 이 작품의 서정적 기조를 잘 드러내 주고 있는데, 그것은 시적 주체의 정신적 지향이 아무런 방향 감각이 없는 채로 부동하고 있음을 정서적으로 진술한 것이며, 따라서 시적 주체가 이런 가치 상실의 공간인 도회를 커다란 무덤으로 인식하는 것도 무리가 아니다. '高層/墓石', '夜景/雜草'의 대비 속에 도회가 갖고 있는 메마르고 황량한, 생명성 없는 이미지를 시화하고 있는 것이다.

또 이 작품은 이 같은 무(無) 방향성이 타율적인 근대화의 중압감으로부터 기인함을 보여 준다. 늘어선 고층의 밤 풍경이 묘석 주위의 잡초 같다는 인식에는 현대 문명이 갖는 찬란한 외양보다 그 안에 내재해 있는 죽음의 이미지 곧 종말론적 의미를 추출해 내고 감각하는 시적 주체의 인식이 비판적으로 암유되어 있다고 할 것이다. 그리고 '思念 벙어리'라는 표현은 그 도시로부터 끼쳐지는 중압감에서 오는 자기 상실, 자기 결핍감의 표현이다. 이 관념적 표현은 사실상 이 작품의 주제에 해당한다. 김광균은 1939년 오장환의 시집 서평에서 "무형한 하늘을 향하여 내어 젓는 조그만 생활 모색에의 촉수, 부단히 변색하는 자기 위치와 가치관에의 회의와 자소, 상실한 이데아에의 향수"11) 등 자신의 시관을 밝히고 있는데, 이 작품이야말로 자신 스스로 밝힌 식민지 시대 도시 지식인의 자기 상실과 이데아에의 향수를 드러낸 작품이라고 할 수 있다. 따라서 이 작품의 제목인 '와사등'은 희망의 이미지라기보다는 어둠 속에서 희미하게 소멸되어 가는 향수 또는 따뜻한 것에 대한 그리움의 이미지라고 볼 수 있다.

또 이 작품의 서정적 주체는 외계(外界)와의 소통이 일방적으로 단절된 상태를 감각적으로 경험한다. 그것이 '벙어리'라는 표현이다. 그러한 자아 결핍이 외부 현실의 제약에서 비롯된 것인지 시적 주체 스스로 초래한 것인지는 시 내적 논리로 밝혀져 있지 않다. 그러나 그것이 실존적인 비애의식이 아니라 역사적인 맥락의 슬픔인 것만은 틀림없다. 왜냐하면 이 작품의 배경인 도회는 단순한 '배경'에 머물지 않고 시적 주체의 주관과 교섭하는 '환경'의 의미를 띠고 있기 때문이다. 다시 말하여 시적 주체의 감상을 도회라는 공간으로 풀어 간 것이 아니라 도회야말로 시적 주체의 비애감의 발생론적 원천이 되고 있기 때문이다.

뒤이어 이 작품은 공감각적 심상의 제시, 공허한 군중 속의 고독이 빚어 내는 공허감과 비애, 어둠이 환기하는 불안의식 등을 표현하고 있다. 마지막 연은 첫 연의 행 배열을 도치시킨 형태로 끝나고 있는데, 이는

---

11) 김광균, 「헌사—오장환 시집」, 『문장』, 1939. 9.

등불의 소멸적 이미지를 보다 더 선명히 하는 효과를 보인다. 결론적으로 이 시는 신뢰할 바 없는 어두운 현실 속에서 군중 속에 묻혀서 어디론가 떠나야 하는 식민지 지식인의 고독감과 불안의식을 와사등의 이미지로 표현한 작품이다.

이러한 시 문맥 해석을 토대로 우리는 이런 생각을 해 보게 된다. 「와사등」에서 시사되었던 김광균의 시적 정조가 이미지의 선명한 제시에 의한 내면 풍경의 주지적 제시, 또는 하나의 이미지 창조에 의한 투명한 시적 조형을 근간으로 하는 서구적 이미지즘의 본령을 구현해 낸 시인으로 평가되기에 적절한 질료가 될 수 있는가이다. 대답은 일단 부정적이다. 그만큼 그에게 이미지는 시상을 조형하는 내적 문맥의 필요에 따라 시적 주체의 정서를 얹는 장치로 이용된 측면이 더 강하지 그 자체의 조형이 목표는 아니다. 그렇다면 우리의 천착은 김광균이 이미지즘의 본령을 제대로 드러내지 못한 또 하나의 낭만주의적 감상주의자인지 아니면 새로운 시대인식에서 유로되는 자신의 정조를 새로운 방법으로 형상화한 시인인지 하는 가치평가의 기로에 선다.

물론 1930년대 모더니즘은 도시야말로 자본주의 모순의 온상이라고 인식하고 그것을 자본주의의 고유한 본질적 경향이 고도화된 공간으로 바라보면서 그 안에 명백하게 노출되어 있는 자본주의의 발전 단계, 또 그 속에 은폐된 본질적 관계의 측면에서 도시 내부의 현상을 취급12)하지 못하고 다만 자기 시대를 급격한 변화의 시대로 인식하고 그에 대한 부적응성을 드러내는 한계를 공유한다. 그러나 역사의식의 부재 및 하염없는 비애감의 분출은 1920년대의 감상주의 시들이 갖는 자연 발생성과 환경과의 무매개성과는 성격을 달리한다. 왜냐하면 1920년대의 감상주의 시들이 까닭 모를 비탄에 젖어 그것을 자연 발생적으로 유로했던 성격이 강한 데 비해 김광균의 슬픔의 시학은 자신을 둘러싸고 있는 환경과의 상호 교섭에 의한 매개성을 충족시키고 있기 때문이다. 김광균의

---

12) P. Saunders, 김찬호 외 역, 『도시와 사회이론』, 풀빛, 1991. 참조.

시에 나타나는 끔찍할 정도의 소통 결핍, 타자 부재, 상실의식은 역사적 토대와의 연관관계를 기조로 한 측면이 더 강한 것이다.

김광균이 '죽음'에 대한 의식을 시적 제재로 많이 원용했다는 연구는 이재오[13]에 의해 행해졌거니와 "그는 어려서 아버지와 자매를 잃었고 그럼으로써 애정상의 결손을 받은 정신적 孤兒였다"고 한 조동민[14]의 말로 미루어 그것은 유년기의 개인사적 체험과 관련된 듯이 보인다. 김광균에게 일종의 정신적 외상(外傷)을 남긴 어릴 적 주위 사람들의 죽음은 그의 정서에 나타나는 짙은 상실의식의 원형질로 자리하고 있다. 따라서 모더니즘이라는 공적 명분과 죽음이라는 사적 실존 근거 사이에서 취한 서로 엇갈리는 듯한 방법적 선택이 김광균 시를 푸는 열쇠가 될 수 있다.[15]

그러나 그의 시에 나타나는 어린 시절이 그러한 상실과 고통만으로 그려지지는 않는다. 훼손되기 이전의 어린 시절의 추억은 상실의식을 보상해 주는 자기 동일성의 회복 공간으로 채색되기도 한다. 이러한 측면은 백석(白石)으로 대표되어 긍정적, 부정적 양 평가를 받아 왔지만, 특히 김광균에게는 자기 동일성을 시적 리얼리티를 통해 적극적으로 추구한다기보다는 절대 행복에 잠시 잠기며 고통을 무화시키는 '위안'으로서의 성격만이 부각된다.

행복한 유년 시절에의 회상은 시인의 세계 인식 속에 '고통스런 현재/ 행복했던 과거' 내지는 '가치 상실의 비애/ 가치의 근원으로서의 옛날'이라는 이분법적 도식을 가져왔고, 따라서 시인은 과거 지향의 목소리를 내뱉는다. 그러나 이러한 혹독한 상실감과 유년에 대한 회귀의식은 분명 같은 의식의 뿌리에서 유로된 소극적 현실인식의 두 가지 양태인 것이 분명하다. 왜냐하면 고향에 대한 아련한 추억, 그리고 그에 대한 조형적

---

13) 이재오, 「김광균 시의 주저 체계에 관한 연구」, 서울대 석사학위논문, 1982.
14) 조동민, 「김광균론」, 『30년대의 모더니즘』, 구상·정한모 편, 범양사출판부, 1987. 116쪽.
15) 박태일, 「김광균 시에 대한 새로운 읽기」, 『와사등』, 미래사, 1991. 144쪽.

투영은 자신의 상실의식에 대한 치유나 방법적 모색이라기보다는 현실 세계에 존재하지 않는 세계로의 몰입이요, 따라서 양태를 달리한 또 하나의 상실이기 때문이다. 그런데 한 가지 첨언할 것은 김광균의 시에도 현실적인 고향을 보여 주는 현실인식의 시들이 몇 편 보인다는 것이다. 그러나 그러한 사실적인 제시에도 불구하고 짙은 감상성에 가려 적극적인 세계 인식으로의 시화에는 나아가지 못한다. 다음 시는 김광균 시가 성취한 현실인식의 최대치요, 몇 편 안 되는 비극미(감상성과는 구별되는)를 보여 주는 작품이다.

저물어 오는 陸橋 우에
한 줄기 황망한 기적을 뿌리고
초록색 람프를 달은 貨物車가 지나간다

어두운 밀물 우에 갈매기떼 우짖는
바다 가까이
停車場도 주막집도 헐어진 나무다리도
온—겨울 눈 속에 파묻혀 잠드는 고향
산도 마을도 포프라나무도 고개 숙인 채
호젓한 낮과 밤을 맞이하고
그곳에
언제 꺼질지 모르는
조그만 生活의 촛불을 에워싸고
해마다 가난해 가는 고향 사람들

낡은 비오롱처럼
바람이 부는 날은 서러운 고향
고향 사람들의 한 줌 희망도
진달래빛 노을과 함께
한번 가고는 다시 못 오기
저무는 都市의 옥상에 서서
내 생각하고 눈물 지움도

한 떨기 들국화처럼 차고 서글프다.

— 「鄕愁」 전문16)

이 작품은 김광균 시에서 보기 드물게 경험적 직접성이 생활의 체취를 풍기며 다가오는 풍경화이다. '향수'라는 주제는 당대의 일반적인 시적 주제였는데 대부분이 상실되기 이전의 고향을 그리거나 아니면 자신의 속되고 훼손된 삶의 카운터 이미지로 고향을 그리기 마련이다. 그런데 이 작품에서도 그러한 일반적 양상은 그대로 나타나 있다.

1연에는 김광균 특유의 원경(遠景) 처리가 나타나 있다. 그것은 실제 풍경이어도 좋고 그렇지 않은 작위적 전경화여도 좋다. 그 여부는 시적 문맥에 커다란 영향을 끼치지 않는다. 2연에서는 이 시의 정신적 바탕이 나타나는데, 그것은 "조그만 生活의 촛불"이라는 은유가 함축하고 있는 피폐한 고향의 풍경으로서, 시적 주체는 고향 사람들의 실제적 생활의 체취가 풍기는 누추함과 그 피폐상을 감각화하고 있다. 따라서 이 작품에 나타나는 '차고 서글픔'이라는 정서는 자연 발생적인 감상벽이 아니라 역사의 격동에서 유추 가능한 시적 주체의 무력감과 환경의 변화에서 나타나는 비극미의 한 양상이라고 읽을 수 있다.

우리 시사에서 1930년대의 모더니즘은 참신한 시적 이미지에 의한 내면 풍경의 제시, 그리고 투명한 시적 조형성으로 1920년대의 센티멘털리즘과 경향시의 사상편향성을 방법적, 미학적으로 극복했다고 평가받아 왔으며, 그 대표적 시인이 정지용이나 김기림, 김광균 등이었음은 주지의 사실이다. 더구나 모더니즘의 하위 범주로서 '이미지즘'을 가장 시적으로 완성도 높게 구현한 시인으로 김광균을 꼽고 있는 것이 사실이다. 그러나 문학사에서 이미지즘이 견고하고, 명석하고, 애매하지 않은 이미지의 사용17)을 통한 감상성의 배제를 제일의적 목표로 삼았다는 것을

---

16) 『조선일보』, 1940. 4. 1.
17) J. Isaacs, 이경식 역, 「이미지의 도래」, 『현대 영문학의 이해』, 종로서적,

염두에 두면 우리는 김광균을 서구적 의미의 이미지스트로 평가하는 데 선뜻 동의할 수 없게 된다. 그만큼 그는 우리의 재래적 서정이라고 일컬을 수 있는 비애의 정조를 전면화시켜 전대의 낭만주의 시의 1930년대적 변용으로 읽힐 만큼 센티멘털리즘[18]의 충실한 연장선상에 있는 것이다.

그러나 앞서 이야기했듯이 그의 비애적 정서는 무매개적인 감상벽과는 차원이 다르다. 시대적 환경과 능동적으로 교섭하고 인식하는 비판적 형상에는 일정 부분 모자라지만 이미지 조형을 방법적으로 원용하여 한 시대의 슬픔과 주체의 부적응성을 일관되게 형상화하고 있는 것이다.

> 등불 없는 空地에 밤이 나린다
> 수없이 퍼붓는 거미줄같이
> 자욱―한 어둠에 숨이 잦으다
>
> 내 무슨 오지 않는 幸福을 기다리기에
> 스산한 밤바람에 입술을 적시고
> 어느 곳 지향없는 地角을 향하여
> 한 옛날 情熱의 창랑한 자최를 그리는 거냐
>
> 끝없는 어둠 저으기 마음 서글퍼

1991. 49쪽.

18) 당대의 비평가 최재서(崔載瑞)는 그의 논문 「센티멘탈論」(1937년)에서 당대 문학의 센티멘털리즘 유행 현상을 서구의 문학사와 견주어 합리적으로 설명하고 있다. 특히 그는 센티멘털리즘이 오히려 지적 우월성을 갖고 있는 지식인들에게 찾아올 수밖에 없는 필연성을 논증하고 있는데 막연히 모더니즘을 지성의 편에서 해석하여 반(反) 센티멘털리즘으로 단순화하는 것보다 적절성이 있어 보인다. 다음 인용문은 김광균과 같은 당대 지식인들에게 적실히 맞아떨어지는 예라 할 것이다. "要컨대 센티멘탈리즘은 情操의 偏重한 作用이다. 情操의 對象이 實在할 때 情操는 適當히 處理되고 말지만 그 對象이 없을 때엔 生理的 必然性에 依하여 情操는 더욱 濃密하여진다. 이것이 센티멘털리즘이다. 現代 인테리겐챠가 文化와 敎養, 理想과 幸福에 대한 情操를 가지고 있는 限, 그리고 그 情操가 現實世界에 있어 늘 蹂躪을 當할 때 그는 그 空虛를 센티멘탈리즘으로서 느끼지 않을 수 없다." 최재서, 「센티멘탈論」, 『文學과 知性』, 인문사, 1938. 218쪽.

긴—하품을 씹는다.

아—내 하나의 信賴할 現實도 없이
무수한 年齡을 落葉같이 띄워보내며
茂盛한 追悔에 그림자마저 갈갈이 찢겨

이 밤 한 줄기 凋落한 敗殘兵되어
주린 이리인양 비인 空地에 홀로 서서
어느 먼—都市의 上弦에 창망히 서면
腐汚한 달빛에 눈물 지운다.

—「空地」 전문19)

　　1920년대 시인들이 보였던 감상과 영탄의 방출이 현실 부정과 환멸의 소산이었듯이 김광균의 비애나 눈물 역시 식민지 현실, 그것도 낯설기 짝이 없는 식민지의 타율적´도시화의 양상에 절망하고, 그것을 부정하는 정서에서 유래된 것은 틀림없다. 이 작품에서도 시적 주체의 심적 고통을 유래케 하는 사회적 역학은 나타나 있지 않다. 다만 일방적인 소외의식 및 소통 가능한 타자의 부재 그리고 그로부터 유래하는 밀폐감과 내면적 황폐감 등이 감각적 은유를 통해 잘 나타나고 있다.

　　이 작품의 배경 역시 도시의 밤이다. 김광균의 시에 나타나는 시간적 배경은 아침은 거의 없고 '오후'나 '황혼' 또는 '밤'이 대부분인데, 그것은 그것들이 '생성'의 시간이 아닌 '소멸'과 '침잠'의 시간이기 때문이다. 이러한 '소멸/침잠'은 김광균 시의 근본적인 서정적 충동의 코티프이다. 김광균이 딛고 있는 서정적 충동의 근본 모티프가 생성 지향적 비판의식보다는 소멸 지향적 상실의식이기 때문이다. 따라서 이 작품에는 '어느 곳 지향없는 地角'을 '追悔'에 싸여 걷고 있는 '敗殘兵'의 의식세계가 도시의 '腐汚'에 오버랩되면서 슬픈 소시민의 초상이 드러나고 있을 뿐이다.

---

19) 『비판』, 1938. 5.

현실은 본질과 가치를 결여하고 훼손과 상실이 가득한 것으로 보일 때 인간의 삶은 이데아를 열망하는 것으로야만 의의와 가치를 가진다는 것이 낭만주의적 세계 인식이라 할 때 김광균이 찾고자 했던 시적 출구는 그런 태도의 부분적 양상을 보인다. '지금 여기'가 아닌 익명성으로서의 '먼 저기'를 지향하는 것도 그러한 현실인식이 배태한 시적 지향점의 실체화인 것이다. 이 점이 그의 시를 낭만주의와 절연한 서구적 의미의 모더니즘으로 일반화할 수 없는 장애가 된다. 그러나 우리는 그것을 부분적 아쉬움으로 평가해야지 함량 미달의 모더니즘이라는 서구 중심의 재단을 해서는 안 된다. 오히려 1930년대의 경성이라는 도시 공간이 던져 준 공허감과 소외의식 또는 타자 부재와 상실의식 등이 그의 감각적 은유를 통한 시적 상관물들을 통해 잘 나타나 있다. 이 점에서 명징한 이미지만을 추구했던 정지용의 초기 이미지즘 시보다 김광균의 시가 훨씬 내면적 정직성과 서정적 비극성을 잘 형상화한 것으로 보아야 할 것이다.

3. 방법적 이미지즘의 의미와 한계

모더니즘은 당대 현실에 대한 위기의식과 현실에 대한 부정의식의 세계관으로 생성된 미학이념이다. 따라서 거기에서 일체의 내용성 곧 감상성이나 사회성을 탈각시킬 경우 그것은 표현 기법 위주의 형식성에 탐닉할 위험성을 내재하게 된다. 1930년대의 모더니스트들은 시의 정서 내용보다는 대상을 감각적으로 표현하는 방법에 심혈을 기울였다. 그러나 그러한 일반적 흐름과는 달리 김광균은 독자적인 시적 개성, 곧 자신의 정서와 시적 의장을 결합시키려는 열정을 가진 시인이었다. 이숭원은 "그의 시는 적당한 비유와 윤기 있는 이미지에 의해 감정을 순치시키고, 비애의 정서도 상당히 세련된 방식으로 드러냄으로써 20년대적 감상성에서는 벗어나 있는 것"이라는 것을 언급하고 있는데, 그는 김광균이 1930년대의 경성이 갖고 있었던 이중성 곧 화려함과 공허함을 적절하게 융합시켜 형상화한 원숙한 표본으로 기억될 것으로 고평하고 있다.[20] 이 글의 시각 역시 김광균의 모더니즘은 자신의 비애를 형상화하는 방법적 의미의 수용이었다는 데 있다. 따라서 그가 서구적 의미의 이미지즘 시화에 불철저했다는 비교문학적, 비교우위적 평가와는 무연하다고 할 수 있다.

이미지는 실체의 단순한 모사나 재생으로는 형성되지 않는다. 설사 이미지가 대상을 충실히 묘사하는 것에 목표를 둔다고 하더라도 시 속에 형상화된 이미지는 시인 스스로 주관적 목적이나 욕구에 의해 자의적으로 선택되고 상징적 조작을 거쳐 배열된 것이다. 이러한 선택, 배열, 변형 등 이미지 형성의 일련 과정에 결정적으로 개입하고 있는 것은 말할 것도 없이 '시인 자신의 주관'이다. 현상학적으로 이야기하면 시인의 의식은 언제나 '어떤 것에의 의식'으로서의 지향적인 의식인 것이다. 따라서 시 속에 나타나는 이미지는 실체와 시인 의식과의 복합물로 보아야 할 것이다. 이럴 경우 그간 문학사에서 뛰어난 이미지를 구사했다고 평가받아 온 김광균의 '시각적 이미지'라든가 '이국적 이미지' 역시 이미지 형성 그 자체의 미적 기교의 의의보다는 시인의 주관적 정서 및 의식을 담아내는 그릇[容器]의 기능이 더 승한 것을 알 수 있다.

따라서 그의 시에 나타나는 사물들의 작위성은 그 자체로 한계로 지적되기에 족하지만 그의 눈에 그리도 낯설고 부정적으로 보였던 도회공간을 작위적으로 그려 보려 했던 위악적 포즈라는 시적 전략으로 읽을 수 있는 개연성도 놓치지 말아야 할 것이다.

　　카—네숀이 흩어진 石壁 안에선
　　개를 부르는 女人의 목소래가 날카롭다

　　동리는 발밑에 누워

---

20) 이숭원, 「모더니즘과 김광균 시의 위상」, 『현대시와 지상의 꿈』, 시와시학사, 1995. 18-19쪽.

먼지 낀 揷畵같이 고독한 얼굴을 하고
露臺가 바라다보이는 洋館의 지붕 우엔
가벼운 바람이 旗幅처럼 나부낀다

한낮이 겨운 하늘에서 聖堂의 낮종이 굴러나리자
붉은 노—트를 낀 少年 서넛이
새파—란 꽃다발을 떨어뜨리며
햇빛이 퍼붓는 돈대 밑으로 사라지고

어디서 날라온 피아노의 졸린 餘韻이
고요한 물방울이 되어 푸른 하늘에 스러진다

牛乳車의 방울소래가 하—얀 午後를 싣고
언덕 너머 사라진 뒤에
수풀 저쪽 코—트 쪽에서
샴펜이 터지는 소리가 서너 번 들려오고

겨우 물이 오른 白樺나무 가지엔
코스모스의 꽃잎같이
해맑은 흰구름이 쳐다보인다

— 「山上町」 전문21)

이 시는 '洋館,' '聖堂,' '피아노,' '샴펜' 등 이국적 정조와 이미지들이
내적 필연성 없이 환상적으로 구성된 하나의 화폭이다. 객관적인 이미지
조형에 노력한 시라고 보기에는 지나치게 이국 정조가 미화되어 있고
시인 스스로 살았던 현실상과 아무런 유추점도 주지 못하는 작위적 현
실이 되고 말았다.
　김광균 시의 이미지 선택의 원리가 현실의 중층적 압박에서 오는 비
애를 형상화하는 방법적 기제 외의 의미가 얼마나 허약한 것인가를 보

---

21) 『조선중앙일보』, 1936. 4. 14.

여 주는 단적인 예이다. 식민지 도시화의 현실에서 끼쳐지는 절망과 그
것에 대한 부정적 태도의 변용, 그것은 경험적 구체성이나 역동적인 현
실 연관성을 사상한 채 관념 어린 애상이나 환상적 이미지만을 시 속에
고집했기 때문에 나타나는 현상이다. 그러나 이 작품 역시 도시 문명이
가져다 주는 이물감과 시적 주체의 부적응성을 감각적으로 잘 전달하고
있다.

> 비인 방에 호올로
> 대낮에 體鏡을 대하여 앉다
>
> 슬픈 都市엔 日沒이 오고
> 時計店 지붕 위에 靑銅 비둘기
> 바람이 부는 날은 구구 울었다
>
> 늘어선 高層 위에 서걱이는 갈대밭
> 열없는 標木 되어 조으는 街燈
> 소래도 없이 暮色에 젖어
>
> 엷은 베옷에 바람이 차다
> 마음 한 구석에 벌레가 운다
>
> 황혼을 쫓아 네거리에 달음질치다
> 모자도 없이 廣場에 서다
>
> ― 「廣場」 전문22)

이 작품 역시 경험적 구체성과는 무관한 시적 의장(意匠)으로써 가공
된 풍경화이다. 대낮에 홀로 방에 앉아 거울을 마주하고 있는 시적 주체
는 밀폐감에 의한 슬픔을 토로하고 있다. 사실 '방'은 외계와의 통로가

---

22) 『비판』, 1938. 9.

차단된 폐쇄적 이미지를 갖고 있다. 거기서 거울을 마주보고 있는 시적 주체는 무력감에 빠져 있는 자아를 대면하고 있다. 그것은 자기성찰이라는 능동적 자아 찾기와는 무관한 의미 없는 행위일 뿐이다. 2연에서 그는 '靑銅 비둘기'라는 시적 상관물로 표상된다. 시적 주체는 슬픔에 못 이겨 방으로부터의 외출을 꾀한다. 이상의 「날개」나 박태원의 「소설가 구보씨의 일일」에 빈번한 모티프로 나오는 외출 이미지와 산책 이미지가 이 작품에 그대로 관류한다. 이 시인의 또 다른 작품 「蒼白한 散步」에서도 이어지듯이 그것은 소통의 또 다른 주체로서의 타자 부재의 인식과 자신을 둘러싸고 있는 환경과의 부적응성의 좌증이다. 따라서 그가 도달한 '廣場'이라는 공간도 타자를 회복할 수 있는 생성적 공간은 되지 못하고 그저 마음 한구석에서 벌레가 우는 황량한 공간일 뿐이다. 그러한 결핍 또는 부재의 시적 인식은 다음 작품에서 뛰어난 형상을 얻는다.

落葉은 포―란드 亡命政府의 紙幣
砲火에 이즈러진
도룬市의 가을 하늘을 생각케 한다
길은 한 줄기 구겨진 넥타이처럼 풀어져
日光의 폭포 속으로 사라지고
조그만 담배 연기를 내어뿜으며
새로 두 시의 急行車가 들을 달린다
포프라나무의 筋骨 사이로
工場의 지붕은 흰 이빨을 드러내인 채
한 가닥 꾸부러진 鐵柵이 바람에 나부끼고
그 위에 세로팡紙로 만든 구름이 하나
자욱―한 풀벌레 소래 발길로 차며
호올로 荒凉한 생각 버릴 곳 없어
허공에 띄우는 돌팔매 하나
기울어진 風景의 帳幕 저쪽에
고독한 半圓을 긋고 잠기어간다.

— 「秋日抒情」 전문23)

자연 그대로의 사상(事象)이 아닌 조형적 형상이 이 작품에서도 그 면모를 드러낸다. 사실 이미지스트의 시는 시각적 이미지를 중요시하기 때문에 표현에 크게 제약을 받는다. 그것은 시의 한 요소는 될 수 있을지언정 인간의 경험이라고 하는 그 복잡한 전체를 표현하기엔 부족하다. 시각적 이미지 위주의 시가 간단한 풍경의 스케치 같은 인상을 줄 뿐, 내면적으로 깊은 감동을 주지는 못하는 이유가 거기에 있다.24) 또 시가 선명한 시각적 영상만을 강조할 때, 시의 기능이 축소되어 묘사의 기교로 치우치고 사상성이 배제되기 때문이다. 이미지즘의 시가 교묘하게 채색된 회화로 되거나 또는 몇 장면의 연속된 인상의 투영도로 되어, 독자는 시인의 묘사의 기술과 언어의 구사에 감탄은 할지언정, 사상과 감정이 일체가 된 인간의 깊이 있는 체험 세계에는 참여할 수 없는 이유도 거기에 있다.25) 이 작품 역시 그러한 사상성의 약화가 시각적 이미지 위주의 시적 전략에서 상당 부분 초래되고 있다.

이 시는 돌연하면서도 이국적인 비유로 시작된다. '낙엽-지폐'의 은유적 전이는 이 시의 제목인 가을에 대한 시인의 기본적 태도를 드러내 준다. 이 첫 부분은 1939년 9월 1일 독일의 폴란드 침공과 점령이라는 역사적 사실과 관련되어 있다. 이 침공은 처참한 제2차세계대전의 시작을 의미하는 것인데, 여기에서 '망명정부의 지폐'란 화폐로서의 생명을 잃은 무가치성을 말한다. 이 상실감은 '砲火에 이즈러진 도룬市의 가을 하늘'이 빚어 내는 황폐감과 결합되어 이 작품에 특유의 메마르고 황량한 분위기를 만들어 낸다.

시의 둘째 부분(4행-7행)은 두 개의 문장, 두 개의 장면 곧 '길'과 '급행차'의 상황으로 이루어져 있다. 우선 길은 풀어져 있고, 사라져 가고 있는데, 이는 시인의 눈앞에 펼쳐진 길이기도 하지만 자신의 삶의 상황

---

23) 『인문평론』, 1940. 7.
24) 이창배, 「이미지즘과 그 주변」, 『20세기 영미시의 형성』, 민음사, 1979. 111쪽.
25) 이창배, 「에즈라 파운드론」, 위의 책, 275쪽.

에 대한 암시, 곧 소멸의 이미지를 나타내기도 한다. 급행차는 존재의 급박한 상황을 암시한다. 멀리서 바라본 조그만 담배 연기 같은 기차의 연기 역시 '소멸'을 그 본성으로 하고 있다. 이 부분에서는 특히 '새로두 시'라는 대목이 눈에 띄는데, 이는 가을과 함께 하루 중의 때늦은 시간이 오후 두 시를 가리키고, 그것을 달리는 기차처럼 빨리 흘러가 버리는 시간에 대한 강박관념을 느끼게 한다.

셋째 부분은 포플라 나무, 공장, 구름 등의 황량한 풍경인데, 이 역시 도시의 현대 문명이 주는 황폐감과 상실감을 짙게 드리우고 있다. 특히 '筋骨,' '이빨,' '鐵柵' 등의 물리적 이미지로 삭막감을 강조하고 있다. '세로팡紙로 만든 구름이 하나'라는 표현은 인간의 꿈마저 인위적 이미지로 변화시키는 현실의 모습을 은유적으로 보여 준다.

넷째 부분에서는 앞서까지 제시된 눈앞의 풍경에 대해 시적 주체가 어떤 행위를 보여 주려 한다. 그것은 황량감, 상실감의 정서가 행위화된 표현이다. 풀벌레소리 들리는 풀섶을 공연히 차 보는가 하면 허공에 돌팔매를 던져 보기도 한다. 돌팔매는 황량하고 쓸쓸한 느낌의 여운을 남기며 반원을 그리고 사라져 간다. '기울어진 風景' 속에서 인물마저도 황량한 풍경의 일부가 되어 흔적도 없이 스러져 가는 순간을 표현하고 있다. 궁극적으로 이 시는 모든 존재들이 소멸되어 가는 가을의 공간에 대한 우울한 풍경 묘사이다. 이와 같이 이미지 위주로 쓴 그의 시에서 역시 시적 주체의 소시민적 무력감과 부유의식은 공통적으로 나타나고 있다.

김광균 시학의 딜레마 곧 비극적 세계 인식과 모더니즘 창작 방법 사이의 불일치는 우리가 꾸준히 확인해 온 바이다. 그러나 그 가치평가에 있어 우리는 방법적 원용으로 그가 채택해 온 이미지즘의 한국적 변용이 그의 뛰어난 언어 구사 솜씨와 역사적 문맥 속에서의 비애의 정조로 구체화되어 나타났다고 본다. 김광균의 모더니즘 시학의 의미는 따라서 한국 현대시에 시의 방법적 자각을 일깨우고 당대의 서정적 충동을 감각적으로 언어화하는 데 일정하게 성취를 거두고 있다는 것으로 모아질 수 있다고 본다. 그의 시를 1920년대 낭만주의의 발전 없는 계승이라고 보는 시각은 시에서 나타나는 주조로서의 정신적 문맥만을 추출하여 그것을 환경과의 매개적 범주로 해석하지 않고 전대의 주조와 등치시킨 인식의 오류라고 생각한다.

4. 맺음말

이제까지 우리는 김광균이 1930년대에 창작했던 작품들이 갖는 세계 인식과 창작 방법의 관련 양상을 살폈다. 그것은 그 동안 모더니즘의 실천적 기수로만 긍정적 평가를 받아 왔다거나 또는 감상 과잉의 엘레지의 시인으로 평가받아 왔던 것을 반성적으로 검토하여 그의 비극적 세계 인식이 사실은 식민지 시대의 타율적 도시화에 따른 일방적 소외와 상실의식을 방법적 이미지즘에 의해 형상화한 시적 전략이었다는 것으로 요약할 수 있다. 상실의식의 외화로서의 감각적 이미지 수용, 그 보상으로서의 비극적 세계 인식, 실체의 미적 변용으로서의 색채 이미지 감각 이미지, 이국적 이미지 사용이라는 축들로 그의 세계가 구성됨을 알 수 있었다. 언어의 관습성에 대한 미적 저항 역시 그의 문학사적 몫이라 여겨진다.

한국에서 모더니즘 시의 특수성은 언어 자체의 사물화와 공간 중시 그리고 음성성 배제 등으로 나타난다. 김광균은 자신의 유일한 시론에서 "오늘 우리가 최대의 관심을 가지고 대할 문제 중의 하나로 '시가 현실에 대한 비판정신을 가질 것'이 있다. 이것이 현대가 시에게 요구하는 가장 긴급한 총의겠다."26)고 발언한 적이 있는데 그의 이러한 이념적 비판의식은 그의 시에서 감각적인 문명비판적 성격으로 표출된다. 그러나 도시 문명을 비판한 그의 시가 현대시는 문명비판적이어야 한다는 선입관 때문이었는지, 신념에 의하여 주체성을 확립하지 못한 자아가 노

---

26) 김광균, 「서정시의 문제」, 『인문평론』, 1940. 2.

출되고, 자아의 감정과 관념이 먼저 드러나는 것은 명백한 아쉬움이라고 해야 할 것이다. 사물과 관념의 이 불균형 상태는 현대 문명을 보는 신념의 결여, 사상과 감각이 통합된 형이상학시적인 감수성에 대한 훈련이 결여되어 있었기 때문이었을 것이다.27)

이 시기의 우리 모더니즘은 기독교적 가치관과 르네상스적 휴머니즘, 산업사회의 기계 문명이 신봉하는 진보주의, 과학주의가 붕괴한 후의 황폐한 서구의 정신사적 내면성의 풍경과는 질적으로 다른 토양임에 틀림없다. 따라서 우리는 식민 세력들에 의한 제국주의적 전략의 일환으로 조성된 타율적, 일방적 도회 문명이 가져다 주는 공허감, 타자 부재, 역사의식의 미비, 그리고 시적 주체들의 비극성을 한국적 문맥에서 재해석해야 할 것이다.

더불어 우리는 정지용이나 김기림 등 당대의 모더니스트들을 평가함에 있어 외래 사조로서의 전범으로 모더니즘을 상정하지 말고 당대를 살아가는 시적 주체들의 서정적 충동을 미적으로 형상화, 구상화하는 방법적 전략으로서의 모더니즘이라는 역사적 안목을 가지고 그들의 평가에 임해야겠다는 생각을 적고 싶다. 그래야만 우리 시를 수준 이하의 박래품(舶來品)으로 평가절하하거나 서구적 기준을 충족시키지 못한 결여태로 평가하는 그릇된 비교문학적 의식의 강박관념으로부터 자유로워질 수 있고, 그때 우리 시의 가능성과 그것이 갖는 아쉬움을 객관화할 수 있을 것이기 때문이다.

---

27) 문덕수, 『한국모더니즘시연구』, 시문학사, 1992. 333쪽.

명징(明澄)과 무욕(無慾)의 이면에 있는 것

심 원 섭

1. 머리말

'현실을 몰각한 기교주의'라는 평가와[1] '참신한 현대성의 획득, 세련된 언어미의 탐구'라는 두 개의 대립적 평가의 전통[2]이 길게 꼬리를 드리우고 있음에도 불구하고, 지용의 시가 한국 근대 시사의 발전에 미친 영향은 이미 하나의 확고한 시사적 사실로 정착되어 있는 것이 아닌가 생각된다. 특히 근래 와서는 이러한 대립적 논의 구도가 보다 깊은 차원에

---

[1] 이 전통은 당대의 임화, 이해문 등의 재단식 비평으로부터 시작되는데, 이러한 관점은 지용 시를 종합적으로 다루는 이후의 논의 속에서도 적극 혹은 소극적인 형태로 지속되고 있는 것으로 생각된다. 가령 그의 시의 스타일과 세계관을 종합적으로 다루는 근래의 연구 성과 속에서도 이 문제만 관련되면 '지용의 무역사성'을 관용구적으로 문제삼는 평가가 보이는 것이 그것이다. 당대적 관점은 임화, 「담천하의 시단 일년」(『신동아』, 1935. 12), 이해문, 「중견시인론」(『시인춘추』, 1938. 1) 참조, 후자는 이숭원, 「정지용 시 연구」,(서울대 석사논문, 1980) 50쪽 참조.

[2] 김기림, 김환태의 당대적 비평으로부터 시작하여, 해방 후 지용에 관한 초기 연구사에서 일반적으로 확인할 수 있는 관점이다. 전자는 김기림, 「1933年 詩壇의 回顧」(「朝鮮日報」, 1933. 12. 7-13), 김환태, 「정지용론」(『三千里文學』, 1938. 4) 참조. 후자의 경우는 유종호, 「現代詩 50년」(『思想界』, 1962. 5) 김용직, 「詩文學派 研究」(『韓國現代詩研究』, 一志社, 1982) 등을 들 수 있다.

서 통합적으로 논의되고 있는 것으로 보인다. 그의 스타일과 세계관을 종합적으로 다루면서 그의 사상적 추이를 정밀하게 분석하는 연구가 늘고 있는 것이 그 증거이다.3) 본고는 이러한 최근 연구의 연장선 위에 서서, 특히 다음과 같은 점에 주목하면서 논의를 전개하고자 한다.

첫째, 그 어떠한 창작 방법도 역사와 현실 그리고 그 속에 위치해 있는 시인의 특수한 가치 판단을 드러내는 형상적 수단이 된다는 당연한 원리에 본고는 주목한다. 그런 의미에서 보자면 지용의 창작 방법은, 소위 '이미지즘'이라는 문학적 관습의 측면을 넘어선 새로운 지점에서 접근해 보아야 할 필요성을 제기하는 것으로 판단된다. 그의 '이미지즘적 시작 방법' 역시도 그가 갖고 있었던 세계에 대한 태도, 즉 그의 세계관을 드러내는 하나의 방법이기 때문에, 이것에 대한 정밀한 분석의 필요가 있다고 보는 것이 본고의 입장이다.

두 번째, 다른 시인들의 경우도 마찬가지지만, 지용의 시작 원리의 핵심에 해당하는 것은, 역시 당대 현실과 자신과의 관계 문제 그리고 그로 인한 자신 내부의 심리적 억압 문제라는 점에 본고는 주목한다. 자연을 소재로 취택하면서 동양적 사유법을 보여 주는 그의 후기 시의 창작 방법 역시도 지용이 자신의 내적인 문제에서 벗어나기 위한 그 나름의 심리적 기도의 하나라는 점은 본고가 크게 문제삼는 점 중의 하나이다. 사상적인 측면에서 후한 평가가 모아지고 있는 그의 후기 시는 그런 의미에서 보다 심도 있는 분석을 요하는 것으로 판단된다.

위와 같은 점들에 주목하면서 본고는 지용의 초기 시와 후기 시 중에

---

3) 오탁번의 「지용시 연구」(고려대 석사논문, 1970)가 그 초기적 시도라 생각되며, 이후 김우창의 「한국시와 형이상」(『궁핍한 시대의 시인』, 민음사, 1977)에서는 이 문제가 보다 심도 있게 다루어진 것으로 생각된다. 월북문인 해금 조치가 시행된 80년대 중반을 전후한 시기부터 대거 발표된 이숭원(1980), 민병기(1981), 문덕수(1981), 정의홍(1982), 은희경(1982), 오탁번(1983), 장도준(1989) 등의 석·박사 학위논문이 이러한 연구 방향을 취한 본격적 연구에 속한다. 최근의 연구 성과로서 돋보이는 것은 최동호의 「산수시의 세계와 은일의 정신」(『1930년대 민족문학의 인식』, 한길사, 1990), 김신정의 「완벽한 시간의 꿈과 아름다움의 추구」(『근대문학과 구인회』, 1996) 등이다.

서 「까페 프란스」, 「바다」 연작, 「백록담」을 골라, 그 형상화 방법의 이면에 은닉되어 있는 세계관과 심리적 억압 그리고 그 해소책의 문제를 검토해 보기로 한다.

2. 명징의 세계와 지킴의 시학

지용의 초기 시가 지니고 있는 방법적 특질―'감정의 절제'라는 방법 혹은 사물의 감각적 인상을 선명하게 형상화하는 이미지즘적 방법―이 우리 시사의 발전에 끼친 바 영향은 이미 분명한 역사적 사실로 정리되어 있는 것으로 생각된다. 그러나 상대적인 의미에서 지용의 이러한 방법적 특질이 '의미'하는 것이 무엇이냐, 하는 지점에 대한 정밀한 논의는, 현재에도 연구 성과가 지속적으로 나오고 있긴 하나, 그 작업이 보다 심도 있게 진척되어야 할 당위성이 있는 것으로 생각된다. 어떠한 창작 방법도 세계에 대한 그 시인 나름의 태도를 이미 내포하고 있다는 점을 전제하고 볼 때4), 지용의 방법이 세계와 그 자신에 대해서 의미하고 있는 것이 무엇인가, 어떤 가치를 지향하고 있는가 하는 점에 대한 탐구는, 특히 초기 시의 경우 그렇게 적극적으로 진행되지 않았던 것으로 판단된다. 이와 관련하여 지용의 초기 시작 방법이 갖고 있는 정신적 특질을 규정한 아래와 같은 견해는 시사하는 바가 많다고 생각된다.

> 정지용의 이러한(감각적:인용자) 충실성은 그의 세계를 좁히는 요인이면서 또 그의 강점이 되기도 한다. 결국 감각적 사실에 대한 충실만을 우리가 너무 높이 살 수는 없다고 하더라도, 역시 그것은 원초적인

---

4) 지용을 포함한 30년대 시인들의 노력 이후, 서정시의 창작 원리에 있어서 '감정의 절제'라는 명제가 보편적으로 정착된 것 자체는 틀림이 없는 사실이다. 그러나 그 어떤 창작 방법이건 간에 작가의 세계관과 무관하게 존재하는 '순수한 창작 원리'란 있을 수 없다. 어떤 창작 원리이건 간에 그것은 개별 시인의 작품을 통해 구체화되기 마련이며 그것은 필연적으로 특정 시인이 세계를 대하는 태도나 가치관을 표현하는 형상적 원리로써 기능하게 되기 때문이다.

형태로나마 생의 경험에 대한 충실인 것이다. 따라서 정지용의 시적 가방에서 외국 여행의 흔적을 별로 발견하지 못하는 것은 당연한 일이다. 그의 세계는 좁은 것이면서 대부분의 경우 우리가 한국의 리얼리티에 기초한 세계라고 알아볼 수 있는 세계이다.…… 원래 이미지즘은 단순한 시적 기술만을 의미하는 것이 아니다. 그것은 일종의 정신적인 훈련을 요구한다. 특히 이것은 정지용의 경우 그렇다. 그는 처음부터 감각과 언어를 거의 금욕주의의 엄격함을 가지고 단련하였다.[5]

윗 글의 필자는 정지용의 초기 시의 방법적 특질이 '의미'하는 바를, '좁은 세계이긴 하나 생의 경험에 대한 충실'성이 있는 세계, '한국의 리얼리티에 기초한 세계', '금욕주의적 엄격함'을 지닌 '정신적 훈련' 과정이 개입되어 있는 세계 등등으로 정의하였다. 비록 위 명제들이 지용의 방법과 세계관의 특성을 요약적으로 제시한 데에 그친 점은 아쉬운 데가 있지만, 연구사적 관점에서 볼 때 이러한 진단의 의미는 매우 크다고 판단된다. 그를 단순한 서구 지향적 이미지스트로 평가하는 관점들, 또는 그의 시사적 공헌을 새로운 언어관과 창작 방법의 제시라는 점에서 보는 관점들을[6] 넘어설 수 있는 근거가 이곳에서 제공되고 있기 때문이다. 또한 그의 이미지즘 수법이 동양의 전통 시가가 갖고 있는 형상화 방법 및 그 정신적 맥락과 맞닿아 있으며, 이것을 포함한 그의 형상화 방법 일반이 시대에 대응하는 그의 특수한 정신적 태도와 관련성이 있다는 지적들[7]이 하나의 일반적 경향으로 자리잡아 가고 있는 현상은,

---

5) 김우창, 「한국시와 형이상」, 『궁핍한 시대의 시인』, 민음사, 1977, 52-53쪽.

6) 김기림, 송욱, 오세영 등의 견해가 대표적이다. 김기림, 『詩論』, 김재홍, 「모더니즘과 30년대의 시」(『한국문학연구입문』, 지식산업사, 1982), 오세영, 「모더니스트, 비극적 상황의 주인공들」(『문학사상』 28호, 1975, 1)

7) 오탁번, 「지용 시 연구」(고려대 석사, 1970)가 그 초기적 시도이며, 이 문제를 집중적으로 조명·심화시키면서 지용의 후기 시의 방법과 세계관과의 관련성을 상세하게 논의한 근래의 업적으로 최동호, 「산수시의 세계와 은일의 정신」(1990)이 있다. 이외에 지용 시의 형상화 방법을 그의 시간 의식 및 시대인식 문제와 관련하여 정밀하게 분석한 김신정의 「완벽한 시간의 꿈과 아름다움의 추구」(1996)도 돋보이는 연구 성과물이라고 생각된다. 최동호, 김신정 논문의 출판 사항은 주1) 참조.

위 김우창의 방법이 한결 심화되고 본격화된 결과로 볼 수 있는 것이다.
　필자가 주목하는 지점도 바로 이곳이다. 가령 김우창의 지적이 지용의 스타일과 세계관이 맺고 있는 관계의 현상적 범주를 그 나름대로 기술하는 데에 성공한 것이라면, 그 이후의 연구 성과들이 지향하고 있는 바와 같이, 그 내포적 의미를 이제 구체적으로 논의하자는 것, 그리하여 지용의 세계에 대한 태도와 그의 시 정신의 핵심을 좀더 정밀한 수준에서 규명해 보자는 것이다. 그의 초기 시 세계를 일관하는 특징인 '감각적 명료성의 추구' 문제, '감정의 절제' 문제는 그 중에서도 가장 기본적인 탐구 과제가 된다.

　　　고래가 이제 橫斷한 뒤
　　　海峽이 天幕처럼 퍼덕이오.

　　　……흰물결 피여오르는 아래로 바독돌 자꼬 자꼬 나려가고.

　　　은방울 날리듯 떠오르는 바다 종달새 ……

　　　한 나잘 노려보오 훔켜 잡어 고 빩안살 빼스랴고.

　　　　*
　　　미억닢새 향기한 바우 틈에
　　　진달래꽃빛 조개가 햇살 쪼이고,
　　　청제비 제날개에 미끄러져 도―네
　　　유리판 같은 하늘에.
　　　바다는― 속속 드리 보이오.
　　　청대入닢 처럼 푸른
　　　바다
　　　봄

　　　　　　　　　　　　―「바다 6」 일부8)

위 작품이 지용의 초기작들이 지니고 있는 일반적 특성, 즉 '감정의 절제'나 '대상의 명료한 감각적 포착과 그 형상화'라는 방법적 측면을 잘 보여 주고 있는 예라는 점에 이견이 없을 것으로 생각된다. 또 이러한 지용의 방법이 '생의 경험에 대한 나름의 충실성'을 확보하고 있다는 김우창의 판단 역시도 일단 타당성이 있는 것으로 보인다. 이 지점에서 그의 형상화 방법이 '의미하는 바'는 무엇인가, 즉 지용은 왜 이미지즘이라는 형상화 방법을 자신의 시작 방법으로 선택하였는가, 이것을 질문한다면, 이것은 바로 지용의 '이미지즘적 방법'이 전제하고 있는 철학적 기반, 더 나아가서는 작자의 세계관을 더 깊은 차원에서 묻는 것과 동일한 작업이 될 것이다.

우선 위 작품의 화자가 창조해 낸 '바다'는 20년대의 어느 시인도 형상화를 기도해 본 적이 없었던 새로운 바다상(像)인 것임에 틀림이 없다. 상대적인 의미에서 볼 때, 20년대 시인들의 시작의 일반적 특성이 대상의 감각적 형상화보다 시인의 가치의식(관념의 세계)의 표현을 우위에 두는 경향이 있었다고 볼 수 있다면, 이 작품의 형상화 방법이 당대적인 의미에서 볼 때 얼마나 새로운 것이었는가가 잘 확인된다고 할 수 있을 것이다. 지용이라는 새로운 시인은, 바다를 구성하는 대상 하나하나를 집요하게 물고 늘어지면서 그것을 상대적으로 참신한 감각적 이미지군(群)으로 시적 화면에 구상화시켜 놓는 것이다.

좀더 구체적으로 본다면, 지용은 이러한 작품의 창작에 임하면서 두 가지로 정리될 수 있는 태도를 갖고 있는 것이 아니었을까 생각된다. 첫째는 개별 사물에 대한 깊은 관심, 그리고 개별 사물을 대하는 시인 자신의 감각적 반응을 소중히 여기는 태도다. 이것은 대상을 대하는 시인의 태도 면에서 20년대의 프로 시나 소월, 만해 등과 여러 가지 측면에서 뚜렷한 차이점을 보여 준다.

프로 시는 소재로 떠올리는 대상 자체의 성격이 다르다. 프로 시는 정

---

8) 『鄭芝溶全集 1』, 民音社, 1988, 73쪽.

물적 사물이 아니라 어디까지나 인간적 현실, 특히 사회 현상을 우선적인 포착 대상으로 삼는다. 그 대상을 포착하는 방식은, 개별적인 인간 현실의 문제를 노출하면서도, 그 개별 현상의 이면에 있는 중심 원리에 주목을 하는 그런 방법이다. 그러므로 프로 시인들에게는 개별 대상 자체에 대한 정물적 집착은 주목거리가 아니다. 그들의 중심 목표는 어디까지나 인간 현실의 개별적 특성들을 이면에서 통일하고 있는 내적 원리의 규명, 그리고 그 원리를 현실의 변화에 적용하는 데에 있는 것이다.

소월이나 상화, 한용운의 경우도 이와 유사하다. 물론 프로 시가 지향하는 목표와 그 내포적 의미는 상당한 차이가 있으나, 그들에게 있어서도 개별 현상이란 그 현상 이면에 존재하는 중심적인 가치 세계와의 대화를 전제로 한 것이었음에 틀림없다. 김소월의 님, 상화의 님이 그러했으며 만해에 이르면 그것은 개별 현상으로부터 초월과 절대지에 이르는 웅대한 철학적 원리를 지향하는 것이 되기 때문이다.

그런 의미에서 20년대 시는 어떤 의미에서건 인간적 현실의 실태를 제시하고 그것의 개선을 모색하는 형상화상의 중요한 목표를 갖고 있다. 그런 의미에서 20년대 시인들은 상대적으로 관념을 지향하는 공통성을 갖고 있다. 지용의 초기 시 대부분은 이 점에서 분명히 다르다. 그는 위 작품에서 본 바와 같이, 상대적인 의미에서 개별적 사물들에 집착하는 경향이 있다. 그리고 그는 개별 현상의 이면에 있는 어떤 추상적 원리를 지향하는 것이 아니라, 그 개별적인 사물 하나 하나가 시인의 마음속에 일으키는 감각적 반응을 명료하게 그려 내어 조합하는 데에 역점을 두고 있다. 이런 태도를 시적 대상에 대한 '정물적 집착'이라는 말로 바꿔 표현해도 좋을까. 이것은 지용 시의 두 번째 특성과 관련되어 있다.

그것은 시인의 역할 혹은 위상에 대한 인식이 20년대의 그것과 판이하게 달라져 있다는 사실이다. 지용의 시에서 보이는 시인의 모습은, 대상의 감각적 조형의 완성에 진지하게 집중하고 있는 정교한 장인, 혹은 기능적 제작자의 모습에 가깝다. 이 모습은 식민지 시대 혹은 해방 이후

의 한국 시사를 관류해 온 한국 근대문학 특유의 심의적 경향 면에서
볼 때9), 이질적인 것임에 틀림이 없다.

  그렇다면 지용이 지향하고 있는 것은 일부 논자의 지적처럼 '사물시'
인10) 것인가? 외형적인 측면에서만 본다면 그런 진단을 받을 만한 요
소가 없는 것은 아니겠으나, 지용의 시 속에는 다른 차원의 '의미적 요
소'가 분명히 존재하고 있다. 그는 우선 위 시의 이면에서 통일적인 성
격을 지닌 정서를 분명하게 드러내고 있다. 천막처럼 부푸는 해협, 고래
의 횡단, 은방울과 같은 바다 종달새, 진달래꽃빛 조개 등등이 그것으로
서, 이 이미지들은 일정한 통일적 정서를 형성해 내고 있다. 그것은 대
체로 축소적인 것, 산뜻한 것, 동요적인 것, 경쾌한 것 등등의 언어로
표현될 수 있는 정서의 덩어리이다. 이것이 바로 지용의 은닉된 내적 욕
망이 자신을 시의 표면에 드러내는 방법이라고 필자는 생각한다. 그리하
여 지용이 완성해 낸 작품은 이런 깔끔하고 경쾌한 정물들이 화려하게
배치되어 있는 꽃밭과 같은 것이다. 한 편을 더 본다.

> 바다는 뿔뿔이
> 달어날랴고 했다.
>
> 푸른 도마뱀떼 같이
> 재재발렀다.
>
> 꼬리가 이루
> 잡히지 않었다.

---

9) 한국 근대 시사와 관련된 여러 담론을 관통하는 심의적 경향은 대체로 정신사적
   맥락을 소중히 여기는 전통이라고 생각된다. 시인을 주로 '예언자적 전통'이라는
   관점에서 바라보는 경향이 강한 한국 특유의 문화적 관습은 그 전형적인 예라고
   할 수 있다. 김윤식, 「거울이 되어 버린 자아」, 『근대시와 인식』, 시와시학사,
   1991, 123쪽 참조.
10) 문덕수, 「정지용론」, 『한국 모더니즘 시 연구』, 시문학사, 1981. 117쪽.

흰 발톱에 찢긴
산호보다 붉고 슬픈 상채기!

가까스루 몰아다 부치고
변죽을 둘러 손질하여 물기를 시쳤다.

이 앨쓴 *海圖*에
손을 싯고 뗴었다.

찰찰 넘치도록
돌돌 굴르도록

회동그란히 바쳐 들었다!
*地球*는 *蓮*닢인 양 옴으라들고… 펴고….

— 「바다 9」 전문11)

유년기의 아동과 같은 탈을 지닌 화자가 이 작품의 통일성을 쥐고 있
다고 생각된다. 유년의 탈을 쓴 이 시인은 자꾸만 도망가는 바다를 몰아
다 모래둑 안에 가두는 아동적인 놀이를 계속한다. 자꾸만 달아나는 의
인화된 바다의 모습은 이 뒤를 쫓는 시인의 새로운 감각적 영상으로 포
획된다. 그 영상은 '푸른 도마뱀떼'과 같은 동화적인 신선미를 안고 있
다. 또 그 쫓는 과정은 탄복적인 동요를 부르며 모래성 쌓기를 하는 아
이들의 그것처럼 '찰찰 넘치도록/ 돌돌 굴르도록' 즐겁다. 이 유희적이고
자족적인 노동 끝에 시인은 바다를 가두는 데 성공하고 조그만 지구 하
나를 완성한다. 시인은 펴었다 오므라드는 완성품 하나를 치켜들고 작은
욕망의 성취감을 누린다. 그 기쁨에 젖어 있는 시인의 탄사로 작품은 완
결된다.
　이 완성품의 존재란 도대체 무엇인가. 이 완상품(玩賞品)을 치켜들고

---

11) 『鄭芝溶全集 1』, 民音社, 1988. 119쪽.

어린 아이처럼 기뻐하는 시인의 존재란 또한 무엇인가. 사회역사적 의미가 침통하게 배어 있는 20년대 시의 전통에 익숙한 독자들에겐 이 작품은 상당한 이질감을 제공할 수 있다. 동화적인 상상력과 산뜻하고 경쾌한 이미지들이 어울린 한바탕 유희, 그것들의 가지런한 조합들, 그리고 이를 즐거워하는 아동과 같은 '천진성'을 지닌 시인의 모습은 20년대 시인들의 그것과 현격한 차이를 보여 주기 때문이다. 이 중에서 소위 '천진성'의 문제에 대해 잠깐 생각해 보기로 한다.

유년기나 고대(古代)에 신비한 가치를 부여하는 낭만주의적 발상에 근거가 있는 것 같긴 하지만, 현재에도 아동적 천진성과 시인이라는 단어가 잘 어울리는 것으로 이야기되고 있는 데에는 어느 정도 실감적 근거가 있는 것이 아닌가 생각된다. 그리하여 소위 '천진한 시인'들은 일상 세계의 소시민적 문화 관습의 원리를 초탈한 듯한 사고와 언동으로 현대인의 관심과 경의를 모으는 경향이 있다. 지용 역시도 '어른과 어린이가 함께 살고 있는 어른 아닌 어른, 어린애 아닌 어린애'[12]라는 등의 성격 진단을 문우들에게서 받은 바 있다.

이것은 인간 정지용의 면모에 관한 진술의 하나로서 그 의미를 보아 줄 수는 있을 것이다. 그러나 그가 아동적인 그 무엇을 갖고 있으며, 또한 작품 속에도 그것이 나타난다고 할 때, 중요한 것은 지용이 그런 요소를 갖고 있다는 사실 자체가 아니라, 그의 '아동스러움'이 성인 문화에 어떤 것을 제공하느냐 하는 점일 것이다. 즉 지용의 '아동적인 것'이 성인 문화에 지표가 될 수 있는 생산적인 것을 제공하느냐, 혹은 아동이 갖고 있는 퇴행적인 그 무엇을 제공하느냐에 따라 그 가치는 전혀 달라지기 때문이다. 지용의 '천진성'은 이런 의미에서 볼 때 그 의미가 제한적인 데에 그치고 있는 것이 아닐까.

이 작품 속에서 지용이 보여 주는 천진성은 당대의 성인 문화의 맥락과 관련하여 볼 때 생산적인 것보다는 오히려 퇴행적인 그것에 가까운

---

12) 김환태, 「정지용론」, 『김환태전집』, 현대문학사, 1972. 80쪽.

모습을 보여 주는 것이 아닐까 생각된다. 당대 인간이라면 그 누구도 벗어날 수 없는, 강박적인 시대의 상처가 조금도 반영되어 있지 않은 이 경쾌한 화폭은 성인 문화가 짐 지고 있는 온갖 삶의 무게로부터 완벽하게 유리된 성격을 지니고 있기 때문이다. 그런 의미에서 이러한 부류의 작품들이 갖고 있는 '천진성'은 미성숙 아동기의 행복한 유희 공간으로 돌아가려는 내적 욕망의 세계, 즉 '퇴행적'인 욕망에 가깝다고 하는 것이 옳겠다. 성인인 지용이 자신의 작품 속에서 '퇴행적인 천진성'을 지속적으로 추구했던 이유는 무엇일까.

성인인 지용이 꾸며 놓은 이 화면 밑에 숨은 정서, 경쾌함과 산뜻함을 추구하는 유년기적 정서, 이것은 아무래도 시인의 의식의 어느 지점에서 의도적으로 생산된 것인 듯한 징후가 짙다. 무엇보다 지용은 의미의 울림이 적은 이 정물적 시편 속에서 자신의 속 욕망을 진지하게 드러내고 있지 않은 것으로 판단된다. 이 말은 지용이 실은 전혀 '천진하'지 않았다는 말도 된다. 이것이 의미하는 바는 무엇인가. 그것은 작가가 작품을 대하는 관습이 특수하다는 것, 즉 의미를 중시하는 전대의 시인에 비해 이 시기의 지용은 시라는 존재를 상대적으로 가볍게 생각하고 있었다는 말이다.

이것은 지용이 자신의 절박한 내적 욕망의 세계를 드러내는 방법으로서, 그 수단으로서 시를 쓴 것이 아니라는 말로도 바꿀 수 있다. 바꿔 말한다면 이것은 지용이 자신의 무엇인가를 감추기 위한 방어 기제의 하나로서 시를 사용하고 있다는 말과도 통한다. 그렇다면 지용이 안 드러내고 있던 것이란 무엇인가. 무엇을 감추고 있었던 것인가. 그것의 입증은 이 작가가 지향하고 있었던 것이 하나의 완상적 취미물의 완성에 있다는 점, 그리고 이 작품들이 지향하고 있는 정서가 특수한 경향성을 갖고 있다는 점에서부터 다시 시작할 수 있다.

지용의 시에는 정물들이 단순히 정렬해 있는 것만이 아니다. 그 사물들의 이면에는 통일적인 성격을 지니고 있는 정서가 분명히 존재하고 있으며 이와 관련된 작자 나름의 의지적인 세계가 개입되어 있다. 그 통일적인 정서의 덩어리를, 지용이 전·후기 시를 통틀어 폭넓게 사용하고 있는 시어인 '조찰한 것'이라는 용어로 요약할 수 있다면, 작자는 이 세계에 매우 의지적으로 집착하고 있음을 알 수 있다. 이 세계는 일단 '감상주의적인 세계'로 규정할 수 있다고 생각한다.

감상이란 사춘기적 눈물의 과잉만을 의미하는 것이 아니다. 그것은 인간의 모든 감정 영역에 있어서, 인위적으로 조작된 혐의가 있는 감정 표현 양식을 통틀어서 표현하는 언어 범주이다.13) 그의 초기 시에서 지속적으로 '조찰한 것'을 추구하는 지용의 태도에는 이런 종류의 의지적으로 조작된 감정 표현 양식이 있다. 물론 '조찰하다'는 감정은 일상 생활 영역에서 흔하게 발생하는 감정에 속한다. 그것은 물론 '추하다' 혹은 '더럽다' 등의 반대 감정과 단속적으로 자리 바꿈을 하는 속성을 가지고 있다. 그러므로 '조찰하다'는 감정 하나가 지속적으로 반복될 때, 거기에는 일정한 자기 감정의 부풀림이 개입되는 것이다. 일관되게 지속되는 지용의 '조찰함'도 사실은 이런 종류의 감상적 정서의 하나이다.

또 지속적으로 '조찰함'을 반복하는 감정 표현 양식의 이면에는 보다 깊은 의미가 있다. 앞에서도 말했지만 특정 대상에 대한 인간의 자연스러운 감정 양식은 시간에 따라 변화를 거듭하는 특성을 갖고 있다. 그와 달리 지용처럼 대상의 한쪽 측면만을 지속적으로 강조할 경우 이곳에는 분명히 시인 자신의 어떤 의지적인 세계가 개입되어 있다는 것을 의미한다. 즉 지용의 경우에는 '조찰함'의 반대 명제, '추함'의 세계에 대한 강력한 대타의식이 이 단어 밑에 잠재해 있다는 것을 의미하는 것이다. '조찰함'을 지속적으로 주장하는 것은 '추한 것'에 대한 모종의 강력한 자의식이 있다는 것을 의미하기 때문이다. 그렇다면 지용에게 있어 그 '추한 것'과 관련된 자의식의 내용이란 무엇일까.

그것은 추한 것에 눈을 감아 버리겠다는 것, 혹은 추한 것을 자신의 마음속에서 의지적으로 지워 버리겠다는 의지의 표백이다. 그리하여 '조

---

13) 이상섭, 『문학비평용어사전』, 민음사, 1976. 12쪽.

찰한 것,' 즉 깨끗하고 맑은 것만으로 이루어진 꽃밭의 세계를 가상적 공간 속에 만들어 놓고 그 세계 속에서 생을 영위하겠다는 것이다. 이 경우 추한 것을 지워 버림으로써 그가 얻기를 희망하는 욕망이란 무엇인가.

그것은 자신의 의식의 표면적인 지점과 타인에게 동시에 각인되기를 희망하는 작가의 이미지, 즉 '조찰한 시인으로서의 지용' 이미지를 지켜 나갈 수 있기를 소망하는 욕망이다. 이것이 지용의 초기 시 속에 담겨 있는 자아 의식의 정체인 것이 아닐까.

이러한 방법이 갖고 있는 정신적 특질을 30년대 한국 시사의 보편적 특성과 관련시켜 말한다면, 넓은 의미에서 '지킴의 시학'의 범주에 해당된다고 할 수 있을 것이다. 영랑과 같은 시인에게서 전형적으로 발견되는 자기 지킴의 세계와14) 넓은 의미에서는 동일한 정신적 기반을 지용 역시도 갖고 있는 것으로 보이는 것이다. 그리고 그가 지워 버리려고 한 그 세계, 즉 자신이 의지적으로 추구한 '조찰한 세계'와 대립을 이루고 있는 '추한 세계'의 정체를 짐작하는 일은 어렵지 않다. 그것은 1차적으로는 식민지 공간이라는 세계이며 그에 못지않게 추한 것이 그 세계 속에서 질기게 살아가고 있는 '지용'이라는 주체 자체이다. 그런 증거가 담뿍 들어 있는 것이 그가 유학 시절에 쓴 초기작 중의 하나, 「카페 프란스」이다.

> 나는 子爵의 아들도 아모것도 아니란다.
> 남달리 손이 희여서 슬프구나!
>
> 나는 나라도 집도 없단다
> 대리석 테이블에 닿는 내 뺌이 슬프구나!
>
> 오오 이국종 강아지야

---

14) 김준오, 「김영랑과 순수·유미의 자아」, 김윤식·이주형 편, 『한국근대작가론』, 방송대출판부, 1986. 94쪽.

내발을 빨어다오.
내발을 빨어다오.

— 「카페 프란스」 일부

이 작품의 화자는 일본의 카페에 술을 마시러 간 조선 유학생이다. 이 화자가 술을 팔아 주러 간 곳은 '식민 모국'의 술집이다. 이곳에서 일상적 쾌락을 구하고 있다는 사실, 이것은 현 생활의 질서, 즉 '식민 모국'과 식민지 사이에 걸려 있는 현실을 일상 생활 세계로 인정하고 살아간다는 의사 표현으로서의 상징적 의미가 있다. 유학생 지용에게는 이것이 자기 분열적인 연민과 자연스럽게 연관되는 것이다. 그 결과가 '나라도 집'도 없는 주제에 그 '나라와 집'을 강탈해 간 일본의 '가상적 집' 속에서 자학적인 쾌락을 구하고 있는 지용의 자기 연민적인 자화상이다.

나라와 집이 없는 인간, 그 현실을 타개할 역사적 비전은 물론 주관적인 용기와 신념도 갖고 있지 못한 나약한 문사로서의 자의식이 분열적으로 드러나고 있는 이 「카페 프란스」의 진술 방식 역시 주목되어야 할 필요가 있다. 이것은 추한 세계의 일상질서 속에 적응해 살아가는 추한 자기 자신에 대한 '적극적인 주제 의식'이 담긴 발언이다. 동시에 자신이 바라는 세계와 심각한 대립 관계를 갖고 있는 현실에 대해 적극적인 '욕망'을 드러내는 발언이기도 하다. 지용은 이 작품에서는 자기의 속내를 적극적으로 드러내는 것이다. 이런 시작 방법이 30년대 초기 시들이 '극복'했다는 20년대식 시작 방법과 근사한 것임에는 두말할 나위도 없다. 동시에 이러한 적극적인 욕망 드러내기 방법이 「까페 프란스」 이후 그의 초기 작품군(群) 속에서 다시 되풀이되지 않는다는 사실이 주목되는 것이다.

왜 그는 「까페 프란스」식의 작품을 그만두고 가치 판단과 시인의 '욕망 표출'이 희박한 정교한 정물화의 완성에 지속적으로 집착했던 것일까. 그 이유는 간단하다. 그는 「까페 프란스」식 창작을 지속할 수 없었기 때문이다. 그것이 힘든 길이었기 때문이다. 왜인가.

자학이라는 방법은 단기적으로는 한 작가의 윤리적 성실성을 보증해 주는 기능을 할 수 있다. 그러나 문제는 그것이 지속적으로 되풀이되기 어렵다는 점에 있다. 자학을 지속적으로 되풀이하려면 자학의 시기 이후에 작가가 내린 윤리적 결단의 결과를 보여 줘야 할 심각한 상황이 기다리고 있기 때문이다. 그렇지 않고 자학을 그저 되풀이한다고만 해도 역시 큰 문제가 된다. 그럴 경우 남은 길은 소월과 같은 완벽한 자기파괴적 절망이나, 아니면 하나의 시적 포즈로서만 존재하는 자학적 자화상을 끈질기게 독자들에게 브여 줘야 하는 자기 기만의 길이 기다리고 있기 때문이다. 이 후자의 길 역시도 지옥도(地獄圖)적인 길임에 틀림이 없다.

지용은 이 사실을 누구보다도 빨리 간파했던 것이 아닐까. 그리고 신속하게 결단을 내렸던 것이 아닐까. 그리하여 현실의 압도적인 위력과 자신의 미약한 능력이 이뤄 내고 있는 현실 구도의 전모를 간파하고, 그 상황에서 식민지의 한 시인으로서 최대한도로 자신을 지켜 나가면서 사사에 공헌할 수 있는 길을 찾아 나간 것이 아닐까. 그리고 그 최종적 결과가 일체의 '심각한' 주저 의식와 결별하고 '경쾌하고 명랑한 것', 즉 '즈찰한 것'으로 가득 차있는 비원(秘苑)을 만들어 그 속에 자신을 가둬 드는 길로 나타났던 것이 아닐까.

그 부산물은 대략 두 가지로 요약될 수 있을 것이다. 첫째 그는 이 탕법—정교하고 깨끗한 감각적 정물화를 완성하는 방법—을 통하여 한극 시사의 형상적 측면의 발전에 공헌한 것이다. 이것은 이미 잘 알려져 있는 바다. 두 번째는 지용 자신에 관한 문제다. 그는 이 정물적 집착을 통해 스스로의 내적 분열과 고통으로부터 구원받기를 기대하였을 것이라는 점이 그것이다. 그러나 이 구원이 진정으로 가능했을 리는 만무하다. 근본 문제에 대한 직시 없이—그 직시가 가능했다 하더라도 그 극복의 문제는 또 다른 심각한 과제가 되는 것이겠으나—외적인 대상에의 장인(匠人)적 몰입을 통하여 진정한 구원이 가능할 리는 없는 것이다.

그런 의미에서 그의 방법은 소외적인 방법임에 틀림이 없다. 현실과의 연관성이 희박한 가상적 미의 공간에 몰입하는 방법을 통하여 자신을 위안하고 동시에 자신의 존재의 외곽을 지켜 나갈 수 있기를 기대하는 소외적 방법이라는 말이다. 이 방법이 모더니즘 시인들은 물론 30년대의 다른 많은 시인들도 기대고 있었던 방법이라는 점도 함께 생각해 볼 필요가 있다. 이 소외적 방법은 그의 중후기 시편들을 통하여 더욱 심화되는 특성을 보이고 있다고 생각되는데, 본고에서는 그의 후기 시를 대표하는 작품이라고 할 수 있는 「백록담」을 집중적으로 분석해 보면서 이 문제를 검토해 나가기로 한다.

3. 자기 소외의 극한경―「백록담」의 세계

한시(漢詩)적 방법, 동양적 아이덴티티의 획득, 무욕(無慾)의 철학 구현 등등의 용어는 그의 후기 시의 가치를 대변하는 중요한 기성 언어들이다. 특히 「백록담」은 그의 정신이 도달한 고도의 경지를 나타내는 작품으로 평가되어 왔는데, 각도는 다르지만 필자 역시도 그의 후기 시의 가치를 대변할 만한 충분한 전형성이 이 작품 속에 있는 것으로 생각한다. 이 작품의 가치에 대해 김우창은 다음과 같은 문제적인 평가를 내린 바 있다.

> 「백록담」은 한라산 등반기록이면서 동시에 정신적인 상승에 대한 상징을 내포하고 있다.……전 시의 테두리 안에서 호수는 고요와 맑음의 상징이 된다.……백록담은 주관이 해소되고 객관적인 세계에 대한 투명한 인식만 남아 있는 세계를 암시한다고 할 수 있다. 위에 인용한 「백록담」의 마지막 부분은……의식도 문제되지 않는 명징의 경지를 나타낸다고 해석될 수 있다.……그는 처음부터 감각과 언어를 거의 금욕주의적 엄격함을 가지고 단련하였다. 「백록담」에 이르러 그는 감각의 단련을 무욕의 철학으로 단련시킨 것이다. 분명 정지용에 이르러 현대 한국인의 혼란된 경험은 하나의 질서를 부여받았다.15)

「백록담」에 대한 이 엄청난 찬사는 어느 정도의 타당성이 있는 것일까. '의식도 문제되지 않는 명징의 경지'·'주관이 해소된 객관적 세계에 대한 투명한 인식만이 남은 세계'란 무엇인가. 또 '무욕의 철학'이 의미하는 바란 무엇일까.

문맥 그대로 본다면 이 용어들은 지용과 그의 작품 「백록담」이 던지는 의미의 세계가 인간 존재의 한계성을 넘어선 지점에 도달해 있다는 의미가 된다. 「백록담」이 '의식도 문제되지 않는 명징의 경지'·'주관이 해소된 객관적 세계에 대한 투명한 인식만이 남은 세계'를 의미한다는 것은, 지용이 모순과 편견으로 가득한 인간의 의식 세계를 초월하여 명징한 지혜의 세계에 도달하였다는 것을 의미하며, '감각의 단련을 무욕의 철학으로 단련시켰다'는 것은 그의 후기 시가 초기 시의 감각적 세계를 벗어나 욕망의 초월을 지향하는 세계로 들어섰다고 하는 판단이기 때문이다. 이 찬사가 만약 타당한 것이라면 지용이라는 시인은 이미 성인의 경지에 오른 셈이 된다.

이러한 판단이 지용이 그상화해 놓은 「백록담」을 대상으로 한 것이 아니라, 김우창이라는 연구자가 백록담이라는 지리적 공간에 대해 나름대로 부여한 의미를 기술한 결과라면 그것은 일단 존중되어야 할 가치가 있을 것이다. 그러나 이것이 지용이라는 한 인간과 그의 시 「백록담」이 도달한 정신적 경지에 대한 최종적 판단이라면 동조하기가 어렵다. 명징한 지혜의 획득이나 인간적 한계의 초월은, 그 어떤 시공간에 사는 인간이든 간에 원천적으로 매우 어려운 일이며, 그 성취 정도에 대한 제3자의 판단 역시 원천적으로 매우 어려운 일이기 때문이다. 또 여러 가지 정황으로 보아 당시의 지용은 이러한 찬사를 감당할 만한 튼튼한 내적 에너지를 지니고 있지 못했던 것으로 보이기 때문이다. 그런 의미에서 인간 정지용과 그의 시를 최고의 지위로 올려놓은 김우창의 견해는

---

15) 김우창, 위의 책, 52-53쪽.

신뢰하기 어렵다. 오히려 연구자의 판단으로는 지용의 후기 시 중에서 최고봉에 올라 있다는 「백록담」은 그의 초기시가 갖고 있는 소외적 방법을 극한적인 경지까지 추구해 본 작품이 아닌가 생각된다.

1

절정에 가까울수록 뺵국채 꽃키가 점점 소모된다. 한마루 오르면 허리가 슬어지고 다시 한마루 우에서 목아지가 없고 나종에는 얼골만 가웃 내다본다. 花紋처럼 판박힌다. 바람이 차기가 咸鏡道 끝과 맞서는 데서 뺵국채 키는 아조 없어지고도 팔월 한철엔 흩어진 星辰처럼 爛漫하다. 산 그림자 어둑어둑하면 그러지 않어도 뺵국채 꽃밭에서 별들이 켜든다. 제자리에서 별이 옮긴다. 나는 여기서 긔진했다.

2

巖古蘭, 丸藥 같이 어여쁜 열매로 목을 축이고 살어 일어섰다
……〔중략〕……

8

고비 고사리 더덕순 도라지꽃 취 삭갓나물 대풀 石珥 별과 같은 방울을 달은 高山植物을 색이며 취하며 자며 한다. 白鹿潭 조찰한 물을 그리여 山脈 우에서 짓는 行列이 구름보다 莊嚴하다. 소나기 놋낫 맞으며 무지개에 말리우며 궁둥이에 꽃물 익여 붙인 채로 살이 익는다.16)

한라산 등반 과정을 그 공간적 높이에 따라 시화해 나간 백록담은, 위와 같이 등반자의 육체적 탈진과 기력 회복의 반복 과정, 그리고 높이에 따라 종(種)이 달라지는 한라산의 동식물들을 소묘해 나가는 진술적 특성을 갖고 있다. 또 그곳에서 살아가고 있는 생명들은 지용이 이들에게 투사한 특수한 정서로 채색되어 있다. 그것을 한 마디로 말한다면, 조선 국토의 최남단 성산(聖山)에서 살아가는 생명체들에 대한 시인의 애정이

---

16)『鄭芝溶全集 1』, 民音社, 1988. 140쪽. 이하의 인용 내용도 동일함.

다. 잘디잔 한라산 식물들의 이름을 하나하나 부르며 그 아름다움을 안타깝게 묘사해 가는 그의 눈은, 기본적으로 '빼앗긴 땅'을 걸으며 국토에 대한 애정을 안타깝게 확인하는 1920년대 시인 이상화의 눈과 동일하다.

6

첫새끼를 낳노라고 암소가 몹시 혼이 났다. 얼결에 산 길 百里를 돌아 西歸浦로 달아났다. 물도 마르기 전에 어미를 여흰 송아지는 움매—움매— 울었다. 말을 보고도 登山客을 보고도 마고 매여달렸다. 우리 새끼들도 毛色이 다른 어미한틔 맡길 것을 나는 울었다.

등반객과 말을 어미로 착각하고 매어 달리는 송아지를 보며, 지용은 '우리의 어린 새끼'들도 저럴 것이라며 운다. 이 송아지의 모습이 불러일으키는 정서적 효과는, 어린 생명체에 대한 인간의 원초적인 보호 본능과 관련되어 있다. 그러므로 독자에게 즉각적이고도 보편적인 연민적 공감을 불러일으킨다. 문제는 그 송아지의 신세가 '우리 새끼들'과 같다는 지용의 독백이다.

왜 '우리 새끼'가 어미 잃은 송아지와 같다는 말일까. 여기에 지용이 「백록담」을 보는 중요한 관점 하나가 개입되어 있다. 지용이 말한 불우한 '우리 새끼들의 운명'이란 인간 세계의 보편적인 현상이 아니라 특수한 시공간에 사는 '우리의 운명'을 가리키는 언어이기 때문이다. 그 특수한 시공간이란 무엇인가. 지용은 여기에서 당시 조선의 현상과 미래에 대해 그가 갖고 있는 가치의식을 분명한 형태로 드러내고 있는 것이다. 좀더 구체적으로 말한다면, 그는 1930년대 말엽의 역사와 그 미래를 문제시하면서, 그 시공간을 살고 있는 조선의 어린 것들의 미래가 이 송아지의 그것과 같을 것이라는 비극적 비전을 여기에서 영탄하고 있는 것이다.

지용 시 전체를 통틀어 볼 때, 한국 민족 전체의 역사적 위치에 대한 이러한 적극적 진술은 실은 전혀 낯선 것이 아니다. 후기 시에서 갑자기

돌출한 것도 아니다. 그가 초기의 '조찰한' '정물화' 들 속에서 내내 감추고 있었던 그 세계, 그리고 최초기작 「까페 프란스」에서 직설한 바 있었던 '나는 나라도 집도 없단다'라는 자기 연민적 영탄이 민족적 차원의 그것으로 확대되어 표출된 세계인 것임에 다름 아닌 것이다.

해방 후 지용은 자작품의 창작 배경에 대해 언급하던 중, 후기 시의 창작 동기에 대해 이렇게 말한 바 있다.

> 『백록담』을 내놓은 시절이 내가 가장 정신이나 육체로 疲弊한 때다. 여러 가지로 남이나 내가 내 자신의 疲弊한 원인을 지적할 수 있겠으나 결국은 환경과 생활 때문에 그렇게 된 것이다.
>
> 그러나 모든 것을 환경과 생활에 책임을 돌리고 돌아 앉는 것을 나는 고사하고 누가 동정하랴? 생활과 환경도 어느 정도로 극복할 수 있는 것이겠는데, 親日도 排日도 못한 나는 山水에 숨지 못하고 들에서 호미도 잡지 못하였다.17)

지용은 자신의 후기 시의 특징인 '산수행(山水行)' 속에 그럴듯한 명분이 있었다고 변명하지 않는다. 배일은 물론 친일의 대열에도 들어설 수 없었을 정도로 정치적인 용기가 없었으며, 산수 속에 은둔하는 일이나 일상 노동의 세계 속으로 돌아가는 일 역시도 할 수 없었다고 고백한다. 한 시대 문화를 이끄는 선구자적 지식인이면서도 정치 영역이나 일상 영역 모두에서 중증의 무기력증을 겪을 수밖에 없었던 식민지 말기 지식인 시인의 딜레마가 이 속에 솔직하게 고백되어 있는 것으로 보인다. 이러한 고백은 당대 지식인들이 공통적으로 겪고 있었을 정신적 딜레마였을 것이라는 점에서 보편적 의미가 있기도 하다.

이러한 고백과 아울러 「백록담」의 윗 구절을 생각해 볼 때, 우리는 당시 일본 파시즘 세력에 의한 중일전쟁의 본격화, 전세계적인 파시즘 세력의 발흥을 바라보면서 암울한 역사적 전망 속에 빠져 있었던 지용, 그

---

17) 정지용, 「朝鮮詩의 反省」, 『鄭芝溶全集 2』, 民音社, 1988. 266쪽. 원전은 『文章』 27호, 1948.

리고 무엇보다도 그러한 상황을 공포적인 것으로 받아들이고 있었던 지용의 내면상을 충분히 추측해 볼 수 있다. 바로 이곳에서 지용의 「백록담」 등반이, 그가 도달하고자 한 '높은 곳'이 무엇을 의미하는가가 문제시되는 것이다. 그는 과연 한라산에 '의식도 문제되지 않는 명징의 경지'·'주관이 해소된 객관적 세계에 대한 투명한 인식만이 남은 세계', '무욕의 철학'을 얻으려고 올랐던 것이며 결국 그것을 얻게 되는 것인가. 그렇지 않다고 생각된다. 그는 정상에 올라 '백록담'을 보며 이렇게 영탄한다.

> 9
> 가재도 긔지 않는 백록담 푸른 물에 하늘이 돈다. 불구에 가깝도록 고단한 나의 다리를 돌아 소가 갔다. 쫓겨온 실구름 일말에도 백록담은 흐리운다. 나의 얼굴에 한 나잘 포긴 백록담은 쓸쓸하다. 나는 깨다 졸다 기도조차 잊었더니라.

정상에서 기도를 올릴 것을 염두에 두고 올라왔을 지용이, 그가 마주한 백록담에서 '기도조차' 잊었다고 했다. 성소(聖所) 백록담의 장엄함과 휘황함이 그를 압도해서일까? 그렇지 않다. 그는 '기도조차' 잊었다고 했다. 표면적으로 본다면 이것은 매우 중요한 것을 실수로 잊었다는 식의 발언으로 읽을 수 있지만, 또 한편으로는 그가 기도를 그다지 중요하지 않게 생각했다는 속심의 고백으로도 읽을 수 있다. 왜인가. '불구에 가깝도록 고단'하게 올라와 마주한 한라산 정상에서 그는 기도드릴 것이 없었기 때문이다. '나라도 집도 없는' '우리 새끼'의 미래는 어미 잃은 송아지의 모습과 같이 절망적인 것이며, 이 절망 이상의 정신과 의지를 생산할 그 무엇도 당시 지용의 마음속에는 존재하지 않았기 때문이다.

그러므로 그곳은 '쫓겨온 실구름 일말에도' 흐리우는 결벽적인 순결성은 갖고 있으나, '쓸쓸하'기만 한 공간인 것이다. 백록담 자체가 특정 유형의 정서를 생산하는 마술적 공간일 리는 없으니 이것은 그대로 지용의 마음의 일절이 투사된 결과라고 보는 것이 옳다. 지용은 자신의 마음을 이곳에 정직하게 투사하는 것이고, 그 결과는 깨끗하고 순결하나 연약하기 그지없는 '푸른 물'인 것이다. 이 '조찰한 세계'에 대한 소외적 집착이 그의 초기 시를 관통하는 심리적 기제—지킴의 시학—와 동일한 것임은 물론이다.

30년대 말엽 조선의 최남단의 성산인 한라산 정상에 올라가는 이 시인의 의도는 비유적으로 말한다면 '자궁 찾기'에 있었던 것이 아닐까. '자궁 회귀 본능'이란 모든 인간이 지니고 있는 퇴행적 심리 기제의 마지막 보루에 해당한다. 객관적 상황의 폭력성과 자신 속에 내재해 있는 공포와 무기력증에 쫓긴 그는 그 최후의 보루를 찾아 한라산에 올랐던 것이 아닐까. 그러나 정상 위에서 지용은 다만 기진할 뿐이며, 그의 눈에 백록담은 다만 가냘픈 순결성만 내비치고 있는 공간으로 보일 뿐인 것이다. 이곳에 서있는 지용의 모습은 전형적인 절망자의 모습이다.

공포적인 현실을 뒤로 하고, 평화와 안심, 혹은 요행적인 의지를 얻으려는 최후의 시도 끝에서도 유토피아를 찾지 못한 지용의 모습이 이 「백록담」을 채우고 있는 시인의 자화상이라고 보는 것이 옳을 것이다. 애초부터 유토피아가 산이라는 외형 속에 존재할 리가 없다. 지용의 마음속에서 이미 상실된 유토피아가 명산의 정상에 올랐다고 해서 새롭게 재생될 리는 없는 것이 아닌가.

그러므로 지용이 이 작품 속에서 생산하고 있는 시적 아름다움은, 집착과 욕망을 버리는 데 성공한 한 인간이 획득한 최대 자유의 경지, 즉 '무욕의 경지'를 우리가 보는 데서 얻어지는 것이 아니다. 지용의 한라산 등반은 깨끗함과 결벽적인 청결과 미를 통하여 자신과 현실 사이에 장막을 쳐놓고 자기 하나만이라도 깨끗하게 지켜 내려고 노력해 온 한 시인이 시도한 최후의 도피행이라고 보는 것이 옳다. 그렇게 그는 한라산의 정상에 올랐던 것이며, 그곳에서 초기 시 속에서부터 진행되어 온 자신의 내적 모순이 극대화된 모습, 즉 극한적인 수준에 이른 절망을 최종적으로 확인하게 되는 것이다.

극한적인 피로와 절망으로 충만한 이 '피폐'한 절정의 공간은, 이육사의 '절정'의 이미지와도 부분적으로 유사한 데가 있다. 이곳에서 그가 분명하게 건진 것이 있다면 '맑음'을 내면적으로 지키고는 있으나 현실적으로는 무기력하기 짝이 없는 까칠하고 쓸쓸한 자화상이다. 시대와 자신에 절망한 한 시인의 극한적인 자기 탐구의 과정과 빼앗긴 국토에 대한 연민이 서로 긴밀하게 짜여져 있는 세계가 던지고 있는 처절한 아름다움, 이것이 「백록담」이 우리에게 보여 주는 시적 아름다움의 원천이 아닐까 생각되는 것이다.

4. 맺음말

이 글은 정지용의 이미지즘적 시작 방법이 그의 세계관 내지 현실관, 자신의 내적 욕망 구조와 어떠한 관계를 맺고 있는가를, 초기 시와 후기 시로 나눠 분석하자는 의도 아래 집필되었다. 그 결과를 요약하면 다음과 같다.

「바다」 연작을 비롯한 그의 대부분의 초기 시에서 지용은 이미지즘적 방법을 적극적으로 추구하는 시인으로서의 특성을 보여 준다. 이 이면에는 1920년대 시인들과 달리, 대상들 하나 하나를 명료한 감각적 인상으로 포착하는 '정물적 집착'과 의지가 관철되고 있으며, 그 결과로 주제 의식이 희석화되는 현상이 동반된다. 이러한 시작 방법과 결과는 시의 의미적 차원과 사회적 맥락을 중시하는 한국시의 전통에서 볼 때 매우 이질적인 것으로 보이나, 지용은 이러한 창작 방법과 창작품의 이면에서 자기 나름의 은닉된 욕망과 세계관을 노출하고 있다.

그 단서는 그의 초기작들이 '조찰한 것'이라는 단어로 요약될 수 있는 명징한 정서의 표출에 편집적으로 집착하고 있다는 점에서 발견할 수 있다. '조찰한 세계'에 대한 지용의 편집적 집착은 대상의 한 면에만 지속적으로 집착하는 태도를 보이고 있다는 점에서 감상적인 태도에 속하는 것이다. 뿐만 아니라, 이것은 '조찰한 세계'와 대타적 관계를 맺고 있는 '추한 세계'에 대해 지용이 강력한 자의식을 갖고 있다는 것도 의미한다.

그 '추한 세계'의 정체는 식민지라는 객관적 공간과 그 속에 적응하여 살아가고 있는 자기 자신이다. 그의 이미지즘적 시 속에 숨어 있는 은닉된 자화상이 이것이라는 사실은 그의 최초기작인 「까페 프란스」에서 분명하게 확인된다. 「까페 프란스」에서 지용은 '추한' 현실에 적응해 사는 자신의 분열적인 자화상을 자학적인 태도로 그려 놓은 바 있는데, 이렇게 분명한 욕망의 세계를 작품에 표면화시키는 방법은 그의 이후 초기 시 세계에서는 나타나지 않는다.

이것은 지용이 1930년대라는 상황 속에서 자신의 존재의 외곽을 지켜나가는 방책으로 이미지즘적 방법을 택했음을 알려 준다. '조찰한' 이미지로 구성된 정물화에 장인적으로 집착함으로써 의미(현실)의 세계와 결별하는 구조를 갖고 있는 그의 초기 시의 세계가 바로 그 결과이다. 그런 의미에서 지용의 이미지즘적 방법은 자신이 처해 있는 진정한 현실에 대한 직시를 회피하기 위한 방어 기제에 해당한다. 그런 의미에서 지용의 이 방법은 자기 소외적 방법에 속하며, 그의 현실 대응 자세가 영랑과 같은 시인에게서 확인할 수 있는 '지킴의 시학'의 범주에 속한다는 것을 알려 준다.

그의 후기 시의 대표작이라고 할 수 있는 「백록담」은 지용의 초기작이 갖고 있는 소외적 방법이 극한적으로 추구된 결과이다. 「바다」 등의 '정물화'와는 방법을 달리하여, 이 작품에서 지용은 그가 현실에 대해 갖고 있는 절망적 인식 내용을 분명한 형태로 드러낸다. 그것은 「까페 프란스」에서 그가 제시한 바 있는 '나라도 집도 없는' 식민지 지식인의 자화상이 민족적인 규모로 확대된 결과로 그 모습을 드러낸다. 그 '나라도 집도 없는' 지식인이 자신의 '자궁 찾기'로 시도한 한라산 등반에서 그는 결국 다음과 같은 것을 발견하게 된다. 개인적으로는 '조찰한' 외양을 지키고 있으나 현실 속에서는 공포에 함몰되어 있는 무기력한 자화상이 바로 자신이라는 점, '백록담' 역시 이러한 자화상의 투사물에 지나지 않는다는 점, 그것이다. 그런 의미에서 「백록담」은 '명징과 무욕의 경지'를

형상화한 작품이 아니라, 그의 초기 시작 방법에서 확인되는 자기 소외
적 특성과 '지킴의 시학'이 도달한 최후의 딜레마를 형상화한 작품에 해
당한다.

〈참고 문헌〉
『鄭芝溶全集 (1·2)』, 민음사, 1988.
임화, 「담천하의 시단 일년」, 『신동아』, 1935. 12.
김기림, 「1933年 詩壇의 回顧」, 「朝鮮日報」, 1933. 12, 7-13.
김환태, 「정지용론」, 『三千里文學』, 1938. 4.
이해문, 「중견시인론」, 『시인춘추』, 1938. 1.
유종호, 「現代詩50년」, 『思想界』, 1962. 5.
오탁번, 「지용시 연구」, 고려대 석사논문, 1970.
오세영, 「모더니스트, 비극적 상황의 주인공들」, 『문학사상』, 28호, 1975. 1.
김우창, 「한국시와 형이상」, 『궁핍한 시대의 시인』, 민음사, 1977.
이숭원, 「정지용 시 연구」, 서울대 석사논문, 1980.
민병기, 「정지용론」, 고려대 석사논문, 1981.
문덕수, 「정지용론」, 『한국 모더니즘 시 연구』, 시문학사, 1981. 117쪽.
김용직, 「詩文學派 硏究」, 『韓國現代詩硏究』, 一志社, 1982.
김재홍, 「모더니즘과 30년대의 시」, 『한국문학연구입문』, 지식산업사, 1982.
은희경, 「정지용론」, 연세대 석사논문, 1982.
오탁번, 「한국 현대 시사의 디위적 구조」, 고려대 박사논문, 1983.
김준오, 「김영랑과 순수·유미의 자아」, 김윤식·이주형 편, 『한국근대작가론』, 방송
        통신대학출판부, 1986.
장도준, 「정지용 시의 연구」, 연세대 박사논문, 1989.
최동호, 「산수시의 세계와 은일의 정신」, 『1930년대 민족문학의 인식』, 한길사, 1990
김윤식, 「거울이 되어 버린 자아」, 『근대시와 인식』, 시와시학사, 1991.
김신정, 「완벽한 시간의 꿈과 아름다움의 추구」, 『근대문학과 구인회』, 새미, 1996.

김기림의 모더니즘과 식민지적 역사성

정 희 모

영구한 모더니즘이란 듣기만 해도 몸서리치는 말이다.
「모더니즘의 역사적 위치」

1. 머리말

1930년대 한국 모더니즘의 가장 대표적 비평가라면 역시 김기림을 들
수 있을 것이다. 김기림은 1930년대 초반부터 시작되었던 모더니즘 운
동을 주도했을 뿐만 아니라, 모더니즘에 대한 주목할 만한 많은 작품과
비평을 만들었기 때문이다. 그런데 김기림의 모더니즘 운동에 대한 일반
적 평가는 그렇게 만족스러운 것만은 아니다. 김기림과 그의 작품은 "정
신적 화전민(火田民)"[1], 혹은 "관념적 세계관이 만든 허위의식의 산물"[2]
로 평가되었고, 역사의식과 전통의식이 부재하는 서구추수적인 산물로

---

1) 송욱, 『시학 평전』, 일조각, 1963. 186쪽.
2) 강은교, 『1930년대 김기림의 모더니즘 연구』, 연세대 대학원 박사논문, 여기서는
   이선영 외, 『한국 근대문학 비평사연구』, 세계, 1989. 469쪽.

폄하되었다. 김기림에 대한 이런 평가절하는 사실상 김기림 한 사람에게 해당되는 문제는 아니었다. 이 속에는 1930년대 한국 모더니즘을 바라보는 편향된 시각이 내재되어 있고, 나아가 모더니즘 운동 자체를 평가절하하려는 일반적 인식과 맞물려 있다. 김기림이 주도한 구인회의 문학을 "파행적인 미적 근대성의 추구"3)로 규정하는 것이나, 서구 모더니즘을 비롯한 모더니즘 일반을 "쁘띠 부르주아지의 미학"4)이라고 규정하는 것 역시 그러한 인식의 일환이라 할 수 있다.

김기림뿐만 아니라 전체 모더니즘에 대한 일반적인 평가절하는 역시 우리 민족이 갖는 근대화의 특수성 경험과 밀접한 관련을 맺고 있다. 근대화가 시작되는 순간, 제국주의 억압과 같은 특수한 생존권의 문제와 마주쳤고, 이후 식민지 내에서 불구적인 근대화를 추진할 수밖에 없는 '종속적 근대성' 혹은 '왜곡된 근대성'을 경험했던 것이다. 이런 불구적 근대성이 주는 인식론적인 피해는 무엇보다 심각하다. 임화가 말한 대로 식민지 시기 문학의 목표가 근대 문학의 완성임에는 누구나 동의하면서도, 정작 근대화나 자본주의화를 다루는 모더니즘에 대해서는 누구나 의심스러운 눈초리를 거두지 않고 있는 것이다. 마치 모더니즘에 대한 논의가 식민지적 민족 현실을 외면한 이식 논의처럼 인식되고, 민족해방을 도외시한 폐쇄적인 미적 담론으로 여겨지고 있다. 그래서 한국에서의 예술 모더니즘 운동은 "제국주의 문화침략을 확산하고 심화하는 것"5)으로 인식되기도 했다.

김기림의 모더니즘론에 대해서도 크게 다른 점은 없다. 그의 이론은 서구 지향의 미학관을 드러내고, 문화적 보편주의를 지향한다는 측면에서 반전통, 반역사성의 문학6)으로 평가받고 있다. 그의 전체시론 역시 "형식논리적인 단순한 산술적 종합"으로 평가받기도 한다.7) 그의 이론이

---

3) 박헌호, 「구인회를 어떻게 볼 것인가」, 상허문학회, 『근대문학과 구인회』, 깊은샘, 1996. 46쪽.
4) 강은교, 위의 책, 41쪽.
5) 백낙청, 「문학과 예술에서의 근대성 문제」, 『창작과비평』, 1993년 여름호, 27쪽.
6) 송욱, 위의 책, 186쪽.

갖는 미숙함과 편향성으로 볼 때 이런 평가는 일면 타당성을 갖고 있는 점이 분명해 보이지만, 정작 중요한 것은 이런 평가를 내리는 사람 역시 문제의 중심인 왜곡된 근대성과 모더니즘의 함수 관계에 대해서는 말문을 닫는다는 점이다. 모더니즘에 대한 일방적인 평가는 이른바 '왜곡된 근대성'이 식민지적 과제로만 관심을 돌려, 근대성에 대한 직접적 담론 자체를 막고 있는 것과 같은 결과를 낳는다.

근대성이란 자기 시대의 위기를 문제화하려는 의식으로부터 출발한다.8) 근대성이 역사적 개념이라는 것을 인정한다면 자기가 처한 시대의 자기 존재를 규명하려는 의식으로부터 출발해야 하는 것은 명백하다. 근대성은 매순간 변화하는 자신의 삶에 주목하고, 그것의 역사성과 현재성의 모순관계를 인식하는 데에서 시작되는 것이다. 식민지 시기의 근대적 삶이 제국주의적 근대화와 밀접한 관련을 맺는다는 것은 주지의 사실이다. 제국주의적 근대화 역시 자본주의적 세계체제의 일환이었던 점을 감안하면, 근대성은 넓은 의미에서 식민지적 수탈과 문명적 근대화를 내포하고 있다. 이른바 식민지적 근대성 속에는 '수탈'과 '개발'이 함께 존재하는 것이다. 따라서 식민지 조선이 한편으로는 도시적 근대성과 농촌적 봉건성을 같이 수반한다고 보았을 때, 모더니즘은 식민지 모순의 또 다른 표상을 제공하고 있는 셈이다. 모더니즘은 농촌의 봉건성과는 다른 식민지적 불구성을 드러내 주는 것이며, 그런 점에서 식민지 위기의 산물이기도 한 것이다. 또한 식민지적 삶 속에서 현재의 존재를 규명하려는 자기 진단의 한 방식이 되기도 한다. 따라서 근대성에 대한 인식은 단일민족이나 일국 내부의 계급운동의 한계를 뛰어넘는 폭넓은 관점이 요구되는 것이다.9)

이 글이 살피고자 하는 김기림에 대한 논의도 이런 측면에서이다. 김

---

7) 김윤식, 「전체시론—김기림의 경우」, 『한국근대문학사상사』, 일지사, 1984. 475쪽.

8) 이광호, 「문제는 근대성인가」, 『환멸의 신화』, 민음사, 1995. 13쪽.

9) 이 점에 대해서는 조형근, 「역사 구부리기—근대성에 대한 계보학적 탐색」, 서울 사회과학 연구소 지음, 『근대성의 경계를 찾아서』, 새길, 1997 참고할 것.

기림의 모더니즘론은 서구적 근대 지향의 보편성과 식민지 현실의 왜곡된 근대성 사이에서 방황하고 배회한다. 그의 이론은 "전세계를 분주히 질주하는 자본"을 이야기하고, "현대의 타고난 성격으로 스피드"를 이야기한다. 그럼에도 그는 "민중언어"를 이야기하고, 카프의 "현실참여"를 이야기한다. 그의 이론이 갖는 장점과 단점은 바로 이 점에 기인한다. 그는 근대성의 이중성, 또한 근대성과 식민지성의 이중성을 인식하면서도 그 깊이에 철저하지 못했던 것이다. 이런 복잡성과 단순성은 그의 이론이 갖는 맹점이기도 한데, 이를 우리는 단순히 이론의 허약성만이라고 일도양단할 수는 없다. 무엇보다 이런 복잡성은 그 시대가 안고 있는 문제이기 때문이다.10) 이 글은 이런 문제를 중심으로 시작한다.

2. 모더니즘과 근대 문명 추구

김기림의 모더니즘론이 식민지 역사성을 그 배경으로 하고 나왔다. 그가 출생하고 공부하고 생활한 공간뿐만 아니라, 시인으로서, 또한 비평가로서 활동한 공간 역시 식민지이었음은 주지의 사실이다. 그런 점에서 그의 비평은 식민지가 안고 있는 민족적 모순과 억압의 굴레 속에서 탄생한 것이기도 하다. 하지만 우리 문학사에서 김기림의 비평이 갖는 위치는 조금 특별하다고 할 수 있다. 그는 우리 문학의 문제를 근대성의 문제와 같이 인식했고, 그것을 문명의 긍정성과 부정성이라는 모더니티의 이중성과 함께 결부시키고 있기 때문이다. 말하자면 그는 식민지적 근대성 역시 근대화(모더니티) 자체가 안고 있는 역동적이고 복합적인 제 관계 속에 놓여 있는 것으로 보았고, 따라서 식민지 내의 문학 역시 모더니티와 관련된 근대적 산물의 하나로 보았던 것이다.11)

---

10) 김기림에 대한 일반적 논의는 아래의 글을 참고할 것.
　　문덕수, 『한국 모더니즘 시 연구』, 시문학사, 1981.
　　강은교, 『1930년대 김기림의 모더니즘 연구』, 연세대학교 대학원, 1987.
　　조달곤, 『의장(擬裝)된 예술주의—김기림 문학연구』, 경성대학교 출판부, 1998

　김기림의 이런 시각은 식민지 문학 내에서도 특별한 위치를 차지하고 있다. 김기림의 문학은 카프나 민족주의 문학에서 볼 수 없는 보편사적 개념을 담지하고 있으며, 그것은 일국 내의 문학적 개념을 뛰어넘는 거시적인 근대 보편사의 개념으로 설명될 수 있는 것이기도 하다.

　이런 점은 카프 문학이 담고 있는 근대성과 비교해 보면 명확해진다. 임화는 문학에서의 근대성이 민족 내의 역사적 과제와 밀접하게 관련되어 있음을 인식하고, 우리 근대문학의 성립을 민족문학에서 찾았다. 그는 근대문학의 일반적 과제와 프로 문학의 독자적 과제의 결합을 근대적인 민족문학으로 보았고, 이런 결합의 성립 요인을 '조선적 특수성'으로 규정하고 있다.12) 여기서 임화가 말하는 조선적 특수성은 민족 내부의 식민지성과 깊은 연관을 맺고 있음은 두말할 나위가 없다. 민족문학의 성립이 근대적 민족국가의 성립과 깊이 결부된 것을 염두에 둘 때 임화는 식민지성의 타개와 근대적 민족국가의 수립이라는 과제를 근대문학 성립의 내재적 조건으로 보고 있는 것이다.

　문학이 근대적인 민족어와 민족정신을 바탕으로 한다고 보았을 때 민족 내부의 모순을 생산 조건으로 한다는 점은 명백하다. 이런 관점에서 문학에서의 근대성을 민족 내의 역사적 과제와 밀접하게 관련시키는 임화의 관점은 계급성이 갖는 내포적 의미를 제쳐 두고서라도 일견 타당하고 정당한 것이기도 하다. 하지만 거시적인 근대의 역사적 틀 속에 넣었을 때 문제는 달라진다. 임화의 논의대로 보자면 근대문학을 성립하기

---

　11) 김기림의 평론 중 이와 관련된 부분을 인용하면 다음과 같다.
　　"조선에 있어서의 지금까지의 신문화의 「코스」를 한 마디로 요약한다면 그것은 「近代」의 추구였다. 따라서 이른바 신문학의 발생 당초의 그 성격은 서양에 있어서의 「르네상스」와 부합되는 점이 많다. 그도 그럴 것이 「르네상스」는 근대정신의 발상이었고 「근대」를 추구하는 후진사회가 우선 「르네상스」의 정신과 방법을 채용한 것은 극히 자연스러운 현상이었다."
　　김기림, 「우리 신문학과 근대의식」, 『인문평론』, 1940. 10. (이 글은 『김기림 문학전집』 2권, 심설당, 1988. 43쪽에서 인용, 이하 『김기림 문학전집』에서 인용)
　12) 이 점에 대해서는 하정일, 「1930년대 후반 문학비평의 변모와 근대성」, (민족문학사연구소 편, 『민족문학과 근대성』, 문학과지성사, 1995)을 참고할 것.

위해 자본주의적 근대화 자체를 일정하게 부정해야만 하는 모순이 내재
한다. 근대화(모더니티)가 세계 자본주의 내에서 부르주아 헤게모니가
재생산되는 과정이라고 본다면, 임화에게 근대문학은 이런 부르주아 헤
게모니 자체를 부정해야만 획득될 수 있는 개념이다. 이런 모순을 어떻
게 설명하여야 할까? 이런 점은 물론 근대성과 연관된 맑시즘의 성격,
즉 맑시즘이 탈근대인가, 아니면 근대 체제내의 저항운동인가라는 문제
의 해명을 통해 풀어야 할 사항이지만, 또한 일국 내의 민족적인 특수성
과 세계적인 보편성 사이에는 엄연한 거리가 있음을 말해 주는 것이기
도 한 것이다.

　김기림의 관점이 특별한 것은 아마도 이런 민족적 특수성의 문제를
세계사적 보편성의 문제 속에서 해명하려 하기 때문일 것이다. 김기림은
문명이나 근대화 자체를 조선의 특별한 역사성의 국면으로 보지는 않는
다. 오히려 그는 세계사적 변화의 일환으로 조선의 근대화를 파악하는
데, 그 점에 있어 임화와 같은 계급주의나, 이광수, 염상섭과 같은 민족
주의, 김동리와 같은 반근대주의와 일정한 거리를 형성한다. 김기림은
현실에 대한 문학적 응전과 대응의 관점을 민족사적인 식민지 현실이
아니라, 근대 자체가 형성한 모더니티의 특수화로서 식민지적 현실로 상
승시키는 것이다. 이른바 현실의 눈을 한 단계 더 추상(抽象)으로 끌어
올리는 것인데, 여기에서 그가 갖는 보편주의적 문명 해석과 문학 해석
의 특별한 방법이 등장하게 된다. 그는 조선의 근대화 역시 자본주의적
근대체제의 일 부분일 수밖에 없고, 근대문학 역시 그런 근대화의 한 일
환으로 보고 있는 것이다. 예컨대 그가 1920년대 초기 낭만주의 시단
(詩壇)을 세기말 문학의 아류인 「센티멘탈 로맨티시즘」으로 보는 것이
나, 카프의 시를 편내용주의로 평가하는 것13)도 우리 문학 자체를 근대
적인 문화적 보편주의로 해석하고자 하는 발상의 하나라 할 수 있다.

---

13) 김기림, 「모더니즘의 역사적 위치」, 『인문평론』, 1939. 10. (전집 2권, 55쪽)

　　그런데 신시의 발전은 그것의 환경인 동시에 모체인 오늘의 문명에 대한 태도의 변천의 결과였다는 것은 매우 흥미 있는 일이다. 「모더니즘」은 특히 이 점에 있어서 의식적이어서 그것은 틀림없는 문명에 대한 새로운 태도를 가져왔다. 이 일을 이해함이 없이는 신시사 전체는 물론 「모더니즘」은 더군다나 알 수 없이 된다. (중략) 「모더니즘」은 두 개의 부정을 준비했다. 하나는 「로맨티시즘」과 세기말 문학의 말류인 「센티멘탈 로맨티시즘」을 위해서고, 다른 하나는 당시의 편내용주의의 경향을 위해서였다. 「모더니즘」은 시가 우선 언어의 예술이라는 자각과 시는 문명에 대한 일정한 감수를 기초로 한 다음 일정한 가치를 의식하고 쓰여져야 된다는 주장 위에 섰다.14)

　　30년대 우리 신문학 운동 자체가 일종의 「르네상스」운동이었던 것은 두말할 것도 없다. 우리 앞에는 우리들이 전대에 구경한 일이 없던 아주 새로운 세계, 새로운 문명 즉 구라파라고 하는 현란한 표본이 갑자기 제시되었던 것이다. 모든 사회적 노력과 문화적 목표는 우선은 이 표본을 어서 바삐 끌어들이는 일이고, 다음에는 그 거울에 비추어서 자신의 문화를 새로 발견하는 데로 향했다. 우리는 이러한 의미에서 늘 문화주의자요 이상주의자였다.15)

　　인용문은 신시(근대시)의 발전이 오늘의 문명에 기초해 있고 그것이 바로 모더니즘임을 직시해 보여 주고 있다. 그리고 그 모더니즘은 세계사적 현상, 즉 근대 그 자체에 기초해 있다. 다시 말해 그는 조선의 근대, 역시 자본주의적 세계시장의 성립과 함께 세계 체제 속으로 들어갈 수밖에 없다고 보았던 것이다.　이런 세계주의적 발상은 그의 말, "「근대」는 실로 세계사적 규모로 진전하고 있"으며, "르네상스의 세계화 과정은 근대 시민 사회의 숙명적 의욕"16)이라는 표현 속에서도 분명히 드러난다. 세계화란 우리 자신을 바로 그 속에 내포시키는 개념이기도 한 것이다. 새로운 문명이 세계사적 필연으로 나타난다면, 우리 근대시 운동

---

14) 김기림, 「모더니즘의 역사적 위치」. (전집 2권, 54쪽-55쪽)
15) 김기림, 「시의 르네상스」, 『조선일보』, 1938. 4. 10. (전집 2권, 120쪽)
16) 김기림, 「우리 신문학과 근대의식」. (전집 2권, 44쪽)

역시 이런 필연적 과정으로부터 벗어날 수는 없는 노릇이다. 여기에서 우리는 김기림이 가진 보편적인 문명 해석과 문학 해석이 지닌 본질적 의미를 알 수 있게 된다. 그것은 서구 문명과 우리 문명을 하나의 등치선으로 놓는 것, 다시 문명 해석의 보편론을 우리 문학 속으로 끌어들이는 일이다. 김기림의 시론이 전적으로 영미 모더니즘의 이론가, 예컨대 T. E. 흄, T. S. 엘리엇, H. 리드의 이론에 기대고 있음도 여기에 기인한다.

그렇다면 근대 문명의 도래가 역사적 필연성으로 인식된다면, 그 속에서 시대의 반영인 근대문학의 특성은 어떠할까? 근대화가 과학기술의 발전, 산업화된 생산체계, 근대도시의 발전, 상품시장의 성립과 같은 문명화로 인식될 때 그것의 반영인 문학 양식 역시 달라질 수밖에 없지 않을까? 인용문에서 보듯 그가 "문명에 대한 일정한 감수"라는 표현을 사용하는 것도 이 점과 연관된다. 초기 그의 시론에서 김기림은 근대 문학을 「주지주의, 이미지스트」로 표현하고 있는데, 이는 바로 문명에 대한 문학의 인식 방식을 규정하는 것이다. 현대의 문명이 도시를 중심으로 감각적 미와 인상을 요구한다면, 그런 미는 감성 속에서 구성되는 것이 아니라 그 문명을 이해하는 방식 속에서 나타난다. 근대 세계는 이전에는 볼 수 없었던 새로운 경험 세계이기 때문이다.

김기림이 현대시를 주지적 방법 속에서 보고 있는 것은 달라진 대상의 이해와 떼어 놓고 생각할 수는 없다. 그가 모더니즘을 "오늘의 문명 속에서 나서 신선한 감각으로 문명이 던지는 인상을 붙잡는 것"[17]이라고 규정했을 때 이전과 달라진 시적 대상의 의미가 분명하게 드러난다. 그것은 김기림이 말하는 대로 "문명 속에서 형성되어 가는 감각, 정서, 사고"를 말하는 것이며, 이전과는 다른 새로운 감수성, 새로운 미의 특성을 지칭한 것이다. 이처럼 그가 낡은 시와 현대시를 구분하는 것도 바로 시적 대상의 변화와 밀접하게 관련된다. 시가 의식적이고 지적으로

---

17) 김기림, 「모더니즘의 역사적 위치」. (전집 2권, 56쪽)

제작되어야 한다는 것은 문명과 그 본질을 감각적으로 이해하고 구성하라는 말과 동일한 것인데, 그 속에는 빠르게 변화하는 현대적 물질 문명을 이해하고 받아들이라는 말이 내포되어 있는 것이다. 뿐만 아니라 빠르게 유동하는 현대적 감각을 과학적 방법이나 지적 방법이 아니면 잡을 수 없다는 강박관념 또한 내포되어 있는데, 여기서 김기림의 이성적 근대주의자, 합리적 계몽주의자로서의 관점이 드러난다.

문명 지향의 근대성은 초기 김기림이 갖는 문학적 목표인 것만은 틀림없다. 초기 그의 시(「기차」, 「호텔」, 「쵸코레-트」, 「아침 비행기」, 「한강 인도교」 등) 는 도시와 기계 문명의 숭배로 가득 차있다. 자동차와 기선, 가차, 비행기를 즐겨 읊는 그의 시 속에는 문명에 대한 낙관론과 진보적 입장이 그대로 나타난다. 근대적 문물 자체가 전대(前代)의 미몽(迷夢)으로부터 우리를 일깨우는 합리적, 이성적 사유의 역할을 맡는 것이다. 따라서 그의 시 사상은 근대적 문명 자체를 근대적 사유로 일깨워내는 과학주의의 냄새를 물씬 풍기게 된다. 문명을 주지적으로 이해하고 분석하려는 그의 시론도 여기에서 가능해진다. 하지만 이런 근대주의, 과학주의를 통해 나타나는 모순과 분열 또한 적지 않았다는 점 역시 지적되어야 하겠다. 대표적인 것은 근대성 내부의 모순성, 예컨대 이성적인 것과 초월적인 주관성 사이의 균열에서 일방적으로 이성적이고 합리적인 것을 예찬하거나, 또한 근대 자체의 복잡한 모순성(버먼 식으로 말하자면 아이러니)을 단순화시키는 것과 같은 오류들이다. 구체적으로 본다면 낭만주의와 상징주의에 대한 일방적인 혐오감 같은 것이 그러한 것들이다.

뿐만 아니라 이런 관점은 세계사적 보편성을 중심으로 하다 보니 민족사적 특수성이나 차별성을 제대로 인식하지 못할 위험성 또한 지니고 있다. 그 동안 김기림의 비평이 서구 추수주의나 이식론적인 관점으로만 평가받는 것도 이와 무관치만은 않다. 더구나 이런 논의는 나아가 모더니즘 전체의 비판으로 확대되는데, 가령 백낙청의 다음과 같은 언급, "한국에서의 예술 모더니즘 운동의 다른 일면은 제국주의 문화침략(근대주의의 해악)을 확산하고 심화하는 것이었다."[18)는 말이 그러한 것이다. 백낙청의 이 말은 리얼리즘과 대척되는 위치에 있는 모더니즘을 말하는 것인데, 모더니즘 자체의 복잡성을 염두에 둔다면 이 말은 옳기도 하고 틀리기도 하다. 근대화는 과학적 기술의 발전, 산업화된 생산체계, 근대 도시의 성장, 대중 매체의 등장, 상품시장의 성립, 자본주의적 세계시장 의 성립과 같은 세계사적 보편화 과정이었다면, 근대성은 이런 역사과정 이 안고 있는 개개인의 경험방식, 예컨대 단절과 연속, 모순과 투쟁, 낡 은 것과 새 것의 변증법과 같은 복잡한 사유체계를 의미한다. 근대성을 기반으로 하는 예술적 모더니즘 운동 역시 이런 복잡한 경험의 상반된 의식을 내포하고 있다. 근대성이 근대 문명에 대한 긍정과 부정의 속성 을 모두 담지한 개념인 것처럼, 예술적 모더니즘 운동 역시 문명 예찬과 문명 비판을 함께 공유하고 있는 것이다. 그런데 문제는 무엇에 더 의미 를 두고, 무엇을 더 강조하느냐 하는 점이다. 모더니즘이 기계 문명에 대한 긍정적 수용이나, 예찬, 혹은 과학적인 방법, 태도도 시종한다면, 그것은 식민지와 같은 민족적 위기 국면에서는 당연히 부정적인 모습으 로 비쳐질 수밖에 없다. 우리 문학의 경우 1930년대 주지주의 경향이 이런 문명예찬과 과학성의 함정에 빠져 있는 것으로 볼 수 있을 것이다. 이런 경우 모더니즘은 하나의 사조로서 리얼리즘과 대척되는 의미를 함 유하게 된다.

3. 모더니즘과 식민지적 역사성

김기림의 문학 역시 이런 서구 취향의 보편주의적 함정으로부터 결코 자유스러운 것은 아니다. 그가 동양적 사고의 결함과 서양적 사고의 지 성을 예찬하였다는 점[19)은 익히 알려진 사실일 뿐만 아니라, 그의 시론

---

18) 백낙청, 「문학과 예술에서의 근대성 문제」, 『창작과비평』, 1993년 겨울호, 27쪽.
19) 김기림, 「오전의 시론」, 『조선일보』, 1935. 10. 1-10. 4 (전집 2권, 161쪽-162 쪽)

전체가 서구의 이론에 기대고 있다는 점 또한 명백하다. 하지만 김기림의 모더니즘은 이런 단순한 이식적 사고로부터 벗어나게 하는 몇 가지 긍정적 측면을 가지고 있다. 하나는 모더니즘을 문명사의 전환 개념이 아니라, 역사적 필연성과 역사적 진보의 개념으로 인식하고 있다는 점이다. 오늘날 자본주의적 세계체제는 인간의 의지와는 상관없는, 역사의 자기 법칙의 관철이라는 점을 명백히 보여 주고 있다. 선진 자본주의 국가가 내재적 발전을 거쳤다면 후발 자본주의 국가는 예외 없이 식민지와 경제적 종속관계를 거치면서 근대의 세계 체제 속으로 편입되었다. 물론 이런 경우라 하더라도 식민지 종속국 내의 자율적 발전 역시 없었다고만은 할 수 없을 것이다. 그러나 자율성이든 타율성이든 엄연하게 근대가 엄연히 자신의 역사적 법칙을 관철시키고 있다는 점은 명백하다. 모더니즘에서 중요한 것은 이제 이런 역사적 필연성과 그 의미를 읽어 내는 것이다. 근대가 단순히 기계 문명의 증가와 생활 세계의 편리라는 근시안적인 차원으로 해석될 수는 없는 노릇이고 보면, 김기림의 말처럼 "모더니즘의 역사성에 대한 파악" 없이는 근대문학의 도입이나 완성 역시 요원한 문제일 수밖에 없다.

또 다른 장점은 그의 논의 속에는 근대성의 이중성에 대한 폭넓은 통찰이 전제되어 있다는 점이다. 김기림은 30년대 중반에 오면 이전과 다른 근대성에 대한 목소리를 내기 시작한다. 1934년에 이르면 문명 감수가 아니라 문명 비판에 대한 목소리를 높이고, 자본주의의 퇴폐 현상에 대해 비판을 시작한다. 이 시기에 쓴 『새 인간성과 비평정신』을 보면 근대 문명이 인간성을 파괴하는 물신화 경향에 대한 비판이 나온다. 이런 부분들은 그가 문명 감수로부터 문명 비판으로 근대에 대한 시각을 전환시키고 있음을 보여 주는 것이다. 정치적으로 보면 서구 파시즘에 대한 위협이 더 강화되고 있었고, 문단적으로 보면 서구 모더니즘 작가의 좌경화가 분명해지고 있었다. 앙드레 지드의 전향, 루이 아라공과 오든, 스펜스의 사회주의로의 경사가 모더니즘에 대한 그의 시각을 바꾸도록 유도했던 것이다. 뿐만 아니라 조선의 정치적, 문화적 상황 역시 간단치가 않았다. 일제의 정치적 억압은 심화되었고, 모더니즘 문학의 형식주의적 경향 역시 뚜렷해졌다. 1930년대 중반에 시작된 기교주의 비판이 바로 이러한 모더니즘의 물신주의를 비판하고 경계한 것이다.

　이런 점에서 보자면 김기림의 모더니즘론은 근대 문명에 대한 묘한 긴장 관계를 유지하고 있다고 볼 수 있겠다. 그는 문명이 가져올 긍정적 선의 가치를 부정하지 않았다. 모더니티가 생활 자체의 변화를 통해 이전보다 나은 자기 삶, 자기 완성을 가져올 것으로 믿었고, 그런 점에서 그는 이광수와 같이 낙관적인 근대화론자이기도 하다. 반면에 그는 모더니티가 인간성을 고갈시키고 물신화시킨다는 측면 역시 부정하지 않았다. 모더니즘에 폭넓게 퍼져 있는 물신화 현상, 즉 발레리의 순수주의나 다다의 파괴주의를 비판하고 공격했으며, 조선 모더니즘의 언어적 기교화 현상도 부정하고 비판했던 것이다. 30년대 후반으로 올수록 그는 현대시의 과제가 자본주의 사회의 퇴폐적 양상, 즉 문명 비판에 있음을 강조하고 있다.

　모더니티가 끊임없는 자기 갱신과 자기 비판을 포함한 것이라면 이런 이중성은 어쩌면 당연한 것인지도 모른다. 자본주의적 근대화가 본질적으로 이런 모순과 분열을 수반한 것이고 보면 문명 자체에 대한 긍정, 부정의 이중성은 근원적으로 그 자체가 안고 있는 필연적인 아이러니이기도 한 것이다. 그래서 그는 근대 문명이 안고 있는 역동성을 예찬하면서, 그것의 퇴폐성을 비판하기도 한다. 그의 시 「기상도」가 문명에 대한 경외와 비판의 묘한 절충을 이룰 수밖에 없는 이유도 이와 관련된다. 김기림이 근대성의 문제를 다루는 순간부터 이런 모순성이 근대성 속에 내재될 수밖에 없는 필연성을 띠고 있는 것이다. 하지만 그럼에도 불구하고 이런 이중성이 근대성 속에 내포된 진정한 이중성, 즉 지속적인 변화와 발전을 위한 역동성이나 창조성을 포함한 것이었다고 볼 수는 없다. 그의 문명 비판은 문명 예찬(문명 감수)에 비해 공허하고 표피적이며, 실제 의미도 없는 것이었다. 자본주의가 성숙하지 않은 식민지 현실에서 본다면 문명비판은 단순히 추상적인 논의의 수준을 벗어나기 어려운 개념이었다. 김기림의 말처럼 현란한 문명은 저 멀리서 들려 오는 한 갓 소문에 지나지 않는 것이기 때문이다. 따라서 그의 이론에서 문명 비판은 당연히 서구적인 의미를 띠게 된다.

김기림의 이론은 근대성의 이중성, 또한 문명 비판의 이중성을 띤다는 점에서 복합적이다. 그의 이론은 이전에 가지지 못했던 거시 담론을 통해 우리 문학의 근대성을 서구 문학의 보편성 속으로 귀납시킨다는 점에서 큰 미덕이 있다. 반면에 그런 이론은 식민지 현실이라는 우리의 구체적 현실을 매개로 했을 때는 순식간에 허무해지고 공소해진다. 세계성을 통해 우리를 본다는 것이 이렇게 어렵고도 힘든 것이다.

그렇다면 조선의 근대적 문학 운동(모더니즘)은 왜 실패하게 되었을까? 김기림은 1940년 전세계적인 파시즘의 횡행과 서구 문명의 종말을 직시하면서 우리 문학의 근대성 운동이 한낱 의미 없는 것이 아니었던가를 반문하고, 조선의 모더니즘 운동의 실패를 스스로 인정하고 있다.[20] 뿐만 아니라 "우리는 투명한 지성이라고 하는 것이 시대의 격동 속에서 얼마나 쉽사리 부서질 수 있다는 것을 눈으로 보아 왔다."[21]나 "영구히 '새로워질 수 있다'고 생각되는 것은 한 시인이 세대적으로 시대와 보조가 맞는 동안의 착각인 것 같다."[22]라는 표현을 통해 진보적 문명에 대한 불안과 회의를 그대로 드러낸다. 그의 표현을 빌린다면 우리 근대문학 운동은 "전후 구라파의 하잘 것 없는 신음소리"나 "자기도 모르는 사이에 한낱 혼동을 수입"한 것이며, 그것은 결국 "열매 없는 도로"에 불과하다는 것이다.[23]

하지만 이런 비판이 얼마나 효용성을 가질지는 여전히 의문스럽다. 그것은 서구적인 문명의 종말 사상을 그대로 우리 현실에 등치해 놓은 것과 같다. 무너지는 근대의 앞에 선 김기림은 마치 2차대전에 이르러 이

---

20) 김기림, 「우리 신문학과 근대의식」, 『인문평론』, 1940. 10. (전집 2권, 48쪽)
21) 김기림, 「시의 장래」, 『조선일보』, 1940. 8. 10. (전집 2권, 339쪽)
22) 김기림, 「시인의 세대적 한계」, 『조선일보』, 1940. 4. 23. (전집 2권, 337쪽)
23) 김기림, 「우리 신문학과 근대의식」, 『인문평론』, 1940. 10. (전집 2권, 48-49쪽)

성의 빛이 현실로부터 사라져 버리고, 문명의 폐허들만이 황량하게 남았다는 아도르노와 호르크 하이머의 모습과 유사하다.24) 그에게 근대적 문학의 표본은 서구의 문명 속에 있었던 것이다. 따라서 우리는 앞선 질문을 이렇게 바꾸어 놓아야 한다. 김기림의 모더니즘 운동이 왜 실패하게 되었을까? 이런 질문에 답하는 것 역시 간단치는 않겠지만, 그럼에도 그것은 식민지 모더니즘 운동의 실패를 규명할 직접적인 길이 된다. 김기림은 모더니즘적 세계성과 식민지적 현실성 사이의 괴리를 해명하지 못했기 때문이다.

1940년 「우리 신문학과 근대의식」에서 김기림은 조선의 근대문학 운동을 반성하면서, 조선적 근대성이 갖는 불구성에 대해 직접적인 언급을 한 적이 있다. 그는 이 글에서 불구의 원인을 "동양적 후진성"과 "조선의 왜곡된 근대성" 속에서 찾고 있다. 김기림의 논지대로 한다면 올바른 근대를 이루지 못한 근본적 원인은 근대를 이식 속에서나마 형성시킬 수밖에 없었던 조급함과 자본주의적 생산력보다는 소비력에서만 근대의 형태를 이루었던 불구성 때문이다. 이를 통해서 조선의 근대화는 올바른 근대 완성의 길로부터 멀어졌다는 것이다. 그럼으로써 나타나는 결과는 문학에서의 근대주의의 완성이란 과제의 실패이다.

이런 표현 속에서 알 수 있는 것은 조선적 근대의 불구성이 식민지적 모순과 밀접하게 관련된다는 점이다. 그가 말한 '동양적 후진성'은 자본주의의 후발성을 의미하는데, 이는 자본주의의 선도국인 영국을 빼면 모든 국가가 피할 수 없는 과정이었다. 그런 점에서 그것은 식민지 조선만의 문제가 아닌 세계사적 토편의 문제라 할 수 있다. 오히려 우리의 관심은 두 번째의 원인 속에 있다. 조선의 근대가 생산적 체제가 아니라 소비적 체제 속에 있다면 그런 불구적인 과정은 식민지적 모순과 직접 관련을 맺고 있는 셈이 된다. 조선에서의 공업화가 전반적인 자본주의화보다는 수탈의 용이성을 위한 식민지적 구조와 연관을 맺고 있기 때문

---

24) 이 점에 대해서는 위르겐 하버마스, 『현대성의 철학적 담론』, 문예출판사, 1995. 136쪽-162쪽을 참고할 것.

이다. 조선에서 근대가 진행되면 될수록 수탈의 왜곡성은 더 깊어질 것이다. 그렇다면 '근대의 완성'은 '식민지적 모순'과 바로 상치되고 충돌되는 것이 아닌가. 따라서 그가 '근대의 완성'을 부르짖을수록 '식민지적 모순'과의 충돌은 깊어질 수밖에 없다. 식민지적 근대화가 착취와 굴종, 억압과 왜곡의 과정이라면 근대성의 신화는 더 이상 불가능해진다. 근대의 추구가 식민지적 모순을 강화시켜 주는 모순을 수반하기 때문이다. 이 지점에 온다면 김기림의 근대 완성은 자신의 말처럼 더 이상 불가능한 것으로 보인다. 물론 김기림이 근대 자체(근대적 문명)를 포기하는 것은 아니지만, 그럼에도 그것은 "전설이나 일화"처럼 멀리서 들려 오는 이야기일 뿐이고, 더 멀어진 신화가 될 뿐이다.

4. 맺음말

헤겔은 보편성과 구체성 사이의 괴리를 총체성에서 찾았다. 맑스가 말한 총체성은 지금에서 본다면 자본주의 성장기인 19세기라는 역사적 한계를 안고 있다. 20세기 들어 레닌이나 루카치 역시 이 점에서는 마찬가지일 것이다. 모든 총체성은 특정 시대의 산물이면서, 특정 시대를 특정하게 바라보는 시각의 편린들이다. 보편성과 구체성의 결합은 이렇게 어려운 것이다. 그렇다면 우리는 식민지 시대의 근대성을 어떻게 규정할 수 있을까? 식민지 시대의 총체성을 섣불리 설정할 수 없는 이유도 여기에 있다. 현실 사회주의 붕괴와 함께 자본주의적 세계화가 관철되고 있는 시점에서 식민지 시대 역시 근대 기획의 한 범주였다는 점이 점점 더 분명해지고 있다. 근대자본주의가 시초부터 식민지화와 결합되어 있다는 지적,25) 또한 '자본주의 세계체제 안에서 비자본주의적 발전의 길은 없다'는 말26)이나 한국 근현대사는 결국 자본주의 체제로서의 전환

---

25) 유재건, 「식민지, 근대화 세계사적 시야의 모색」, 『창작과비평』, 1997년 겨울호, 66쪽.
26) 최원식, 「세계체제의 바같은 없다」, 『창작과비평』, 1998년 여름호, 21쪽.

에 불과하다고 보는 관점27) 등은 근·현대 세계 역사의 보편성이 자본주의적 근대성 속에 놓여 있음을 보여 주고 있다.

식민지 자본주의가 '수탈과 개발'을 함께 보유한다면, 또한 자본주의적 세계화(근대)가 식민지성을 하위 체제로 요구한다면, 식민지적 근대성을 읽는 독법은 달라질 수밖에 없다. 다시 말해 거시 체제와 미시 체제가 다른 층위를 형성하게 되는 것이다. 따라서 식민지를 단순히 '수탈,' 혹은 '개발'만으로 해석하는 패러다임도 달라져야만 한다. 문제는 이런 양 측면을 함께 고려하는 패러다임을 새롭게 재구성하는 일이다.28)

김기림은 자본주의적 보편성과 식민지적 민족성이 갖는 복잡한 상호관계를 올바로 이해하지는 못했다. 초기 그의 평론은 일방적으로 모더니즘적 보편성에 머물러 있었다. 1930년대 중, 후반에 오면 그는 식민지적 현실을 체감하고 구체적인 현실 비판의 논리를 자신의 이론 속으로 끌어들인다. 하지만 이런 경우에도 그는 여전히 서구 모더니즘의 주위를 배회한다. 그가 말한 현실 비판은 때로는 식민지 현실의 비판으로 읽히기도 하지만 때로는 단순한 문명 비판으로 읽히기도 하는 것이다. 그가

---

27) 안병직, 「한국근현대사 연구의 새로운 패러다임」, 『창작과비평』, 1997년 여름호 참고.

28) 세계체제적인 자본주의와 일국적 자본주의의 상호연관에 대해서는 최근에 많은 논의가 있었다. 그 중에서도 백낙청의 견해는 한번 음미해 볼 만하다. 백낙청은 구체적 분석의 출발점을 세계체제로 삼기보다는 세계체제 및 그 안의 수많은 하위 체제들 중 어떤 체제를 일차적 대상으로 삼을지를 그때그때 새롭게 결정해야 한다고 주장한다. 즉 당대 사회의 분석 단위 자체를 다층적으로 적용하는 방법을 제시한 것이다. 이런 견해를 식민지 자본주의에 적용하면 첫째 세계체제(자본주의적 근대성)를 분석 단위로 삼아 식민지 자본주의의 문제점을 분석하는 단위, 둘째 식민지 체제를 분석 단위로 삼아 그 모순을 분석하는 단위, 셋째 자본주의적 근대성과 식민지적 근대성의 상호모순이 미시적 측면에서 실생활에 영향을 끼치는 문제에 대한 분석 단위 등을 거론할 수 있을 것이다. 어떤 경우든지 세계체제로서의 자본주의와 일국 자본주의의 모순 관계에 대한 엄정한 성찰을 필요로 한다. 김기림의 이론은 이런 분석 단위에 대한 성찰과 엄밀함이 결여된 경우라 할 수 있을 것이다.
백낙청, 「민족문학론, 분단체제론, 근대극복론」, 『창작과비평』, 1995년 가을, 13쪽-17쪽.

내세운 '전체시론' 역시 이런 점에서는 마찬가지다. 그는 모더니즘 시의 대안으로 전체시론을 제시하는데, 이는 모더니즘 시의 '문명감수'에 경향시의 '현실참여'를 단순 종합한 것에 불과한 것이다. 이런 종합은 단순한 "등가적 균형론"29) 이상의 의미가 없는 것으로, 모더니즘 시와 경향시가 지닌 내적인 논리와 그것의 역사적 배경을 고려하지 않은 것이었다.

　뿐만 아니라 김기림 역시 카프와 마찬가지로 '집단'과 '민중언어,' '조선주의'를 이야기했다.30) 하지만 이런 용어들은 여전히 세계성의 주위를 맴돌아 단순한 명제 이상의 의미를 획득하지는 못했다. 그는 '조선주의'를 조선의 특수성을 세계성에 맞추는 것으로 인식했다. 세계성과 민족성의 화려한 조화가 이루어진 것이다. 하지만 이런 '세계성과 민족성'의 함정이 언제까지나 지속될 수는 없을 것이다.

---

29) 임화, 「기교파와 조선시단」, 『문학의 논리』, 학예사, 1940. 645쪽.
30) 이 점에 대해서는 조달곤, 『의장된 예술주의』, 경성대 출판부, 1998. 46-58쪽을 참고할 것.

시와 과학의 조화가 행한 일

오 문 석

1. 머리말

"과학과 시는 서로 부정하는 것이 아니고 각각 독자의 권리를 가지고서 문화의 領野 위에 대립하지 않고 병존하는 것이다. 그 일은 마치 같은 언어 영역 속에 과학적 명제와 시가 병존하는 것과 마찬가지다."[1] 이 문장은 김기림의 시론에 늘 따라다니는 전제 조건이다. 과학과 시 다시 말해 과학과 예술은 각자의 영토를 지니고 서로 간섭하지 않는다는 것이다. 김기림은 왜 시와 과학의 상호 불가침조약을 틈나는 대로 강조하는가? 그 조약을 체결함으로써 무엇을 얻어 내려 하는 것인가? 우리는 이 물음들에 답하려 할 때 김기림의 모더니즘의 세계로 들어서게 된다. 그렇기 때문에 이 글은 이 불가침조약의 의미를 묻는 데 쓰여질 것이다.

19세기를 일관해서 서양의 시는 대체로 전대의 귀족의 의식을 반영했다고 필자는 본다. 사회의 새 변혁에 대해서 시인은 늘 귀족적 潔癖

---

1) 김기림, 『김기림전집』 2권, 심설당, 1988. 23쪽.

에서 소극적으로 비난하고 도망하려고만 했다. 과학과 새 산업기구의 주인으로서 시민층이 멋대로 자라날 때에 19세기의 시는 슬픈 패배자의 노래였다. 궁정과 정원과 지나간 날의 신화에 대한 달콤한 회고와 향수에서 언제고 깨려고 하지 않았다. 그것은 알지 못하는 이국에 대한 동경으로도 나타나서 세기말에는 동양에 대한 꿈을 불타게 했다. '타골'이 등장한 것도 그러한 분위기 속이었다. '기탄자리'와 '루바앗드'가 영국의 세기말 시인들과 끌어안고 우는 동안 인도와 극동에는 영국의 지배가 날로 굳어갔던 것이다. 우리 신시운동의 당초에 선구자들이 수입한 것은 바로 이러한 19세기의 전통이었다. 상징파의 황혼 '센티멘탈·로맨티시즘'……. 그것들은 다시 말하면 '센티멘탈리즘'으로 어느 정도까지는 개괄할 수 있는 도피적인 패배적인 회고적인 인생태도를 대표했다.2)

인용문은 "과학과 새 산업기구," 곧 자본주의 사회의 발전 이후 19세기의 시인들이 사회의 발전에 적응하지 못하고 "지나간 날의 신화에 대한 달콤한 회고와 향수"에 젖어 있었음을 지적하는 내용이다. 사회의 발전 속도에 뒤처진 시인들에 대한 비판이라 할 수 있다. 문제는 식민지의 시인들이 그와 같은 '슬픈 패배자의 노래'를 그대로 수입했다는 데 있다. 제국주의 내에서의 '슬픈 패배자의 노래'가 식민지 시인들의 입에서조차 흘러나왔을 때, 식민 지배의 틀은 더욱 굳어졌다는 지적이다. 따라서 모든 시인에게 요구되는 사항이긴 하지만, 특히 식민지의 시인일수록 "과학과 새 산업기구"에 대한 "소극적인 비난과 도망"을 기도해서는 안 된다고 생각하는 것이다. 과학에 대한 시인의 입장은 식민지 시인으로서 도덕적 선택의 문제와 관련되어 있다. 과학과 시 및 예술 사이의 대립관계를 청산해야 할 필요성은 시대정신에 부응하는 것일 뿐 아니라 시대 윤리이기도 하다. 그래서 이 글의 뒷 부분에서 김기림은, "우리는 드디어 시와 과학은 결코 서로 대립하고 부정하는 것이 아니고 조화할 수 있는 것임을 또 조화해야 할 것을 깨달아야 했다."라고. 그래서 "시가 조직하

---

2) 김기림, 위의 책, 31쪽.

고 통일할 것은 과학적 세계상에 알맞은 인생태도일 것이다."3)라고 말하고 있다. 시와 과학의 대립과 반목 속에서 그것의 조화를 지향하는 것, 그 태도의 변화를 시인이 받아들여야 하고, 또 시를 통해 그 태도의 변화를 유도해야 한다는 것이 김기림의 지론인 셈이다.

그렇다면, 앞서 말했던 시와 과학 간의 '상호 불가침조약'이란 다름아니라 그 동안의 '대립관계'를 청산하고 새로운 '조화'를 지향한다는 것을 의미한다. 그러나 '조화'란 상호침투와 통일을 말함이 아닌가? 상호 불가침을 통해 각자의 영토를 거느리고 있는 시와 과학은 어떻게 또 상호침투하고 더 나아가 통일을 말할 수 있다는 것인가? 시와 과학 간의 상호 불가침조약과 연합통일은 어떻게 가능한가? 조화가 문제된다면 시와 과학은 또 그 동안 어떻게 달랐는가?

2. 기교와 기술의 차이

1939년 김기림이 쓴 「모더니즘의 역사적 위치」라는 글을 두고 사람들은 보통 모더니즘 자체에 대한 깊은 반성의 결과라고 말한다. 사실상 이 글은 두 가지 목적을 지니는데, 첫째는 모더니즘에 대한 오해에서 태출된 사이비 모더니스트들의 오류를 청산하는 일이고, 그 결과이겠지만 둘째는 모더니즘을 다만 역사적 해프닝 정도로 처리하려는 반모더니스트들의 편견을 교정하는 것이다. 같은 말이지만, 반모더니스트들에 대해서는 모더니즘이 문학사에 등장할 수밖에 없었던 그 '역사적 필연성'을 해명해 보이고, 또한 향후 모더니즘의 '시대적 사명'으로 사이비 모더니즘의 청산을 제시한다. 어찌 보면 모더니즘을 하나의 정점으로 놓고 고쳐 쓴 근대 시문학사라고 할 수 있다. 이는 같은 시기에 리얼리즘을 하나의 정점에 두고 근대 소설사를 서술하고 있던 임화의 작업(조선신문학사)에 대한 맞대응이기도 하다. 이처럼 "문학사는 과학"임을 믿었던 김

---

3) 김기림, 위의 책, 32쪽.

기림은 1930년대를 마무리하면서 다시 새로운 10년을 준비하고 있었던 것이다.4) 그 해는 그가 문단에 나온 지 꼭 10년째 되는 해였다. 그 10년 동안 김기림은 줄곧 '과학의 선교사' 노릇을 해 왔던 것이고 보면, 과학에 대한 그의 신념은 크게 달라지지 않았던 것으로 보인다. 그러나 우리가 살피려는 것은 이 글에서 제시된 그의 시관(詩觀)이고, 따라서 모더니즘의 역사적 필연성보다는 사이비 모더니스트에 대한 개념 규정과 그의 태도에 주목해야 할 것이다.

> '모더니즘'은 두 개의 부정을 준비했다. 하나는 '로맨티시즘'과 세기 말 문학의 말류인 '센티멘탈 로맨티시즘'을 위해서고, 다른 하나는 당시의 偏內容主義의 경향을 위해서였다. '모더니즘'은 시가 우선 언어의 예술이라는 자각과 시는 문명에 대한 일정한 감수를 기초로 한 다음 일정한 가치를 의식하고 쓰여져야 된다는 주장 위에 섰다. (…) 그러나 '모더니즘'은 30년대 중쯤에 와서 한 위기에 닥쳤다. 그것은 안으로는 '모더니즘'의 말의 重視가 이윽고 그 말류의 손으로 언어의 말초화로 타락되어가는 경향이 어느새 발현되었고, 밖으로는 그들이 명랑한 전망 아래 감수하던 오늘의 문명이 점점 심각하게 어두워가고 이지러가는 데 대한 그들의 시적 태도의 재정비를 필요로 함에 이른 때문이다. 이에 시를 기교주의적 말초화에서 다시 끌어내고 또 문명에 대한 시적 感受에서 비판으로 태도를 바로잡아야 했다. 그래서 사회성과 역사성을 이미 발견된 말의 가치를 통해서 형상화하는 일이다. (…) 全詩壇的으로 보면 그것은 그 전대의 경향파와 '모더니즘'의 종합이었다.

잘 알려져 있듯이 김기림은 1934년을 전후로 해서 "경향파와 '모더니즘'의 종합," 이른바 '전체시'라는 새로운 시의 모델을 제안하게 된다. '전체시'는 1920년대의 시단을 교대로 지배했던 '낭만주의'와 '리얼리즘'에 대한 "두 개의 부정"이 무의미해졌음을 의미한다. 그 "두 개의 부정"을

---

4) "어느 시기에 특히 문학을 하는 사람들 사이에 문학사를 요망하는 기운이 움직인다고 하면 그것은 그 시기의 문학이 자신의 계보를 정돈함으로써 거기 연결된 전통을 찾아서 그 앞길의 방향을 잡으려는 욕구를 가지기 시작한 증거일 것이다."(김기림, 위의 책)

통해 이미 '모더니즘'이 그 싹을 틔웠기 때문이다. '전체시'를 제시한 데는 새로 출현한 모더니즘을 가꾸어야 할 필요성이 들어가 있다. 일종의 가지치기라 할 수 있는 것으로, 사이비 모더니스트를 솎아 내야 하는데 그 첫 번째 대상이 바로 '기교주의'이다. 왜 기교주의는 사이비 모더니스트인가?

인용문을 자세히 읽어 보면, 1934년 이전이나 이후나 변화하지 않는 그의 신념이 있음을 알 수 있다. 그것은 '문명'과 '언어'의 조화에 대한 강조로서 그 둘의 조화는 그의 모더니즘의 기본 토대이다.5) 고쳐 말하면 김기림 모더니즘의 징표는 '문명의 언어'이다. 그리고 이 문명을 과학기술의 발전과 자본주의적 상품 생산의 확산으로 요약한다면, 문명의 언어는 곧 '인공의 언어'이다. 그런데 이 '인공의 언어'를 마주보고 '자연의 언어'가 대립해 있다. 문명은 언제나 자연의 시체 위에 세워졌다. 문명은 인간의 자연 지배의 기념탑이다. 따라서 두 언어 사이의 대립은 '인간'과 '자연'의 대립, 곧 '과학기술'과 '자연'의 대립을 의미한다.6) 김기림은 모더니즘의 정체성을 "문명 그것 속에서 자라난 문명의 아들"(56쪽)로서 따라서 인공의 언어를 통해 나타낸다. 모더니즘의 언어는 자연스럽게 흘러넘치는 언어가 아니라 인위적으로 만들어 내야 하는 언어이다.

그러나 인위적으로 만들어 내는 언어를 다만 화려하게 꾸미는 것, 혹은 절차탁마(切磋琢磨)와 혼동하였을 때 모더니즘에 대한 오해가 발생하게 된다. 그 오해의 산물이 '기교주의'인 것이다. 수사적 화려함이나 절차탁마의 시정신은 다만 '언어에 대한 관심'을 의미한다. 그런 의미에서라면 언어에 무관심한 시인이란 있을 수 없다. 그러나 바로 그 언어

---

5) 그는 자신의 모더니즘 시학을 '사회학'과 '심리학'의 통일체로 본다. ("새로운 과학적 시학은 심리적 사실 곧 사회적 사실로서의 시에 양면으로 육박하는 것이다."; 김기림, 위의 책, 17쪽) 언어가 "사람과 사람 사이의 심리적 고섭"을 위해서 사용된다는 것, 그리고 시는 "그 시대의 문화의 제 면과의 사이에 상호교류의 작용"을 통해 "늘 일정한 역사적 사회에 형성되는 산물"이라는 점에서, 언어와 문명 간의 조화는 심리학과 사회학의 통일체에 대한 그의 주장의 결과이다.

6) 이에 대해서는 김상환, 「기의 초월성과 인공미」, 『문학동네』, 95. 여름을 참조하기 바람.

대한 관심은 궁극적으로 '자연의 언어'에 기대고 있는 것이다. 단순히 언어를 잘 가꾸고 다듬는 "오직 정묘한 언어의 刺繡"(65쪽)만으로는 '인공의 언어'일 수 없다. 김기림은 그와 같은 태도를 '匠人의 기질'에 비유하고, 그것을 진정한 '시정신'에 대립시키고 있다.(66쪽) 진정한 시정신이란 "한 시대가 품고 있는 문화 의욕을 자신 속에 나누어 가지고 그것을 시에 구현해 가는 창조적 정신"(67쪽)이라고 한다. 언어를 잘 다듬는 일은 다만 '기교'(skill)에 지나지 않지만, 인공의 언어는 '기술'(art)이기 때문이다. 그런 의미에서 김기림이 '기교주의'라고 했을 때는 사이비 모더니스트, 혹은 스스로를 모더니스트로 착각한 낭만주의자들을 가리킨다.7) 따라서 김기림의 수차례에 걸친 '기교주의'에 대한 비판은 모더니즘에 대한 근본적인 자기 반성과는 거리가 멀다고 할 수 있다. 그것은 언제나 사이비 모더니스트들에 대한 청산과 모더니즘 정신의 자기 정비를 향해 있는 것이다.

그렇다면 '기교'와 다른 '기술'이 의미하는 것은 무엇인가? 언어를 가꾸고 다듬는 기교에 비해, 기술은 자기가 가꾸고 다듬어야 하는 바로 그 예술 자체에 대한 혁명적 발상의 전환을 통해서만 획득되는 것이다. 기교는 예술의 충실한 하인이지만, 기술은 예술 그 자체에 대한 배반에 토대해 있다. '기교'가 봉사하는 '예술'은 항상 미(美)의 이상으로 '자연'을 가정한다. 인간의 예술 작품은 늘 신(神)의 예술 작품인 자연(사물)을 닮으려 기교를 동반하게 된다.8) 그리하여 기교는 예술에서 조잡한 기술

---

7) 이 시기 김기림, 박용철, 임화 사이에서 벌어졌던 '기교주의 논쟁'은 김기림이 구별하고 있는 이 두 개념, 곧 기교와 기술의 차이를 이해하지 못하였던 데서 발생한 것이다. 모더니즘의 기술과 낭만주의의 기교를 구분했을 때, 박용철과 임화는 단순히 그것을 '형식'에 해당되는 단어 정도로 받아들였던 것이다. 이 논쟁을 '기교주의 논쟁'으로 부르면 사실상 기술과 기교의 차이를 무화시킨다는 인상을 주기 알맞다. 어쨌든 이 논쟁은 김기림이 개탄해 마지않던 의사소통의 부재를 확인하는 자리였다.

8) 헤겔은 단순히 자연을 모방하는 것만으로 자연의 자유로운 생산물(사물)과 경쟁할 수 있다고 생각하는 사람들을 조롱하면서, 그처럼 자연과 닮은 어떤 것을 생산하려는 노력의 결과물은 자연의 사물도 아니고 그렇다고 예술 작품도 아닌 기껏해야 속임수(trick)에 불과할 것이라고 비판한다. 차라리 아무리 하찮은 기술적 산물

의 흔적을 없애는 데 동원된다. 천의무봉(天衣無縫)의 경지는 언제나 예술가의 소망이었다. 자연은 예술이 모방해야 할 이상적인 미의 실현태이다. 그러한 예술관을 일컬어 김기림은 '19세기 낭만주의'라고 말한다. 18, 9세기에 출현한 대부분의 '미학'이 거기에 해당할 것임은 당연하다. 그들에게서 시와 과학, 예술과 기술의 화해를 기대하기란 불가능하다.

> 시와 과학은 서로 적대해야 할 것이라고 선동한 것은 주로 19세기의 반동적 노인들이었다. 사실 시인은 이들의 선동에 유인되어 산업혁명 이전의 봉건적 구라파를 노래함으로써 '빅토리아'조의 얼굴 찡그린 노인들에게 아첨했다. 그래서 과학을 부정하고 과학자의 일을 경멸하는 것을 신성한 임무로 여기는 시적 十字軍은 반드시 오늘의 우리의 주위에도 그리 드물지 않다. '유토피아'를 사랑하는 것은 시인의 특권이요 과학은 늘 그것을 깨뜨리는 악마라는 무고가 지금도 가끔 들려온다.9)

예술과 그 충실한 하인으로서의 기교는 '과학'에 직접적으로 대립한다. 그 적대적 관계를 통해서만 예술은 그 자신의 '자율성'을 주장할 수 있었던 것이다. 김기림은 이런 사태를 "문화의 세계에서 시와 과학의 領分에 대한 뚜렷한 분별이 없었다는 일의 결과"(23쪽)라고 말한다. 예술과 과학, 시와 과학의 대립은 각자 그 경계선과 한계에 대한 의식이 없었기 때문에 벌어진 '영토분쟁'이었다는 것이다. 그 분쟁의 씨앗은 예술이 스스로 인공의 흔적을 드러내는 기술보다 더 상위에 서려는 욕망에서 싹텄다. 기술은 예술이 숨기고자 하는 인공의 흔적, 그 치부를 드러내고 있으며, 더구나 과학은 예술이 숭배하는 그 천의무봉으로서의 자연에 적

(technical product)이라 할지라도 그러한 모방술(imitative skill)보다 더 많은 가치를 지닐 것이라고 주장한다. (Hegel, (trans., Knox), *Aesthetics*, Oxford University Press, 1975. 43쪽 참조) 이는 자연미를 예술의 모범으로 놓는 입장에 대해 인공미(예술미)를 긍정적으로 고려했다는 점에서 향후 모더니즘 이론에 많은 시사점을 던져 주게 된다.

9) 김기림, 위의 책, 22쪽.

대적이기 때문이다. 예술(기교)이 자연에 대한 숭배를 버리지 않는 한, 그것은 언제나 과학(기술)과 적대적인 관계를 유지할 수밖에 없다.

따라서 인공의 언어를 내세우는 일은 예술의 기술에 대한 서열의식과 실제적 차별의 철폐를 의미하는 것이다. 예술(Art)은 기술(art)과 동등해져야 한다. 그러나 이런 평준화적 발상은 예술 그 자신에 대한 반역이며 적과의 내통을 의미한다. 그 수모를 인내하는 것이 모더니즘이다. 오히려 모더니즘은 '영토분쟁'의 비생산성을 지적하여 분쟁을 종식시키고 상호 불가침조약과 평화조약의 체결을 중재하는 사절단이다. 그 메시지는 예술과 과학, 시와 과학이 각자의 영토의 경계선을 분명히 하면서 서로 소통해야 한다는 것이다. 그 중재의 의미는, 과학이 예술의 사신을 맞아들이고, 예술은 과학의 사신을 환대하는 우호관계의 확립을 가리킨다. 과학이 예술 속으로 들어옴으로써 새로운 시가 탄생하고, 예술이 과학 속으로 들어감으로써 새로운 비평이 탄생하게 된다. 따라서 김기림이 예술을 위한 예술을 인정하지 않는 것은 당연하다.

예술과 과학, 시와 과학의 평화적 중재를 위해서 김기림은 두 가지 일을 먼저 행해야 한다. 첫째는 예술 측에서 과학에 대한 근거 없는 우월감을 없애는 일, 둘째는 과학 측에서 예술을 다룰 수 없는 것으로 대하는 태도(형이상학)의 청산이다. 예술에 대한 '우상 파괴,' 그리고 '과학적 시학'의 정립은 시와 과학의 화해라는 새로운 시대의 개막을 위해서 반드시 행해야만 할 두 가지 과제였던 것이다. 한마디로 그것은 예술을 둘러싸고 있는 모든 '신비'(aura)를 걷어 내는 일이다. 그 신비에서 예술과 과학 사이의 적대감이 발생하기 때문인데, 그러므로 평화사절단 김기림의 목표는 '보편적인 소통 가능성'이며, '투명성'의 확보이다. 그러기 위해서는 영구 불변할 것으로 믿었던 미(美)를 역사 속에서 상대화하고, 생산에서 수용까지의 모든 예술의 소통 경로를 투명한 과학적인 언어로 설명해 내야 한다. 그것은 미의 역사화(사회학)와 시 창작 및 수용 과정에 대한 설명의 과학화(심리학)를 통해서 확보된다.

3. 신비(aura)의 제거

우리는 '시를 쓰는 市民'이라는 말 이외에 많은 오류를 내포한 시인이라는 개념을, 단어를 우리의 자전에서 말살하는 것이 당연하다고 생각한다. 시인은 이미 몰락하면서 있고 그것이 그들의 현실적인 그리고 필연적인 운명인 것이다. 새로운 '제네레이션'에 의하여 대표될 신시대는 벌써 이러한 의미의 시인을 필요로 하지 않는다. 사실 우리가 아무 생산적 사업에 참여함이 없이 시를 직업으로 쓰는 시인이라는 계급적 무뢰한에게 사회의 특등성을 許與하여 양지바닥에서 눈가물치는 고양이와 같은 인종을 사육하는 것은 확실히 그것은 사회적 浪費다. 시인이라는 존재는 그리고 그 개념은 벌써 역사상의 고전이다.10)

예술가에 대한 도독, 예술을 원하는 관객에 대한 모독은 '신비'를 제거하려 할 때 필연적으로 뒤따르는 일이다. 이 모독을 받아들이는 일은 예술과 과학, 시와 과학의 화해를 위한 첫 번째 관문이다. '신비'를 걷어낸 예술 작품은 후광을 잃어버리고, 한낱 초라한 인공품에 지나지 않게 된다. 언뜻 보기에 그 모습은 거리의 좌판에 나뒹구는 조잡한 상품과 다를 바 없다. 상품어는 신비가 없다. 시인 역시 그 작품에 못지않다. 시인은 다만 "아무 생산적 사업에 참여함이 없이 시를 직업으로 쓰는" "市民"(장사꾼)의 일원일 뿐이다. 시인에게는 아무런 특권도 주어질 수 없는 것으로 하물며 그에 대한 근거 없는 찬사란 허황된 것이다. 찬사는커녕 시인은 다만 "양지바닥에서 눈가물치는 고양이와 같은 인종"이라는 평가를 솔직히 받아들여야 한다. '신비'를 잃은 시인은 이제 전적으로 무기력하고 쓸모없는 존재가 되어 버렸다. 시와 시인을 "평범한 지점에까지 끌어내려야 하겠다."(296쪽)는 김기림의 선언은 단순히 "언어에 대해 관심을 갖자."는 수준의 발언이 아니다. 한없이 낮은 곳으로 추락하는 듯한 절망감, 그 끝없는 심연으로의 몰락을 받아들일 것인가의 문제이

---

10) 김기림, 위의 책, 293쪽. (김기림, 「시인과 시의 개념」, 조선일보, 1930. 7. 24-30)

다. 그러나 역설적이게도 그 추락과 몰락의 체험을 통해서 예술은 비로소 자본주의 사회에서 분명한 자기 영토를 지니게 되는 것이다. 자본주의 사회에서 예술의 자율성을 확보하는 길은 비생산적인 '영토분쟁'에 있지 않다. 시인과 시에 대한 모독을 견디지 못하는 '예술'(Art)은 그 스스로 통치권을 행사할 땅을 한 치도 얻지 못할 것이다. 그렇게 떠도는 방랑자를 누가 돌볼 것인가?

> 대중은 물론 최초부터 시와 같은 고가의 香料에는 무감각하며, 지배층은 또한 시가 가지고 있는 특수한 오락성에 벌써 염증을 느꼈으며, 武器로서도 그것이 어떠한 대중에게도 가까이 할 수 없는 것을 안다. 그들에게 있어서 시를 돌보지 아니할 충분한 구실이 있다. 시인이 아무리 깃발을 갈고 간판에 온갖 近代色을 칠한다 할지라도 벌써 고객을 잃어버린 이 고풍의 花商의 운명은 아마 세상에서 가장 참담한 것의 하나일 것이다. 나먹은 매춘부여, 인제는 분칠하는 것을 그만두어라. 어떠한 화장도 너의 얼굴 위의 주름살을 감출 수는 없을 것이다.11)

추락과 몰락의 체험을 받아들이지 않고, 절차탁마(기교)와 천의무봉(자연)의 정신으로 아무리 "분칠"한다 할지라도 이젠 아무도 그 "나먹은 매춘부"(예술)을 거들떠보지 않는다. 이미 앞질러 예상하고 과학과 결혼할 줄 알았던 '영화 예술'만이 대중을 사로잡을 수 있을 뿐이다. 누가 대중을 앗아갔는가? 시의 위기는 아무도 시인의 말을 들어 줄 사람이 없다는 사실의 위기이다. 그 위기에 대해서 낭만주의자들은 "시의 위기라는 말이 과학의 발흥이라는 말과 매우 긴밀한 연상을 가지고"(22쪽) 있다고 말한다.12) 시의 위기를 과학기술과 자본주의의 탓으로 돌린다. 자

---

11) 김기림, 위의 책, 317-318쪽. (김기림, 「상아탑의 비극」, 동아일보, 1931. 7. 30-8. 9)

12) 리차즈는 그 원인으로 시가 거기에서 탄생했던 '마술적 세계관'의 붕괴를 든다. 물론 '마술적 세계관'을 붕괴시킨 것은 과학의 힘이다. 그러나 과학에 의해 '중립화된 자연"은 사람들을 시로부터 절연시켰다. (I. A. 리차즈 (이국자 역), 『시와 과학』, 이삭, 1983, 58-9쪽 참조.) 모든 신비가 제거된 '기계로서의 자연관'을 처음 제시한 사람으로는 멀리 데카르트를 들기도 한다. 과학의 법칙에 따라 기계적으로

본주의 사회는 자연보다는 인공을, 예술보다는 기술을 숭상하기 때문이다. 자본주의 사회가 대중을 예술로부터 떼어 낸 것이다. 자본주의는 예술에 대해서 적대적이다. 예술 역시 자본주의 사회에 대해서 적대적이다. 따라서 근대 자본주의 사회에 대한 낭만주의의 반응은, 기술에 반대하여 '자연'을 옹호하고, 그리고 과학으로부터 '예술의 자율성'을 선언하는 형태로 나타난다. 이런 점에서 낭만주의의 반자본주의적 성향은 리얼리즘과 통한다. 낭만주의와 리얼리즘은 동일하게도 자본주의에 대한 직접적 거부의 표현이다. 그들은 기술(상품)에 대한 직접적 저항으로서 예술을 대립시킨다. 예술은 그 존재만으로도 자본주의 상품에 대한 거부인 것이다.

그러나 시(예술)를 과학에 직접적으로 대립시키는 것은 시(예술)의 위기를 부채질하는 격이다. 왜냐하면 "시라는 '연장'에는 '부르'는 아무 고통도 받지 않는다"는 것, 따라서 시는 "위험성 없는 안전한 '연장'", "무용한 '연장'"이기 때문이다.(297쪽) 시(예술)의 위기를 해소하기 위해서는 시(예술)와 과학간의 화해의 길을 모색해야만 한다. 그 길은 절차탁마와 천의무봉의 정신, 곧 역사적 변화와 무관한 예술의 영원성의 징표를 포기하고, 기술의 집약체인 자본주의적 상품에 대한 근거 없는 우월의식을, 그 신비의 후광을 벗어 던지는 데서 시작된다. 자본주의 문명이 낳은 기술(상품)을 새로운 예술의 모델로 승인하는 것이다. 예술과 상품(기술) 간의 상호승인과 교류를 통해서 예술은 비로소 방랑자 생활을 청산하고 자신이 거주할 영토를 마련할 수 있을 것이기 때문이다. 그것은

움직이는 자연, 거기에는 아무런 목적이 없다. 그런 의미에서 자연의 위기가 곧 시의 위기인 것이다. 그러나 과학이 자연에 대해서 행한 일을 모더니즘은 자연의 모방인 시(예술)에 대해서 행한다. 그러나 김기림은 '마술적 세계관'이 무너진 '중립화된 자연'에 대해서 말하지 않는다. 그것을 알지 못해서가 아니라, 식민지 조선의 이론가로서 현지 사정을 감안한 결과이다. 당시 조선에서는 '자연의 중립화'를 초래할 만큼 과학적 지식이 일반화되지 않았으며, 또 그것이 시의 위기를 초래하지도 않았다. 더구나 당시로서는 발전을 위해서 '과학적 지식'이 절박하게 요청되는 시기이기도 했다. 많은 사람들이 여전히 자연 친화적인 생각을 지니고 있었기 때문이다.

기술에 대한 우월감에서 비롯된 자율성이 아니라, 기술에 대한 승인을 통해 얻어 낸 자율성이다. 문명에 대한 "感受"를 통해서만 문명에 대한 "비판"이 가능해지는 것이다. 그 혁명적 전환을 감수하는 시인만이 참여할 수 있는 곳이 '전체시'의 공화국이다. 그곳은 후광이 제거된 시인과 신비가 제거된 시의 공화국이다. 그곳에서 모더니즘은 새롭게 출발하게 된다. 이때 문명 외부에서의 비판(리얼리즘)과 문명 내부에서의 비판(모더니즘)의 공조체제를 김기림은 각각 하나는 "좌로부터" 하나는 "우로부터" 접근하는 것으로 표현하고 있다.13) 그 '전체시'의 공화국에 참여할 수 있는 자격 조건은 「시에 있어서의 기교주의의 반성과 발전」을 시작으로 해서 1935년 한 해 동안 꾸준히 연재된 「오전의 시론」에 충분히 게시되어 있다.

4. 시와 과학의 상호 불가침

　형이상학이 학문이 아니라는 것은 우리도 지적한 바다. 형이상학이 학문을 가장할 때에 그것은 매우 위험한 불장난을 하는 것이 된다. 논리적 실증파는 형이상학이 학문으로서는 설 수 없다는 것을 굳세게 주장하려는 나머지에 형이상학의 사회적 역할과 언어형태로서의 면은 미처 보지 못하고 형이상학을 전면적으로 부정한 느낌이 없지 않다. 그것은 일종의 凡科學主義다.14)

---

13) "1930년 직전의 傾向詩는 암만해도 내용 편중에 빠졌던 것 같고 그것이 기교를 의식하고 내용과 기교를 통일한 한 전체로서의 시에 도달하는 것은 오히려 그 뒤의 과제가 아니었던가 생각한다. 나는 물론 右로부터 기울어지는 전체성의 선을 그려 보았다. 경향시가 만약에 금후 전체성의 선을 좇아서 발전을 꾀한다고 하면 그것은 물론 左로부터의 선일 것이다. 이 두 선이 어떠한 지점에서 서로 만날까, 또는 反撥할까는 그 뒤의 과제다." (김기림, 위의 책, 102쪽 ; 「시인으로서 현실에 적극관심」, 조선일보, 1936. 1. 1-5)

14) 김기림, 위의 책, 23쪽. (김기림, 「시작에 있어서 주지적 태도」, 신동아, 1933. 4)

형이상학의 대상은 이미 우리의 경험의 한계를 넘어서 있기 때문에 '초경험적'인 것이다. 초경험적이라는 말은 시간과 공간에 계약되지 않는다는 것을 의미한다. 형이상학의 영토는 초경험적인 이념이 규제하는 영역이다. 초경험적인 것에 대해서 인간은 자신의 이성을 사용하여 그 영토에 대한 '지식'을 구성해 낼 수 없다. 쉽게 말해 우리는 신, 영혼 등에 대해서 '지식'을 지닐 수 없다. 반대로 초경험적인 이념은 인간이 '진리'를 향해 쉬지 않고 정진하도록 고무하고 그 길을 비춰 주는 별빛이다. 그렇기 때문에 초경험적인 세계의 이념은 경험적인 세계에 적용되어 직접적으로 '지식'을 갖게 하는 것이 아니다. 경험세계에 대한 지식은 오직 경험과 긴밀하게 관계된 '과학'을 통해서만 얻을 수 있다. 따라서 김기림은, "형이상학이 지혜로서의 한계를 넘어서 지식인 체 가장하는 때 그 결과는 사실의 인식을 혼란시키고 또 사실의 인식 대신에 무수한 幻影을 사실의 주위에 흩어놓게 될 것"을 우려한다. 그렇다면 경험세계의 위에서 반짝이고 있는, 미의 보편성을 논하는 그 형이상학적 미학이 개개의 예술 작품에 대해서 침묵하게 됨은 당연하다. 따라서 김기림은 개별적인 작품에 대해서 지식을 얻기 원한다면 우리는 '과학'을 동원해야만 한다고 주장하는 것이다. "형이상학적 講堂美學이나 시학이 우리에게 준 것은 아름다운 관념과 그리고 실망이었다. 시에 대한 진정한 지식이 아니고 머리 속에서 꾸며낸 精妙한 논리"(27쪽)였기 때문이다.

그러나 형이상학적 미의 이념이 개별 작품에 대해 '지식'을 제공하지 않는다 할지라도, 그것이 "지혜"(12쪽)를 제공해 주는 한 그것 또한 제 자신의 영토를 지녀야 함은 당연하다. 다만 형이상학적 미의 이념은 "역사적·사회적 規制를 받는"(30쪽) 개별 작품의 영역에 대해 '침묵'해야만 한다. 만일 영원한 미의 이념이 강림해 시대에 제약된 개별 작품에 대해서까지 간섭하고, 그 지식을 주장한다면 예술의 역사성은 흔적도 없이 사라지게 될 것이다. 그렇게 되면 19세기의 낭만주의 미학은 그 영원성을 구가하려 할 것이며, 시와 과학 간의 화해란 한순간에 무너져 내릴 것이다. 그렇기 때문에 김기림의 모더니즘은 신의 '침묵'을 요청하는 여술이다. 모더니즘은 "'뮤즈'(詩神)가 떠나간 뒤의 텅 빈 상아탑의 잔해에 불과"하다.15) 영원한 미의 이념이 침묵하는 가운데 모더니즘은 비로소 그 생명을 유지할 수 있는 것이다. 신은 강림하지 말아야 한다. 그때에 야 시인은 "비로소 아무 기적도 신들의 이름도 그 속에서 구경할 수 없 는 20세기의 신화를 쓸 수"(32쪽) 있을 것이다.

그렇다면 김기림은 왜 여기에서 '범과학주의'를 비판하는가? 시와 과 학의 조화란 궁극적으로 그 통일을 지향하는 것은 아닌가? 아니 그렇지 않다. 조화와 통일이 다른 것처럼, 시와 과학의 경계 없는 '통일'이란 김 기림이 지향하는 이상향이 아니다. 만일 그렇게 된다면 시와 과학의 저 처절했던 영토분쟁보다도 더 못한 상황이 펼쳐질 것이기 때문이다. 단적 으로 말해 대상에 대한 객관적 지식을 제공하는 과학과 달리 시(예술)는 "객관세계에 관한 지식하고는 아무 관련이 없"(25쪽)다. 여기에서 우리 는 인간 이성의 이론적 사용과 그것의 실천적 사용16)을 구별한 칸트를 떠올릴 수 있다. 인간 이성의 이론적 사용에 관련된 과학은 대상의 현상 (appearance)에 대해서 말할 수 있지만, 인간 이성의 실천적 사용에 관 련된 시(예술)는 대상 그 자체(물자체)로 침투해 들어간다. 그것은 다음 과 같은 이유에서이다.

　　당자야 응하든 말든 현실은 시인을 향해서 직면하기를 강요한다. 시 인은 차라리 그것을 뚫어지게 노려보아야 할 것이다. 각각으로 변모하 는 현실에 대한 예리한 비판자라야 할 것이다. 그러한 변화무쌍한 단 편적인 현실의 가상에 흐르는 덜 동하는 통일된 현실의 정체를 붙잡기 에 힘써야 하는 것이 아닐까. 시대는 시인에게 향해서 과학자 이상의 냉철한 관찰과 분석과 인과관계의 추구를 명하는 듯하였다. 과학자 이 상이라고 하는 것은 과학자가 理智의 힘으로써만 대상을 노릴 때에 시

─────────────

15) 이런 모습은 목적이 떠나 버린 공허한 기계로서의 자연을 닮게 된다. 그리고 자 연을 그렇게 바라보게 한 과학적 지식의 그 눈(眼)을 닮았다.
16) 칸트에 의하면, 인간 이성의 실천적 사용이 이론적 사용을 넘볼 때 그것은 '오용' 이다.

인은 구체적으로 情意마저 움직여 전인격을 통하여 감수하기까지 해야 하는 까닭이다.17)

시대는 시인에게 과학을 무시하고 거기에 대립할 것이 아니라, 과학(현상)을 거쳐 과학 이상의 것(물자체)으로 침투해 들어가야 함을 요청한다. 시(예술)는 대상을 향한 활동이자 운동이며, 대상으로부터의 운동이다. 대상, 곧 사물로부터 출발하는 경험의 전개과정, 그 상호작용의 결과물이 시다. 시는 '경험'의 일종일 뿐이다. 그러나 형이상학적 미학에 기대는 한 시인은 결코 '사물'에서부터, 또 '경험'에서부터 출발할 수 없다. 그들의 시는 늘 공허한 '주관'으로부터 흘러나올 뿐이다. 그들은 시인이 마땅히 거쳐야 할 '과학자'의 단계를 건너뛴다. 섬광처럼 솟아나는 비약과 도약이 그들의 창조 과정의 신비를 조장한다. 그렇기 때문에 그들은 과학에 대해서 예술의 우월성을 맹목적으로 주장할 수 있었던 것이다. 그러나 김기림의 모더니즘은 모든 시인이 과학자의 단계를 반드시 거쳐야 함을 역설한다. 그리고 나서야 시인은 과학자를 넘어서게 된다. 시인은 사물(자연)을 '목적'으로 삼지 않고 다만 사물(자연)에서 '출발'해야 한다. 마치 자본주의의 상품(기술)이 자연으로부터 출발하는 것처럼 사물(자연)에 대한 노동의 결과가 시작품인 것이다. 자연으로부터 부가가치를 생산하는 기술의 경우와 마찬가지로, 시인은 자연으로부터 출발하여 거기에서부터 가치를 창출해야 한다. 이때의 가치란 시대를 초월한 미의 가치가 아니라, 시대에 제약된 가치를 말한다. 과학자의 자세로 현실에 밀착하였을 때 현실의 시대적 가치를 포착하고, 그것을 시 속에서 실현해 보이는 것이야말로 모더니즘의 자세인 것이다. 시는 시대 현실의 가치를 포착하는 수단임과 동시에 가치를 실현하는 수단이다. 외부 현실(시대)은 시 안에서 그 가능성(가치)을 실현한다.

그러나 정지해 있는 개념이나 이념을 들고는 부단히 변모하는 이 현실을 포착할 수 없다. 시인은 부단히 운동하는 주관이어야 한다.18) 그

---

17) 김기림, 위의 책, 125쪽.

직 그런 의미에서만 시는 대상(현실)에 대해서 정적인 '지식'만을 획득하는 과학을 넘어서게 된다. 시인은 과학(개념)의 안내를 무시하지 않을 만큼 겸손해야 하지만, 또한 그 과학(개념)을 거절할 줄 안다는 점에서 현명해야 한다. 시인은 언제나 "시대의 사람"이자 "동시에 초시대의 사람"(302쪽)이기 때문이다. 김기림의 모더니즘의 정신은 언제나 시대 현실의 내부에 거주하면서 내부로부터의 탈출을 모색한다는 데에 있다. 현실의 바깥(초현실적 이념)을 미리 지니고 있는 시인은 언제나 김기림이 말하는 모더니스트가 아니다. 그런 시인들은 이념에 견주어 현실을 무시하거나 혹은 개념에 견주어 현실을 재단한다. 막스 자콥의 말을 빌어 김기림은 "한 개의 작품의 가치는 무엇에 있느냐 하면 시 자체에 있는 것으로서, 그 작품이 현실과 일치하느냐 않느냐 하는 일과는 관계가 없다"(183쪽)라고 말한다. 시인은 대상을 자신의 개념과 일치시키는 '지식'을 생산하는 것이 아니라, 시에 들어온 대상의 자주성(고정성)을 박탈하고 그것을 변형시켜 전혀 새로운 가치를 창조해야 한다. 자연이 그 자연을 넘어설 때 가치가 나타나는 것처럼, 시인의 가치 창조 행위를 통해서, 시에 들어온 현실은 그 현실을 넘어서게 된다. 가치는 자기 초월에서 발생하는 것이다.[19] 이미 "예술 작품은 한 개의 상품 이상의 아무것도 아니며 예술가란 수공업자"(317쪽)에 불과한 자본주의 사회에서, 시인의 가치 창조 행위는 상품의 가치 창조 과정을 포함한다. 이 거대한 자본주의적 대량생산의 시대에 초라한 유일한 수공업자인 예술가와 그의 수제품인 예술이 살아 남은 길은 오직 사물로부터 출발하여 그 사물

---

18) "이렇게 부단히 추이하고 있는 현실을 여실히 포착할 수 있는 주관은 역시 움직이고 있는 주관이 아니면 아니된다."(김기림, 위의 책, 77쪽)

19) 김기림의 이론에서 가장 취약한 부분이 바로 이 초월의 문제이다. 김기림이 부정하는 초월은 엄밀하게 말해 전적으로 경험과 무관한 초재적인(transcendent) 것이다. 그러나 그는 경험 내부의 발전을 위해서 반드시 요청되는 초월적인(transcendental) 것마저 자신의 인식론에 포함시키지 않고 있다. 반대로 경험의 과정을 설명하는 데에서 그는 언제나 경험론의 주객 '상호작용'만을 주장하게 된다. 그러나 주객 상호작용이라는 평면적 사고에서는 초월이 설명될 수는 없다는 점에서, 초월의 문제를 방치해 둔다면 그의 이론은 언제나 붕괴될 위험성이 많다.

의 가치를 실현해 보이는 데에 있을 뿐이다. 자본주의 사회에서 시의 제작이란 곧 노동일 뿐이다.[20] 초경험적인 영원한 미의 이념의 실현으로서가 아니라 주어진 사물에 대한 경험을 조직함으로써 거기에서부터 가치를 만들어 내는 것이다. 가치는 이미 존재하는 것이 아니라 만들어지는 것이다.

> 자연 발생적 시는 한 개의 '자인'(존재)이다. 그와 반대로 주지적 시는 '졸렌'(당위)의 세계다. 자연과 문화가 대립하는 것처럼 그것들은 서로 대립한다. 시인은 문화의 전면적 발전과정에 의식한 가치 창조자로서 참가하여야 할 것이다. (…) 시는 나뭇잎이 피는 것처럼 물이 흐르는 것처럼 자연스럽게 쓰여져서는 안된다. 피는 나뭇잎, 흐르는 시냇물을 지배하는 것은 자연의 법칙이다. 가치의 법칙은 아니다. 시는 우선 '지어지는 것'이다. 시적 가치를 의욕하고 기도하는 의식적 방법론이 있지 않으면 아니된다.[21]

존재와 당위, 자연의 법칙과 가치의 법칙의 대립은 명백히 칸트가 구별한 두 세계이다. 앞서 달했듯이 인간 이성의 이론적 사용과 인간 이성의 실천적 사용에 각각 허당하는 것으로, 전자는 기계적 필연성의 자연의 영토이며, 후자는 목적론적 필연성의 자유의 영토이다. 형이상학적 명제를 싫어하는 김기림은 '자유'를 말하지 않고 있지만, 명백히 당위의 세계, 가치의 세계는 '자유'의 영역에서 펼쳐진다. 세상의 모든 것이 자연법칙의 기계적 필연성 속에 갇혀 있지만 거기에서도 오직 인간만이 사유를 통해서 자기의 목적을 자유롭게 실현한다는 인간에 대한 믿음이

---

20) 김기림은 현대시에 대한 중요한 세 개의 명제를 꼽은 '스윗타즈'의 글을 인용하고 있는데, 그 중의 하나로 '노동의 미'를 들고 있다. 그 내용은 이러하다 "셋째 일하는 일의 미. 다시 말하던 노동의 미다. 움직이지 않는 것은 '죽음'이다. 움직이지 않는 신, 움직이지 않는 天國·涅槃은 '죽음'의 상태가 아니고 무엇일까. 활동은 생명이다. 진보다. 그것은 그 자체가 미다."(김기림, 위의 책, 81쪽 ; 김기림, 「포에지'와 '모더니티」, 『신동아』, 1933. 5)

21) 김기림, 위의 책, 79쪽. (김기림, 「시작에 있어서의 주지적 태도」, 『신동아』, 1933. 4)

거기에 담겨 있다. 그러나 또한 이 길은 형이상학으로 통하는 '길목'이기도 하다. 낭만주의와 반과학주의자들이 주장하는 바도 여기에서 싹 튼 것이다. 과학은 우리에게 이 모든 것들이 '어떻게' 작동하는가에 대해서만 말해 줄 수 있을 뿐, 인생이 무엇인지, 세계가 무엇인지, 그리고 우리가 '무엇'을 목표로 해서 살아가야 하는지에 대해서 아무것도 말해 줄 수 없다.[22] 칸트가 두 세계를 나눈 까닭도 여기에 있다. 과학은 형이상학적 질문에 답할 수 없다는 것, 그리고 형이상학은 과학의 질문에 답할 수 없다는 것, 그래서 각자 제가 할 수 있는 질문과 답변을 지니고 서로가 서로를 넘보지 말아야 한다는 것, 그것이 칸트의 체계이다. 여기에서는 형이상학과 과학이 나란히 평화적으로 병존하게 된다. 또한 신(형이상학)과 인간(과학)이 평화적으로 공존하게 된다. 신이 인간에게 자연법칙을 거스르는 기적을 내려 주지 않듯이, 인간은 자연법칙을 신에게 강요하는 우를 범해서는 안 된다는 것이다. 칸트의 체계는 인간과 신에게 각자의 영토에 한계선을 그어 주는 일에서 비롯되었다.

뮤즈와 신이 떠나 버린 공허한 이 자연(황무지)에 던져진 시인은 다시 처음부터 시작해야 한다. 시는 '만드는 것'이라는 플라톤 시대의 어원(語源)으로 돌아가 의미도 없이 냉랭해진 자연을 경작(cultivate)해서 그 안에서 새로운 가치를 창조해 내는 일이다. 모더니스트가 창조를 배격한다는 터무니없는 주장은 수정되어야 한다. 모더니스트 김기림은 신의 계시를 기다리지 않고, 그의 침묵을 등에 업고 묵묵히 자연으로부터 자연을 넘어서게 하는 일을 수행한다. 그것은 이 황량한 시대에 인간이 '무엇'을 행해야 하는지를, 과학이 가르쳐 준 그 기술을 통해서 보여 주는 일이다. 시(예술)란 이 과학의 시대가 답해 주지 않는 삶의 윤리를 제시해 주는 활동이다. 따라서 자신이 무엇을 하고 있는지 모르는 시인은 김기림의 '전체시'의 공화국에서 다만 게으른 낭만주의자에 지나지 않을 것이다. 시인의 할 일은 우선 "관념계에 딩구는 잠자고 있는 말을 주

---

22) I. A. 리차즈, 위의 책, 50-51쪽 참조.

워다가 그의 목적 때문에 생명을 불어넣어 산 말을 만드는 것"이다. 그래서 죽은 말들이 "시인의 호흡을 받아" "비로소 숨쉬기 시작"하여 "말 자체의 가능성"을 실현하도록 돕는 것이다.[23] 이처럼 자연이 자연 스스로를 넘어서 가치로 실현되도록 돕는 일이 시인의 할 일이다. 시인은 산모가 아니라 산파이다. 그리고 시는 죽은 말과 사물이 "한 개의 생명 비슷한 것"(74쪽)이 되게 만드는, 새로운 생명을 창조하는 터전이다. 이는 식민지 시대부터 우리가 해야 할 일이기도 했다.

5. 맺음말

1920년대 폐허에서 1960년대 화전민, 그리고 1990년대 무이념의 시대는 크게 다를 바가 없이 무언가를 창조해야 한다는 의식의 연속이다. 항상 그에 앞서 무언가가 무너져 내렸고, 그 뒤에는 아무것도 없는 암흑일 때 조급증이 생기곤 했다. 어디로 가야 할지 모를 때 과거는 우리에게 많은 시사점을 던져 주곤 한다. 김기림의 모더니즘이 주지주의이고, 이미지즘이라는 것쯤은 누구나 다 안다. 그가 영미 모더니즘의 혈통을 물려받았다는 것도 누구나 다 안다. 그러나 김기림은 누구인가? 그는 무엇을 생각했는가? 다시 말해서 우리는 대화 상대자로 김기림보다는 I. A. 리차즈를, 그리고 그 뒤에 있는 칸트를 더 선호하지는 않는가? 물론 많은 사람들이 대화가 불가능할 정도로 치밀하지 못한 사고, 소통이 불가능한 화려한 말로써 이름을 날리기도 했다. 문학사를 배운다는 것은 그 가운데서 우리가 대화 상대자를 찾아 내는 일, 그리고 서로가 서로를 보완해 가면서 바로 그 사람의 생각을 일궈 주는 것일 터이다. 그것만이 우리를 자유롭게 한다.

김기림은 누구나 그러하듯이 세계의 시대정신과 우리 문학의 정신세계를 종횡으로 옮겨 다니는 일에 게을리하지 않았던 사람이다. 그리고

---

23) 김기림, 위의 책, 75쪽.

그는 누구보다도 시대에 제약된 문학을 의식했던 사람이기도 했다. 무엇보다도 제 자신의 생각을 명료하게 전개해 나갈 줄 알았으며, 그 언어의 소통 가능성을 언제나 고려했던 이론가였다. 체계를 지향하지 않았지만, 그의 생각에는 일관성이 있어서 특정한 주제만으로도 다른 생각들이 유기적으로 참여하게 되는 장점이 있다. 우리가 여기에서 '시와 과학'이라는 단일한 주제만으로도 그의 다른 생각들을 불러 모을 수 있었던 것은 그의 생각의 일관성 탓이다. 그는 시와 과학 중 어느 한쪽이 다른 한쪽을 일방적으로 지배했을 때 벌어질 사태에 대해서 잘 알고 있었다. 따라서 시와 과학에 대해 각기 제 자신의 영토를 할당하는 한편으로 서로 영향을 주고받는 일에 대해서 많은 생각을 하였다. 이렇게 경계를 지니면서도 서로 영향을 주고받는다는 생각은 분명 변증법적인 구상이다. 거기에는 누구보다도 칸트의 덕을 잊을 수 없다. 칸트가 그러했던 것처럼 김기림은 형이상학과 과학, 시와 과학에 대해서 각자 제자리에 있을 것을 권유하고 있기 때문이다. 그러나 그 문제가 철학사의 문제가 아니라 예술사의 문제로 전이되었을 때, 칸트가 전통적인 형이상학에 대해서 코페르니쿠스적 혁명을 단행했던 것처럼, 전통적인 미학에 대해서 김기림이 참여하고 있는 모더니즘은 그에 준하는 혁명적 발상을 보이게 된다. 물론 그 혁명의 내용은 판이해서 일일이 비교할 수 없을 터인데, 다만 전통적인 형이상학의 독단적 횡포를 막고 과학을 기초 지웠다는 점에서는 일치한다. 과학에 대한 인준이 완료된 것이다. 그것은 무엇보다도 과학에 공동으로 대적했던 형이상학과 시(예술)의 친연성에 찬물을 끼얹는 것이 되었다. 그리고 예술이 그 형이상학적 영원성을 포기하게 된 것은 예술에게는 가장 큰 손실이었을 것이다.

그러나 예술은 결코 형이상학을 향한 욕망을 숨길 수는 없는 노릇이다. 예술이 과학의 시대에 살아 남는 길은 상품이 되는 것이지만, 예술은 곧 상품이 내포하고 있는 그 가치의 창출 방식을 통해 형이상학을 구축할 것이기 때문이다. 예술은 다시 내재적 초월을 기도하게 된다. 김기림은 물론 그 상품이 존재하는 방식에 대한 부정적 측면을 무시하고 있다. 맑시즘뿐만 아니라 독일 철학에 대한 의도적인 무시는 김기림 개인의 생각을 펼치는 데 있어서 가장 큰 손실이 되고 만다. 독일 철학의 흔적은 언제나 그림자처럼 글 뒤에 남아 있도록 억압되어 있었다. 그 대신 그에게는 꼭 필요한 일이었지만, 형이상학에 대한 의도적인 공격성 발언이 전면에 돌출되어 있다. 바로 그렇게 숨어 있는 것과 드러난 것 사이의 모순과 긴장은 어쩌면 그의 이론을 통째로 무너뜨릴 수 있을 것이기 때문이다. 보다 중요한 것은 의식적인 통일에의 노력이었을 테지만 그는 시도하지 않았다. 다만 그 통일은 과학의 시대 예술의 위상을 유기체로 규정하는 가운데 현실적인 문제로 된다. 왜냐하면 과학의 시대에 예술이 내재적 초월을 감행하려는 순간, 예술은 그 유기체적 성질을 통해서 목적론을 되살려 내기 때문이다. 다만 김기림의 모더니즘이 회피하는 것은 그 목적론의 독단성이다. 문학사에서 과거와의 단절을 시도한 우리가 외적인 형이상학의 독단성에 얼마나 매료되었던가를 생각한다면, 모든 형이상학적 영원성의 미학을 부정하고 시대정신에 저약된 미를 새롭게 창조하는 것, 그 부정의 정신이 1930년대의 자기 복귀의 정신과 전혀 무관하다고는 할 수 없을 것이다. 영원한 미란 없다는 것, 단지 너의 경험세계를, 그리고 죽은 너의 언어를 살려 내라는 그의 충고는 우리에게 참된 창조가 무엇인지를 잘 알려 준다.

이미지즘과 알레고리의 민족적 열정의 시

유 성 호

1. 머리말

우리가 문학 작품에 관한 연구를 하는 근본 뜻은 '가치 있는 의미 체계'[1]의 설정에 있다. 말하자면 그것은 텍스트 안에 담겨 있는 창조적 가치와 의미를 찾아 내고 발굴하여, 그것들을 오늘 우리의 삶에 알맞게 복원하여 우리 시대의 예지(叡智)의 한 부분으로 받아들이는 일을 의미한다. 따라서 문학 작품에 관한 연구는 그 작품 또는 작품군(群)이 산출되기까지 축적되어 온 문학적 전통을 연구자가 끊임없이 의식하면서, 낱

---

1) 연구 대상이 되는 것이 하나의 시작품이든 한 시인의 전체 작품이든 그 안에 내재하고 있는 여러 상반된 요소들을 하나의 의미 체계로 통합시켜 주는, 곧 그것들을 포괄할 수 있는 일관성을 유지하고 있는 체계를 말한다. Goldmann은 부분에 대한 이해 없이 전체를 이해할 수 없고 마찬가지로 전체에 대한 이해 없이는 부분들을 통합시킬 수 없다고 말한다. 이러한 견해는 시인과 그가 속한 사회간의 문제뿐만이 아니라 시의 해석상의 문제에서도 적용될 수 있다. 따라서 '가치 있는 의미 체계'란 개개의 시편은 물론 한 시인의 전체 시세계를 관류하고 있는 인식구조 또는 거기에서 창조되는 형상적, 사상적 정수의 의미로 사용된다. Lucien Goldmann(송기형·정과리 역), 『숨은 신』, 연구사, 1986. 20쪽. 강창민, 「시인론 연구의 방법」, 『국제대학 논문집』 14집, 1986. 27쪽에서 재인용.

낱의 작품에서 우러나오는 의미와 가치를 능동적으로 이어 받는 일에 그 목적이 있는 것이다. 그러나 문학 작품을 읽고 연구하는 것은 그 방법의 선택 여하에 따라 작품 안에서 많은 것을 찾아 낼 수도 있고, 또 역으로 상당 부분을 일실할 가능성도 아울러 가진다. 텍스트의 성격과 독법(讀法) 선택의 적실한 조응이 연구자에게 절실하게 요청되는 것은 바로 이 때문이다. 우리가 김현승(金顯承, 1913-1975)이라는 시인과 그의 시를 앞에 놓고 고심하지 않을 수 없는 것은 이 시인과 그의 작품에 걸맞는 '독법'의 설정 문제이다. 왜냐하면 그에 적절하게 어울리는 시읽기의 방법을 선택하는 것이 바로 '가치 있는 의미 체계'를 제대로 설정하는 길이 될 뿐만 아니라, 그의 시세계를 우리 시대의 고전적 자산(資産)으로 흡수할 수 있는 통로를 열어 놓는 길이 되기도 하기 때문이다.

우리 현대시의 역사에서 이제까지 김현승만큼 시와 신앙 또는 시와 '종교적 상상력'이라는 관점으로 많이 논의되어 온 시인도 없을 것이다. 우선 그의 개인적 이력(履歷)이 강한 기독교적 자장(磁場)에서 한 치도 벗어나 있지 않았고, 또 생애를 일관하여 그 스스로 신(神)과 인간의 관계 또는 인간의 윤리적 실존(實存)을 줄곧 노래해 왔기 때문에 그를 그러한 시각으로 재단하고 고착시켜 온 것도 어쩌면 자연스런 일이라고 할 수 있다. 그러나 우리가 그의 시세계를 음미하고 평가할 때 특정한 종교 사상을 시적으로 번안(飜案)한 것 정도로 협애화시키거나, 그가 갖고 있던 신앙의 부수적 표현물 정도로 이해하는 태도 등은 그를 온당하게 이해한 결과도 아닐 뿐더러, 한 시인의 시세계가 갖는 역동성 또는 풍부한 재해석 가능성을 원천적으로 차단하는 역작용을 했음을 부인하기 어려울 것이다. 따라서 김현승 시에 내재하는 종교적 요소를 핵심적으로 추출하여 그가 뛰어난 종교적 시인이었음을 입증하는 연구는 그를 천착하는 유용한 각론(各論) 중의 하나는 될 수 있을지언정 그의 시세계를 전체적으로 이해하는 태도는 될 수 없다고 생각한다. 특히 그의 초기 시의 경우는 이미 그의 대표적 이미지가 되고 있는 '가을'이나 '고독' 등과 일정 거리를 둔 세계가 펼쳐지고 있는 데다가, 독특한 시적 방법론으로 그 독자적 위상 부여가 필요하다. 따라서 우리는 이제 이 글을 통해 김현승의 초기시가 구현한 의미(significance), 다시 말해서 청년기의 한 시인이 당대의 삶과 마주치면서 그 내용과 가치를 어떻게 투시하였고 또 그 결과를 어떠한 형상화 방법으로 표출하였는지를 생각해 볼 것이다.

그러므로 우리로서는 김현승의 시세계에 어울리는 '독법'을 마련할 때, 효율성과 적합성 그리고 미학적 타당성을 필요조건으로 살펴야 하는데, 그 필요조건을 설정하는 데 우선적으로 고려되어야 할 것이 시인의 '인식구조'와 '형상화 방법'이다. 이 글에서는 김현승이 사물을 읽는 '인식구조'와 시를 쓰는 '형상화 방법'을 '대위구조적(對位構造的) 상상력'2)으로 파악하고자 한다. 그것은 다름 아닌 이원적 사유에 바탕한 이항대립(binary opposition)적 틀짓기의 상상적 힘을 일컫는 말인데, '이원적 사유에 바탕한 이항대립적 틀짓기'란, 이를테면 '유(有)/무(無)'라든가 '진(進)/퇴(退),' '명(明)/암(暗),' '생(生)/멸(滅),' '온(溫)/한(寒),' '희(喜)/비(悲),' '선(善)/악(惡),' '시(是)/비(非),' '해방/억압,' '자유/구속,' '자연/문명,' '희망/절망,' '농촌/도시,' '제국주의/식민지,' '이성/감성,' '신/인간' 같은 사회적, 추상적, 가치평가적인 의미론적 짝(semantic pair)이 이 세상의 사상(事象)의 본질을 규정하는 대립적 힘이고, 그들이 이루는 조화 또는 우열(愚劣)의 양상에 따라 인생의 감각과 정서, 정조(情調)가 결정적으로 좌우된다는 사유 방식을 일컫는다.3) 그리고 그것에

---

2) 원래 '대위'(對位)라는 단어가 갖고 있는 내포적 의미는 '대립적 위치'이다. 물론 음악 용어로서 사용되는 '대위법'(對位法)은 "각각 독립된 많은 선율을 동시에 결합시키는 기술로, 화음의 형태를 나타내는 각 성부의 횡적인 흐름을 중시하는 작법"을 일컫는 것이지만, 이 글에서는 어의(語義) 그대로 "대립 형질로서의 의미와 동등한 위상(位相)을 확보하고 있다는 뜻"의 통합적 의미로 쓰인다.

3) 물론 김현승의 시에서 추출되는 이항대립은 '남/녀'와 같은 중간 단계가 부재하는 '모순 개념'보다는 '빛/어둠'처럼 그 중간 단계가 가능한 이른바 '반대 개념'이 단연 우세종으로 나타난다. 따라서 이원적 사유에 바탕한 이항대립적 틀이라고 할 경우 그것의 의미 자질들은 대부분 이와 같은 '반대 개념'이라고 보아야 한다. 그리고 이러한 경우에만 이른바 두 대립항을 통합할 수 있는 상상력이 발아될 수 있기도 하다.

바탕한 상상적 힘은 결국 그것들(의미론적 짝)의 대립·융화의 원리로 시적 형상을 창조하는 상상력을 말한다.

김현승이 시인으로 문단에 첫 발을 내디딘 것은, 잘 알려져 있다시피 그가 숭실전문학교에 재학하던 시절이었다. 그의 스승이었던 무애(无涯) 양주동(梁柱東)은 김현승의 시를 읽어 보고 나서 교지에 투고하기는 아까운 작품이니 한번 중앙지에 내보라면서 직접 매체까지 챙겨 주는 꼼꼼함을 보이면서 그의 제자를 중앙 문단에 알리는 역할을 한다. 1933년 김현승은 겨울 방학을 맞고서도 고향인 광주로 내려가지 않고, 학교 기숙사에 남아서 두 편의 시를 완성하는데, 그 작품들은 「쓸쓸한 겨울 저녁이 올 때 당신들은」과 「어린 새벽은 우리를 찾아온다 합니다」라는 장시(長詩)였다. 이 작품들을 양주동이 보고 나서 『동아일보』에 실리게 도와 주어, 청년 김현승의 시인적 출발점이 되게 하였다. 김현승으로서는 일종의 행운이었고, 이러한 시적 출발은 그에게 여러 가지 길을 열어 주었다.

2. 이원적 알레고리의 시적 구성

김현승의 초기시4)에 나타난 형상적 자질은 단연 자연미5)에 대한 상

---

4) 그의 초기시는 사실상 1934년 5월부터 1936년 3월 사이에 씌어진 시들을 말한다. 1936년 3월 이후부터 해방을 맞을 때까지 사실상 그는 절필한다. 이운룡, 『김현승 - 한국현대시인연구 12』, 문학세계사, 1993. 312쪽. 연보 참조.

5) '자연' 심상(心象)은 당대 시인들이 가장 보편적으로 탐닉했던 '시적 상관물'로서의 의미를 가지는데, 그 시사적 양상은 대개 세 가지로 나타난다. 하나는 자신이 나고 자란 '고향'의 이미지인데, 그것은 대개 이 시기에 서정적 주체가 일반적으로 공유하고 있던 '고향 상실감'(Heimatlosigkeit)과 결부되어 나타난다. 정지용(鄭芝溶)의 「향수」나 「고향」, 그리고 백석(白石), 김광균(金光均), 장만영(張萬榮) 등의 시에 보편적으로 그려져 있는 형상이다. 두 번째는 관조적 대상으로서의 전원적 이미지이다. 이 경우 자연은 도시나 문명의 대척점으로서의 의미를 띤다. 신석정(辛夕汀)이나 김동명(金東鳴), 김상용(金尙鎔) 등의 시에 많이 나타나는 형상이다. 마지막은 서정적 주체의 세계관이나 이념을 자연물에 가탁(假托)하여 유정화(有情化)시키는 것으로서의 의미이다. 이것은 이상화(李相和)나 이용악(李庸岳), 이육사

찬(賞讚)을 근본적인 주조(主潮)로 삼는다. 그것은 '형상' 안에 자연 현상 또는 자연물 자체를 끊임없이 끌어들이는 것으로 특징 지어지는데, 그것은 경건한 청년의 마음속에 하나의 '계시적(啓示的) 심상(心像)'을 이루는 것으로 나타난다. '계시적 심상'이란 자신이 믿고 사유하는 실재(實在) 또는 관념의 상이 자연 현상 또는 자연물 자체에 이입되어 그것이 하나의 시적 지향을 이루는 경우를 말한다. 대개 그것은 '의인화'라든가 '알레고리' 또는 '상징적 재문맥화(再文脈化)'를 통해 창조적인 시적 굴절을 겪게 된다.

김현승은 이렇듯 자연 현상에 대한 강한 관심에다 그의 기질적, 태생적인 조건이었던 종교의식을 결합시킨다. 그것은 그로 하여금 하나의 '형이상적 정열'에 대한 강한 열망을 낳게 하는데, 그를 한 명의 시인으로 만들어 준 다음 작품도 그러한 경우에 해당한다.

> 아침 해의 祝福과 사랑을 받지 못하는 크고 작은 琉璃窓들이
> 瞬間의 榮光답게 最後의 燦爛답게 빛이 어리었음은
> 저기 저 찬 하늘과 추운 地平線 위에 붉은 해가 피를 뿌리고 있습니다.
> 날이 저물어 그들의 恍惚한 심사가 멀리 바라보이는
> 廣闊한 하늘과 大地와 더불어 黃昏의 默想을 모으는 곳에서
> 해는 날마다 그의 마지막 情熱만을 세상에 붓는다 합니다.
> 여보세요. 저렇게 붉은 情熱만은 아마 식을 날이 없겠지요.
> 아니 우랄山 골짜기에 쏟아뜨린 젊은 사내들의 피를 모으면 저만 할까?
>
> ……………
>
> 너무도 오랫동안 차고 어두운 이 땅,
> 울분의 덩어리가 數千 數百 强烈히 불타고 있었습니다그려!

(李陸史), 박두진(朴斗鎭) 등의 시에서 현출하는 이미지인데, 시인의 '관념'을 자연 속에 투사하여 알레고리화하거나 상징화하는 경우이다.

마침내 悲戀의 感情을 발끝까지 찍어 버리고
金붕어 같은 삶의 기나긴 페이지 위에 검은 먹칠을 하고
하고서, 强하고 튼튼한 歷史를 또다시 쌓아 올리고
캄캄하던 東方山 마루에 빛나는 해를 불쑥 올리려고.
밤의 險路를 千里나 萬里를 달려 나갈 젊은 당신들—
情緖를 가진 이, 일만 사람이 쓸쓸하다는 겨울 저녁이 올 때
구슬픈 저녁을 더더 裝飾하는 가냘픈 旋律 끝에 매어 달린 曲調와
당신의 작은 깃을 찾는 가엾은 마음일랑 작은 산새에게 내어 주고
綠色 등잔 아래 붉은 會話를 그렇게 할 이웃에게 맡기고
여보! 당신들은 猛烈한 바람이 부는 추운 거리로 나아가야 하지 않
겠습니까 ?
소름찬 당신들의 일을 하여야 하지 않겠습니까?

— 「쓸쓸한 겨울 저녁이 올 때 당신들은」 중에서

그의 나이 스물한 살인 1934년 5월, 『동아일보』 문화란에 발표되었던 이 시는 김현승의 처녀작으로서 당시의 시대적 상황과 그것을 예민하게 읽고 있는 한 청년의 정서가 암유(暗喩)되어 있는 작품이다. 시 표면에 등장하는 '자연' 또는 '사물'은 앞서 말했듯이 모두 시인의 주관에 의해서 철저하게 유정화(有情化)되어 있다. 따라서 그의 시 안에서 사물들은 사물 자체의 기표(記表)에 충실하지 않고 비유적 기의(記意)를 덧입게 된다.

시를 지탱해 나가는 서정적 주체의 정서는 그 어조(語調)에서 비치듯이 다분히 '감상주의(感傷主義)'로 경사되고 있다. 감상주의는 '낭만주의'의 한 변형 형질로서 정서가 극단으로 치우치거나 양적으로 과잉될 때 나타나는 현상이다. 그 기본적인 정조는 '감상'(感傷)을 기조로 한 울분과 열정이라고 할 수 있는데, 이성적이고 합리적인 복합성의 정서보다는 한쪽으로 치닫는 강렬성(intensity)을 그 속성으로 한다. 따라서 이 시는 청년기의 열정이 고스란히 배어 있는 정조(情調)를 띤다고 할 수 있다.

  이 작품의 소재 중 으뜸 역할을 하고 있는 '해'는 만물의 근원으로서의 속성을 제일의적으로 띤다. 이 작품에서 그것은 김현승 사유의 발원지이자 궁극적 지향이라고 할 수 있는 '절대자'와 거의 비슷한 상징적 함의를 띠고 있다. 이 작품에 대해 당시 카프의 맹장이었던 임화(林和)가 오독(誤讀)한 것은 참으로 흥미로운데, 그는 이 시 안에서 계급 투쟁의 속뜻을 읽었다고 말했다 한다. 그것을 김현승은 철저한 오독이라고 웃어넘기고 자신은 "민족주의적인 입장에서 민족의 분기(奮起)를 은근히 의미"했다고 했지만6), 그러한 독법이 설사 철저한 오독이었을지라도 그렇게 읽어 낼 수 있는 개연성은 이 시의 기법 내지는 장치에 이미 내포되어 있다고 볼 수 있다. 특히 마지막에 나오는 "당신들은 猛烈한 바람이 부는 추운 거리로 나아가야 하지 않겠습니까?/ 소름찬 당신들의 일을 하여야 하지 않겠습니까?"의 구절은 임화의 '네거리' 시편이나 같은 카프 시인이었던 박팔양(朴八陽)의 「여명이전(黎明以前)」과 매우 유사한 정조와 분위기를 띠고 있다고 할 수 있다. 이와 같이 창작 의도가 엄연히 다른데도 그와 같은 오독을 가능하게 한 시적 방법론은 다름아닌 '알레고리'이다.

  '알레고리'(allegory)는 구체적인 심상의 전개와 동시에 추상적 의미의 층이 그 배후에 동반되는 것이 의식7)되도록 되어진 하나의 문학적 양식이다. 따라서 거기에는 기표 이면(裏面)에 유비적(類比的)으로 하나의 교훈적인 양식과 의미가 내포되는 것이 보통이다. 광의의 관점에서 볼 때 알레고리는 우화(parable), 상징(symbol), 심상(image), 기호(sign), 은유(metaphor), 경구(aphorism) 등의 개념을 갖는데8), 수사적 측면에서는 일반적으로 '의인화'로 나타난다. 그러나 현대 수사학에서는 '상징'과 '알레고리'를 포함 관계보다는 발전 단계로 보아 알레고

---

6) 김현승, 「굽이쳐가는 물굽이같이」, 『고독과 시』, 지식산업사, 1977. 227-228쪽.
7) 이상섭, 『문학비평용어사전』, 민음사, 1992. 193쪽.
8) J. H. Miller, *Allegory, Myth & Symbol*, Harvard Univ. Press. 1981. 356쪽.

리를 상징까지 나아가지 못한 양식으로 본다. '상징'이 현상과 개념이 결부되어 하나의 이미지를 만들어 그것이 시간적 무제한성을 띠고 유지되는 반면, '알레고리'는 현상과 개념이 하나의 이미지를 만들더라도 그것이 한시적 효용성만을 갖는다.

"알레고리는 추상적 개념을 형상언어(picture-language)로 번역해 놓은 것일 뿐이며, 그 자체는 감각적 대상들로부터 뽑아 낸 추상물에 불과하다. (…) 반면에 상징은 개별적인 것 속에서 특별한 것이 비쳐 보이고, 그 특별한 것 속에서 보편적인 것이 비쳐 보이며, 무엇보다도 일시적인 것을 통해서 영원한 것이 비쳐 보인다는 것을 특징으로 한다. 그것은 항상 그것을 이해 가능하게 만드는 실재(reality)의 일부를 이룬다. 그리고 그것은 전체를 밝혀 내면서도, 그 자체는 그것이 디표하고 있는 그 전체의 살아 있는 부분으로 남는다. 알레고리는 공상이 내용의 환영에 멋대로 결합시키는 공허한 메아리일 뿐이다."9)라는 해석 역시 타당하다. 따라서 알레고리는 "세상의 모든 사물이 확정된 정신적 의미를 배후에 감추고 있다고 믿었던 시대"10)에 즐겨 사용한 방법이다. 또 알레고리는 구체적 심상으로 제시되는 '표면 구조'와 그것에 대응되는 추상적인 의미의 층이 그 이면에 몇백히 의식되도록 짜여진 비유이다.

이 시에 나타나는 근본적인 대위구조는 '밝음'과 '어두움'의 대립이다. '밝음'(해, 빛)과 '어두움'(황혼, 밤, 검은색, 캄캄함)은 자연의 구성 및 순환의 원리를 의미하는 원초적인 심상이며 모든 사상에 내재해 있는 근본 속성이기도 하다. 더불어 이와 같은 이항대립은 기독교적 사유에 있어서도 익숙한 대립적 상징이고, 동양적 음양론의 양대 기둥이기도 하다. 따라서 알레고리를 이루는 가장 보편적인 대립적 심상인 것이다. 이 시에서 그것은 각각 '열(온)기'와 '한기'로 전이되고 있다. 이와 같은 선명한 대위구조는 김현승 시의 알레고리적 성격을 분명히 해주면서 시를

---

9) Coleridge, The Statesman's manual, 1816. 장도준, 『현대시론』, 태학사, 1995. 232쪽에서 재인용.
10) 이상섭, 위의 책, 130쪽.

통해 민족적 열망을 투사하려는 서정적 주체의 이념적 욕구를 드러내 주고 있다고 할 수 있다. 사실 '빛'과 '어두움'의 대립성은 기독교의 익숙한 알레고리적 기제이다.

신약성서 요한복음 12장 35절에 보면, "아직 잠시 동안 빛이 너희 중에 있으니 빛이 있을 동안에 다녀 어두움에 붙잡히지 않게 하라 어두움에 다니는 자는 그 가는 바를 알지 못하느니라."고 써 있고, 또 이것은 구약성서인 이사야 60장 1-3절에도 흔연히 나타나는 대립 형질이다. 예언자적 지성에게 있어서 '빛'은 생명과 희망을 상징하고 구원을 의미하며, 반면 '어두움'은 죽음과 절망, 멸절, 죄 등을 의미한다. 이와 같은 대립 형질들이 이원적 알레고리의 세계를 구성한다.

따라서 이 작품의 의미 내용은 어두움이 환기시켜 주는 비극적 현실에서 밝음에 대한 열망을 투사한 것으로 읽을 수 있다. 문덕수가 이 작품을 "자연을 통해서 민족의 염원, 역사의 미래상을 형상화한 것"으로 전제하고 자연의 이미지 곧 "밤의 이미지와 새벽·해라는 이미지가 역사적 관련을 맺고 선명한 대조를 보인다. '밤'은 현실(일제 암흑시대)이요, '새벽·해'는 미래의 역사를 암시한다"고 하며 "이 표현은 현실에서 상실한 '평화와 자유'를 자연에서 찾아 대상적 만족(substitute satisfaction)을 얻고 있는 것"11)이라고 평가한 것은 지극히 타당해 보인다.

특히 이 시에 사용된 색채 이미지는 매우 선명한데 "金붕어 같은 기나긴 삶의 페이지 위에 검은 먹칠을 하고"라는 부분은 폐쇄적 공간을 거부하고(소멸시키고) 새로운 세계를 열려는 서정적 주체의 열렬한 의지가 '붉은색/검은색'이라는 색채 대조를 통해 선명히 제시되고 있다.

결국 이 작품은 대개의 감상주의가 그렇듯이 사유의 피상성과 알레고리적 기법 그리고 이분적 도식의 무매개성을 드러낸다. 당대에 기세등등하게 등장했던 색다른 감각의 모더니즘—은유와 회화성, 언어적 기지 등—과는 일정 정도 기법적 차이를 드러내면서 이 시인에게 있어 자연

---

11) 문덕수, 「김현승 시 연구」, 『시문학』, 1984. 10. 90-91쪽.

은 심미적 대상이 아니라 주체 스스로 의미와 가치를 투항시키는 이입의 형상으로만 존재한다. 다라서 모더니즘 특유의 지성적 통찰은 상당 부분 탈각되고 주정적(主情的) 서정의 세계에 머무른 것이다.

한편 이 작품은 주체가 객체에게 말을 건네는 방식 곧 청자 지향적인 작품이다. 반복되는 의문형 종지가 행동과 사고를 촉발시키려는 의도를 내재하고 있다.

> 나의 그 시절의 시풍은 나 자신이 생각할 때 민족적 로맨티시즘이 아니면 민족적 센티멘탈리즘이라고 할 수 있다. 식민지 상황에 놓여 있던 그 무렵 많은 우리의 시인들은 그러한 경향의 시를 쓰고 있었고 젊은 나이의 필자도 그러한 취향이 개인적 기질에 맞았기 때문이었을 것이다. (…) 그러나 자연을 소재로 활용함에 있어 나는 그때—30년 대에서도 다소 색다른 감각을 가지고 있었다. 자연의 미에다 기지와 풍자와 유우머 같은 것들을 직조하고 있었다. 이러한 경향의 수법을 그때는 모더니스틱하다고 하였고 이러한 수법은 그때의 내가 독자적으로 창안한 것은 아니었다. 김기림(金起林)이나 유창선(劉昌宣) 같은 선배 시인들이 외국 시풍으로부터 암시받은, 그러나 당시의 한국에서는 새로운 수법들이었다.12)

이 고백에서 잘 나타나듯이 당시 김현승의 시정신과 작법에 가장 폭넓은 영향을 끼친 것은 김기림 류의 모더니즘 운동이었다.

> 나의 이런 시가 당시의 선배 시인이며 시평으로써 한국 시단에 보알로적 존재로서 군림하던 김기림의 비위에 맞았던 것 같다. 그때 나는 평양의 촌뜨기로서 김기림과는 일면식도 없었는데, 그가 쓰는 시평어는 나의 이름도 종종 오르내리더니 한번은 간단한 엽서가 그분으로부터 날아왔다. 그것은 그때 시인 황석우(黃錫禹) 씨가 평양에 와서 낸 시지 『조선시단(朝鮮詩壇)』 제1집에 실렸던 나의 시 「떠남」을 읽고 격려하고 충고하는 편지였다.13)

---

12) 김현승, 위의 책, 228-229쪽.

　이원적 대위구조가 한쪽을 배제하고 다른 한쪽으로 에네르기를 결집시키려는 계몽적 열정과 추상적 도식(圖式)을 가져온다고 하였을 때, 그가 지향하는 것은 '차가움 → 뜨거움,' '어두움 → 밝음,' '밤 → 새벽'으로의 가치 전이이다. 이러한 전이가 당시의 어두운 시대 상황과 민족의 밝은 앞날에 대해 걱정하던 한 청년의 생각이 담긴 알레고리적 시적 세계임은 말할 것도 없다.

3. 새벽 지향의 인유적(引喩的) 상상력

　'이원적 알레고리'의 세계는 그 양대 축을 형성하고 있는 의미소 중 하나를 배제하고 하나를 견인하는 속성을 지닌다. 그것이 한 청년의 계몽적 열정을 우의적(寓意的)으로 투사하고 있음은 명백한 일로 보인다. 그럴 경우 민족적 특수성과 도덕적 자아에 대한 강한 집착을 보이던 이 경건한 시인에게 당연히 부정적인 가치가 결국 무너지고, 새로운 긍정적 가치 이를테면 민족의 구원이라든가 개인의 구원을 환기하는 밝은 이미지가 작품 안에서 승하는 정조를 띠게 된다. 그것의 대표적 심상이 '밤'을 이기는 '새벽' 또는 '아침'의 이미지이다.(앞서 보았던 작품에서는 '해'로 나타났다)

> 새까만 하늘을 암만 쳐다보아야 어딘지 모르게 푸르러터니
> 그러면 그렇지요, 그 우렁차고 光明한 아침의 先驅者인 어린 새벽이
> 벌써 희미한 초롱불을 들고 四方을 밝혀 가면서
> 거친 山과 낮은 들을 걸어오고 있었습니다그려!
> 아마 동리에 수탉이 밤의 寂寞을 가늘게 찢을 때
> 잠자던 어느 골짜기를 떠나 분주히 나섰겠죠.

---

13) 김현승, 위의 책, 229-230쪽.

…………

東편에선 언제나 가장 높은 체하는 험상궂은 山봉우리가
아직도 해를 가리우며 내어 놓지를 아니하는데
그 얌전성 없는 참새들은 못 기다리겠다고 반듯한 줄을 흩으리고
그만 다들 날아가 버리겠지요.
그러나 그 차고 넘치는 햇발들이 四方으로 빠져 나오고 있지 않습니
까?
그러기에 어제밤 당신을 보고 말하지 않았습니까?
밤을 뚫고 數千 數百크를 걸어 나가면 光明한 아침의 先驅者인 어린
새벽이
희미한 등불을 들고 드한 우리를 맞으려 온다고 말하지 않았습니까?

— 「어린 새벽은 우리를 찾아온다 합니다」 중에서

이 시 역시 대위구조적 상상력에 의하여 철저하게 직조되어 있는 작
품이다. "새까만 하늘/밤/잠"을 뚫고 이겨 내는 "光明한 아침/수닭/해/햇
발/어린 새벽"의 이미지가 선명한 대립적 역학을 띠며 부조되어 있다.
닭의 울음소리는 이육사(李堉史)의 「광야(曠野)」에서 이미 그 익숙한 함
의가 우리에게 소개된 바 있거니와, 여기서도 그것은 '새벽', '광명'의 이
미지를 부르는 적극적인 마질로 쓰인다. 시에 등장하는 "동방산"은 신약
성서의 「마태복음」에 나오는 동방의 별(예수)과 매우 가까운 상사성(相
似性)을 띠는데, 그때 '빛'의 이미지는 구약성서 「창세기」 서두에 나오는
인상적인 성서적 이미지이기도 하다. "희미한 등불을 들고 우리를 맞으
려 온다"는 것은 복음서에 나오는 '열 처녀 비유'의 인유(引喩)이기도 하
다.
한 편의 시를 이해함에 있어 작품이 내포하고 있는 인유(引喩)의 요
소를 감득하는 것은 극히 중요한 일이다. 선행 작품에 빚지고 있지 않은
작품이란 없다시피 하기 때문이다. 최근 상호 텍스트성 또는 다가적(多
價的) 언술이란 이름으로 변주 확대되어 토의되고 있는 것의 핵심은 이

인유의 문제이다. 인용 부호 없이 인용되어 중첩된 울림을 갖는 인유는 그것이 간결하고 짤막할 때 쉽게 인지하기가 어렵다. 그러나 작자의 의식 여부와 관계없이 인유는 선행 작품과의 대조를 통해서 밀도를 더해 주고 고도의 암시성을 부여한다.14) 김현승 초기시에 있어서 그와 같은 '인유'의 보고(寶庫)는 '성서'라고 할 수 있을 것이다.

이 작품의 본류에도 '밤/새벽'의 이원적 알레고리는 여전히 관철되고 있다. 따라서 이 작품은 그 이항대립의 한쪽에서 다른 한쪽으로 가치가 이월(移越)되는 전이(轉移), 그에 대한 열망이 빚은 미래 지향의 시다. '밝음'에의 지향은 곧바로 '광명,' '희망,' '영광,' '축복,' '창조,' '탄생' 등을 강렬히 열망하는 것으로 나타난다.

위의 두 작품 「쓸쓸한 겨울 저녁이 올 때 당신들은」과 「어린 새벽은 우리를 찾아온다 합니다」에서 보듯이 김현승의 초기시에 나타난 자연 현상은 서정적 주체가 '자연'을 노래하되 주체가 자연 안에 몰입되는 목가적 · 낭만적 세계가 아니라, 현실을 환기하는 알레고리의 차원 곧 대상화(代償化)의 매개체로 원용되고 있는 것이다. 따라서 김현승은 일상 생활에서 겪은 일, 자신의 내부에서 용솟음치는 감정, 그런 것들의 빛깔에 힘을 주기 위해서 곧잘 '자연'으로 달려갔고, 그 '자연'에 자신의 정서나 인식의 등가적인 몫을 부여해 간 시인으로 출발하였다.

이와 같은 '새벽 지향'의 열정은 이 청년 시인의 감수성에 일이관지하는 가속도를 부여한다.

> 새벽은 푸른 바다에 던지는 그물과 같이 가볍고 希望이 가득찼습니다.
> 밤을 돌려 보낸 후 작은 별들과 작별한 슬기로운 바람이
> 지금 산기슭을 기어 나온 작은 안개를 몰고 검은 골짜기마다
> 귀여운 새들의 둥지를 찾아다니고 있습니다.
> 이제 佛敎를 믿는 저 山脈들이 새벽의 정숙한 默禱를 마친 후에 고

---

14) 유종호, 「주체적 독자를 위하여」, 『시란 무엇인가』, 민음사, 1995. 24쪽.

어여쁜 산새들을 푸른
　수풀 속에서 내어 놓으면
이윽고 저 하늘은 산딸기 열매처럼 붉어지겠지요?

　‥‥‥‥‥‥‥

　그러면 여보, 아침과 저녁 하늘에 애닲고 燦爛한 詩를 쓰는 藝術至
上主義者인 太陽이 우려들의 사랑하는 풀밭에 내려와 맑고 귀여운 이
슬을 죄다 꼬여 가기 즌에 당신은 새벽이 부르는 저 푸른 들에 나가지
않으렵니까?

　　　　　— 「새벽은 당신을 부르고 있습니다」 중에서

　‘슬기로운 바람’이 상징하는 의미는 기독교의 ‘성령(聖靈)’과의 관계를
생각해 보면, 어느 정도 유추할 수 있다. 기독교에서 말하는 ‘성령’(Holy
Spirit)의 어원은 원래 ‘바람’을 의미하는데, 새벽의 도래와 함께 임하는
‘바람’은 기독교의 오랜 관습적 숙원이기도 한 ‘메시아 사상’과 관련되어
있기도 하다. 이러한 비유적 해석이 가능한 것은 이 시에 나타나는 심상
의 대위구조가 불러일으키는 알레고리적 의미 때문인데, 역시 기본적으
로 ‘새벽/밤’이 환기하는 대위성 곧, ‘밤/안개’를 극복하고 이겨 내는 ‘새
벽/희망/아침/태양’의 이미지는 이미 하나의 추상적 의미를 고정적으로
재생산해 내고 있는 예표적 상황적 알레고리(prophetic situational
allegory)로 쓰이고 있다.

　　彈丸과 같이 태양은 멀리 밤을 깨뜨립니다.
　　아아 여보세요. 새 날의 승리를 안고—
　　亞細亞 또 地球의 들을 용맹스럽게 달릴 광명의 젊은 피터스여
　　어둡고 쓸쓸한 당신의 投宿— 세기의 창을 열고
　　새 날의 경륜과 구가로 우렁차게 돌파하는 새벽을 타라보지 않으렵

니까?
아아 얼마나 아름답고 씩씩한 당신들의 새벽입니까?

— 「새벽敎室」 중에서

새벽
세상이 쓴지 괴로운지 멋도 모르는 새벽
종달새와 노래하고
참새와 지껄이고
시냇물과 속삭이고
참으로 너는 철 모르는 계집애다.
꽃밭에서 이슬을 굴리고
어린 양을 풀밭에 내어 놓고
숲속에 종을 울리는
참으로 너는 부지런한 계집애다.

詩人은 항상 너를 찍으려고 작은 카메라를
가지고 다니더라.
내일은 아직도 세상의 苦惱를 모른다.
그렇다면 새벽 너는 금방 우리 앞에 온 내일이 아니냐?
나는 너를 보고 내일을 믿는다.
더 힘있게 내일을 사랑한다.
그리하여 힘있게 오늘과 싸운다.

— 「새벽」 전문

이 줄기찬 '새벽 지향'의 감수성은 다분히 미숙한 도식성과 미래에 대한 근거 없는 낙관주의(樂觀主義)를 서정적 주체에게 부여한다. 두 작품 모두 앞서 살펴본 작품들과 같이 "밤/어두움"을 이기고 떠오르는 "태양/새벽"을 열망하는 파토스로 가득하다. 특히 뒷 작품에서 보이는 "새벽＝내일＝사랑＝싸움"의 의미론적 전이(轉移)는 이 시인이 처하고 있는 정황과 지향점을 암시하고 있다고 보인다.

이 시를 가득 메우고 있는 기지, 유머, 풍자(諷刺) 등은 당대의 모더니즘의 영향이라고 볼 수 있는데, 이 시인에게 있어 모더니즘의 영향이란 강렬한 언어 실험적인 의식에 있지 않고 오히려 T. E. 흄이나 E. 파운드의 영향, 곧 세기말적 현실에 바탕을 둔 지적인 정신 발현과 이미지즘에 있었다고 할 수 있다. 그 안에는 감상(感傷)이 아니고 이성적으로 직조해 내는 이성주의가 깊이 내재해 있는 것 또한 사실이다.

4. 1930년대적 이미지즘[15)]의 징후

새벽의 도래와 여명을 열망하고, 자연을 통해 시대적 상황을 통찰하고, 그에 대한 서정적 주체의 예지를 발휘하는 등 김현승의 초기시는 당대의 기층(基層) 정서를 우의적(寓意的)으로 형상화하였다고 평가할 수 있다. 그리고 형상화 방법에서는 줄곧 '이미지즘'과의 친화력이 원동력으로 자리하고 있는데, 이때 '이미지즘'은 심상의 뚜렷한 제시 이외에는 어떤 주제의 전개에 대하여도 무관심했던 것, 어떤 소재라도 그 심상만 제시하면 시로 간주한 것, 사물의 표면이 곧 의미라고 본 것 등으로 비판을 받은 것 또한 사실이다.[15)]

---

15) 원래 '이미지즘(Imagism)'은 서구 문예사조에서 T. E. 흄이 주도한 한 모임을 중심으로 모습을 나타내는데, 그들은 낭만주의에 대한 원론적 반대에 의의를 두고 있었다. 이미지스트들은 시의 방법을 근본적으로 개혁하고자 하는 취지에서 운동을 발족시켰다고 할 수 있는데, 그 목표는 '견고하고 건조한 이미지 제시에 의한 사물시의 창작'이었다. 그리고 그 세부적인 원칙은 다음과 같이 정하였다. 첫째 일상적인 언어를 쓰되 반드시 정확한 언어를 쓸 것, 둘째 새로운 감정의 표현으로서 새로운 리듬을 창조할 것, 셋째 제재의 선택에 절대자유를 허용할 것, 넷째 하나의 이미지를 표현할 것, 다섯째 시는 견실하고 분명해야지 흐릿하거나 불분명해서는 안 된다는 것, 여섯째 모든 집중이 시의 근본이라는 것이다. 이러한 원칙 밑에서 명징한 사물적 이미지를 추구한 것이 이미지즘 운동이었다. 다형의 시세계를 줄곧 관류하는 이미지즘으로서의 특성은 5, 6항으로 모아진다. 초유찬, 『문예사조의 이해』, 실천문학사, 1995. 377쪽. 참조.

16) 이상섭, 위의 책, 232쪽.

      그 당시 자연을 사랑한다는 것을 흉악한 인간—日人들과 같은 인간의 때가 묻지 않은, 깨끗하고 아름다운 세계를 지향하는 의미가 포함되어 있었고 지상에서 빼앗긴 자유를 광대무변한 천상에서 찾는다는 의미도 함축되어 있었다. 또 검열에 걸릴 위험도 별로 없었다. 이런 까닭으로 하여 20대의 청순한 기질과 순수한 민족적 정기를 표현하는 데 자연미는 가장 알맞은 소재로 취급되고 있었다.17)

그가 시적 전략으로서의 '이미지즘'을 생각했던 것은 각별하게 기억되어야 한다. 원래 이미지는 그 자체가 어떤 내용을 가지는 것이 아니라 무엇인가를 전달하는 그릇이라는 사실은, 이미지즘의 비조(鼻祖)라고 불리우는 에즈라 파운드의 정의에서도 잘 드러난다. 그에 의하면 이미지는 "한 순간에 지적, 정서적 복합체를 제시하는 어떤 것"18)이기 때문이다. 따라서 김현승은 이미지를 새롭게 창안해 내는 것에 힘을 쏟지 않고, 관념에 걸맞는 도구적 이미지를 만드는 데 심혈을 기울였다고 보아야 한다. 김현승에게 이미지즘은 방법적인 면에 한정되는 것이다.

      나는 자연을 있는 대로 받아들이지 않고, 자연에다 어떤 주관적인 해석을 가하고 주관에 의하여 변형시키기를 요구한다. 이런 점에서 나는 동양적이 아니고 서구적이다. 그리고 그것은 기독교적이다. 그리고 그것은 성선설에 입각한 생활이 아니고 원죄설에 뿌리박은 생활임을 나 자신이 언제나 인식하고 있다.19)

시 속에 표현된 자연의 형상은 그 자체로 존재하는 것이 아니라 거기에는 시인이 자연이라는 객체를 인간화하려 한 흔적이 나타나 있으며, 시인의 감정과 관념이 착색되어 있는 것이다. 또한 그것은 시인의 삶의 국면과 긴밀한 관련성을 갖는 것이기도 하다.20) 자연에 대한 동양의 사

---

17) 김현승, 위의 책, 229쪽.
18) David Perkins, *A History of Modern Poetry*, Harvard Univ. Press, 1976. 333쪽.
19) 김현승, 「나의 고독과 나의 시」, 위의 책, 201쪽.

상은 자연과 인간의 조화를 가장 이상적인 것으로 보았으며, 자연이 절대적 존재이므로 자연에 순응할 때 행복과 평화를 누릴 수 있다고 보았다. 더 선언적(宣言的)으로 말하면 '인간/자연'을 가르는 겨선이 애초에 존재하지 않는다. 그러나 서양은 자연을 극복하고 개척하고 이용함으로써 오늘날과 같은 물질적 즌보를 이룩한 것에서 시사하듯이 '인간/자연'의 경계선은 물론, 인간(주체)이 자연(객체)을 사유의 대상으로 삼을 수 있었다. 김현승의 자연이 서구적이라는 것은 그 형상 안에 인간의 이념과 역사 또는 지향이 착색되는 사유의 관성을 갖고 있었기 때문이었을 것이다. '조화의 자연'―'통일적 낙원'―'인간과 자연의 대립'―'질서 잃음'―'인간의 의지(에덴의 회복을 꿈꿈)'의 험로(險路)를 그의 인식이 밟아 가는 것은 기독교적 영향과 더불어 자연스런 일이었다. 기제 그는 에덴적 형상의 복원을 꿈꾼다.

> 海岸의 黃昏은 姙娠婦의 고요함과 근심스러움 같습니다.
> 언덕 위의 프레젠트 — 바다의 眞珠와 珊瑚와 新鮮한 生鮮을
> 내어 버리고 피곤한 太陽은 바다의 푸른 寢室로 들어갔습니다.
>
> 紫色에 불든 안개는 黃昏의 貞操
> 晩鐘의 머리맡에 浦口의 돛대가 默禱를 올립니다.
>
> 無人 孤島에 探險갔던 작은 물새가 돌아왔건만
> 밀려 오고 스치는, 스치고 떠나가는 물결의 외로움.
> 멀리 水平線 우으로 感傷이 群集할 때,
> 구름은 쓸쓸히 黃昏의 宿泊所를 찾고 있습니다.
>
> 黃昏을 보고 싶다 하여 海岸을 찾아온 당신은 어찌하여 말이 없습니까?
> 곱고 아름다운 듯하나 가슴을 쪼개는 黃昏이기에 말입니까?
>
> ― 「黃昏」 전문

20) 이숭원, 「한국 근대시의 자연표상 연구」, 서울대학교 박사학위논둔, 1986. 13쪽.

해학과 기지를 토대로 한 시사적(示唆的) 은유, 이것은 당대의 모더니스트 김광균의 감각적 시풍을 연상케 한다. 이 작품은 그와 같은 특성에 바탕하여 불행한 현실에 대한 위안으로서의 자연을 그리고 있다. 이때 자연은 훼손되기 이전의 원형인데, 그것을 일러 우리는 '에덴적 형상'이라고 할 수 있다. 에덴의 동쪽으로 아담과 하와가 쫓겨가기 이전의 순수하고 무구(無垢)한 신적 질서와 인간적 질서가 조화로움 속에서 하나로 통일되어 부산하게 그 활기와 명랑성을 띠고 있을 때, 그것의 잔상(殘像)이기도 하다.

> 수탉의 울음소리 고요한 하늘에 오르고
> 집 위와, 空中과, 먼 山에 鮮明한 沈默이 안개와 같이 기어다닐 때
> 당신은 일찍이 아침을 아름다워하였습니까?
> 山봉우리에 피어 오르는 處女光과 함께 이슬을 몰고 날아가며,
> 서며, 혹은 놓여 있는
> 透明한 아침의 모든 족속들이.
>
> ―「아침과 黃昏을 데리고 갈 수 있다면」 중에서

> 아우야 얼마나 훌륭한 아침이냐.
> 우리들의 꿈보다는 더 아름다운 아침이 아니냐.
> 어서 바다를 向하여 기운찬 돌을 던져라.
> 우리들이 저 푸른 海岸으로 뛰어갈 아침이란다.
>
> ―「아침」 중에서

'동경'을 정서의 기저로 하는 모더니스트와 골똘하게 인생을 생각하는 모랄리스트가 중첩되어 있는 인상을 이 작품은 주고 있다. 그것이 감상의 희석화와 관념의 서정적 형상화로의 진행으로 그의 시세계를 이어간 내적 자질이다. 그것은 당대에 익숙한 정조였던 위안(慰安)으로서의

자연, 또는 농경적 귀거래(歸去來)나 유년 회귀의 회귀 본능과는 층위가
다른 것이다.

> 나와 다형과의 매개가 된 것은 편석촌(片石村)이었다. 다형은 엘리
> 어트적 모더니즘의 계보를 밟고 있는데 다형은 편석촌 김기림을 자기
> 의 소중한 선배로 알고 있었다. 김기림은 나의 중학 은사이다. 나는
> 다시 대할 수 없는 이 은사의 이야기를 다형에게 길게 말씀드렸다. 내
> 이야기를 열심히 들어 주셨다. 다형은 편석촌의 지혜의 속삭임에 한때
> 매혹했다고 했다. 다형이 그를 해방 후 서울에서 만났지만 서로 정치
> 문제는 언급하지 않았다고 한다. 다형에 대한 나의 존경심에는 은사의
> 분신 같은 무의식이 깔려 있는지도 모른다.21)

5. 맺음말

결국 김현승 초기시는 '알레고리'와 '이미지즘'을 하나의 창작 기법으로
상정한 민족적 열정의 시였다고 평가할 수 있다. 기법(技法)을 "주제를
발견하고 탐구하여 발전시키는 한편, 그 의미를 전달"22)하는 수단 또는
기제라고 할 때, 그에게 '알레고리'와 '이미지즘'은 매우 적절한 대응이었
다고 할 수 있다. 그렇기 때문에 그의 시는 시적 상징의 차원에 이르지
못하고, 다만 이른바 원초적 상징23)의 전 단계까지만 갔다고 할 수 있
다. '상징'(象徵)은 '알레고리'[寓意]와 반대의 성격을 띠는데, 알레고리가
하나의 개념으로부터 출발하여 하나의 형상에 이르는 데 반하여, 상징은
우선적으로, 그리고 본래적으로 형상적인 것이며, 다른 무엇보다도 그
자체 관념의 원천인 것이다.24) 그런 면에서 김현승의 초기시는 '관념(개
념)'에서 먼저 출발하여 '이미지(형상)'를 찾은 순서를 밟아 갔다고 할

---

21) 조요한, 「다형편모」, 『숭전어문학』 5집, 1976.
22) 마크 쇼러, 「발견으로서의 기법」, 『20세기 문학비평』, 까치, 1984. 131쪽.
23) Philip Wheelwright, 김태옥 역, 『은유와 실재』, 문학과지성사, 1988. 122-123
    쪽.
24) Gilbert Durand, 진형준 역, 『상징적 상상력』, 문학과지성사, 1990. 16쪽.

수 있다. 그리고 결국 이와 같은 알레고리적 창작 방법은 그에게 이항대립에 토대한 대위구조적 상상력에서 한 편을 긍정하고 한 편을 부정하는 이원적 사유를 가져왔던 것이다. 또 역으로 그와 같은 이원적 사유가 이항대립적 틀짓기에 토대한 알레고리적 창작 방법을 수반(隋伴)했다고 볼 수도 있을 것이다.

종생기, 철천(徹天)의 수사학

이 경 훈

1. 결핵성 뇌매독, 육체의 사인(死因)

이상이 1937년 4월 17일에 죽었다는 것은 널리 알려진 사실이다. 성천(成川) 따위의 시골이 "우리들의 병원이 아니"며, 인천 "바다가 또한 우리들의 약국이 아니"라고 하며 달려간 이상으로 하여금 결국 "자살의 단서조차 찾을 길이 없"는 성천의 "권태"를 떠올리도록 강요했던 동경(東京)에서 말이다.

그런데 이상이 마루노우찌 빌딩이나 긴자(銀座)를 보며 "치사스런 도시"라고 규정하기도 했던 그곳에는, "책상 위에 몇 권 상스러운 책자가 있었고 본명 김해경 외에 이상이라는 별난 일흠이 있고 그러고 일기에 몇 줄 온건하달 수 없는 글귀를 적었다는 일로 해서"[1] 한 달 동안 이상을 구금한 니시간다(西神田) 경찰서 이외에도 동경제국대학 부속병원이 있었다.

바로 그곳, 즉 단지 동경이 아니라 동경제대 부속병원에서 이상은 죽

---

1) 김기림, 「고 이상의 추억」, 『조광』, 1937. 6. 313-314쪽.

었다. "열두 시간 기차를 타고 여덟 시간 연락선을 타고 또 스물네 시간 기차를 타고 동경에 닿"은 변동림은 그 "동대 병원 입원실로 직행"[2]했다. 그 병원에서 이상은 죽었다. 일본 시인 다까무라 고타로(高村光一郎)의 아내 치에꼬(智惠子)가 1938년에 온 임종의 순간에 레몬을 찾았듯이[3], 이상 역시 "셈비끼야(千匹屋)의 메롱"을 찾으며 죽었던 것이다.

그 죽음과 관련해 이상의 주변 사람들은 다음과 같이 말한다.

아즉 동경에서 그의 미망인이 돌아오지 않었고 또 자세한 통신도 별로 없어 그가 돌아가든 당시의 주위와 사정은 물론, 그의 병명조차 적확하게는 모르고 있으나 역시 폐가 나뻤든 모양으로 그 점은 김유정과 같으나 유정이 죽기 바로 수일 전까지도 기어코 병을 정복하고 다시 일어나려 끊임없는 노력을 애끼지 않든 것에 비겨 이상은 전에도 혹간 절망과 같은 의미표시가 있었고 동경에 간 뒤에도 사망하기 수개월 전에 이미 「종생기」와 같은 작품을 써 보낸 것을 보면 이상의 이번 죽엄은 이름을 병사(病死)에 빌었을 뿐이지 그 본질에 있어서는 역시 일종의 자살이 아니였든가! 그러한 의혹이 농후하여진다.[4]

평소부터도 상은 건강이라는 속된 관념은 초월한 듯이 보였다. 상의 앞에 설 적마다 나는 아츰이면 정말 체조를 잊어버리지 못 하는 내 자신이 늘 부끄러웠다. 무릇 현대적인 퇴폐에 대한 진실한 체험이 없는 나는 이 점에 대해서는 늘 상에게 경의를 표했다. 그러면서도 그를 아끼는 까닭에 건강이라는 것을 너무 천대하는 벗이 한없이 원망스러웠다.[5]

---

2) 김향안, 「이젠 이상의 진실을 알리고 싶다」, 『문학사상』, 1986. 5. 62쪽.
3) 참고로 다까무라의 「레몬 애가」를 일부 소개하면 다음과 같다. "그렇게도 당신은 레몬을 기다렸지/ 슬프도록 회고 밝은 임종의 침상에서/ 내 손에서 받아든 한 알의 레몬/ 당신의 고운 이빨로 오드득 깨물었지/ (중략)/ 그리고 언젠가/ 산꼭대기에서 했던 예전의 심호흡 한 번 하고/ 당신의 육체는 그대로 멎었지/ 사진 앞에 꽂아둔 벗꽃 그늘에/ 서늘히 빛나는 레몬 오늘도 놓아두리."
4) 박태원, 「이상의 편모」, 『조광』, 1937. 6. 306-307쪽.
5) 김기림, 위의 책, 314쪽.

　　원래가 허약한 이상이라, 왜경들의 학대에 견디어 낼 수가 없어, 삽
시간에 중환자가 되고 말았다.
　　왜경들은, 이상에게 그럴 듯한 죄목을 씌우려고 온갖 음모를 꾸미던
중에 이상의 병세가 악화하는 통에 동경제국대학교 부속병원으로 보석
입원을 시켰다. 이때에야 동경에서 친한 친구들이 모여들었다. 이것이
불을 들고 화약에 뒤어든 결과가 된 것이다.6)

　　이상은 일제가 그 생명을 단축시키고 앗아간 것이 아니었던가? 그가
일경에 구속되지 않았으면 좀더 살았을 거다.
　　이상이 "나는 일본말로 시를 쓰는 시인이다"라고 말했으면(자처했으
면) 구속되지 않았을 것이 아닌가?
　　이상의 민족정신을 의심한다면 이러한 사실을 상기해야 마땅하다고
본다.7)

　　인용을 통해서 우리는 다음과 같은 사실을 알 수 있다. 그것은 (1) 박
태원의 경우, 이상의 "병명"을 거론하며 "역시 폐가 나빴"지만, 그럼에도
불구하고 결국은 "일종의 자살"이라고 규정한다는 점, (2) 김기림의 경
우, "건강이라는 속된 관념"을 논하며 "현대적인 퇴폐"를 체험하지 못 한
채 건강에 집착하는 스스로를 부끄러운 존재로 기술한다는 점, (3) 윤태
영의 경우, 원래 허약 체질의 이상이 "중환자"가 된 것은 "왜경들의 학대"
때문이라고 말한다는 점, (4) 김향안, 즉 변동림의 경우, "일제가 그 생
명을 단축시키고 앗아간 것"이라고 단언하며 "이상의 민족정신"을 강조한
다는 점 등이다.
　　그런데 이 네 가지 말에서 공통되는 것은, 이것들이 모두 이상의 사인
(死因)을 명확히 밝히지 않는 대신, 이상의 죽음을 어떤 식으로든 관념
화 내지 추상화하고 있다는 사실이다. 이를테면 "병명"에 대해서 궁금증
을 표현하는 박태원의 경우조차 결국에는 이상의 죽음에 "자살"이라는
일종의 문학적 · 철학적 뉘앙스를 부여하고 있으며, 김향안의 경우에 이

---

6) 송민호 · 윤태영, 『절망은 기교를 낳고』, 교학사, 1968. 89쪽.
7) 김향안, 「이상이 남긴 유산들」, 『문학사상』, 1987. 1. 116-117쪽.

르러서는 이상의 죽음이 무엇보다도 일제의 탄압 및 민족정신 때문이 아닌가 하는 환상마저 조장하고 있는 것이다.

하지만 아래의 인용에서도 보이듯이, 위의 증언자들과 마찬가지로 이상과 무척 가까웠음에도 불구하고, 이상 추도식의 뒷자리에 앉아 "제 손으로 뼈를 주운 친구"가 아니라 자신과는 "인연도 상관도 없는 〈스타아〉 하나가 죽음이란 너울을 쓰고 성스럽게 등장하는 것"을 보게 되었다고 피력하는 김소운의 말은 이 네 가지 것들과 약간 다른 태도를 보이는 듯하다.

> 도오다이 병원(東大病院＝東京帝大 부속병원)에 상이 입원한 얼마 후, 겨우 돈 준비가 되어서 새로 마련한 사무실을 계약하려고 에비스(惠比壽)의 아파아트 문간을 막 나오려는데 상이 숨졌다는 전보가 왔다.
>
> 영안실(靈安室)에 누워 있는 시체를 보고도 어쩐지 죽었다는 실감이 가지 않았다. 하도 능청맞고 익살스런 친구라 그 특이한 쓴웃음을 띠면서 금시에 일어나 앉을 것만 같다.
>
> 육, 칠 인이나 낯모를 사람들이 둘러 앉은 곁에서 화가 길진섭(吉鎭燮)이 석고로 상의 데드 마스크를 뜨고 있다. 굳은 뒤에 석고를 벗겼더니 얼굴에 바른 기름이 모자랐던지 깎은 지 사, 오 일 지난 양쪽 뺨 수염이 석고에 묻어서 여남은 개나 뽑혀 나왔다. 그제야 "정녕 이상이 죽었구나……"하는 생각이 들었다.
>
> 입원료를 청산하기 전에는 사망 진단서가 나오지 않고, 장사도 못 지낸다고 한다. 또 한 번 나는 사무실 계약을 단념하는 수밖에 없었다. 주머니에 준비했던 보증금이 이상의 "전주(錢主) 노릇"에 쓰였다.
>
> 사망 진단서에 적힌 사인(死因)은 폐결핵이 아니고 "결핵성뇌매독(結核性腦梅毒)"이었다. 화장터에서 돌아온 상의 유골은 상의 미망인(차돌 여사와 헤어진 뒤, 상과 같이 된 변군의 누이, 현 S화백 부인)과 같이 내 아파아트에서 첫밤을 새웠다.8)

---

8) 김소운, 『하늘 끝에 살아도』, 동아출판공사, 1968. 300-301쪽.

즉 김소운의 증언은 위의 네 가지 말들보다 훨씬 더 객관적인 정황을 제시하고 있다. 예를 들면 입원료나 사망진단서 문제가 그러하거니와, 실로 김소운은 자신의 사두실을 포기하고 이상의 입원료를 지불함으로써 사망진단서를 받고 장례를 치를 수 있었던 것이다. 물론 인용에서 가장 주목을 끄는 것은, 입원료나 사망 진단서 등 병원의 현실적 절차를 거친 후에야 알 수 있었던 "결핵성뇌매독"이라는 구체적인 사인이지만 말이다.

그렇다. 의학적으로 보았을 때, 일단 이상의 죽음은 "자살"이나 "퇴폐" 또는 "민족정신" 등이 암시하는 문학적이고 이념적인 죽음이라기보다는, 매독균이 혈관을 타고 뇌를 침범함으로써 발생한 구체적이고 육체적인 죽음이었다. "셈비끼야(千匹屋)의 메롱"이 환기하는 그 어떤 현란한 정서나 관념 이전에 그 죽음은 입원료를 지불해야만 사망진단서를 받고 장례를 치를 수 있었던 대학병원의 시스템만큼이나 냉정하고 객관적인 현실적 죽음이었던 것이다. 이에 대해 김윤식 교수는 다음과 같이 말한다.

> 이상을 죽게 한 병은 과연 어떤 것이었을까에 관한 것. '나=이상'의 글쓰기란 물을 것도 없이 의식의 문제였기 때문에 '내면풍경'으로 풀이되고 또 관찰될 성질의 것이지만 '나=김해경'의 처지에서 보면 어디까지나 한 인간의 문제다. 따라서 그의 죽음도 구체적 죽음이 아닐 수 없다. 그것은 '결핵성 뇌매독'이라는 추정이 어느 수준에서 가능하다. 이상의 임종 주변에 있었고, 병원비를 지불했으며, 서울서 온 이상의 아내 변동림을 자기 아파트에서 머물게 한 바 있다고 주장하는 김소운의 기록을 어느 정도 신뢰할 수 있으므로 이 병명에 대한 신뢰도 현 시점에서는 가능하다.9)

그리고 바로 이때 이상의 죽음에 "결핵성뇌매독"이라는 구체적 병명을 부여한 동경제국대학 부속병원은 이상의 삶과 문학을 이해하고 논의하게 하는 한 가지 중요한 닻이 된다. 이는 이상의 영전에 향을 피우고 꽃

---

9) 김윤식, 『이상문학 텍스트 연구』, 서울대 출판부, 1998. 216쪽.

을 바치듯 그 죽음에 대해 일종의 문학적 수식(修飾)을 아끼지 않았던 지인들의 태도와는 또 달리 그 육체적 사망과 더불어 이상의 삶과 문학을 논하게 하는 객관적 근거가 되는 것이다. 이를테면 이는 「실화」에 나오는 "이 너무나 엄청난 거짓"의 의미를 알려 주는 것은 아니었을까.

> 兪政! 兪政만 싫다지 않으면 나는 오늘밤으로 치뤄버리고 말 작정이었다. 한 개 妖物에게 負傷해서 죽는 것이 아니라 二十七歲를 一期로 하는 不遇의 天才가 되기 위하여 죽는 것이다.
> 兪政과 李箱— 이 神聖不可侵의 찬란한 情死— 이 너무나 엄청난 거짓을 어떻게 다 주체를 할 작정인지.
> "그렇지만 나는 臨終할 때 遺言까지도 거짓말을 해 줄 決心입니다."10)

어쩌면 이상은 폐결핵에 걸린 김유정과 같이 죽음으로써 자신의 사인을 폐결핵으로 생각되게 하는 동시에 "神聖不可侵의 찬란한 情死"로 표상되는 문학적·예술적 죽음의 색채를 가미하려 했던 것일지도 모른다. 따라서 이는 "遺言까지도 거짓말을 해 줄 決心"이라는 말과 깊이 관련되는 것일 수도 있다. 실로 『백광』1937년 6월호에는 다음과 같은 기사가 실리지 않았던가.

> 젊은 作家 裕貞이 病으로 夭逝하였다는 悲報를 接하였드니.
> 뜻하지 않은 李箱이 멀리 東京에서 또한 客死하였다는 慘報를 對하게 되었다.
> 朝鮮文人의 夭折11)은 普通事인 듯.
> 이래서야 누가 文人이 되어볼 수가 있을까!
> 더구나 이들이 거이 營養不足症에서 이러나는 肺病에 絶命하였으니.12)

---

10) 김윤식 편, 『이상문학전집 2』, 문학사상사, 367쪽.
11) 원문에는 '夭逝'로 되어 있으나 조사가 '은'이므로 '요절'로 표기함.
12) 편집부, 「문단 콤멘트」, 『백광』, 1937. 6. 112쪽.

"결핵성뇌매독"을 말한 김소운의 증언이 소중한 것은 실로 이 때문이다. 위와 같이 김유정과 한데 묶여 추모되고 급기야 합동영결식까지 거행되었음에도 불구하고, 이상은 김유정과 다른 병으로 죽었기 때문이다. 왜냐하면 일단 이상은 "영양부족증에서 이러나는 폐병"과 관련된 "조선문인의 요절"이나 "神聖不可襲의 찬란한 情死"를 한 것이 아니라 육체로서 죽었기 때문이다. 폐결핵이 아니라 결핵성 뇌매독으로 말이다.

2. 부속병원, 또 다른 종생기

그런데 이상의 사인으로 "결핵성뇌매독"을 지적한 김소운의 증언 못지 않게 중요한 것은 「추등잡필」에 등장하는 다음과 같은 이상의 자신의 말이다.

> 그다지 명예롭지 못한 그러나 생각해 보면 또 그렇게까지 불명예라고까지 할 것도 없는 질환을 가지고 어떤 학부 부속병원에를 갔다. 진찰이 끝나고 인제 치료를 시작하려 그 그리 보기 좋지 않은 베드 위에 올라 누웠다. 그랬더니 난데 없이 수십명의 흑장속(黑裝束)의 장정 일단이 우- 틈입하여는 내 침상을 둘러싸는 것이다. 말할 것도 없이 이 학부 재학의 학생들이요 이것은 임상강의 시간임에 틀림없다. 손에는 각각 노-트를 들었고 시선을 내 환부인 한 점에 집중시키고 있는 것이다. 의사 즉 교수는 서서히 입을 열어 용의주도하게 내 치료받고자 하는 개소(個所)를 주므르면서 유창한 어조로 강의를 개시하는 것이 아닌가. 이것은 나에게 있어서 참으로 천만 의외의 일일 뿐 아니라 정갈로 불쾌하기 짝이 없는 봉변일 수밖에 없는 일이다. (중략)
>
> 의학의 진보 발전을 위하여 노구찌 박사는 황열병에 넘어지기까지도 하였고 또 최근 어떤 학자는 호열자균을 스스로 삼켰다 한다. 이와 같은 예에 비긴다면 치부를 잠시 학생들에게 구경시켰다는 것쯤 심술 부릴 꺼리조차 못 될 것이다. 차라리 잠시의 아픔과 부끄러움을 참았다는 것이 진지한 연구의 한 도움이 된 것을 영광으로 알아야 할 것이오

기뻐하여야 할 것이다.

그러나 또 생각해 보면 사람은 누구나 다 반드시 이렇게 실험동물로
공양되어야 할 책임이 있다는 것은 아니리라. (중략)

또 어떤 학술적인 전람회에서 사형수의 두 개골을 여러 조각에 조각
조각 켜 놓은 것을 본 일이 있다. 얼른 생각에 사형수 같은 인류의 해
독을 좀 가혹히 짓주물렀기로니 차라리 그래 싼 일이지, 이렇게도 생
각이 되지만 또 한편으로 생각해 보면 혼백이 이미 승천해 버린 유해
에는 죄가 없는 것일 것이니 같이 사람 대접으로 취급하는 것이 지당
한 일일 것이 아닐까. 또한 본인의 한 마디 승낙하는 유언을 얻어야
할 것이요 그렇지 않으면 통상의 예를 갖추어 주어야 옳으리라.13)

위의 인용은, 사전에 아무 양해를 구함도 없이, 치료를 받으러 간 환
자 이상을 임상 강의 실습 대상으로 삼았던 "어떤 학부 부속병원"에 대
해 분노하는 글이다.

이 "학부 부속병원"은 어디인가. 아마도 이는 東京, 京都, 東北, 九州,
北海道 제국대학에 이은 "대일본제국"의 여섯 번째 제국대학인 경성제국
대학 의학부의 부속병원일 것이다. 총독부가 민립대학 설립을 방해하면
서 "조선제국대학"이라는 이름으로 세우려다, 이 이름이 조선을 "식민지
가 아니라 하나의 제국으로 인정해 주는 꼴이 된다고 해서 서둘러"14)
명칭을 바꾼 바로 그 대학의 부속병원 말이다. 왜냐하면 세브란스 의전
이나 경성의전과는 별개로 당시 한국에서 "학부"라고 지칭될 의학 교육
기관은 이곳, 즉 조선총독부의원 원장과 경성의전 교장을 겸임했으며,
이미 28세에 이질균을 발견하여 세계적인 명성을 얻고 있던 시가 기요
시(志賀潔, 경성제대 초대 의학부장) 박사의 주도로 세워진 경성제국대
학 의학부 이외에는 없었을 것이기 때문이다. "어떤 학부"가 경성제대 의
학부를 말한다는 것은 다음의 인용을 통해서도 어느 정도 확인되리라고
생각한다.

---

13) 이상, 「추등잡필」, 『이상문학전집 3』, 문학사상사, 83-84쪽.
14) 이충우, 『경성제국대학』, 다락원, 1980. 58쪽.

　　이와 함께 의전(醫專)의 기계 표본류를 비롯한 참고서, 약품 등이
의학부 연구실로 옮겨졌다. 무엇보다도 의전의 임상교육장인 총독부의
원이 성대(城大; 경성제대의 약칭-인용자 주) 부속병원으로 빼앗길 처
지에 놓여 있었다. 의학부 개강 무렵에 의전학생들이 경성에 살고 있
는 졸업생들과 회합을 갖고 이런 상태로 가다가는 의전의 장래가 위험
스럽다고 들고 나왔다. (중략)
　　의전 분규는 계속되다가 6월께 가서야 사또오(佐藤剛藏) 교수의 성
의있는 설득으로 일단락되었다. 총독부로서는 문화정책의 일환으로 새
로 설립한 경성제국대학에 치중할 수밖에 없었을 것이다. 그렇긴 하지
만 의전은 실제 필요한- 임상의사 양성이라는 사명에 근거를 둔 것이
고, 城大 의학부는 의학 연구라는 순수한 학자 양성에 전력함으로써
각각 특색을 살려 병립할 수 있었다.15)

　　다시 말해 이상은 "임상의사 양성이라는 사명"을 가진 의전과는 달리,
"의학 연구라는 순수한 학자 양성에 전력"했던 이 경성제국대학 의학부
가 학생들의 "임상교육장"으로 활용했던 부속병원에서 임상교육의 대상
이 되었고, 따라서 환자인 자신을 "실험 동물"로 만든 부속병원의 실습
시스템에 대해 화를 내고 있는 것이다. 이는 사형수의 유해에 대해 "사
람 대접"을 하지 않는 것에 대한 비판으로도 이어지거니와, 사형수의 시
체와 관련해서는 경성제대 의학부 초창기를 기술한 다음과 같은 말이
참고가 된다.

　　의학부 개강 당시는 12강좌 중 3강좌가 해부학이었다. 그런데 해부
학 교실에 당장 필요한 것이 시체 확보였으니 그 입수가 쉽지 않았다.
해부용 시체난은 경성의전에서 이미 겪은 일이었다. 시가 박사는 총독
부 의원에서 치료환자가 사망할 경우 빌어달라고 신청했지만, 아무리
돈을 주어도 해부 자료로는 기피하는 것이 당시의 풍토였던 것이다.
　　이 때문에 우에다(上田常吉) 교수는 해부학 강의에 지장을 주지 않

---

15) 이충우, 위의 책, 112-113쪽.

으려고 각 형무소를 찾아 다니는 나그네가 되어야 했다.16)

그런데 우리는 총독부 병원에 사망한 환자 시체를 "빌어달라고" 의뢰하고 더 나아가 사형수 시체를 구하기 위해 형무소를 찾아다니는 일과, "사람은 누구나 다 반드시 이렇게 실험동물로 공양되어야 할 책임이 있다는 것은 아니리라"라든지, 사형수라 할지라도 "같이 사람 대접으로 취급하는 것이 지당한 일일 것"이라고 하는 이상의 태도가 서로 날카롭게 대립하고 있다는 사실을 알 수 있다. 이를테면 이상의 죽음을 둘러싸고 "결핵성 뇌매독"이나 입원료를 말하는 김소운 및 동경제대 부속병원의 입장과 박태원·김기림·윤태영·김향안의 입장이 대립하듯이 말이다.

달리 말해 이 대립은 인간(또는 자연)을 대상화하는(또는 그렇게 할 수밖에 없는) 근대 의학적(과학적) 실험의 정신 및 그 제도적 실천과, 그에 대한 정서적이고 인륜적인 저항(이자 역설적 수용 및 인식)의 한 편린을 보여 주는 것이다. 이러한 저항은, 이상이 사형수라는 법률적 대상으로 하여금 또 다시 해부학 재료라는 의학의 대상이 되도록 하는(마치 「표본실의 청개구리」에 나오는 김창억이 감옥에서 나오자마자 광인이 되는 것처럼) 기계적인 배제와 효율의 논리(일종의 도구적 이성)를 비판하는 것에서도 잘 드러나거니와, 이상 자신이 임상 실습의 대상이 된 것에 대해 분노하는 이유 역시 이와 동궤의 것이다.

그리고 이러한 모습은 「위독(危篤)」이라는 표제로 발표된 11편 연작시의 첫머리에 놓이는 「금제(禁制)」에서 다음과 같이 표현되기도 한다.

> 내가치던개(狗)는튼튼하대서모조리實驗動物로供養되고그中에서비타민E를지닌개(狗)는學究의未及과生物다운嫉妬로해서博士에게흠씬얻어맞는다.   하고싶은말을개짖듯배알아놓던歲月은숨었다.   醫科大學허전한마당에우뚝서서나는必死로禁制를않는(患)다.   論文에出席한억울한髑髏에는千古에氏名이없는法이다.17)

---

16) 이충우, 위의 책, 113쪽.
17) 이승훈 편, 『이상문학전집 1』, 문학사상사, 75쪽.

　우리의 논의와 관련해 위 시의 핵심은 "실험동물로 공양"되어 "논문에 출석한 억울한 촉루"라는 구절에 있다. 하지만 왜 억울한가. 환자이기 때문이다. 그렇다면 환자란 무엇인가. 그것은 치료의 대상이다. 즉 주인공은 인간으로서 "통상의 예'로 대접받지 못한 채, 오직 근대적 의학 제도의 대상으로 전락했던 것이다.

　그러나 그것은 건강인의 경우도 마찬가지이다. 전염병 관리나 공중 위생 등을 강조하는 의학 제도의 입장에서 보았을 때, 근대인은 그 누구나 환자의 위치에 있다. 따라서 억울함은 임상실습의 대상이 되었다는 사실이 암시하는 그 어떤 상태, 다시 말해 무수히 생산되는 의학적 담론과 제도의 객관성에서 그 누구도 자유로울 수 없다는 것, 즉 본질적으로는 누구나가 다 이렇게 "의과대학 허전한 마당에 우뚝" 설 수밖에 없는 근대(문학)적 풍경이 돌이킬 수 없게 발생했다는 사실에서 유래한다. 일찍이 "표본실의 청개구리"가 "조고만 전율"과 더불어 "사지에 핀을 박고 칠성판 우에 잣바"졌듯이, 박태원의 「악마」에서 임질에 걸린 '학주'가 주체의 자격을 상실하고, 자신의 고민을 매개로 집요하게 의사소통되는 의학과 위생의 담론에 지배되는 가련한 객체가 되었듯이 말이다.[18] 실로 이상은 "無事한 世上이 病院이고 꼭 治療를 기다리는 無病이 끝끝내 있다"[19]고 말하거나, 「오감도 8호」를 통해 다음과 같이 "해부"의 과정을 시화하지 않았던가.

　　　第一試驗　手術臺　一
　　　水銀塗沫平面鏡　一
　　　氣壓　二倍의平均氣溫

　　爲先麻醉된正面으로부터立體와立體를爲한立體가具備된全部를平面鏡

---

18) 이에 대해서는 졸고 「도더니즘 소설과 질병」, 『한국문학평론』, 1997 여름호. 147-168쪽을 참고할 것.
19) 이승훈 편, 위의 책, 197쪽.

에映像시킴. 平面鏡에水銀을現在와現在反對側面에塗沫移轉함. (光線侵入防止에注意하여) 徐徐히痲醉를解毒함. 一軸鐵筆과一張白紙를支給함. (試驗擔任人은被試驗人과抱擁함을絶對忌避할 것) 順次手術室로부터被試驗人을解放함. 翌日. 平面鏡의縱軸을通過하여平面鏡을二片에切斷함. 水銀塗沫二回.
　ETC 아직그滿足한結果를收得치못하였음.[20]

　그렇다면 "논문에 출석한 억울한 촉루"란 위와 같은 활동의 대상이 된 인간과 그 활동의 주체인 근대 (의학) 제도 사이의 복합적인 드라마를 요약하고 있는 것이다. 이상의 경우, 그 드라마의 끝은 "결핵성뇌매독"이라는 의학적 죽음의 선고였을 터, 이때 우리는 인용된 「추등잡필」의 의미 역시 궁극적으로 이 드라마의 내부에 있다는 사실을 곧 깨닫게 된다.

　이를테면 경성제국대학 부속병원에서 진단되고 치료된, "그다지 명예롭지 못한 그러나 생각해 보면 또 그렇게까지 불명예라고까지 할 것도 없는 질환"이란, 매독 약으로 사용된 〈levulargyre〉를 떠오르게 하는 "CREAM LEBRA의 비밀"[21](「1931년」(작품 제1번))을 들었음에도 불구하고 결국 "차를 나르는 새악시들"이 입은 "丹楓 문의 옷"과 닮은 "性病模型"[22](「동경」)을 피부에 남기고야 말았을 "1234567890의 질환"[23](「선에 관한 각서 6」), 즉 동경제국대학 부속병원의 사망진단서에 적힌 "결핵성뇌매독"을 초래한 바로 그 질병일 것이기 때문이다.

　이같이 이상의 질병 및 의학적 죽음에는, 한통속의 근대 의학 제도이자 기관인 경성제대와 동경제대라는 두 제국대학의 부속병원이 관여하고 있었다. 그 하나가 성병에 걸린 이상을 실험동물로 만들었다면, 다른 하나는 이상의 죽음에 "결핵성뇌매독"이라는 의학적 객관성의 "핀"을 박은 것이다. 비유적으로 말해 경성제대에서 발병된(진단되었다는 의미에

---

20) 이승훈 편, 위의 책, 35쪽.
21) 이승훈 편, 위의 책, 237쪽.
22) 김윤식 편, 『이상문학전집 3』, 문학사상사, 98쪽.
23) 이에 대해서는 졸고, 「이상 연구 7—〈LE URINE〉의 주석」, 『현대문학이론연구』 9집, 1998. 6. 165쪽을 참고할 것.

서) 이상의 질병은 동경제대에 이르러 더할 나위 없이 완전히 발현되었던 것이다. 이때 이상의 질병을 통해 경성제대 부속병원과 동경제대 부속병원은 그 필연성과 연속성을 성취하며 결정적으로 만나게 된다. 이 두 병원의 임상기록은 질병의 발생과 경과 및 사망에 이르는 완전한 의학적 담론 및 임상 사례적 서사를 지향하며 일관성 있게 맺어질 것이다.

그렇다면 이는 또 하나의 「종생기」는 아니었을까. 그 「종생기」란 이상의 죽음에 바쳐진 무수한 수식과 관념적 의미화 이전에, "그다지 명예롭지 못한 그러나 생각해 보면 또 그렇게까지 불명예라고까지 할 것도 없는 질환"에서 시작하여 "丹楓 문의 옷"과 닮은 "性病 模型"의 단계를 지나, 다시 "腦髓에 피는 꽃"이 "그의 腦髓"를 "거의 生殖器처럼 興奮"시키거나 "당장이라도 爆裂할 것만 같은 疼痛이 그의 中軸을 엄습"하게 되는 "生物的 二等次級數"24)(「얼마 안 되는 변해」)를 거쳐 "결핵성뇌매독"으로 종결되는 의학적 객관성이 이상을 통해 발현한 필연적인 과정은 아니었을까. 「12월 12일」의 M과 ×가 모두 의학공부를 하는 것이나, 「황의 기」에 "주치의 R의학박사"가 등장하는 것 역시 이와 관련되는 것은 아닐까.

그리고 이 근대의학적 서사의 배후에는 동경제국대학과 경성제국대학을 만든 "대일본제국"이라는 현실적 국가 이성과 1930년대의 식민지 사회가 있었던 것이다. 따라서 이제 이상이 경성제대 부속병원에서 "실험동물"이 되고 동경제대 부속병원에서 "결핵성뇌매독"으로 죽었다는 사실은 단순한 의학적·육체적 객관성을 넘어서게 된다. 그것은 의학적 사망으로 특히 돌출된 근대적 사망의 한 표상이 되는 것이다. 왜냐하면 의학적이든 정치적이든 사회적이든 간에 철저히 도구적 이성과 근대 제도의 필연성에 속박된 "실험동물"이 될 것이라는 의미에서 근대의 삶이란 언제나 일종의 죽음을 선취하고 있기 때문이다. 그리고 이 모두는 제국대학 부속병원 및 그 안에서 진료받고 사망한 천재이자 룸펜인 이상이 차

---

24) 김윤식 편, 전집 3, 292쪽.

지하는 근대적 위치와 정확히 대응하는 것이었을지도 모른다.

3. 駱駝와 邰遺珊瑚—

따라서 이렇게 보았을 때, 매춘과 방탕 또는 질투로 점철된 이상의 삶은 경성제대 병원에서 동경제대 병원으로 이어지는 완결된 임상사례적 서사의 냉엄하고도 필연적인 객관성에 파국적으로 마주선 생활세계의 이야기라는 규정을 비로소 획득하게 된다. 즉 이같이 이상의 "종생기"는 두 제국대학의 부속병원에서 펼쳐진 또 다른 종생기와 더불어 씌어졌던 것이다. 그렇다면 부속병원 종생기의 결론인 결핵성 뇌매독에 비견되는 생활세계 "종생기"의 치명상은 무엇일까.

결론부터 말해 그것은 결핵과 함께 방탕과 소모의 한 극단을 상징하는 "낙타"와 "邰遺珊瑚—"이다. 하지만 "낙타"란 무엇인가. "邰遺珊瑚—"란 또 무슨 말인가. 일단 다음을 보자.

> 안해駱駝를닮아서편지를삼킨채로죽어가나보다.   벌써나는그것을읽어버리고 있다. 안해는그것을아알지못하는것인가. 午前十時電燈을끄려고한다. 안해가挽留한다. 꿈이浮上되어있는것이다. 석달동안안해는回答을쓰고자하여尙今써놓지는못하고있다.   한장얇은접시를닮아안해의表情은蒼白하게瘦瘠하여있다. 나는外出하지아니하면아니된다.   나에게付託하면된다. 네愛人을불러줌세아드레스도알고있는데25)

여기서 낙타란 〈마태복음〉의 구절, 즉 "약대가 바늘귀로 들어가는 것이 부자가 하나님의 나라에 들어가는 것보다 쉬우니라"와 깊이 관련된다. 즉 성서의 비유는 낙타와 부자 및 바늘귀와 천국을 각각 대응시키고 있거니와, 바로 이때 우리는 「실화」의 첫머리에 나오는 다음 구절에 주의를 기울이게 되는 것이다.

---

25) 이승훈 편, 위의 책, 232쪽.

> 사람이
> 비밀이 없다는 것은 재산이 없는 것처럼 가난하고 허전한 일이
> 다.26)

즉 낙타란 부자와 대응하는데, 비밀이 없는 경우 가난하지므로, 부자인 낙타는 비밀이 많다는 것, 즉 〈낙타=부자=비밀〉의 도식이 성립되는 것이다. 다시 말해 "안해 駱駝를 닮아서 편지를 삼킨 채로 죽어가나 보다."의 의미는 아내에게 비밀이 많다는 것이다.

하지만 이 낙타는 아내에게만 적용되는 것은 아니다. 예를 들어 「지도의 암실」에는, "낙타를 타고 싶어하게 되면 사막 넘어를 생각하면 그곳에 좋은 곳이 친구처럼 있으리라."고 생각하는 남자 주인공이 등장하기 때문이다. 그리고 이는 다음의 시와 깊이 연관된다.

神經質的으로肥滿한三角形

△은 나의 AMOUREUSE이다.

▽이여 씨름에서이겨본經驗은몇번이나되느냐.
▽이여 보아하니外套속에파묻힌등덜미밖엔없고나.
▽이여 나는呼吸에부서진樂器로다
나에게如何한孤獨은찾아올지라도나는××하지아니할것이다.
오직그러함으로써만나의生涯는原色과같이豊富하도다.
그런데나는캐라반이라고.
그런데나는캐라반이라고.27)

여기서 중요한 것은 ▽와 "그런데 나는 캐라반이라고"이다 이 두 요소를 종합해 결론부터 제시하면, 위의 시는 발기불능(외투 속에 파묻힌 등

---

26) 김윤식 편, 『이상문학전집 2』, 문학사상사, 357쪽.
27) 이승훈 편, 위의 책, 121쪽.

덜미)이나 성기의 이상(호흡에 부서진 악기), 즉 ▽에도 불구하고 캐라반처럼 낙타를 타고 "좋은 곳"으로 들어가고(천국=바늘귀=여자 성기 또는 유곽) 싶다는 희망을 토로하고 있는 것이다. 즉 아내뿐만 아니라 이상 자신 역시 매춘 등의 비밀스런 삶에 발을 담그고 있었던 것이다. 다시 말해 이상은 "그 고개 너머" "1원짜리" "聖母의 市場"(「슬픈 이야기」)에서 태어난 "模造 基督"(「실락원」)이었던 것이다. 이에 대한 증언으로 대표적인 것은 다음과 같은 박태원의 말이다.

> 사실 이상은 한때 상당히 발전하였든 외입장이로 그러한 방면에 있어서도 놀라운 지식을 가저 그것은 그의 유고 중에도 한두 편 산견되나 기생이라든 창부라든 그러한 인물을 취급하여 작품을 쓴다면 가히 외국 문단에 있어서도 대적할 사람이 없을 것이다.28)

그렇다면 낙타로 상징되는 이 비밀스런 생활은 우리의 주제와 어떻게 관련되는 것일까. 무엇보다도 그 연관성은 이상이 소속되었던 경성고공이나 총독부 등의 공적이고 제도적인 삶과 결정적으로 대립된다는 점에서 발견된다. 실로 경성고공이란 "3년제 전문학교로 건축토목과, 섬유공학과, 응용화학과, 광산과 등 5과에 각과 10명 남짓, 전체 60명 정도의 학생을 매년 받아들이는 총독부 직할의 교육시설"29), 즉 비교적 윤택한 일본인 학생들에 들어가던 식민지 지배 제도의 한 부분이었던 것이다. 이상이 체험한 형무소 견학이란 이 학교 건축토목과에 소속된 이상의 위치가 어떤 것인지를 상징하는 것(이는 후에 이상이 니시간다 경찰서에 수감된 것과 정면으로 마주보고 있다)이기도 하거니와, 더욱이 이상과 수석을 다투곤 했으며 또 「날개」에 나오는 미스코시 백화점을 설계하기도 한 일본인 동창생 오오스미(大隅)의 말에 의하면, 이상의 총독부 취직 역시 전적으로 총독부의 식민지 경영 시스템 내부에 있었던 것이

---

28) 박태원, 「이상의 편모」, 『조광』, 1937. 6. 306쪽.
29) 원용석 외, 「이상의 학창시절」, 『문학사상』, 1981. 6. 242쪽.

다. 다음을 보자.

> 그래서 高工을 졸업하자 總督府 內務局 建築課에 技手 한 명을 학교 당국에서 추천하게 되었는데, 김해경이냐 大隅냐 하는 문제가 논의됐던가 봐요. 당시의 건축과 과장이 小河弘道(오가와 히르미찌) 교수였는데, 그 분의 말씀이 단 한 명의 한국인이니까 총독부 취직은 김해경에게 양보하라는 것이었지요. 그 결과 김해경이 총독부에 취직했던 거예요.30)

이같이 경성고공을 졸업하던 1929년 4월부터 이상은 조선총독부 내무국 건축과 기수라는 판임관 공무원이 되고 11월에는 관방회계과 영선계(1931년 12월 현재 전화번호는 광화문 560번)로 전근해 월급 55원을 받으며 근무하게 된다. 이에 대해 문종혁은 "졸업과 동시에 총독부에 취직이 된다는 것은 그 당시로서는 하늘의 별따기"라고 하며 그럴 수 있으려면 "교수진의 눈에 들어야 한다. 그래야만이 추천을 받는다."31)고 판단하거니와, 어쨌든 이렇게 총독부 관리가 된 이상은 "성실할 뿐만 아니라 사무 능률도 썩 좋은 편이어서 日人 상사의 신임도 두터웠"으며 또 "옷차림도 제법 세련되어 직장에선 청년신사로 통했던"32) 것이다.

그런데 우리가 강조하고자 하는 것은, 이같이 "직장에선 청년신사로 통"하는 총독부 관리이자 〈조선건축회〉 회원이기도 했던33) 이상의 공적 생활의 맞은편에 크게 아가리를 벌리고 있는 "비밀"스런 삶의 문제, 즉 "그분들이 내게 경제화를 사 주시면 나는 그것을 신고 그분들이 모르는 골목길로만 다녀서 다 해뜨려 버렸"34)(「슬픈 이야기」)다는 말로 표현되는 바로 그 "골목길"의 삶이다. 크게 보아 결핵과도 관련되는 이 "골목길"의 삶에 대해 문종혁은 다음과 같이 말한다.

---

30) 원용석 외, 위의 책, 242쪽.
31) 문종혁, 「심심산천에 묻어주오」, 『여원』, 1969. 4. 231쪽.
32) 원용석 외, 위의 책, 243쪽.
33) 『朝鮮と建築』, 1931. 12. 7쪽 참조.
34) 김윤식 편, 위의 책, 63쪽.

그게 몇 살 적인지 기억이 분명치 않다. 그러나 스물한 살 전후인 것은 확실하다. 어느날 내게 상의 편지 한 장이 날아 왔다. 그 내용인 즉 다음과 같다. 상은 한 여인을 샀다고 한다. 아마도 그때, 공창(公娼)이 있던 시절이오 그 이야기라고 생각된다. 그 편지에는 삽화가 한 장 첨부되어 있었다. 여자가 천정을 향하고 누워 있는 모습을 옆에서 본 그림이다. 배는 임신 10개월로는 부족하다. 젖가슴부터 아랫배까지가 고무풍선 같다. 그 높이가 대단하다.

또 그녀의 얼굴은 메주를 손가락으로 꾹꾹 찔러 만들었다면 입체감이 난다. 이북 말로 미욱하기 짝이 없다. 눈퉁이는 나오고 코는 납작하고 입술은 돼지 입이다.

이 여인이 말하더라는 것이다.

"파리만도 못한 기운을 해 가지고—"

그러며 해괴한 눈으로 흘겨보더라는 것이다.

이때의 상은 그의 첫 각혈 후 건강이 부실한 때였던 것만은 짐작이 간다. 그러나 너무 마음이 아파서 더 쓸 수가 없다.35)

인용에서 알 수 있듯이, 결핵과는 별개로 이상은 1930년 또는 1931년 무렵 총독부 관리라는 공적 삶의 그림자 진 곳에 이미 비밀스런 욕망의 "골목길"을 뚫고 있었던 것이다. 그리고 이 빛과 그림자의 양립은 1933년에 이상이 총독부 기수를 사직함으로써 끝장이 나고 만다. 금홍이는 바로 이때 등장한다. 즉 결정적으로 〈총독부 사직＝결핵＝금홍＝비밀스런 삶의 본격적 출발〉이라는 "낙타"(＝타락?)의 도식, 또는 총독부 관리 김해경에 맞선 환자이자 룸펜 이상이 탄생하게 되는 것이다.

그리고 이 비밀스런 "낙타"의 도식은 결국 고통으로 이어졌던 것이다. 왜냐하면 때문은 버선만 남긴 채 가출했다가 온몸에 다른 남자들의 "지문"을 가득 묻혀 돌아오곤 했던 금홍을 비롯하여, 「동해」, 「종생기」, 「실화」 등에 등장하는 연이, 선이, 정희 등의 "치사한 소녀"들은 모두 다른 남자들과 관련된 비밀을 숨기면서 "공포에 가까운 변신술(變身術)"을 구

---

35) 문종혁, 위의 책, 241쪽.

사하여 이상으로 하여금 "속고 또 속고 또 또 속고 또 또 또 속"게 하는
"야웅의 천재"들이었기 때문이다. 따라서 이상은 일종의 자포자기적 심정
으로 "어디가 열려야 네 어저께가 보이느냐."(「최저낙원」)고 하며 다음과
같이 "銀貨에 의한 貞操의 새 색칠"(「불행한 계승」)을 시도하게 되는 것
이다.

> 그의 아내가 한 번도 그를 사랑한 적이 없다는 것을 눈치채지 못하
> 고 있는 그였다. 그는 고상한 국화꽃처럼 나날이 누더기가 되어 갔다.
> 아내는 그를 버렸다. 아내의 행방은 불명이다.
> 그는 아내의 신발을 들여다봤다. 空腹—절망적인 공허가 그를 조소
> 하는 듯했다. 초조하다. (중략)
> 밤이 되자 그는 유령처럼 흥분한 채 거리를 누볐다. 이제 그에게는
> 의지할 곳이 없다. 오로지 한 가닥 공복을 메꾸기 위해 행동할 뿐이었
> 다.
> 성격의 파편. 그는 그런 것은 돌아볼 생각도 않는다. 공허에서 공허
> 로 그는 역마처럼 달리고 또 달렸다.36)

> 난 말야, 愛人을 친구한테 뺏겼단 말야. 분명하진 않지만, 아무래도
> 그런 것 같아. (중략)
> 그렇지, 입술이 퍼렇지. 난 또 그 애 눈알의 검은 자위를 본 적이
> 없어.
> 즉 사람을 똑바로는 절대로 보지 않는다 그 말야.
> —근사한 女學生?
> —女子大學生 그런 종류 같은데……(중략)
> —그런 이상 야릇한 女子 좋아할 것 뭐예요. 내가 사랑허 드릴께요.
> 그러고보니 銀仙은 美人이었다. 情死하려다 男子만 죽었는지, 목 언
> 저리에 끔찍스런 칼날 자극이 있던 것으로 記憶한다.
> —그래서 난 홧김에 여기로 끌고 들어 왔단 말이야. 내일 아침, 그
> 러니까 오늘 아침이지, 랑궤부 한다는 거야. (중략)
> 計算과 같은 햇살이 유리장지 문을 가로질렀다. 그리하여 一回分 票

---

36) 이상, 「공포의 기록(서장)」. (전집 3, 331-332쪽.)

를 가진 사나이가 하나 貞操의 건널목을 바람을 헤치듯 가로질러 간
다. 땀이 납덩이처럼 냉랭한 圖面 위에 沈澱했다.[37]

　필자가 보기에 첫 번째 인용은 금홍과 관련된 것이며 두 번째 것은
임이나 정희 등의 "치사한 소녀"와 관련된 일이거니와, 이 두 경우 모두
에서 우리는 남자 주인공이 여자들로부터 버림받고 그 허전함을 메꾸기
위해 매춘을 하는 모습, 즉 〈비밀의 악순환〉을 발견할 수 있다. 이는 우
리가 설정한 〈고통〉의 한 가지 핵심일 터, 그렇다면 왜 이런 일이 일어
나게 된 것일까. 어쩌면 그 한 가지 이유는 "파리만도 못한 기운을 해
가지고―"라고 한 창녀의 말, 아니면 「神經質的으로 肥滿한 三角形」의
▽의 문제와 관련되지 않았겠는가.
　이를테면 고은에 의하면 금홍이는 이상을 일러, "쓸만한 물건을 하나
도 못 가진 병신이야. 게다가 돈도 벌 줄 모르는 머저리"[38]라고 불만스
럽게 말한 바도 있다고 하거니와, 이는 "그 몸에 금홍이를 당해낼테요?"
라고 물으며, 금홍이가 "그것밖에" 모르는 "무식한 시골 술집 작부"이므
로, "금홍이하구 그냥 살면 폐병장이 이상이는 얼마 못 가요."[39]라고 한
김소운의 말과도 상통하는 것일 터이다. 「봉별기」에, "금홍이에게는 예
전 생활에 대한 향수가 왔다. 나는 밤이나 낮이나 누워 잠만 자니까 금
홍이에게 대하여 심심하다."는 구절이 등장하듯이 말이다.
　한편 "처녀대로 있기는 성가셔서 말하자면 헐값에 즉 아무렇게나 내
어" 준 후 만 5개년 동안 "휴게라는 것을 모"를 뿐 아니라, "走馬加鞭" 격
으로 결혼한 후에 더욱더 욕망이 성숙하여 남편 아닌 남자를 계속 만나
는 임이나 정희 등의 "치사한 소녀"와의 육체 관계에서도 이상은 다음과
같이 "패배"하고 만다.

---

37) 전집 2, 220-221쪽.
38) 고은, 『이상평전』, 민음사, 255쪽.
39) 조용만, 「이상 시대, 젊은 예술가들의 초상」, 『문학사상』, 1987. 4.
　　101-102쪽.

接戰 數十合. 左衝右突. 貞姬의 허전한 關門을 나는 老死의 힘으로 들이친다. 그러나 돌아오는 反撥의 凶器는 갈 때보다도 몇 倍나 더 큰 힘으로 나 自身의 손을 시켜 나 自身을 殺傷한다.

지느냐. 나는 그럼 지고 그만두느냐.

나는 내 마지막 武裝을 戰場에 내어세우기로 하였다. 그것은 곧 淮亂이다.

한 몸을 건사하기조차 어려웠다. 나는 게울 것만 같았다. 나는 게웠다. 貞姬 스카트에다. 貞姬 스틱킹에다.40)

더욱이 이상이 이 "치사한 소녀"의 방탕과 관련해, "너는 네 말마따나 두 사람의 남자 혹은 사실에 있어서는 그 이상 훨씬 더 많은 남자에게 내주었던 육체를 걸머지고 그렇게도 호기 있게 또 정정당당하게 내 성문을 틈입할 수가 있는 것이 그래 철면피가 아니란 말이냐."(「동해」)고 질타하는 것에 대해, "치사한 소녀"는 다음과 같이 말하기까지 하는 것이다.

당신은 무수한 매춘브에게 당신의 그 당신 말 마따나 고귀한 육체를 염가로 구경시키셨습니다. 마찬가지지요.41)

이는 "비밀이 없다는 것은 재산 없는 것처럼 가난하고 허전한 일"이라는 말의 또 다른 의미를 지시하거니와, 이같이 이상의 비밀을 모두 알고 있는 대신 자신의 비밀은 끝내 감추는 "치사한 소녀" 앞에서 이상은 이를 갈고 걸핏하면 까무러치고 부글부글 끓을 뿐인데, 이는 육체관계에서의 패배와 짝을 이루는 또 다른 "패배"를 암시하는 것이다.

그리고 바로 이때 우리는 골목길의 비밀스런 삶과 더불어 찾아온 고통의 진정한 의미가 무엇인지를 가늠하게 된다. 그것은 결국 "郤遺珊瑚—"의 참 뜻과 관련되는 것이다. "郤遺珊瑚—"란 무엇인가. 그것은

---

40) 전집 2, 395쪽.
41) 전집 2, 278쪽.

"邰," 즉 틈새(여성 성기, 여성)가 "珊瑚—," 즉 보잘것없는 남성 성기(남
자)를 버렸다(遺)는 뜻이다. 이는 정희가 까무러친 이상을 버리고 S를
만나러 나가 버리는 「종생기」의 핵심적 상황 또는 "나는 내 至重한 珊瑚
鞭을 자랑하고 싶다."의 본 뜻인 동시에, 매춘 등의 비밀스런 삶으로 인
해 성병과 성적 무능력이 발생, 여성들의 외도를 부추기고, 이는 다시
이상의 매춘을 야기시키는 악순환을 통해 결정적으로 "만 26세와 30개
월을 맞이하는 이상 선생님"이 "노옹" 및 "무릎이 귀를 넘는 해골"이 되는
과정을 상징하는 말인 것이다.

  부속병원 종생기의 결론인 결핵성 뇌매독에 비견되는 생활세계 "종생
기"의 치명상은 "낙타"에서 "극유산호"에 이르는 바로 이 비밀과 고통의
전 과정이다. 즉 "사람의 숙명적 발광은 곤봉을 내어미는 것이어라."(「且
8氏의 出發」)에서 시작해 "화폐의 스캔달"(「가외가전」)과 "아내"에 대한
질투의 악순환을 거쳐, 급기야는 자신을 일러 "나는 시체"라고 하는 것,
더 나아가 "혈청의 원가상환을 강청"하는 조상들의 바램 및 "포도송이 같
은 손자들"(「동해」)을 바라는 자신의 꿈과는 달리, "아기들이 번번이 애
총"(「가외가전」)이 됨과 더불어 끝내 "恥辱의 系譜를 짊어진 채""逆倒
病"(「황의 기」)에 걸려 아들의 아버지가 아니라 "아버지의 아버지"(「오감
도 2호」), 즉 오직 자신의 "먼 조상"이 될 수 있었을 뿐인 욕망과 탕진
의 파국적 수사학이었던 것이다. 이는 "논문에 출석한 억울한 촉루"가 내
포한 또 다른 억울함을 암시한다. 그것은 다음과 같이 표현된다.

  즉 나는 屍體다. 屍體는 生存하여 계신 萬物의 靈長을 向하여 嫉妒
할 資格도 能力도 없는 것이라는 것을 나는 깨닫는다.
  貞姬, 간혹 貞姬의 후틋한 呼吸이 내 墓碑에 와 슬쩍 부딪는 수가
있다. 그런 때 내 屍體는 홍당무처럼 확끈 달으면서 九天을 꿰뚫어 슬
피 號哭한다.42)

---

42) 전집 2, 397쪽.

이는 앞서 논한 바, "그다지 명예롭지 못한 그러나 생각해 보면 또 그렇게까지 불명예라고까지 할 것도 없는 질환"에서 시작하여 "실험동물"을 거쳐 "결핵성뇌매독"으로 종결되는 의학적 객관성의 제도적 서사라는 또 하나의 「종생기」와 짝을 이루는 주관적 생활세계의 「종생기」일 터이다. 그리고 "낙타"에서 출발하여 "극유산호"를 지나 "노옹"이자 스스로의 "먼 조상"이 되는 위와 같은 구체적 경험의 이야기는 자기 자신의 파멸로써 경성제대 부속병원과 동경지대 부속병원을 연결하는 임상적 일관성의 승리를 철저하게 예증하는 동시에, 이와 짝을 이루는 근대의 또 다른 풍경을 강력히 암시하게 된다. 이를테면 그것은 비밀이나 질투 또는 고통과 조상에 대한 죄책감 등으로도 표상되는 개인의 탕진과 소모이다.

이는 근대 사회 체계의 근간을 이루는 사적 소유와 축적(돈과 성 모두에서)을 정확히 음각(陰刻)하고 있는 것이기도 하거니와, 바로 여기서 그 룸펜적 삶과 질병을 종합하는 "박제"이자 "천재"인 이상의 본질적 환자성(患者性)은 탄생하는 것이다. 실로 이상은 질병과 더불어 가계(家系)를 잇지 못한 동시에 또 다음과 같이 "돈이 있었으면 하고 생각"하기도 했던 것이다.

> 하늘에서 얼마라도 좋으니 왜 지폐가 소낙비처럼 퍼붓지 않나, 그것이 그저 한없이 야속하고 슬펐다. 나는 이렇게밖에 돈을 구하는 아무런 방법도 알지는 못했다. 나는 이불 속에서 좀 울었나보다. 돈이 왜 없냐면서…….43)

이 같은 〈환자=룸펜〉의 상황은 「지주회시」에서, "힘. 의지.—? 그런 강력한 것— 그런 것은 어디서 오나. 내— 그런 것만 있다면 이 노릇 안 하지— 일하지— 하여도 잘하지"44) 등과 같이 표현되기도 하거니와, 이때 구체적으로 경험된 생활세계의 종생기는 그 궁극적 의미를 보이게

---

43) 전집 2, 335-336쪽.
44) 전집 2, 307쪽.

된다. 즉 이 환자의 고통과 삶의 탕진은, 대학 병원으로 표상되는 근대 의학제도 및 1930년대 식민지 자본제 사회의 냉정하고도 당당한 객관성 속에 갇힐 뜨겁고도 억울한 개별적 구체성이었던 것이다.

총독부 기사직을 버리고 어두운 골방 속에서 금홍이와 뒹굴었듯이, 이토록 이상은 "결핵성 뇌매독"이나 폐결핵 또는 룸펜적 삶의 실천으로써 대학병원이나 자본제 사회에 오직 환자로서 뒹굴었던 것이다. 「종생기」란 이 모든 기념비적 탕진에 대한 〈철천(徹天)의 수사학〉이었던 것이다.

모더니즘 소설과 질병

이 경 훈

1. 無事한世上이病院이고꼭治療를기다리는無病이끝끝내있다

이 글에서 우리가 논의하고자 하는 것은 통상 1930년대의 모더니즘적인 작가로 분류되곤 하는 작가들의 작품에 등장하는 질병의 문학적 의미에 대한 것이다. 우리는 이상의 몇몇 작품, 이태준의 「가마귀」, 박태원의 「악마」, 최명익의 「무성격자」 등에서 폐결핵, 임질, 위암 등의 질병 및 그와 관계된 상황이 작품의 주된 소재가 되고 있음을 알고 있다. 특히 이상의 경우, 그의 작품에서 폐결핵이나 성병1) 등의 질병이 촘촘

---

1) 이상의 성병에 대한 논의는 그 동안 별로 이루어지지 않은 듯하다. 하지만 이상은 결핵 이외에도 성병에 감염된 경험이 있는 듯한데, 그것은 "事實 李箱은 한때 柏當히 發展하였든 外入匠이로 그러한 方面에 있어서도 놀라운 知識"을 가졌었다는 박태원의 증언(李箱의 片貌, 『조광』, 1937. 6.)이나, 이상 자신의 수필, 이를테면 「秋燈雜筆」의 "그다지 名譽롭지 못한 그러나 생각해 보면 또 그렇게까지 不名譽라고까지 할 것도 없는 疾患을 가지고 어떤 學府 附屬病院에를 갔다," "아픈 탓으르 恥部를 내보이지 않으면 안되는"(『이상문학전집 3』, 문학사상사, 83쪽.) 등의 들로써 강력히 추측된다. 이 사실은 이상의 작품 및 그 생을 이해하는 데에 큰 도움을 준다. 이에 대해서는 「이상의 또 다른 질병에 대하여」(졸고, 『문학과 의식』

하고도 깊게 드리운 의미망을 형성한다는 것은 널리 알려진 사실이다. 결국 죽음으로 이어진 그것은 일단 이상의 개인사적 불행과 관련될 것이며, 따라서 이상 작품에 대한 치밀한 분석 및 작가론적인 접근을 시도할 때 필수적으로 고찰해야 할 과제이기도 하다. 이를테면 김윤식 교수는 "이상 문학의 본질을 이루고 있는 것은 각혈과 관련된 자살과 죽음의 등가사상," 또는 "첫 번째 각혈에서 이상 문학은 비롯되었고, 그 때문에 그 문학은 공포의 기록으로 일관될 수밖에 없었다."[2]고 말하면서, 하지만 또 이상 문학을 개인사적인 것에서 "구출"하기 위해서는 "그가 본질적·결정적으로 앓았던 결핵을 공적인 자리에 이끌어 올려, 공적으로 논의하는 일"이 중요하다고 한다. 즉 그는 이상이 앓았으며 작품에 큰 영향을 준 결핵을 전기 자본주의의 소모 개념과 연관시키고 있는[3] 것이다.

그런데 이같이 질병을 "공적으로 논의하는 일"은 크게 보아 위에 제시된 작품들에 접근하는 우리의 기본적인 태도이기도 하다. 다시 말해 이 글에서 질병은 단순히 소재의 차원, 또는 지극히 개인적이고 사적인 경험의 신변잡기적 서술로 파악되기보다는, 하나의 의미 있는 문학적 담론으로 생각될 것이다. 즉 그것은 사회적·역사적 성격을 가진 하나의 문학사적 의미망을 형성하고 있다는 것이 이 글의 입장이다. 이를테면 필자는 이상의 성병에 대해 논하면서, "결핵이나 성병은 제도, 규율, 훈련, 위생 등의 일반적인 근대의 모습과 마이너스적으로(식민지적으로) 관계하고 있는 동시에, 생산으로부터 원천적으로 배제된 무한 소비의 체현이기도 할 것이다. 이 모두는 총독부 건축기사 김해경과 맞서고 있는 환자 이상의 모습과 깊이 대응"[4]한다고 논의한 바 있거니와, 이 글에서는 이 같은 기본적인 태도를 더욱 정밀하게 발전시켜 1930년대 모더니

1996년 겨울호)를 참고할 것.
2) 김윤식, 『이상 연구』, 문학사상사, 1988(재판). 68쪽.
3) 김윤식, 위의 책, 133-138쪽 참조.
4) 졸고, 「이상의 또 다른 질병에 대하여」, 『문학과 의식』, 1996년 겨울호.

즘 문학의 한 의미 지평을 도출하고자 한다. 물론 그 의미 지평은 부분적인 것일 수 있을 것이다. 하지만 결핵에 대한 다음과 같은 논의는 이 문제에 대한 보다 총체적인 고찰을 촉구하는 듯하다.

> 영국과 마찬가지로 일본에서도 결핵은 산업혁명에 의한 생활 형태의 급격한 변용과 함께 퍼졌다. 결핵은 옛부터 있던 결핵균에 의해서가 아니라, 복잡한 여러 관계망의 불균형에서부터 발생한다. 사실로서의 결핵 자체가 해독(解讀)되어야 할 사회적·문화적 징후이다. 그러나 결핵을 물리적(의학적)이건 신학적이건 간에 하나의 「원인」으로 환원해버릴 때, 그것은 여러 관계의 시스템을 보지 못 하게 한다.5)

그런데 위와 같이 결핵이나 다른 질병이 그 병원균과 같은 하나의 원인에 의해서가 아니라, 복잡한 여러 관계의 불균형에서 발생한다고 한다면, 이는 달리 말해 편재한 사회적 시스템 자체의 의학적 의미를 지적하는 것일 수 있다. 따라서 이효석의 「장미 병들다」(1938)나 안회남의 「병원」(1940)이 지니는 문학적 의미는 이 점에서도 고찰될 수 있다. 이를테면 "시대의 파도에 농락"되어 꿈이 사라진, 「장미 병들다」의 주인공 '남죽'과 '현보' 앞에 나타난 새로운 현실은 다름아닌 성병이며, 또 "형기를 마치고 나아와 시골어 내려가서 이삼년 휴양을 하고 서울로 와보니 세상은 너무나 자기의 생각과 동떨어졌든 것"6)을 깨달은 「병원」의 주인공 '인현' 앞에 나타나는 세상은 발등의 혹, 늑막염, 피부병, 음경암 등으로 신음하는 병원인 것이다. 어쩌면 이는 사회의 의학적 의미에 대한 일종의 문학사적 발견으로 규정될 수 있을지도 모른다. 다시 말해 사회는 그 자체가 원인이자 결과인 근치되기 어려운 질병인 것이다. 적어도 이는 1930년대 후반, 흔히 말하는 '전망'의 상실과 더불어 나타난 문학사적 시점의 한 양태, 비유적으로 말해 현미경적 시점의 한 모습이

---

5) 柄谷行人, 日本近代文學の起源, 講談社, 1983(6쇄). 137쪽.
6) 안회남, 「병원」, 『인문평론』, 1940. 8. 113쪽.

다. 그리고 바로 이때 다음과 같은 이상의 시 구절은 이 같은 사회적 관계망의 불균형에서 발생하는 질병의 상황 전체를 요약하는 상징적인 의미로 생각될 수 있다.

> 내키는커서다리는길고왼다리아프고안해키는작아서다리는짧고바른다리가아프니내바른다리와안해왼다리와성한다리끼리한사람처럼걸어가면아아이夫婦는부축할수없는절름발이가되어버린다無事한世上이病院이고꼭治療를기다리는無病이끝끝내있다7)

실로 이상의 여러 개인적 관계는 본질적으로 질병의 성격을 가진 것이었고, 또 총독부 기사직을 그만두고 결핵 치료차 갔던 백천에서 기생 금홍을 만났다는 상황 역시 그것에서 한 발자국도 벗어나지 못하는 것일 터이다. 왜냐하면 결핵이라는 것이 하나의 물리적인 질병일 때, 총독부 기사직을 물러남은 일종의 사회적 질병의 세계로 진입하는 것8)일 터이며, 결핵 치료는 뒤로 한 채 "사흘을 못 참고" "밤에 長鼓소리 나는 집"9)으로 찾아가 금홍을 만났다는 것은 결국 그 모든 질병의 궁극적인 확인으로 현상했기 때문이다. 어쩌면 이상이 종종 사용하는 "診斷"이라는 단어의 한 의미는 바로 그것일 터이거니와, 따라서 이상이 금홍을 만난 사건은, 그의 개인사적 파탄과 더불어 이런 의미에서도 핵심적인 중요성을 갖게 되는 것이다. 즉 금홍과의 만남은 단순한 의학적 질병으로서의 폐결핵을 넘어서 그야말로 "無事한世上이病院이고꼭治療를기다리는無病이끝끝내있다"라든지, 또는 "地球의 끝 聖스런 土地에 莊嚴한 疾

---

7) 이상, 「紙碑」. (이승훈 편, 『이상문학전집』 1, 문학사상사, 197쪽.)
8) 근대인으로서 우리는 어쩌면 〈실업자/취업자=환자/건강한 사람〉이라는 관념을 갖고 있는지도 모른다. 물론 위생이나 취업 등의 관념 자체가 근대적 산물이다. 이를테면 이는 이광수의 「민족개조론」에서 펼쳐지는, "반드시 일종 이상의 직업을 가지게" 하자는 것, 또는 "가옥, 의식, 도로 등의 청결 등, 위생의 법칙에 합치하는 생활과 일정한 운동으로 건강한 체격의 소유자가 되게"(개벽, 1922. 5. 참조) 하자는 주장 등에서 대표적으로 나타나고 있다.
9) 이상, 「봉별기」, 김윤식 편, 『이상문학전집』 2, 문학사상사, 348쪽.

患이 있는 것일 게다."10)라는 관점과 결부된 총체적인 질병의 의미로 깊숙히 진입하는 결정적인 계기가 되었기 때문이다. 그리고 이상의 작품이 이 같은 사실과 본질적으로 연루되었다고 볼 때, 우리는 결국 그것이 우리 문학사에서 본격적으로 질병을 발견하고 구성한 것이라는 관점을 세울 수 있게 된다.11) 즉 그것은 질병을 의미화한 문학적 담론이었으며, 바로 그 점이야말로 이상 문학의 한 가지 핵심적인 문학사적 의의일 것이다. 이상의 작품에 나타나는 이 같은 문제에 대해서는 고를 달리하여 자세히 논하겠거니와, 여기서는 일단 참고삼아 이상의 작품 전반에 등장하는 다음과 같은 용어들을 제시해 보자.

〈이상의 작품에 등장하는 의학 및 질병에 관련된 용어〉
診斷, 責任醫師, 落傷, 臟腑, 血紅, 解剖, 手術臺, 痲醉, 解毒, 消化器管, 心臟 頭蓋骨, 義足, 肺, 몸살, 기침, 菌, 觸診, 實驗動物, 비타민 E, 醫科大學, 內出血, 頭痛, 血管, 皮膚, 顯微鏡, 便秘症患者, 呼吸, 神經, 重傷, 醫師, 메쓰, 傷痕, 水晶體, 網膜, 上膊, 下膊, 唾腺, 落胎, 整形外科, 汗孔, 生理作用, 腦髓, 海綿質, 分娩, 疾患, 貧血, 蛔蟲良藥, 膏血, 消化作用, 診察, 筋肉, 治療, 病院, 濃黃의 小便, 窒息, 體溫, 孕胎分娩, 流産, 喀血, 肋骨, 靜脈, 動脈, 肺病쟁이, 檢溫計, 血液, 眼球, 盲腸炎, 主治醫, 入院, 看護婦, 自宅治療, 胃病, 出血, 退院, 精蟲, 病室, 不眠症, 중병, 절개수술, 병세, 완치, 發狂, 코피, 靜脈注射, 졸도, 蛔蟲驅除, 藥品, 遺傳性 不治의 難病者, 酒精中毒者, 接觸 或은 空氣傳染, 부스럼, 優生學者, 懶患者, 脂肪分, 重病者 昏睡狀態, 藥, 病床, 우두자국, 小鹿島懶院, 疾患, 附屬病院, 臨床講義, 患部, 治療, 黃熱病, 虎列刺菌, 醫學, 解剖學者, 腦溢血, 肺患, 藥水, 生病模型, 脈搏소리, 脫脂綿, 體溫, 眼藥스마

---

10) 이상, 「어리석은 夕飯」, 김윤식 편, 『이상문학전집』 3, 문학사상사, 129쪽.

11) 이를테면 "花卓는 숨이 막혀 타오르고, 血痕의 빨간 잠자리는 病菌처럼 活動한다."(「어리석은 夕飯」)라든지 "탁한 空氣는 빠져나갈 구멍을 잃고 있다. 송사리떼 같은 細菌의 蠢動이 肉眼에도 보이는 것만 같다."(첫 번째 放浪), "細菌같이 些少한 孤獨"(「倦怠」) 등은 이 같은 상황의 일단을 잘 암시하고 있다. 이에 대해서는 고를 달리하여 본격적으로 논의하려 한다.

일, 不潔, 傷處, 負傷, 生殖器, 泌尿器, 滿身瘡痍, 斑紋, 毒素의 體內沈澱, 非衛生, 生理狀態, 健康, 病菌, 疼痛, 骨節, 惡血, 充血, 骨髓, 病席, 療養, 恥骨, 嘔吐, 치매증, 産兒制限, 腹痛, 血淸, 細胞, 血友病, 神經衰弱, 血痰, 免疫性, 血球, 咽喉, 記憶細胞痲痺患者, 充血, 疝痛, 눈병, 滑躍筋, MICROBE, 連結神經, 癌, 神經腱, 解剖臺, 逆倒病, 治療法, 가브리엘天使菌, 殺菌劑, 肺結核, 배양균, 가래, 비강, 産後의 발병, 錯亂, 營養不足, 土疾 비슷한 병, 잔병 치레, 免疫, 원인 알 수 없는 병, 의학 공부, 불구자, 癎氣,[12] cream lebra,[13] 관립병원 촉탁의, 의학사, 감기, 신열, 간호, 毛孔, 청진기, 관절, 瞳球, 肝臟, 타액선의 분비물, 횡경막, 피임법, 불섭생, 脈搏百二十五의 팔, 醫學知識, 十二指腸蟲, 조충[14], 靜養, 卒倒, 輕症, 天刑病者, 醫專病院, 독약, 강심제, 입원수속, 蛔ㅅ배, 精神奔逸者, 完治, 영양부족, 미생물, 해열제, 하얀 정제약, 아스피린, 연복, 최면약 아달린, 藥湯관, 經産婦, 頸動脈, 流行藥, 痔疾, 임포텐스, 惡疫, 몽고레안푸렉게, 近視六度.

2. 해부학의 승리

그런데 적어도 1930년대 문학에서 질병을 의미화한다는 것은 무엇을 근거로 가능한 것일까. 질병은 언제나 있어 왔고, 따라서 새롭게 질병을 발견하고 구성한다는 것은 무언가 그 질병에 대한 특정한 사고 체계가 적용된다는 뜻일 것이다. 그렇다면 그것은 결국 기본적인 인식 형식의 문제를 제기하는 것일 터, 이태준의 「가마귀」는 이에 대한 하나의 중요한 논의점을 제공하고 있다.

주지하듯이 「가마귀」는 폐결핵에 걸린 한 여인의 죽음을 주된 사건으로 하고 있는 작품이다. 친구의 별장을 빌려 살게 된 '그'가 그 별장에

---

12) 간기: 지랄병.

13) 이는 매독약 levulargyre를 이용한 당시의 상품명인 듯함. 졸고, 「이상의 또 다른 질병에 대하여」, 『문학과 의식』, 1996년 겨울호를 참조할 것.

14) 도충, 또는 촌충.

오는 여인을 발견하여 알게 되고, 결국 그녀의 죽음을 확인하게 되는 것
으로 이야기는 끝이 나는 것이다. 그렇다면 싱겁기 그지없는 줄거리를
가진 이 작품의 주된 논점은 어디에 있는 것일까. 그것은 물론 '가마귀'
에 있다. 이를테면 폐결핵에 걸린 여주인공에게 가마귀는 다음과 같은
의미를 갖는다.

> "싫여요 그것 뱃속엔 아마 별별 구신딱지가 다 든 것처럼 무서워요
> 한번은 꿈을 꾸었는데 가마귀 뱃속에 무슨 부적이 들구 칼이 들구 시
> 퍼런 불이 들구 한 걸 봤어요, 웃지 마세요. 상식은 절 떠난지 벌서
> 오래요……."15)

즉 결핵 환자인 여주인공에게 까마귀는 죽음의 상징으로 생각되는 것
이다. 실상 까마귀 소리는 "이끼 앉은 돌층계," "쓸쓸한 나무들," "북향
들이라 너무 음습"한 방 등과 같은 별장의 모습과 어울리며 작품 전체
의 분위기를 이루고 있거니와, 또 위의 인용에서는 꿈, 부적, 칼, 시퍼
런 불 등이 내포하는 일종의 비합리적이고 전근대적인 의미와 결합하여,
여인의 가슴 깊이 폐결핵이라는 질병에 대해 신비화의 베일을 씌우고
있다.16) 그런데 중요한 것은 이러한 상징과 신비화 자체가 아니라, 그
상징과 신비화에 대한 '그'의 반응이다. 아래를 보자.

> 그는 이내 자기 방으로 돌아왔고 나종에 정자직이를 시켜 그 죽은
> 가마귀를 목을 매여 어느 나무가지에 걸게 하였다. 그리고 어서 그 아
> 가씨가 나타나면 곧 훌륭한 윗과의(外科醫) 나처럼 그 검은 시체를 해
> 부하여 가마귀의 뱃속에도 다른 날짐생과 똑같이 단순한 조류(鳥類)의
> 내장이 있을 뿐, 결코 그런 무슨 부적이거나 칼이거나 푸른 불이 들어

---

15) 이태준, 「가마귀」, 『조광』, 1936. 1. 76쪽.
16) 한편 이상의 글에서는 "새벽녘 까마귀가 운다. -저 녀석도 가래를 토하나 보다
   나의 정수리 한가운데 까마귀의 가래 같은 것이 떨어졌다" 등과 같은 모습으로 결
   핵과 까마귀가 연결되어 나타나기도 한다. (김윤식 편, 『이상문학전집』 3, 347
   쪽.)

있지 않다는 것을 증명하리라 하였다.17)

  인용에서 잘 알 수 있듯이, '그'는 외과의사의 해부학적 지식을 무기
로 까마귀에 대한 여인의 신비화와 날카롭게 대립하는 태도를 취하고
있다. 그런데 바로 이 대립이야말로 「가마귀」의 핵심적인 의미 맥락이
다. 즉 필자가 보기에 「가마귀」는 폐결핵에 걸린 여인의 죽음을 매개로
질병에 대한 근대 의학적인 담론을 구현하고 있는 것이다. 그리고 그 바
탕에는 합리적인 "증명"과 깊이 관련되는 근대 및 근대적 지식에 대한
전반적인 신뢰가 흐르고 있을 터이다. 그것은 '그'가 어느 학자의 "수면
습관설(睡眠習慣說)"을 토대로 식욕에 대해 생각한다든지, 또 죽은 여인
의 애인이 "대학 도서관에 다니며 학위 얻을 연구"를 하는 청년인 점에
서도 충분히 암시되고 있거니와, 궁극적으로는 여인의 죽음 역시 그러한
맥락에서 조금도 벗어나지 않는 것이다.

  즉 여인이 죽은 것은 결코 신비화된 까마귀의 상징성 때문이 아니다.
그것은 그녀를 안심시키기 위해 까마귀를 해부하려 했던 바로 그 "증명"
의 정신과 동궤의 의학적 작용에 의해 필연적으로 일어난 일인 것이다.
한 연구자는 이태준에 대해, "이태준의 심미주의는 계몽성과 밀접하게
연관되어 있다"18)고 논하고 있거니와, 그렇게 보았을 때 「가마귀」야말
로 근대적 의학 지식이라는 계몽의 빛19) 속에서 질병의 의미를 구성해
낸 것이다. 이같이 「가마귀」는 상징과 신비화에 대한 해부학과 의학의
승리를 구현하고 있으며, 또 그 빛 속에서 1930년대 모더니즘 문학의

---

17) 이태준, 위의 책, 78쪽.
18) 하정일, 「계몽의 내면화와 자기 확인의 서사」, 『근대문학과 구인회』, 깊은샘,
    1996. 177쪽.
19) 그런데 이 문제는 좀더 거슬러 올라가 염상섭의 「標本室의 靑개고리」(개벽,
    1921. 8-10)에 대한 또 다른 통찰을 촉구하는 듯하다. 이를테면, "나의 몸을 어
    대를 두드리던지 「알코올」과 「니코진」의 毒臭를 내쏨지 안는 곳이 업슬만치 疲勞
    하얏다"나, "샛파란 「메쓰」, 닭이 쏭만한 옴을옴을하는 心臟과 肺, 바늘 뜻, 조고
    만 戰慄" 등의 묘사가 가지는 문학사적 의의에 대한 것이다. 특히 전자는 피로의
    원인을 의학적으로 분석하는 태도를 보이고 있는 것이다.

중요한 한 가지 의미 맥락으로서 육체의 발견을 이루고 있다. 육체의 발견, 이것이야말로 근대 및 근대문학을 논하게 하는 또 다른 테마인 것이다.

3. 무성격(無性格)으로서의 육체의 발견

위에서와 같이 질병이 일어나는 직접적 장소이기도 한 근대의 육체는 영혼이나 상징, 또는 그 어떤 신비적인 질서와 결부된 개념이라기보다는, 일종의 기계 및 기관, 또는 물리적이고 생물학적인 메카니즘을 가진 해부학적 대상으로서의 성격을 보다 짙게 갖게 된다. 즉 육체는 전대의 그것과는 차별되는 역사적인 성격을 갖게 되는 것이다. 실상 근대 의학의 치료 대상이 된다는 것, 아니면 근대적인 여러 제도의 관리 대상이 된다는 것 자체가 이미 육체의 근대적 성격을 어느 정도 규정하고 있는 것이다.

그렇다면 어느 정도 비약의 오류를 감수하고 논의해 볼 때, 우리는 여기서 적어도 다음과 같은 사실을 파악하게 된다. 즉 육체가 역사적인 성격을 가진 것이라면, 위에 열거한 작품에 나타나는 그것은 식민지 조선의 1930년대 전체 현실과 밀접히 연관될 것이라는 점, 즉 당시의 육체란 미숙하거나 기형적으로 여러 방면에서 근대화(또는 비유적으로 말해 '감염')되고 있는 1930년대 식민지 조선의 육체일 것이라는 점이다. 이를테면 그것은 바야흐로 신문과 잡지에 온갖 약품 광고가 등장하게 된 사회 속에 사는 육체이며, 한 자료에 의하면 1936년 3월 31일 현재 의학박사 42명[20]을 가진 민족 구성원 속의 육체이다. 또 그것은 이상의

---

20) 『사해공론』, 1937년 1월호 참조. 참고삼아 명단을 밝히면 다음과 같다. 윤치형, 박창훈, 유일준, 심호섭, 백인제, 윤일선, 임명재, 전명학, 오지석, 이갑수, 문상규, 민병기, 우기순, 신성우, 이석신, 정구충, 최명학, 김동익, 박태환, 이종륜, 이영준, 김하식, 김하등, 김중화, 고문룡, 김전식, 허신, 오한지, 박종, 진우현, 최상채, 정일천, 윤기녕, 한경순, 장일영, 최동경, 옥풍빈, 이영춘, 신필호, 전신진, 한득훈, 이중격.(출신 학교는 경도대가 15명, 경성대가 8명, 구주대학이 7명, 경응

「날개」에 등장하는 아스피린과 아달린이 체내에서 작용하는 육체인 동시에, 아스피린을 먹으며 "그 약을 연복하여 몸을 좀 보해 보리라고"[21) 두뇌 작용하는 육체이기도 하다.

그리고 최명익의 「무성격자」는 이 같은 당대적 육체 및 육체에 대한 여러 가지 담론화 양상의 또 다른 한 국면을 보여 주고 있다는 것이 우리가 논의하려는 바이다. 먼저 다음의 묘사를 보자.

> 벌써 수술할 시기를 지난 위암이기의 진단한 의사는 암종이 위의 분문(噴門)이나 유문(幽門)이 아니요 소만(小灣)에 생긴 것이므로 아직 음식물을 섭취하는 탓도 있겠지만 그러나 그만큼 진행된 증상으로도 환자의 원기가 꺾이지 않는 것은 그의 강인성이 과인한 탓이라고 하였다. (하략)
>
> 월 여 전에 담적을 푼다는 한방의에게 배에다 침을 맞고부터 암종이 궤양되고 암세포가 급속도로 전신에 전이되어 지금은 말기의 증상으로 진중된 환자였다. 벌써 온 장부가 유착되어 굳어지고 다리의 근육까지 가다들어서 바로 누을 수도 없었다. 모으로만 누었기가 지난하여 하루에도 몇 번씩 남의 손을 빌어서 바로 누워 보기도 하였다. 그러나 바로 누으면 단 일 분도 못가서 복막과 유착된 내장은 돌뭉치 같이 뱃가죽을 잡아다리고 척수를 눌러서 견딜 수가 없었다. 그 고통을 못 이기어 몸을 뒤틀면 가다든 다리의 세운 무릎이 중심을 잃고 모으로 쓰러지는 것이었다. 그러면 뼈만 걸린 상반신도 무릎을 따라 모으로 쓰러지는 것이었다. 하루에도 이 모에서 저 모으로 바꾸어 누일 때마다 자리에 닿았던 곳은 단독인 것 같이 빨개졌다가 차차 검푸르게 멍이 들기 시작하였다. 핏기 없는 이마와 코와 인중만을 남기고 자리에 닿았던 좌 우 편 얼굴이 더욱 검프러질쑤록 흰 곳은 더 희고 검프른 데는 더 거멓게 보였다. 그리고 그 흰 이마 아래 흰 코마루를 사이에 두고

대학이 4명, 동북대가 2명, 동경대가 2명, 나고야대 2명, 북해대가 1명 대판대 1명 등이다)

21) 이상, 「날개」, 김윤식 편, 『이상문학전집 2』, 문학사상사, 338쪽. 이는 동양의학에서 말하는 보약 개념과 서구의 근대 의학에 기초한 아스피린의 작용을 혼동하고 있는 것이다.

흡뜬 눈은 눈꼬리가 검은 관자노리에 잠기어서 더욱 크고 무섭게 빛나
보였다. 그 빛나는 눈을 주검의 검은 그림자가 좌우로 엄습하듯이 몸
의 검은 면은 점점 넓어갔다. (중략) 음식물을 입으로 받을 수 없게
된 그는 영양으로는 홍문으로 부어 넣은 유동체와 정맥으로 징게루와
포도당을 주사할 뿐 먹는 것이라고는 물밖에 없었다. 그러나 그도 얼
마 못 가서 한 방울씩 쳐뜨리는 물도 넘기지 못하였다.[22]

위의 인용문에서 먼저 눈에 띄는 것은 배, 다리, 뱃가죽, 무릎, 이마,
코, 인중, 얼굴, 눈, 관자노리, 입 등 보다 일반적인 신체의 명칭에서부
터 위, 분문, 유문, 소만, 장부, 근육, 복막, 내장, 척수, 홍문, 정맥 등
과 같은 좀더 전문적인 용어, 그리고 위암 이기, 암종, 궤양, 암세포, 전
신에 전이, 유착, 유동체, 징게루, 포도당, 주사 등의 의학적 용어들이
다. 한편 그 이외에도 인용된 「무성격자」에는, 절대 안정, 7도 5부 내외
의 신열, 피폐하고 침퇴한 뇌, 각혈, 뇌장, 지방 덩어리, 기침, 발작, 병
독 있는 호흡, 결핵균의 시독(屍毒), 폐, 창자, 신경쇠약, 구역, 검붉은
피, 갈빗대, 털뿌리, 강심제, 불결 등의 말들, 또는 "그 얼굴을 정면으로
바라볼 수 없으리만큼 누이의 바른편 눈은 작시돌 같이 투명하지가 못
하였다."는 불구에 대한 묘사 등으로 가득 차 있다.

그렇다면 이 같은 모습을 보이는 「무성격자」의 내용은 어떤 것일까.
그것은 비유적으로 말해 아버지와 문주라는, 정일(丁一)이를 둘러싼 두
환자에 대한 일종의 임상 기록이다. 각각 위암과 폐결핵을 앓고 있는 이
둘이 질병 및 죽음에 대해 반응하는 모습을 작품은 다음과 같이 관찰하
고 있다.

그나마도 굳어진 창자를 찢어내는 듯한 구역을 하고 구역이 진정되
면 언제나 겨우 하는 말로 죽고 싶지 않다고 부르짖는 것이었다. 정신
을 차리고 눈을 뜬 때나 감은 때나 신음 소리와 같이 잠고대와 같이
죽고 싶지 않다고 부르짖는 아버지의 말을 들을 때마다 丁一이는 자연

---

22) 최명익, 「무성격자」, 『조광』, 1937. 9. 40. 52-54쪽.

히 찌프려지는 얼굴을 어쩔 수 없었다.23)

　　문주는 자기가 조르기만 하면 같이 죽어 줄 사람이라고 하면서 어떤 때는 그것이 좋다고 기뻐하고 어떤 때는 그것이 싫다고 하며 그때마다 설혹 자기가 같이 죽자고 하더라도 왜 당신은 애써 살아 보자고 나를 힘있게 부뜰어 줄 위인이 못 되느냐고 몸부림을 하며 우는 것이었다. 그러한 울음 끝에는 반드시 심한 기침이 발작되고 그러한 기침 끝에 각혈을 하는 것이다. 그럴 때마다 문주를 안아 눕히고 찬 물 수건으로 문주의 이마와 가슴을 식혀 주며 일변 그 피를 훔쳐 내면서 진정하라는 말 밖에는 위로할 말이 없었다. 그런 일을 여러 번 치르고 난 후에는 문주가 나를 같이 죽어 줄 사람이므로 좋다고 할 때는 문주의 건강이 좀 나아서 자기 생명에 자신이 생긴 때에 하는 말이요, 왜 같이 살자는 말을 못하는 위인이냐고 발악을 할 때는 건강이 좋지 못한 때이거나, 당장 그렇지는 않더라도 무섭게 발달한 그의 예감으로 자기 건강에 불안을 느끼게 되는 때이라고 짐작을 할 수가 있었다.24)

물론 이 둘은 결국 죽게 되고, 그런 의미에서 질병에 걸리지 않은 채 살아 있는 정일이와는 대립되는 면이 있지만, 사실 그것은 피상적인 파악일 수도 있다. 왜냐하면 이 두 병자 사이에서 정일이가 취하는 행동은, "문주의 병독 있는 입김을 꺼리는가?"라는 의문을 품은 채, 사랑하는 문주 대신 "어느 집 문으로 들어가서 가장 살진 육체를 골라" 사서 매춘을 하고는, 그 "이름 모를 육체 위에 걸친 자기 팔이 탄력 있는 그 폐의 파동을 따라 오르내리는 것"을 보며, "그 젖가슴은 육의 광장이라는 생각"을 하고 있기 때문이다.

이를테면 이는 다음과 같은 의미를 갖는다. 그것은 첫째, 정일 역시 아버지나 문주와 똑같이 육체나 질병에 결박되어 있다는 점, 즉 정일 역시 세균의 침범 대상일 뿐만 아니라 성욕이나 성교 등 육체의 기능에

---

23) 최명익, 위의 책, 54쪽.
24) 최명익, 위의 책, 38쪽.

포섭되어 있음이 드러난다는 점, 둘째, 이는 사회적 의미의 또 다른 불건강, 즉 퇴폐와 관련된다는 점 때문이다. 그런데 실상 그것은 문주와의 관계 자체를 규정짓는 것이기도 하다. 왜냐하면 의학 공부를 하다가 무용으로, 다시 카페 마담이자 결핵 환자로 나아간 문주와의 관계에 대해 정일이는 다음과 같이 스스로 관찰하고 있기 때문이다.

> 불과 삼사 년 전인 학생 시대를 감상적으로 추억하기는 아직 자존심이 선뜻 허락하지 않는 듯도 하지만 이 이삼 년 간의 생활을 더욱이 문주와의 관계를 생각하면 자존심도 날아 버린 맥고모같이 썩을 대로 썩었다고 생각함이 솔직하지 않을가? 문주와의 관계! 문주를 중축으로 한 지금의 생활! 외아들이라는 것이 큰 자세나 같이 나이 삼십에 엉석을 피우다 싶이하여 어머니가 아버지에게 큰 소리를 들어 가며 타 내주는 어엿지 못한 돈으로 이렇듯 퇴폐적 생활을 하는 지금 전날의 자존심이 남아 있을 이도 없을 것이다.25)

그렇다면 「무성격자」의 핵심은 바로 이 같은 정일이의 또 다른 질병 및 죽음에 있는 것이다. 그리고 바로 그 점에서 아버지나 문주의 삶의 욕망과 진정으로 대립되는 정일이의 질병은 그 실체를 드러내게 된다. 실로 정일이는 아버지에 대해 "이렇게 생의 기능을 완전히 잃었다고 할 밖에 없는 이 몸이 아직 살려고 하고 아직도 살아 있는 것은 육체적인 생의 본능 이상의 의지력이 있는 탓이 아닌가?"라고 묻고는, "의지력이라는 보이지 않는 에네르기로 살아서 움직이는 기계 같이도 생각되는 만수노인의 몸"이라는 결론을 도출해 내는데, 이는 결국 자기 자신의 "無性格"으로서의 "有肉體," 즉 자신의 또 다른 질병에 대한 인식에 다름아닌 것이다. 다시 말해 그것은 사회적 "자존심"이나 의지력이 상실된 몸, 따라서 완전히 기계로 전락한 육체에 대한 깨달음인 것이다. 그리고 그렇게 되었을 때 새로운 주체로서 전면에 등장하는 것은 오로지 온갖

---

25) 최명익, 위의 책, 34쪽.

육체 기관의 해부학적인 명칭, 질병의 역학관계 등에 대한 논의와 관련된 근대적인 의학지식일 것이다. 앞서 보았듯이 이는 작품을 관류하는 다양한 전문용어들로써도 구현되고 있거니와, 문주가 원래 의학을 공부했었다는 설정 역시 이와 깊이 대응하는 것이다. 그런데 그 의학의 입장에서 보았을 때 인간의 몸은 각 개인에게 속하는 것이라기보다는 지식의 담론 속에 자리잡는다. 즉 작품에서도 그렇게 결말이 나듯이, 아버지의 의지력에도 불구하고 아버지는 결국 죽을 수밖에 없으며, 이같이 아버지의 삶과 죽음을 결정짓는 것은 냉정한 의학적 역학 관계일 것이다. 그 담론은 세균과 감염, 그리고 질병에 대한 연구, 또 임상 치료의 성공 및 실패라는 전 과정을 포괄할 것이며, 거기서 아버지나 문주의 죽음은 그 담론의 완성에 불과하다. 그렇게 문주는 죽지만, 그녀가 배웠으며 그녀의 치료에 적용되었던 의학지식은 더욱 풍부한 임상 사례로 둥글게 살찌며 계속 남아 있게 될 것이기 때문이다.

그리고 그것은 전반적인 근대적 사회 체계와 똑같이 닮아 있다. 이를테면 전 장에서와 같이 질병을 사회의 복잡한 여러 그물망에서 발생하는 것으로 볼 때, 반대로 우리는 전체 사회의 육체적·의학적 성격을 간파하게 된다. 다시 말해 질병과 관련하여 육체는 사회적인 것이고, 사회는 육체적·의학적인 것이 되는 것이다. 사회는 그 자체가 하나의 육체인 동시에, 또 그를 관리하는 육체에 대한 담론이기도 하다. 그것은 실제 육체가 세균의 침범 대상인 동시에, 의학지식의 담론 대상이라는 것과도 상통한다. 육체와 사회 사이의 이 같은 관계에 대한 인식이야말로 질병을 다룬 소설들의 의미를 탐구하게 하는 기본적인 조건일 터, 따라서 정일이가 구현하고 있는 사회적인 퇴폐의 본질은 이 같은 의미에서 본질적으로 육체적, 의학적인 것이다. 결국 「무성격자」는 무성격으로서의 육체의 존재, 즉 퇴폐의 한 핵심을 발견한 것이다. 의학 등 근대적 사회 체계에 주체의 자리를 내준 식민지화된 병자로서의 인간의 모습, 좁게 보아 1930년대 후반 근대의 수동적 대상으로서의 조선적 조건과도 일맥상통하는 그것은, 최명익의 「무성격자」가 구성해 낸 중요한 육체적 담론의 한 가지 양상인 것이다.

4. 의학(醫學)이라는 만연된 악마

다음으로 우리가 논의할 것은 박태원의 「악마」라는 작품이다. 최근의 한 연구는 이 작품에 대해, "작품 자체로 놓고 보자면 하잘 것 없는 이 소설은, 이상이 빠져 나간 박태원의 내면 세계가 어떠한지를 분명하게 보여 준다."고 하며 아래와 같이 논하고 있다.

> 도시의 매춘부적 이미지에의 탐닉, 그것에 대해 박태원은 공포를 느낀다. 이유는 한 가지다. 안락한 가정, 즉 자기 희생적 모랄에 의해 형성된 질서가 깨어지기 때문이다. 하나를 선택하는 것은 곧 하나를 배제하는 것이다. 박태원은 어머니를 선택했고, 이상을 배제했다. 이제 박태원에게 있어서 중요한 것은 가족이고 자기 희생적인 사랑 혹은 모랄이며, 어머니의 품에서 느끼는 안락함이다. 이 안락함에 취해 그는 이상을 의식의 내부에서 지워 버린다.26)

하지만 우리의 논의는 이와 조금 다른 입장을 취하고 있다. 즉 그 모든 관점에 앞서 박태원의 「악마」는 1930년대 후반에 구성된 육체적 담론의 대표적인 한 모습으로서 중요한 의미를 지닌다는 것을 이 글은 밝히려 하는데, 그것은 결국 "공포"의 이유에 대해 위의 인용과는 다른 방식으로 접근한다는 것을 의미한다. 이를테면 우리가 보기에 「악마」는 위에서 논한 사회의 의학적 성격, 또는 의학의 사회적 성격에 대한 집요한 성찰과 깊이 관련되는 것이며, 또 「소설가 구보씨의 일일」의 아래 구절이 제기하는 박태원 문학의 한 가지 의미를 보다 선명히 하는 것이기도 하다.

---

26) 류보선, 「이상과 어머니, 근대와 전근대」, 『박태원소설연구』, 깊은샘, 1995. 77쪽.

그러나 벗은 오직 그 곱보를 들어보고 또 입에 대는 척하고, 그리고
다시 卓子에 놓았다. 이 벗은 飮酒不堪症이 있었다. 그러나 勿論 계집
들은 그런 病名을 아지 못한다. 仇甫에게 그것이 一種의 精神病임을
듣고, 그들은 철없이 눈을 둥그렇게 떴다. 그리고 다음에 또 철없이
그들은 웃었다. 한 사나이가 있어 그는 平素에는 술을 질기지 않으면
서도 때때로 濫酒를 하여, 언젠가는 日本酒를 두 되 以上이나 먹고,
그리고 거의 昏倒를 하였다고 한 계집은 이야기를 하고, 그리고 그것
도 亦是 精神病이냐고 仇甫에게 물었다. 그것은 嗜酒症, 渴酒症, 또는
荒酒症이었다. 얼마 前엔가 仇甫가 興味를 가져 읽은 現代醫學大辭典
第二十三卷은 그렇게도 有益한 書籍임에 틀림없었다.

갑자기 仇甫는 왼갓 사람들 모다 精神病者라 觀察하고 싶은 强烈한
衝動을 느꼈다. 實로 多數의 精神病患者가 그 안에 있었다. 意想奔逸
症. 言語倒錯症. 誇大妄想症. 醜猥言語症. 女子淫亂症. 支離滅裂症. 嫉
妬妄想症. 男子淫亂症. 病的奇行症. 病的虛言欺騙症. 病的不德症. 病的
浪費症…….27)

위에서와 같이 모든 사람들을 정신병자로 보고 싶어하는 구보의 태도
야말로, 앞서 우리가 논한 사회의 의학적 의미와 깊이 관련되는 것이며,
이는 「소설가 구보씨의 일일」이 제기하는 중요한 문제이기도 할 터이다.
그런데 그렇다면 여기서 우리가 다루려고 하는 「악마」는 이와 관련하여
어떤 양상을 보이고 있는가.

먼저 「악마」의 내용을 간단히 요약해 보면 다음과 같다. 즉 이 작품은
아내가 처가에 간 사이, 집에 온 회사 동료 두 사람과 유곽을 찾아가 임
질에 걸리고 그것을 아내에게 전염시킨 주인공 학주가, 그 병이 혹시 아
이나 아내에게 "림균성결막염"을 일으켜 그로 인해 실명하게 될까 봐28)

---

27) 박태원, 「소설가 구보씨의 일일」, 문장사, 1938. 288쪽.
28) 이와 관련해 채만식의 「태평천하」에 나오는 다음 구절을 참고삼아 밝혀 두자.
    "매일 아침 소변으로 눈을 씻으면 안력이 쇠하지 않는다는 것은 전부터 일러오던
    말인데, 윤직원 영감은 시방 그 보안법(保眼法)을 행하고 있는 것입니다./ 삼십년
    을 두고 해내려오는 것인데, 만일 꼬노리야라도 앓았다면 장님이 되었기 십상이겠

전전긍긍하는 모습을 그리고 있는 작품이다. 그렇다면 이 작품에서 일단 공포는 질병과 그 전염에 대한 걱정에서 유래하며, 또 결국은 질병의 전염으로 인해 가정의 평화가 깨어졌다는 점에서, 일견 "안락한 가정"의 "질서"가 깨어지는 것을 두려워한다는 인용문의 의견은 타당한 듯 생각된다. 하지만 이 같은 의견은 이 작품에서 논의된 "악마"의 악마성에 대해 여전히 피상적인 관찰에 그치고 만 면이 있는데, 그 이유는 특히 아래의 인용을 관찰할 때 어느 정도 짐작할 수 있게 된다.

그러나, 그 병균이 눈에 들어 가면 큰일이라고, 그것은 학주도 이미 전에 드러 알고 있는 것이지만, 약제사가 그 증세와 경과를 설명하야 림균이 눈을 침범한 뒤, 빠르면 일이 시간, 늦어도 이삼일간의 잠복기를 지나면, 아연, 급성결막염으로 발육하야, 환자 자신이 자기 눈에 이상을 느꼈을 때는 이미 늦인 것으로, 그 즉시 병원으로 달려가서 의사의 진찰을 보드래도 그 치료의 효과는 거의 기대할 수 없이, 그 림균성결막염 환자의 구십구 퍼-센트는 반듯이 실명하고야 마는 것이라 일러 주었을때, 학주의 불근신한 웃음은 얼골에서 사라지고, 뜻 밖에 그의 놀라움은 컸다.

림균이 현재 자기의 눈을 침범하고 있다, 알어내는 수는 도저히 없는 일이었고, 그 짧은 잠복기만 지나면 눈에서 끊임없이 농이 흐르기 시작하여,

"하여튼, 의사도 이 병만은 치료하기 전에 아주 미리 선언을 한데. 치료를 하기는 하지만, 꼭 고쳐질지는 자기로서도 장담 못하겠구……."29)

지만, 요행 그렇진 않았고, (중략) / 주구, 의학박사의 학위논문거리에 궁한 이가 있거들랑 이걸 연구해서 「뇨(尿)에 의(依)한 시신경(視神經)의 노쇠방지(老衰方止)와 및 그 원리(原理)에 관(關)하여」라는 것을 한번 완성시킨다면 박사 하나는 받아논 밥상일 겝니다."(『채만식전집 3』, 창작사, 169쪽. "꼬노리야"란 gonorrea, 즉 임질이다) 그런데 민간요법과 의학박사를 대립시키는 화자의 태도에서도 잘 열 수 있듯이, 여기서 채만식의 풍자를 지탱하는 한 가지 핵심은 근대적 지식의 습득과 깊이 관련되고 있다. 비유적으로 말해 이는 계몽된 자가 미개인을 바라보는 시선을 느끼게 한다. 이는 근대의 한 가지 풍경이자, 채만식의 풍자가 기초한 근대적 의미이기도 할 것이다.

　인용은 소설의 도입부에서 학주가 친구의 약국에 가서 알게 되는, 임질과 관련된 의학 지식이다. 즉 어떤 중년신사 손님이 "꺼리는듯이나싶은 눈초리로 곁눈질"하며 찾아와 임질약인 '노보노-루'를 사간 후, 그 중년 신사가 "근 일년이나 두고 그 약을 사러 온다"는 말, 그리고 "트리파푸라빈이나 그러한 주사를 맞이면 오줌이 파-란데, 이 노보노-르를 먹어두 역시 그런 초록빛 오줌이 나오지."라는 말과 더불어 약사인 친구가 알려 준 의학 지식인 것이다. 그런데 결국 학주 자신의 문제로 다가오게 되는 이 같은 의학 지식은 이 소설을 이해하기 위해 결정적으로 중요한 관점의 단서를 제공하는 것이다. 이러한 의학적 담론은 소설의 곳곳에서 등장하고 있거니와, 바로 이같이 이 소설이 획득하고 있는 가장 중요한 문제는, 당대의 광범위한 의학 지식을 스스로의 소설적 맥락으로 구성한 바로 그 점이다. 다시 말해 「악마」는 바로 이 의학 지식의 맥락 위에서 작용하는 또 다른 육체적 담론인 것이다.

　그리고 그러한 사실은 작품 전체에 걸쳐, 겨자와 고추가루를 치지 않은 냉면 주문, 노보노-루, 트리파푸라빈, 림균, 급성결막염, 위생 사상, 성년 이상의 남자 세 사람 중 한 명이 성병 환자라는 통계, 콘돔30), 공창의 검사, 감염, "그 즉시 오줌을 누면 퍽 좋다는데"와 같은 일종의 예방법, "형언하기 어려운 앞음과 가려움"과 같은 증상, 매약, 자택치료, 인단, 가오루, 백단유, 곱빠이빠, "어느 부인 잡지의 부록인 「가정보감」", 잠복기간, 신경과민, 안질, 눈다래끼, "二푸로 초산은용액," 붕산수, 탈지면, 농집(濃汁) 등의 말들이 나타나고 있다는 점, 즉 약품명, 예방법, 통계, 제도적 관리, 위생에 대한 교육, 의학 지식의 전달 매체, 세균에 관한 지식, 식이요법 등에 관한 정보가 계속 등장하고 있다는 점으로도 증명된다. 즉 작품에서 의학 지식은 어디에서나 충만하게 존재하

---

29) 박태원, 「악마」, 『조광』, 1936. 3. 378쪽.
30) 어쩌면 박태원의 「악마」는 우리 문학사상 최초로 작품에 '콘돔'을 등장시킨 것일지도 모르겠다.

고 있다. 그것은 마치 세균처럼 만연되어 있는 것이다. 다음의 인용을
보자.

> 자기는 이미 그 병을 얻은 것이 분명한 이상에는 이제 한시라도 빨
> 리 병원을 찾아가서 신뢰할만한 의사의 지도를 받지 않어서는 안 되는
> 것을 일즉이 어느 잡지에선가 성병환자들이 의사의 진찰을 받기를 부
> 끄러워 하여 그저 당장은 매약 종류로 비밀히 자택 치료를 꾀하다가
> 이내 병이 덧치여 이제는 너무나 뒤늦인 그러한 때에 일으러서야 비로
> 소 당황하여 병원의 문을 두다리는 그 까닭에 그래 더욱이 그 병이 고
> 치기 어려워지는 것이라고 그렇게 어느 의학박사가 써놓은 글을 학주
> 는 읽은 일이 있었든 것이요.[31]

이처럼 학주 역시 "잡지," 또는 「소설가 구보씨의 일일」에 나오는 "現
代醫學大辭典 第二十三卷" 등의 매체를 통해 사회의 구석구석에 널리 전
파된 의학 지식의 세례를 이미 받고 있었던 것이어니와, 바로 이 같은
상황은 근본적으로 근대 제도로서의 의학의 한 핵심과 관련되어 있다.
어쩌면 의학이란 병을 치료하는 동시에 병 및 병에 대한 담론을 생산하
는 기관이기도 할 것이다. 즉 그것은 세균을 발견·명명하고 그 역학관
계 및 치료법을 알아 내어 지식의 형태로 사회에 보급한다. 이는 달리
말해 지식의 형태로 공중에 병원균과 병을 보급하는 것이기도 하다. 그
리고 이러한 의학 지식이 고도로 정밀화되면 될수록, 또 널리 퍼지면 퍼
질수록, 세계는 더욱더 촘촘하고 깊숙이 질병과 감염의 그물망으로 짜여
질 것이다. 앞서 인용했던 바, 「소설가 구보씨의 일일」에 등장하는 다양
한 병명의 의미는 바로 그것이다. 세균이나 질병은 언제나 그에 대한 지
식과 더불어 존재한다. 의학 지식이 발달할수록, 그에 따라 질병과 세균
도 증가한다. 학주는 임질을 통해 바로 그러한 역설적 상황 속에 비로소
내던져진 것이고, 그러한 상황에 대해 최초로 깨닫게 된 것이다. 이제
그에게는 고추장찌개조차 병적, 의학적인 의미를 가지게 된다. 그는 임

---

31) 박태원, 「악마」, 『조광』, 1936. 4. 306쪽.

질에 걸린 이후에야 비로소 겨자와 고추가루를 뺀 냉면을 주문하던 약
국 종업원의 행위를 이해하게 되는 것이다. 학주에게는 이제 목욕탕의
물도 새로운 의미를 갖는다. 그 물 속에 예전에는 없던 세균이 탄생한
것이다. 타인 역시 예외는 아니다. 그들은 병을 전염시킬 세균을 가진
보균자들일 수 있는 것이다. 다음을 보자.

> 더욱이 목욕탕에라도 가는 경우의 학주는 그 신경과민이 거의 극도
> 에 일으러 조고만 물통이 물 뜨는 박아지가 깔고 앉는 널판이 그 안의
> 모든 것이 전에 없이 불결하게 불쾌하게 꼭 그렇게만 생각되여 그는
> 그 안에서의 사오십 분이나 그 밖에는 더 안 되는 동안 제 한 몸 주체
> 를 못 하였다. 같이 그곳에 목욕하고 있는 모든 사람이 꼭 같은 병의
> 환자들인 것만 같애 그는 의혹 가득한 눈을 가저 그들을 둘러보았고
> 또 혹은 불결할지도 몰을 달은 이들의 손을 감시하는 것과 함께 자기
> 자신의 손을 경계하지 않으면 안 되었다.32)

여기서 학주를 진정 괴롭히는 것은 세균과 질병이 아니라, 그 세균과
질병에 대한 학주 자신의 지식이다. 그리고 그런 의미에서 결국 학주는
임질에 감염됨과 함께 의학지식에도 감염된 것이다. 이처럼 근대적인 의
학지식이나 위생 개념이란 그 자체가 이미 감염이다. 참고삼아 「소설가
구보씨의 일일」에 등장하는 이 감염의 과정을 살펴보면 다음과 같다.

> 그러나, 仇甫는 多幸하게도 中耳疾患을 가진 듯싶었다. 어느 기회에
> 그는 醫學辭典을 뒤적거려 보고, 그리고 별 까닭도 없이 자기는 中耳
> 加答兒에 걸렸다고 혼자 생각하였다. 辭典에 依하면 中耳加答兒에는
> 急性及慢性이 있고, 慢性中耳加答兒는 또 다시 이를 慢性乾性 及 慢性
> 濕性의 二者로 나눈다 하였는데, 자기의 耳疾은 그 慢性濕性의 中耳加
> 答兒에 틀림없다고 仇甫는 작정하고 있었다.33)

---

32) 박태원, 위의 책, 312쪽.
33) 박태원, 「소설가 구보씨의 일일」, 문장사, 1938. 229쪽.

그리고 위와 같은 의학지식과 더불어 비로소 발생하는 또 다른 감염 이야말로 소설 「악마」가 구현한 악마 및 악마성의 진정한 실체이다. 따라서 그것은 공포의 진짜 근원이다. 공포는 "자기 희생적 모랄에 의해 형성된 질서가 깨어지기 때문"에 발생하는 것이 아니며, 또 단지 질병과 세균 자체에서 오는 것도 아니다. 그것은 그에 대해 알거나 알지 못한다는 것, 즉 질병과 세균을 지식의 형태로써 추구하는 것에서 발생한다. 실로 「악마」에서 주인공의 신체적인 실제 고통은 병의 증상을 확인하는 것 이외에 별로 중요하게 묘사되고 있지 않거니와, 이는 임질로 인한 생리적인 고통 자체가 결코 본질적인 공포의 대상이 아니라는 사실을 의미하는 것이다. 다시 말해 주인공이 고통스러워하는 장면의 대부분은 오히려 다음과 같이 자신이 알고 있는 임질에 대한 의학 지식을 둘러싼 것이다.

> 학주는 그 병 자체보드도 오히려 그 병균이 눈을 침범하여 다시 물를 길 없는 크나큰 불행을 갖어 오고야 말 것을 그지없이 두려워하여 그는 안해를 성실하게 병원에 다니도록 하는 것과 함께 무엇보다도 특히 그 점을 강조하여 마지 않았다. 그는 제 자신 어떠한 경우에든 불결한 곳에는 되도록 손을 대지 않도록 마음을 쓰는 한편으로 언제든 생각나는대로 걸핏하면 맑은 물에 손을 씻었고 또 충분히 정하다 믿을 수 있는 손으로도 될 수 있으면 눈에다 댄다든가 하지는 않았다. 참말이지 병대로 두어 설혹 근치를 바랄 수가 없다드라도 그것이 자손에게 유전을 한다든가 또는 환자 자신 참지 못하도록 고통이 심하다거나 그렇지는 않으나 만일에 하로 아침 그 병균이 자기의 눈에라도 안해의 눈에라도 또는 어린 것들의 눈에라도 들어가버리여 마침내는 실명을 하고야 만다든 하는 그때 자기는 도저히 그대로 살어 있을 수는 없을 것같이 그렇게 침통한 것을 학주는 마음 깊이 느끼지 않을 수 없는 것이다.34)

---

34) 박태원, 「악마」, 『조광』, 1936. 4. 310쪽.

그렇다면 결국 위의 인용은 근대적으로 교육되고 관리된 제도로서의 위생 및 의학 지식이 어떻게 한 개인을 통해 자신을 정당화하며 스스로 재생산되고 있는가를 멋지게 보여 주는 것이다. 여기서 고통과 공포에 사로잡힌 학주는 주체로서의 자격을 상실하고 있는 듯하다. 그는 환자인 자신의 고민을 매개로 집요하게 의사소통되는, 의학과 위생에 대한 담론에 지배되는 가련한 객체일 뿐이다. 그는 임질 때문에 고통받는 것이 아니다. 그는 임질과 관련된 의학지식이라는 악마에게 고문을 당하고 있는 것이다. 그리고 보다 심각한 것은 이 같은 고통과 공포가 자의적으로 선택되고 배제될 수 있는 것이 아니라는 점에 있다. 왜냐하면 위생이나 의학은 감염이나 치료의 어느 하나로만 나타나는 것이 아니라 항상 한꺼번에 적용되기 때문이다. 그것은 동시에 감염이자 치료이며, 적어도 근대적 의학 제도, 또는 근대적 사회 속에 살아가는 한, 누구라도 그 두 가지에서 자유로울 수는 없는 것이다.

그러므로 이렇게 보았을 때 "하나를 선택하는 것은 곧 하나를 배제하는 것"이라는 관점, 즉 "안락한 가정"과 "모랄"을 선택하고, 이상으로 대표되는 "도시의 매춘부적 이미지"를 배제한다는 생각은 오류이다. 그것은 주인공의 주된 고민거리이자 사고의 맥락인 근대 의학 자체가, 비유적으로 말해 안락한 가정인 동시에 매춘부이기 때문일 터이다. 그것은 또 "어리석게 밝아서 마지 않든 「기적」은 결코 생겨나지 않았든 것이다."에서 보이듯이 "기적"을 허용하지 않을 뿐만 아니라, 다음과 같이 "모랄"과도 별 상관없는 것으로 제시되고 있기 때문이다.

> 문득 안해의 원망스러운 얼골이 눈앞에 떠올라, 그는 잠깐 손을 멈추었으나, 이제 이르러서야 어떻게 변변치 않게 그대로 돌아가느냐고, 설혹 그런다 하드라도, 결국, 안해 이외의 계집을 잠시라도 생각하였든 것이니 오십보 백보요 더구나 결혼 전에 언제 자기가 동정이었든가 하고, 스스로를 비웃고,
>
> (그저, 빌어먹을, 병만 걸리지 말어라…….)
>
> 속으로 중얼거리며 아무 렴려 말라고, 가장 자신있게 채군이 하든

말을 굳이 믿기로 마음을 정하고는, 후울 훌, 옷을 벗어 버렸다. (중략)
　무슨 근거가 확실히 있었든 것은 아니지만 그는 문득 계집의 몸에
막연한 불안을 느끼였고, 만일 계집에게 그 병이 있는 것이라면, 물론
단 한 차례만으로도 거의 틀림없이 자기가 감염될 수는 있는 것이라,
그는 새삼스러이 그러한 생각을 하여 보고는, 어둠 속에 눈을 크게 떠
보았든 것이다.35)

　즉 애초부터 주인공이 주로 고민하는 것은 아내에 대한 미안함이나
윤리적 문제가 아니다. 그것은 오직 감염에 대한 것일 뿐이다. 그런데
그러한 태도의 밑바탕에는 "기적"을 용납하지 않는 생물학적 확실성, 또
는 의학 지식의 담론이 작용하고 있다는 점이 중요하다. 그것은 모랄과
는 궤를 달리하는 사고 체계이다. 그리고 더 나아가 그것은 "외입을 자
주 한다드라도 얻어 걸린 병은, 그 어느 한 경우의 것일께요"라는 학주
의 생각, 또는 공창은 위험하지 않다고 하며, "자기들을 보라고, 그러한
위험이 있다면, 벌서 오래 전에 그러한 병에 걸렸어야만 할 께 아니냐."
는 채군 등의 말을 듣고 학주가 불안을 더는 모습에 이르러서는 오히려
모랄과는 서로 대립되는 기분마저 들게 하는 것이다.
　이렇게 「악마」는 근대적 의학 지식의 만연과, 그것에 필연적으로 감염
되어 고통받는 인간의 모습을 그리고 있다. 그것은 의학과 질병을 매개
로, 근대 사회 체계의 한 핵심을 꿰뚫고 있으며, 이 점이야말로 고현학
을 논하는 박태원이 「악마」를 통해 도달한 육체적 담론의 본질인 것이
다. 따라서 그것은 "하잘 것 없는" 단순한 신변잡기의 묘사가 아니다.
오히려 그것은 앞서 논한 이태준의 「가마귀」나 최명익의 「무성격자」에
서 보이는 육체적 담론36)의 또 다른 양상과 더불어 1930년대 모더니즘
문학의 중요한 한 의미 지평을 형성하고 있는 것이다.

---

35) 박태원, 「악마」, 『조광』, 1936. 3. 385-386쪽.
36) 여기서 "육체적 담론"이란 어느 정도 막연하고 중첩된 의미로 사용되었다는 것을
　　인정해야 할 듯하다. 그것은 단순히 육체를 대상으로 한 논의라는 의미, 육체를
　　근대 의학과 관련시켰을 때의 의미, 더 나아가 육체와 비유적으로 동일화된 사회
　　의 의학적 의미 등 광범위한 맥락을 가지고 있다. 하지만 이에 대한 좀더 정교한
　　이론적 성찰은 고를 달리해서 다루어질 문제일 것이다.

풍요와 빈곤, 기대와 불안의 변증법

정 희 모

1. 머리말—1930년대 모더니즘의 문제틀

우리 문학사에서 모더니즘은 1930년대에 와서 비로소 문제가 된다. 개항 이후 우리 사회는 근대화의 길로 접어들어 산업과 교역, 생활 전반에 걸쳐 급격한 변화를 겪게 되었고, 이런 급격한 변화는 행위 주체로서 개인과 인식 대상으로서의 세계 사이에 심각한 인식 전환의 결과를 초래했다. 요컨대 선험적 로고스(전통적 규범)로서 세계와 주체의 행복한 결합은 이성적 주체로서 코기토(Cogito)를 받아들임으로써 계몽과 합리의 근대적 인식체제 내로의 편입이 가능해졌고, 이로써 역동적 부르주아의 가치와 생활체계 속으로 들어가게 된 것이다. 초기 우리 현실에서 주체와 객체의 새로운 자리매김, 예컨대 분열과 통합, 해체와 결합의 역동적인 변화의 과정들은 계몽이성의 힘으로 전개된다. 이광수의 '계몽'이나 염상섭의 '개성'이 바로 이런 주, 객간의 새로운 자리매김과 계몽의식의 확립에 있었음은 두말할 나위가 없다. 더구나 계몽적 진보의 논의가 문화와 기술의 발전을 통해 인간의 행복과 품성이 향상된다는 도덕적 교의까지 담고 있으니, 초기의 문학가가 '선각자' 내지 '지사'의 풍모를 보이는 것은 당연하다고 할 수 있겠다.

그런데 우리 현실에서 구체적으로 자본주의적 근대성이 문제로 드러나는 것은 1930년대 이후의 일이다. 근대성이 산업적 자본과 주체 내부의 욕망을 무한정한 확장함으로써 생활체제의 주체와 전체로서의 합리적 이성 사이에는 심각한 분화가 일어나고, 이런 과정은 욕망의 자기 확대와 물질적 세속화 과정을 거쳐 1930년대 우리 도시 속에도 자본주의의 모순으로 등장하기 시작한다. 말하자면 개인의 경험과 세계의 총체성이 계몽 시기만큼 선명한 결합의 모습을 보여 주지 않고 '부재하는 총체성'에 대한 감각적 경험만이 선재하는 양상이 벌어지는 것이다. 부재하는 역사적 총체성에 대항하여 감각적이고 개별적 경험의 유토피아를 만들어 내는 것, 그것이 바로 전형적인 모더니즘의 미학적 체험이 되는데, 우리 현실에서는 구인회의 등장이 바로 그러한 경우에 해당할 것이다. 구인회는 도회 공간의 관료화, 기술화 속에서 단조로워지는 일상과 단자화되는 개인의 문제에 비로소 관심을 가지기 시작한다. 그럼으로써 그들은 우리 문학사에서 최초로 근대성이 지닌 이중적 모순, 즉 감각적 경험과 부재하는 총체성 사이의 간극을 섬세한 미적 체험으로서 그려 낼 수가 있었다.

이런 점은 현실에 대응하는 주체 내면의 욕망 속에서도 선명하게 드러난다. 이광수가 전근대적 이성에 대항하여 개별적 인간이 스스로를 보편적 주체임을 계몽하는 위치에 있었다면, 염상섭은 개별적 주체가 미적인 자율체로서 감각적인 개성을 가짐을 강조하고 있었다. 이런 면에서 이 두 사람은 베버가 말하는 '세계의 탈미신화'의 과정 속에 있었고, 어쩔 수 없이 근대적 '계몽인'의 범주 안에 드는 것이었다. 카프 문학 역시 주체의 욕망 구조를 단순히 타자 개념으로서만 받아들인다는 점에서, 그리고 세계를 이원화된 구조 속에서 자본주의적 속화(俗化)를 인간주의적 관계 속으로 되돌린다는 측면에서 계몽적 사고로부터 벗어난 것은 아니었다. 이들은 상승기의 부르주아 사회가 보여 주는 선명함을 통해 전근대적 삶에 대항하는 계몽적 의식의 진보성을 보장받고 있었다.

하지만 이런 계몽적 주체의 이념이 1930년대 산업화와 관료화의 사회에서 더 이상 변혁의 진보성을 담지하지 못한 점은 우리 현실에서 모더니즘의 등장을 예견케 해 주는 대목이다. 이미 이광수의 계몽은 20년대 후반 빛을 잃어 갔고, 카프의 융성도 30년대 중반 종막을 고한다. 이광수의 몰락은 계몽적 언설이 더 이상 효력을 발생키 어려운 경제적 사회 변화가 주된 요인이고, 카프의 해체는 일제의 탄압 속에서 이루어졌지만 간단치 않는 사회구조의 변화(도시 공간에 있어서의 개별성과 총체성 사이의 간극)도 한 몫을 한 것이다. 이를테면 계몽적 시기와는 다른 근대적 삶의 추상적 모습이 주체 내부의 욕망 구조까지도 변화시킨 셈이다. 따라서 제도적 모순과 욕망의 대항적 존재가 뚜렷한 농촌을 벗어나면 욕망의 대타적 존재가 뚜렷치 않는 자본주의적 현실이 도시 공간을 중심으로 펼쳐지게 된다. 이 속에서 삶의 일상과 욕구, 물질과 감정까지도 교환관계로 변화하고, 개인은 점차 고립되고 단자화되어 간다. 1930년대 도시 소설에서 일상적 욕구, 예컨대 돈이라든가 애정, 가족의 의미가 중요하게 부각되는 것도 이와 관련될 것이다.

1930년대 모더니즘은 1939년 김기림이 자신들을 '文明의 아들,' '都會의 아들'로 규정하고, '모더니즘은 오늘의 文明 속에서 나서 新鮮한 感覺으로써 文明이 던지는 印象을 잡았다'[1]라고 외치는 선언 속에서 뚜렷이 그 모습을 보여 준다. 이 선언은 모더니즘적 감각이 도회 공간의 일상성 속에 분명한 경험으로 자리잡았음을 보여 주고 있다. 그가 '모더니스트에 이르러 비로소 20세기 문학이 시작된다.'라고 자신감 있게 선언하는 것은 이전과 다른 현실의 일상성을 자신들에게 이르러 비로소 감각적으로 체험되기 시작했다는 것이고, 문학이 더 이상 사회적 총체성을 투명하게 그리기보다는 파편화된 감각들의 강렬함을 통해 욕망이 부정된 현실을 부정하는 '부정의 부정'[2]을 그리겠다는 방법적 새로움을 규정한 것과 다름없다. 말하자면 역사 현실의 모순을 총체적으로 그리기보다는 왜

---

1) 김기림, 「모더니즘의 역사적 위치」, 『인문평론』, 1939. 10. 83쪽.
2) 김주현, 「아도르노의 문학이론」, 『외국문학』, 1985년 봄호, 69쪽.

곡된 현실을 개별적이고 감각적으로, 그리고 왜곡된 그 자체를 그리겠다는 것이다. 이들의 문학에서 식민지적 현실이 지극히 잠재되어 있는 내면적 양상으로 드러날 수밖에 없는 것도 이 때문이라 할 수 있다.

이렇게 보면 1930년대 모더니즘을 경험하는 것은 또 다른 미적 체험을 우리에게 요구하는 것이라고 볼 수 있다. 1930년대 모더니즘 문학은 전체성과 역사성을 벗어난 '개별성'과 '부정성'의 문학이며, 부재하는 총체성 속에 '달라진 진리'의 의미를 찾는 문학이다. 이때 모더니즘적 진리는 개별성이 궁극적인 것으로 환원되는 것이 아닌, 개별적 계기들의 상호 매개와 상호 침투 속에 환원되는 '과정으로서의 진리'에 해당한다. 그렇기에 우리는 모더니즘 문학을 분석하기 위해 진리를 전체성과 총체성 속에서 되묻는 카프 문학이나 리얼리즘적 문학의 독법이 아니라, 미적 주체의 언어와 형식 속에 개별적 진리의 계기를 찾아 내는 아드르노 식의 독법을 필요로 한다. 무엇보다 문학의 미적 자율체 속에 내면화된 사회적 계기를 찾아 내는 혜안이 필요한 것이다. 30년대 모더니스트들의 복잡한 현실인식은 바로 그 시기의 모던한 지식인이 취할 수 있는 사회적 집단의식(아드르노 식으로 말하면 '집단적 저류'3))의 표출일 수도 있기 때문이다.

2. 고현학의 방법 — 산책자 모티프

서두에서 1930년대 모더니즘 문학이 취하고 있는 입장을 장황하게 말한 것은 바로 박태원의 소설이 이런 문제 의식을 그대로 담고 있기 때문이다. 박태원의 소설은 경성이라는 도회적 공간을 중심으로 단자화된 개인이 겪는 욕망의 산책을 잘 표현하고 있다.

이른바 '고현학'(modernologie)이라고 알려진 방법인데, 그는 이 방법을 통하여 경성의 도시 풍물과 개체화된 군중의 일상을 세밀하게 관찰

---

3) 김주현, 「아드르노의 문학이론」, 『외국문학』, 1985년 봄호, 85쪽.

한다. 특이한 점은 이런 방법이 바로 소설의 서사구조를 형성한다는 것이다. 초기작 「적멸」과 이후 「피로」, 「소설가 구보씨의 일일」, 『천변풍경』 등이 모두 그런 구조로 되어 있다. 도시 문명의 산책이라는 모티프는 이미 보들레르를 통하여 우리에게 잘 알려져 있다. 보들레르는 『파리의 우울』에서 근대화되어 가는 도시 문명의 모습을 기대와 공포, 역설과 모순 속에서 살펴본 바 있다. 하지만 산문시 『파리의 우울』이 관찰 그 자체를 목적으로 한 것은 아니었다. 그는 도회의 일상생활 속에 잠재되어 있는 산문적인 미, 즉 영원과 일시적인 것이 한순간에 융합되는 근대적인 미를 찾으려 했고, 그것이 근대적 문명에 대한 기대와 공포가 뒤섞여 있는 댄디적 양상으로 표출되었던 것이다. 엘리엇의 말대로 보들레르는 '일상생활과 대도시의 이미저리를 있는 그대로 나타내면서도 그 자체를 능가하는 그 무엇을 나타내는 것,'4) 요컨대 도회의 이미지를 시적 고양으로 환원시킴으로써 근대적 미를 만들고자 했다. 그런 면에서 보들레르의 산책은 미를 찾는 고양된 순례자의 길에 해당한다.

그렇다면 박태원은 이런 산책의 모티프를 통해 무엇을 찾고자 했을까. 그의 산책은 말 그대로 산책 그 자체를 중요시한다. 아무런 목적도 없이 도시의 한 공간을 부유하듯 떠돌아다니면서 문명의 징후와 사람들의 고단한 삶의 자취를 찾아 나서는 것이다. 「소설가 구보씨의 일일」에서 그는 전차를 타거나 산책을 하면서 도심을 세 번이나 왕복한다. 「피로」에서도 역시 집필 장소였던 낙랑파라를 중심으로 도심을 반복해서 산책하고 있다. 재미난 것은 이런 반복이 실상 아무런 목적이 없다는 것을 그가 밝히는 데 있다. 「소설가 구보씨의 일일」에서 구보는 집을 나서자마자 갈 곳을 잃는다. 그래서 그는 소설의 중간에 "그는 어딜 갈까, 생각하여 본다. 모두가 그의 갈 곳이었다. 한 군데라 그의 갈 곳은 없었다."5) 식으로 도심의 산책이 지니는 무목적성을 스스로 드러낸다. 「적멸」이나 「피로」에서도 자신을 "아무데도 갈 곳을 가지지 않은 나"로 표

---

4) 마샬 버먼, 『현대성의 경험』, 현대미학사, 1995, 159쪽.
5) 박태원, 『소설가 구보씨의 일일』, 깊은샘, 1994. 22쪽.

현하고, 자신의 행동을 '아무데라도 가기 위하여서의 행동'이라고 규정하고 있다. 이런 점에서 보들레르의 산책이 일상적 삶 속에 숨어 있는 근대적 미를 찾는 순례자의 여행이라면 그는 도시에서 낯선 사람들의 삶의 형태와 문명의 풍경을 찾아 무작정 떠나는 이방인의 여행에 가깝다. 그래서 그의 소설에서 그가 바라보는 인물들은 언제나 개체화되어 있고 단자화되어 있다. 그들은 도시를 산책하는 화자의 시선에단 잠시 머물었다 곧 사라지고 만다. 그들이 존재의 의미를 가지는 것은 오로지 화자의 감각과 그 감각이 주는 주관적 의미의 그물망에 포섭되었을 때뿐이다.

산책자 모티프는 파편화된 일상의 삶을 목적 없이 나열한다는 점에서 그것이 지닌 의미를 파악하기란 쉽지 않다. 그것은 기존의 삶과는 달라진 근대적 삶의 형태를 드러내고자 하는 것 같기도 하고, 이제까지 존재하지 않았던 새로운 체험적 공간이 발생했음을 말해 주는 것 같기도 하다. 예컨대 「소설가 구보씨의 일일」에서 구보가 산책하면서 보게 되는 전차, 도시 공간의 행인, 대학병원, 카페, 경성 우체국 등은 우리가 이전의 소설에서 보지 못했던 새로운 체험의 공간으로서 소설을 지배하고 있다. 구보는 이런 체험의 공간을 통해 과거 자신의 삶과 연관되어 있는 무엇인가 선명한 이미지를 잡고자 하지만 언제나 실패하고 있다. 그런데 문제는 이런 새로운 체험을 새로운 방법으로 그 의미를 잡아 내면 될 것 같지만 실상 그렇지도 않다는 것이다. 새로운 공간과 새로운 체험은 명확히 자신에 대한 인식을 거부하기 때문에 어떠한 표현 방식으로도 그 의미가 붙잡힐 것 같지가 않다. 그래서 그는 도시를 방황하면서 단지 자신의 시각과 의식에 포착되는 개체화된 사물들만을 묘사해 낸다. 그리고 파편들이 더 이상 파편더미가 되지 않도록 조직화하기 위해서 산책자의 시각을 필요로 했고, 소설은 고현학의 형식을 띠게 되는 것이다.

박태원의 소설이 형식이나 기교 면에서 초점을 받는 것도 이와 관련될 것이다. 박태원의 소설이 형식이나 형식 자체의 이념에 집중하는 것은 이미 형식이 삶을 대체하는 모더니즘의 미적 인식과 유사하다. 20세기 초 서구의 아방가르드 양식이 그러했듯이 삶의 전체성을 어느 국면에서도 포착할 수 없을 때 예술은 형식미의 추구를 통해 세계와의 단절된 상관적 의미를 보여 주는 것이다. 말하자면 이런 기법은 세계가 더 이상 일관되고, 합리적으로 확인할 수 있는 구조가 아니고, 개인의 경험 속에서만 해석 가능한 다양하고 불확실한 세계라는 것을 보여 주는 것이 된다. 박태원이 자신의 소설에서 장면의 분절(콜라주 기법), 의식의 병치(오버랩)와 같은 기법을 자주 보여 주는 것은 이런 세계 인식의 일환일 것이다. 이런 점에서 보자면 고현학의 방법도 하나의 기교적 실험이 된다. 「소설가 구보씨의 일일」이나 「피로」는 이런 점에서 고현학이 지닌 세계 인식의 방법을 확연히 보여 주고 있다. 스스로 자신의 창작 과정을 드러내는 것, 아니 정확히 말하자면 소설을 쓰지 못하는 자신을 드러내는 것이 바로 창작이기 때문이다. 소설의 주인공 '구보'는 거리에 나서 사람들의 행위를 관찰하고 그것을 소설에 담으려 한다. 그러나 매번 그러한 시도는 실패하고, 그는 소설 속에 창작 노트를 들고서도 소설을 쓰지 못하는 자신을 바라보는 것이다. 그러나 그 과정이 바로 한 편의 소설이 된다. 그리고 그 속에 도시 군중의 삶의 모습과 세계의 양상이 은연중에 스며 있게 되는 것이다. 그렇다면 그가 노리는 효과는 무엇일까. 그는 세계가 우연의 산물이고, 파편 더미의 산물이라는 것,[6] 그리고 자신이 본 군중의 우울한 모습 역시 현대의 특징이면서 자신의 모습이라는 것이다. 그는 도시 군중의 모습을 통해서 개별화된 자신의 모습을 바라보게 된다.[7] 그리고 그런 자신의 모습을 소설의 과정(형식의

---

6) 가령 「피로」에 나오는 이런 모습이 그의 생각을 확연히 보여 주는 것이라고 할 수 있다.

'어느 틈엔가 나는 버스를 타고 있었다. 나의 타고 있는 버스는 노량진을 향해 달려가고 있었다. 그러나 물론 나는 노량진을 가기 위하여서 버스를 타고 있는 것은 아니었다. 그렇다고 노량진 이외의 아무 곳을 가기 위하여서 탄 것도 아니었다. 그러면?—그것은 이를테면 아무데로도 갈 곳을 가지지 않은 나였던 까닭에, 아무데라도 가기 위하여서의 행동에 지나지 않았다. 그러나 그러한 것은 우리가 일일이 '까닭' 붙여 말할 수 없는 것임에 틀림없었다. 우리는 실로 아무런 별 '까닭' 없이 우리들의 콧털을 뽑고 우리들의 수염을 어루만지고 하는 것이 아닌가?…' 박태원, 「피로」, 위의 책, 126-127쪽.

7) 박태원의 산책이 한편으로 도시 군중의 모습을 살피는 것이고, 한편으로 그 속에

과정) 속에 드러냄으로써 그것 자체가 도시의 현실을 환기시키게 만드는 것이다. 따라서 이런 점에서 보자면 그의 고현학은 대상의 인식과 규명보다는 추구 자체에 의미를 두는 '과정의 미학'에 가깝다고 할 수 있다. 박태원의 고현학은 도시 공간이 복잡해지고 그것이 불투명해질 때 삶의 전체성을 잡으려는 기획을 포기하고 상대적으로 단즈롭고 개체화되는 삶의 방식을 개별적 형식 속에서 붙잡으려 하는 것이다. 그래서 그는 개별적 인간이 현실에 매개되어 있는 과정을 중요시한다. 개별적 인간은 서로가 단절된 익명적 인간이고 그것이 바로 현실 속에 구체적인 '나'이기도 하다. 또한 도시의 구체적 모습이고 삶의 형식이기도 하다. 말하자면 산책 모티프는 익명성(개별성)이 미적 주체와 조우하는 '과정의 미학'이 되는 것이다. 1930년대 그의 대표작들, 즉 「적멸」에서부터 「피로」, 「소설가 구보씨의 일일」, 『천변풍경』에 이르기까지 이런 '과정의 미학', 곧 개체화된 삶을 개별화된 방식으로 나타낸다는 점은 여전히 흥미로운 문제 거리다.

3. 언어 미학과 예술의 자율성

서 자신의 모습을 발견하고자 하는 것이라는 점은 분명하다. 아래 인용문은 「피로」의 한 구절이다. 이 글에서 창을 엿보는 어린아이의 모습은 바로 자신의 모습이라 할 수 있다. 어린아이가 창을 엿보듯이 세계를 엿보는 것이다. 그리고 그 속에 과거의 아름다운 풍경들을 찾고자 한다. 하지만 보이는 것은 삶의 우울과 피로뿐이다.
그러나 그 창으로 보이는 것은 언제든 그 살풍경한 광고등만으로 그치는 것은 아니다. 나는 오늘 그 창으로 안을 엿보는 어린아이의 새까만 두 눈을 보았던 것이다. (중략) 발돋음을 하고 창틀에 가 매어달려 안을 엿보는 어린아이의, 그렇게도 호기심 가득한 두 눈을 보았을 때, 나는 스티븐슨의 동요 속의, 버찌 나무에 올라, 먼 나라 아지 못하는 나라를 동경하는 소년을 기억 속에서 찾아 내었다. 그러나 대체 우리 어린이는 그 창으로 무엇을 보았을까?… 나는 창으로 향하고 있는 나의 고개를 돌려 그 어린이가 창 밖에서 엿볼 수 있는 온갖 것을 내 자신 바라 보았다.'
박태원, 「피로」, 위의 책, 121-122쪽.

박태원이 보여 주는 고현학, 혹은 '과정의 미학'은 그가 구인회 시절 그토록 강조했던 예술의 자율성과 무관하지 않다. 그는 「창작 여록─표현, 묘사, 기교」나 구인회의 문학 강좌 「언어와 문장」, 「소설과 기교」, 「소설의 감상」 등을 통해서 카프 식의 내용 우위의 문학을 맹렬하게 비판하고, 언어와 형식 등 미학적 가치를 중요하게 여겼음은 잘 알려져 있다.8) 무엇보다 구인회 자체가 카프 문학의 대응 양식으로 나타난 것이다. 그 중에서도 박태원의 문학 자율성에 대한 집착은 놀랄 만큼 선명하다.

> 이제까지 專門家諸氏의 月評類는 거의 모두가 「形式」이나 「文章」같은 것에 보다도 「內容」,이나 「이데올로기」에 대한 것에 그 重點이 두어졌었다고 생각합니다. 그 중에도 심한 이는 形式이나 文章… 그러한 것에 애당초에 論外로 두고 그저 「內容」 그저 「이데올로기」만을 가지고 뜻모를 말을 늘어 놓았습니다. 그런 類에 대하여 讀者는 筆者와 더불어 뜻없는 不滿을 가지고 그것은 藝術이라는 것을 모르는 이만이 대담하게도 가질 수 있는 態度에 틀림없습니다. 만약 內容만이 이데올로기만이 問題의 全部가 될 것이요 그리고 그것이 正當하다면 작가들은 그토록까지 文章면에 고심하지 않아도 좋을 것입니다. 「발자크」나 「졸라」의 勞作 力作은 얼마나 無意味한 存在일까요. 그것들은 數十行의 「梗槪」만으로 足하였든 것이 아닙니까.(중략) 종래에 있었던 대부분의 「이데올로기」나 「內容」 中心의 月評을 기대하셨던 분에게는 失望을 들일밖에 없지만은 나는 나의 믿는 바를 좇아 힘써 이달에 作品을 發表하신 분들의 「솜씨」를 보아가기로 합시다.9)

1934년 월평난에 실린 박태원의 글은 두 가지로 요약된다. 우선 내용이나 이데올로기 중심의 카프 문학에 대한 비판이 돋보인다. 문학에서

---

8) 정현숙, 「박태원 연구의 현황과 과제」, 강진호 외, 『박태원 소설연구』, 깊은샘, 1995, 14쪽.
9) 박태원, 「문예 감상은 문장의 감상-먼저 평자로서 태도를 밝힘(3월 창작평)」, 『조선중앙일보』, 1934. 3. 26.

예술적 중심이 내용이나 이데올로기만은 아니라는 것인데, 이는 박태원이 카프와 다른 문학관을 지니고 있음을 구체적으로 보여 준다. 그 의미는 예술이 현상의 본질을 압축하는 과학적 방법과는 엄연히 다르다는 것이다. 만약 예술의 중심이 내용이나 이데올로기라면 단 몇십 줄의 경개(梗槪)만으로도 그것을 다신할 수 있지 않느냐는 그의 말이 정곡을 찌르고 있다. 물론 카프 문학이 예술성 자체를 부정한 것은 아니겠지만 박태원의 시각은 예술이 내용과 다른 어떤 미적인 측면을 가진다는 것, 쉽게 말해 사회현상을 직시해 주는 것 이외에 또 다른 예술미적인 영역이 있다는 것이다. 두 번째로 윗 글에서 박태원이 강조하는 것은 예술적 미의 영역으로 언어적인 측면이다. 그가 내용이나 이데올로기보다는 형식이나 문장에 비평의 우위를 두겠다는 것이 바로 그것이다. 박태원은 또 다른 그의 글 「창작 여록—표현, 묘사, 기교」에서 소설이 지닌 언어미학적인 측면에 대해 길게 설명한 바가 있다. 그는 이 글에서 언어가 지니고 있는 다양한 기능, 예컨대 문자의 배열, 자형(字形), 자체(字體), 콤마, 된소리, 회화, 인명, 종지법 등에 대해 상세한 해설을 하고 있다. 그는 언어가 지닌 신선하고 예민한 감각, 그리고 기지와 해학의 기능을 다룰 줄 아는 자만이 현대의 작가가 될 수 있다고 말하면서10), ‘文藝 鑑賞은 文章의 鑑賞이어야 한다’고 강조한다. 그래서 그의 소설 「소설가 구보씨의 일일」은 의식의 흐름, 「방란장 주인」은 긴 산문체와 같은 실험적 문체를 사용하고 있다.

  박태원이 카프의 내용 우위의 문학을 비판하면서 언어기학을 강조한 것은, 물론 문학의 자율성 측면을 염두에 둔 것이다. 자본주의 사회에서 예술의 자율성은 계몽 철학기 이후 주체와 객체가 분화되면서 필연적으로 도래할 수밖에 없는 문제였다. 하버마스가 말한 대로 근대성의 기획은 각각의 내부적 논리에 따라 객관적인 과학, 보편적인 도덕과 법률, 그리고 자율적 예술로 분화되는 과정을 밟아 왔다. 이 속에서 예술은 사

---

10) 박태원, 「창작여록—표현, 묘사, 기교」, 『조선중앙일보』, 1934. 12. 22.

회적 합리성과 다르게 자신의 고유한 미적 잠재력을 개발하여 왔고, 이
는 이른바 예술에서의 '탈미신화 과정' 과정이라 할 수 있을 것이다.11)
하지만 한편으로 이런 진척은 복잡해지는 사회조직에 대항하여 전체적
이고 총체적인 해석을 가할 예술적 표현이 더 이상 불가능하다는 사실
과 밀접한 짝을 이룬다. 이제 예술은 더 이상 삶 '전체'와 이와 관련된
상호관계 속에서 자신의 행복을 설명할 수가 없게 된 것이다. 그렇게 될
때 예술 자체의 형식 속에서 현대사회에 대응할 방법적 모색을 찾게 된
다. 엘리어트가 현대 사회가 복잡하고 다원화될수록 그것을 그리는 시가
복잡해지거나 불명료해질 수밖에 없다고 말하는 것도 모호성이나 암시
성, 혹은 언어 형식적인 측면으로 현대사회에 대응할 수 없는 예술의 한
단면을 보여 주고 있다. 제임슨이 말하는 대로 사회적인 것이 형식적이
고 미적인 것에 존재하게 되는 것이다.12)

　이렇게 보면 현대사회에 올수록 예술에서 언어나 형식이 지니는 역할
은 커질 수밖에 없다. 로만 잉가르덴이나 에밀 슈타이거의 언어예술론은
언어가 독자적인 의미를 지니고 있으며, 언어 스스로 내부의 질서와 형
성체계를 가지고 있음을 강조하고 있다. 그래서 언어적 자율론은 개별
체계가 가치를 지니며, 개별 부분이 하나의 전체적 조직을 형성한다는
문학 유기체론으로 확대된다. 문학 유기체론은 작품을 창작하는 작가나
작품을 읽는 독자, 혹은 작품이 존재하는 시·공간과의 관계를 초월할
것을 요구하고 있으며, 이로부터 작품은 훗설의 환원론과 유사하게 대상
의 환원, 곧 작품의 환원으로 이루어진다. 그리고 여기에서 '모든 것은
작품으로'라는 문학의 자율성이 이루어지는 것이다. 따라서 언어 미학에
대한 관심과 촉각은 문학의 자율성을 확보하는 하나의 시금석이라 할
수 있다.

---

11) 하버마스, 「모더니티: 미완성의 기획」, 할 포스트 편, (윤호병 옮김) 『반미학』,
　　현대미학사, 1994, 36-37쪽.
12) 이경덕, 「근대성과 모더니즘—프레드릭 제임슨의 모더니즘론」, 『세계의 문학』,
　　91년 여름, 238쪽.

박태원이 카프의 목적적 문학관을 비판하면서 언어적 미학과 문학의 자율성을 강조한다는 점은 도시 현실에 대응하는 미학적 전략의 효과를 지닌 것으로 보인다. 예컨대 고현학은 현실을 총체성의 범주에서 파악할 수 없다는 내포된 의미를 함유하고 있으므로, 사회적인 것을 형식적이고 미적인 것의 상징체 속에서 해결하고자 하는 시도가 된다. 작품 자체가 마치 형식(산책과 관찰, 의식의 병치), 내지 형식의 이념(인간의 개별화 방식)을 추구하는 도정으로 보이고, 군중의 개별화된 모습은 근대적 도시현실에 대한 미적인 상관물로서의 기능을 하게 된다는 것이다. 따라서 언어나 형식이 서사적 묘사를 대신한다는 것은 과거 삶의 총체적인 모습이 형식화 속에서 재현될 수밖에 없다는 것을 의미하며, 마치 예술이 삶을 형식 속에 흡수하고 대체해 버린 상황을 암시한다. 박태원의 문학에서 언어와 기교가 강조되고, 신선함과 감각적인 통찰이 강조되는 것도 이런 예술적 전화(轉化) 현상 때문이라고 할 수 있다.

> 표현-묘사-기교를 물른하고 「신선한, 그리고 또 예민한 감각」이란, 언제든 필요한 것이다. 신선하다는 것, 이것들은 오직 이것만으로도 가치가 있다. 「신선한, 그리고 예민한 감각」은 반드시 기지와 해학을 이해한다. 현대문학의 가장 현저한 특징의 하나는, 아마 그것들이 매우 넉넉하게 이 기지와 해학을 그 속에 담고 있다는 것일게다. 사실, 현대의 작품은, 이러한 것들을 갖는 일 없이, 결코 우수한 독자들에게 「愉悅과 만족」을 주지 못한다. 까닭에-「감각」이 낡고, 무디고, 「기지」가 없고 그리고 또 「해학」을 알지 못한다면—쉽게 말해서, 총명하지 못한다면, 그는 이미 현대의 작가일 수는 없다.13)(강조-필자)

랭보가 총체적 인식을 거부하는 현대적 삶에 대해 감각의 충렬함으로 대응하였듯이 신선함과 예민한 감각이야말로 현대적 삶을 표현하는 하나의 방법이 된다. 신선한 감각을 통해 사물화되어 가고 파편화되어 가는 세계에 대해 주체를 대든 방식을 찾는 것이다. 그래서 신선한 감각은

---

13) 박태원, 「창작여록-표현, 묘사, 기교」, 『조선중앙일보』, 1934. 12. 22.

합리화되어 가는 사회조직에 대해, 물질화되어 가는 세계와 자연에 대해
순수한 추상미로서 하나의 유토피아적인 요소를 갖는다. 이를테면 모호
하고 불명확한 세계에 대해 직접적인 감각과 충동, 감수성이 이전의 서
사적 진실을 대신하고자 하는 것이다. 그것이 비록 이전처럼 사회의 전
체성을 속 시원히 드러내 주지는 못한다 하더라도 부분적인 감각의 강
렬함을 통해 전체적인 이미지를 얻고자 하는 것이 된다. 따라서 서사적
진실은 이미지의 감각으로 변하고 그 속에서 작가는 본능적인 만족을
얻을 수 있다. 김기림이 '신선한 감각으로 문명이 던지는 인상'을 잡으려
는 것이나, 이상이 또 다른 근대성을 찾아 동경으로 향하는 것도 바로
이런 감각의 유토피아를 말해 주고 있다.

 박태원이 언어미학을 강조하는 것은 분명 카프에 대한 대타의식으로
출발했다. 하지만 이런 비판은 단순히 언어의 조탁미를 강조하거나 언어
적 아름다움을 강조하는 것을 넘어 자율적 상징체로서 언어의 기능에
도달하고 있다. 앞의 인용 부분의 '신선한 감각'이나 다른 부분에서 보이
는 '감각적 음향'의 강조나 '막연한 암시,' '의미 이외의 분위기를 암시하
여야 한다'는 주장이 그러한데, 이런 부분들은 모두 '언어가 단순한 의미
전달을 넘어서 상징적이고 감각적인 전달체계가 되어야 함을 염두에 두
고 있다.14) 따라서 박태원에게 있어 감각적, 상징적 언어는 그 자체가
바로 도시 군중의 생태를 잡아 내는 서사적 감각의 촉수라 할 수 있으
며, 달라진 세계를 인식하는 한 방법이 된다.15) 그리고 이를 통해

---

14) 박태원, 위의 책, 1934. 12. 20.

15) 박태원의 서사적 기교를 세계 인식의 방법으로 본 것은 당시 안회남의 평론에서
   도 드러난다. 박태원의 소설적 방법은 대부분의 평론가들(특히 카프 쪽)에게는 비
   판을 받았지만 안회남은 박태원의 방법이 달라진 세계 인식 때문이라고 정확히 지
   적한다.
   "우리 문단에서 보통 기교라 하면 그것을 소설 작법상 어떠한 합리화의 수단으로
   해석하지만 내가 말하는 작가 朴泰遠氏의 기교란 이러한 성질의 것이 아니다. 전
   자를 문학의 기교라 일컫는다면 朴泰遠氏의 세계는 정히 기교의 문학이다. 다시
   말하면 부분적 합리화의 수단이 아니라 전체적으로 이미 기교화한 세계이다. 다른
   작가 같으면 한 작품을 소설화하는 도중에서 기교라는 것이 생겨나지만 박태원 씨
   에게 있어서는 그러한 것이 아니라 이야기하고 쓰고 하기 이전 어떠한 세계를 目

1930년대 카프 문학의 세계와 또 다른 세계를 만들어 내고 있는 것이다. 그가 소설 규범을 무시하고 신문광고, 약 처방, 숫자 등을 그대로 표현하고, 따옴표, 콤마 등을 통해 의식의 변화를 드러내는 것, 병치와 카메라 이동 같은 영화적 수법을 사용하는 것 등은 불확실한 현실을 감각적 형식 속에서 잡고자 하는 현대적 인식의 한 단초라 할 수 있다. 이런 세계 인식의 변화가 전제될 때만이 그가 주장하는 문학의 자율성과 소설언어의 혁신이 설명될 수 있을 것이다.

4. 욕망의 두 형식—현대성의 이중성

그러면 박태원의 달라진 세계 인식의 의미는 무엇일까? 물론 그것은 모더니즘적 세계관을 의미하는 것이겠지만 박태원이 평론적인 글을 통해 그것의 구체적인 내용을 밝히고 있지 않으니 일단 작품을 참조할 수밖에 없다. 박태원의 모더니즘적 세계관이 가장 잘 나타나 있는 작품이 바로 「소설가 구보씨의 일일」이다. 이 소설은 박태원이 주장한 고현학적 방법이 그대로 적용된 것이던서, 박태원의 언어관, 문학의 자율성 등이 함축적으로 작용하고 있는 작품이기도 하다.

「소설가 구보씨의 일일」에서 문제가 되는 것은 바로 소설을 구성하고, 소설의 주인공으로 등장하는 주체의 욕망과 그 재현 방식이다. 소설은 기존의 소설문법과 다르게 주체가 작품의 안과 밖을 넘나들면서 대상을 관찰하고 대상에 비친 자아의 욕망을 스스럼없이 드러낸다. 여기서 주체가 안과 밖을 넘나든다는 것은 때로는 화자가 자신의 위치를 감추는 객관적 묘사 형태를 띠다가도 어느 순간 기록자가 바로 자신이라는 점을 여지없이 드러내고 대상이 갖는 욕망의 형식에 합류한다는 점이다. 예컨대 구보는 창작 노트를 들고 다님으로써 도시인들의 삶의 모습을 묘사

睹할 때부터 벌써 있는 것이다. 그러기 때문에 氏의 기교란 거의 현실과 동체이다."
안회남, 「작가 박태원론」, 『문장』 제1호, 1932. 2. 147쪽.

하는 기록자의 위치를 지닌다. 그러나 그는 군중들이 지닌 욕망의 방식, 곧 돈과 애정의 욕구 형식에 동참하게 되고 회상이나 내면 묘사를 통해 그런 욕구의 가능성과 의미를 탐색하게 된다. 그리고 대상이 지닌 욕구의 방식을 스스로의 것으로 전화시키고, 그들의 삶과 의식을 자신의 것으로 동일화시킨다. 이런 경우 소설의 주체는 작가가 갖는 전지적 위치에서 물러나 대상이 갖는 욕구, 절망, 기쁨, 탐욕 등을 함께 소유하게 된다. 말하자면 작가는 신(神)의 위치에서 떨어져 미천한 군중의 세계로 들어가게 되는 것이다. 이런 면에서 보자면 박태원의 고현학은 대상의 관찰이라는 객관적 방식이 아니라 대상에의 참여라는 주관적 방식의 일환이 된다. 그럼으로써 그는 소설이 세계의 모순을 인식하고, 변혁에 동참해야 한다는 카프 식 소설 규범을 철저히 부정하는 것이다. 무엇보다 소설의 주체가 계몽적 언설을 주관하는 지사(志士)나 선각자(先覺者)의 위치에서 물러나 군중의 욕망을 함께 전유한다는 점에서 그렇다.

그러면 주체의 재현방식이 이러한데, 주체의 욕망이 갖는 실제적인 내용은 무엇인가. 소설은 이런 주체의 욕망을 '행복찾기'라는 표현으로 설명한다. 그런데 길을 나서면서 찾고자 했던 행복은 그렇게 쉽게 찾아질 것 같지가 않다. 왜냐하면 주인공 구보도, 아니 작가 자신도 자신의 욕망이 무엇인지 분명하게 규정하지 못하고 있기 때문이다.

> 구보는 담배에 불을 붙이며 자기가 원하는 최대의 욕망은 대체 무엇일꾸 하였다. 석천탁목(石川啄木)은, 화롯가에 앉아 곰방대를 닦으며, 참말로 자기가 원하는 것이 무엇일꾸, 생각하였다. 그러나 그것은 있을 듯하면서 없었다.16)

구보는 길을 나서면서 끊임없이 자신의 욕망이 무엇인지를 관찰한다. 그리고 대상의 욕망 속에서 자신의 욕망들을 찾아 낸다. 그런데 인용문에서 보듯 그는 자신의 욕망이 무엇인지 모른다. 아니 보다 정확하게 말

---

16) 박태원, 「소설가 구보씨의 일일」, 위의 책, 34쪽.

하면 추구하는 욕망은 있되, 그것이 진정 자신이 바라는 욕망인지를 모른다는 것이다. "그것은 있을 듯하면서 없었다"라는 표현이 바로 그러한 구보의 심리를 대변해 준다. 따라서 그 말은 자신이 바라는 욕망이 진정한 행복을 가져다 줄 것인지를 확신하지 못한다는 말과 이어진다. 그래서 그는 도시 군중이 지니는 욕망을 자신의 것으로 전환시켰다가도 이내 반성적인 자아로 되돌아와 세속적 욕망의 허실을 한탄한다. 하지만 이런 욕망은 이미 구보의 삶의 한 부분을 차지한다. 결혼을 원하는 어머니의 욕망이 자신의 욕망이 되고, 생활인이 되기를 원하는 친구의 욕망이 자신의 욕망이 된다. 구보의 산책이 결국 도시인으로서 자기 삶의 정체성을 확인하기에 지나지 않는 것도 이런 욕망의 공유와 동질감이 있기 때문일 것이다. 작품 말미에 "나의 원하는 바를 월륜(月輪)도 모르네."라고 한탄하는 것은 부르주아 사회에 동화되어 있는 지식인의 내면을 솔직하게 토로한 것이라 볼 수 있다.

소설에서 겉면에 드러나는 구보의 욕망은 애정의 갈구와 돈에 대한 욕구이다. 이 두 욕망은 소설가 구보씨가 의식적이건 무의식적이건 근원적으로 잠재되어 있는 성격의 것이다. 이 두 욕망은 끊임없이 서사의 겉면으로 드러나 대상을 관찰하는 주관의 의식을 간섭하고 내면적 갈등을 유도하는 근원적 동기가 된다. 따라서 이 두 욕망이야말로 도시 군중이 지닌 내면화된 의식의 근원이고, 행위의 동력이기도 하면서 사회적 성격과 역사적 성격을 규정 짓는 것이기도 하다. 구보 역시 이런 욕망의 담지자이면서 욕망의 실천자이다. 구보가 지닌 애정과 돈에 대한 욕망은 우선 지금의 고독과 불안으로부터 벗어나고자 하는 내면적 욕구로부터 출발한다. 그의 산책이 고현학에 바탕을 두고 있지만 근본적으로는 고독과 불안을 극복하기 위한 하나의 방안이었던 것을 감안해 보면 이런 욕망의 충족이야말로 실상 그가 수행하는 산책의 목적이며, 종착지가 된다. 그래서 그는 거리의 여인을 관찰하면서 끊임없이 과거의 여인을 회상하고, 그것을 통해 자신의 행복을 가져다 줄 물질적 조건들을 탐색한다. 예컨대 전차에서 만난 여인에게 사랑을 느끼기도 하고, 거리에서 다른 남자의 여인을 보면서 자기의 여자를 꿈꾸기도 하며, 그런 여인을 얻기 위해 돈이 많았으면 하는 꿈을 품기도 한다.

하지만 실상 이런 욕망은 구보에게 그 자체로 완전히 만족감을 줄 만한 그런 성질의 것은 아니다. 우선 그의 고독이 결혼, 직업, 친구 등 자본주의가 가져다 주는 안락하고 편안한 삶에 대한 결핍에서 출발했지만 궁극적으로는 충족되지 않는 자기 내면에 대한 결핍을 담고 있기 때문이다. 구보가 여성에게 느끼는 욕망은 궁극적으로 안정된 생활인에 대한 소망과 성적 욕구의 충족이다. 구보가 전차에서 만난 옛 여인과 회상 속에 등장하는 동경의 애인은 구보가 생활인으로 돌아갈 수 있는 절대적 매개체이고 보면, 이런 꿈들은 자본주의적 사회에서 꿈꿀 수 있는 안락한 삶에 대한 물질적 소망의 표현이라 할 수 있다. 뿐만 아니라 돈과 성욕에 대한 그의 욕망은 무의식적으로 서사의 표면에 문득문득 떠올라 구보의 욕망이 지닌 물질적 속성을 그대로 보여 준다. 이런 면에서 보자면 구보에게 여자와 돈은 자본주의가 지닌 물질적 교환관계의 등가물이며, 자본주의가 만들어 내는 생산, 노동, 소비의 사회적 역관관계의 산물이라 볼 수 있다,

그렇지만 구보의 욕망이 궁극적으로 성취되기 어려운 것은 자신의 욕망이 지닌 이런 물질적 속성을 읽고 있기 때문일 것이다. 소설에서 그가 이런 욕망을 꿈꾸면서도 문득 "내가 언제 돈에 걸신 들렸누." 식으로 욕망은 지연되고 거부된다. 그런 식으로 여인에 대한 꿈은 매번 시도되었다가 곧 철회된다. 아마도 이런 모습은 구보의 본 모습이기도 한 소설가적 양심이나 지식인적 성찰에서 나오는 것이기도 하겠지만, 소설은 이 때문에 명백히 욕망의 이중적 구조를 띠게 된다. 말하자면 한쪽에서는 자본주의의 속성을 내면화하여 받아들이는 일상인으로서의 구보의 모습이 있고, 한쪽에는 욕망의 의미를 읽어 내고 그 욕망의 허망함을 인식하는 근대적 이성의 또 다른 모습이 있다. 구보의 이런 이중적 시각은 소설에서 등장하는 도시를 때로는 화려한 것으로, 때로는 불안과 피곤의 발걸음이 놓여 있는 우울의 공간으로 만들어 내는 것이다. 그리고 이런

다양한 시각의 착종이야말로 30년대 경성이라는 도시 공간과 자본주의적 근대성을 바라보는 박태원의 솔직한 인상이라고 말할 수 있다.

작품 속에서 박태원의 세계 인식은 근본적으로 발달된 도시 문명에 근거를 둔다. 박태원의 의식은 김기림의 선언(도회의 아들)과 마찬가지로 자본주의 근대화의 특수한 물질적 현실, 즉 경성의 거리, 전차, 다방, 카페 등의 일상생활과 밀접한 관련을 맺고 있다. 예컨대 소설 속에서 구보의 산책은 어쩔 수 없이 도시의 불빛, 아름다운 여인, 벗과 함께 할 수 있는 경성 거리가 있기 때문에 가능하다. 그렇기에 이런 도시의 물질들은 때로는 구보에게 문명이 주는 풍요로움에 기대를 걸게 만들기도 한다. 화신백화점의 승강기를 타는 젊은 내외를 보면서 그들이 갖는 풍요로움에 행복을 느끼는 구보의 모습이 그러하다.

하지만 구보의 이런 모습은 곧 변화한다. 그는 경성역의 대합실에서 군중들의 고독과 불신을 본다.

> 구보는 고독을 느끼고, 사람들 있는 곳으로, 약동하는 무리들의 있는 곳으로, 가고 싶다 생각한다. 그는 눈앞의 경성역을 본다. 그곳에는 마땅히 인생이 있을 게다. 이 낡은 서울의 호흡과 또 감정이 있을 게다. 도회의 소설가는 모름지기 이 도회의 항구와 친하여야 한다. 그러나 물론 그러한 직업 의식은 어떻든 좋았다. 다만 구보는 고독을 삼등 대합실 군중 속에 피할 수 있으면 그만이다. 그러나 오히려 고독은 그곳에 있었다. 구보가 한 옆에 끼어 앉을 수도 없게시리 사람들은 그곳에 빽빽하게 모여 있어도, 그들의 누구에게서도 인간 본래의 온정을 찾을 수는 없었다. 그네들은 거의 옆의 사람에게 한마디 말을 건네는 일도 없이, 오직 자기네들 사무에 바빴고, 그리고 간혹 말을 건네도, 그것은 자기네가 타고 갈 열차의 시각이나 그러한 것에 지나지 않았다. 그네들의 동료가 아닌 사람에게 그네들은 변소에 다녀올 동안의 그네들 짐을 부탁하는 일조차 없었다. 남을 결코 믿지 않는 그네들의 눈은 보기에 딱하고 또 가엾었다.[17]

____

17) 박태원, 위의 책, 39쪽.

대합실에서 구보가 바라본 군중은 피로하고 권태로우면서도 바쁜 모습들이다. 이들은 누구도 믿지 않는다. 그리고 누구에게도 말을 건네는 법이 없다. 그저 황금을 좇아, 사랑을 좇아 자신의 일에만 바쁠 뿐이다. 이 글 이후 구보는 대합실에서 병든 노동자의 모습과 황금광에 미쳐 금광을 찾아 나서는 인물들을 만난다. 그리고 돈 많은 친구의 속물적 허영과 물욕에 어두워 거리를 배회하는 여인들의 모습을 묘사한다. 자본주의적 현실이 불안과 동요, 단절과 고립으로 이루어져 있음을 구보는 무엇보다도 잘 안다. 그래서 그는 도시를 산책하면서 매번 피로를 느낀다. 그는 "사람과 사람 사이의 교섭의 번거로움"을 경험하고 "생활을 가진 사람들의 불안한 발걸음"을 인식한다. 모든 사람들은 정신병자로 변하고, 무지에 의해 자신들에게 다가올 불안을 잊고 있다. 그래서 도시(도시의 밤)는 구보의 말대로 "몹시 음울하고도 또 고혹적인 존재"가 되는 것이다.

근대적 도시의 삶에 대한 이런 불안과 절망은 분명 구보가 느낀 도시인의 풍요와 다른 것이다. 한편으로 도시가 안고 있는 네온사인의 불빛과 한편으로 그 밑에 고단한 발걸음으로 돌아가는 군중들의 모습이 대비되는 이러한 상황은 분명히 도시 문명이 좋은 것도 나쁜 것도 아니라는 모호한 인식을 만들어 낸다. 그럼으로써 도시는 정의하기 힘들고 말하기도 어려운 것이 되고 만다. 그것은 세계가 인식할 수 없는 변화의 과정 속에 있음을 읽어 내는 것이다. 그렇다면 박태원이 「소설가 구보씨의 일일」에서 관찰한 것은 명백하게 1930년대 경성이 지닌 근대성의 이중적 이미지라 볼 수 있다. 물론 그것은 분명하고 선명한 의식에서 나온 것은 아니겠지만, 이전과 다른 경성의 번잡함과 화려함 뒤에 숨어 있는 불안과 절망의 이미지를 찾아 내는 것이다. 자본주의는 자본을 매개로 하여 끊임없이 자신을 갱신하는 변화의 과정이므로 식민지 수도 경성이라고 예외일 수는 없다. 그래서 그는 소설을 통해 이런 변화의 과정이 안고 있는 문명과 인간의 갈등관계, 예컨대 풍요와 빈곤, 기대와 절망, 현란함과 음울함을 찾아 내는 산책자의 기능을 하는 것이다. 또한 그것은 「소설가 구보씨의 일일」에서 구보가 도시 문명의 방관자이면서 참여 자이고, 또한 주인공이 되는 이유가 된다.

5. 맺음말

박태원의 모더니즘의 소설은 1930년대 경성을 중심으로 변화하는 욕망과 불안한 인간의 내면세계를 지적인 인상으로 그려 내고 있다. 그리고 이런 작업이야말로 문학이 근대적 현실에 대응하는 새로운 미적 인식의 일환이 되고 있다. 즉 근대의 의미를 이전과 다르게 다양한 형식적 기법과 새로운 세계 인식 속에 재구성하는 것이다. 그렇기에 그는 근대적 세계를 묘사할 신선한 감각과 감수성을 필요로 한다. 박태원의 입장으로 볼 때 대상세계가 선명하지 않을 때, 또 그것의 본질을 파악할 총체성이 부재할 때 그것을 잡아 내는 것은 묘사의 세밀함과 감각적 통찰밖에는 없다는 것이다. 이런 면에서 보자면 그의 세계 인식은 세계를 전체적으로 파악하고자 하는 카프의 논리와 상반되는 것은 자명한 것으로 보인다. 도시에서 자라 도시에서 성장한 그로서는 선명하게 계급의 논리가 다가오지 않았을 것이고, 그가 바라보는 도시 또한 카프 문학가들이 인식하는 조선 현실과는 달랐기 때문이다. 따라서 그가 바라보는 현실은 카프의 현실과 다른 무엇이 될 수밖에 없다. 말하자면 1930년대 박태원의 현실은 물질적 풍요와 물질적 빈곤이 함께 하는 공간이고, 순수한 가치와 세속적 욕망이 함께 숨쉬는 도시 공간이 된다.

박태원의 모더니즘 소설이 우리 문학사에 던지는 의미는 도시의 일상성과 관련하여 근대적 체험의 주체를 새롭게 구축하는 일일 것이다. 이광수나 염상섭, 카프 문학이 전근대와 계급적 타자를 부정하는 가운데 합리적이고 보편적 이성으로서 근대적 주체의 확립에 기여했다면 박태원의 모더니즘은 이와는 다른 의미의 주체성을 보여 준다. 박태원이 느끼는 주체는 계몽적 주체가 확립되고 난 이후 근대의 부정성이 가져오는 모순과 혼란 속에서 겪는 분열된 주체이고, 파편화된 현실을 감각적 체험으로 잡아 내는 심미적 이성의 개별적 주체이다. 계몽주의자와 카프가 타자의 부정 속에 주체를 되찾는 동일화의 원리에 근거한다면 박태원은 총체성과 체제를 부정하는 개별성의 원리에 바탕을 두는 것이다. 그럼으로써 근대인이 분열 없는 행복한 하나의 완성체가 아니라 개별적 삶에서 분열되어 있는 모순적 존재라는 것을 보여 주고 있다. 박태원이 도시를 산책하면서 다양한 군상의 모습을 묘사하는 것도, 그리고 그 속에 개별 인간이 느끼는 다양한 욕망 구조를 보여 주는 것도 이런 시각의 차이에 근거한다고 할 수 있다.

우리는 박태원의 소설에서 고현학을 통해 1930년대 조선의 또 다른 근대의 모순을 보게 된다. 식민지의 경성은 제국주의 동경의 축소판이고 제국주의적 수탈과 식민지 자본주의 경영의 중심에 해당하는 곳이다. 그 속에서 모더니스트들은 농촌과 다른 도시 근대화의 혼란을 체감하고 있었고, 개체화되어 가고 익명화되어 가는 도시적 삶의 소외와 상대적으로 커져 가는 물질욕과 소유욕의 분열된 욕망을 감각적으로 느끼고 있었다. 보들레르가 마차가 다니는 1850년대의 파리의 풍경 속에서 변화하는 세계의 이중적 모순을 감각적으로 읽어 내었듯이, 그 역시 1930년대 경성의 산책을 통해 우울하고 불안한 근대인의 삶을 체험적으로 보았던 것이다. 그래서 그의 소설에서 도시 군중을 보는 산책자는 언제나 피로한 것으로 등장하고, 때로는 가족이나 전통적인 도덕성으로 회귀하여 화해를 꿈꾸기도 한다. 그의 소설이 모더니즘과 리얼리즘이 혼합되어 있다는 평가를 받는 것도 이 때문일 것이다. 카프 문학처럼 식민지적 근대 모순에 대한 날카로운 비판은 없지만 그의 소설 속에는 근대인이 느끼는 고독과 소외, 기대와 절망의 또 다른 모습을 찾아보는 것도 색다른 의미가 있는 것이다.

모더니즘 소설과 식민지 경험의 특수성

조 정 래

1. 머리말

이 연구는 박태원의 단편소설 『소설가 구보씨의 일일』을 분석함으로써 1930년대 우리 모더니즘 소설의 특성 중 하나를 밝히려는 데 목표를 두고 있다. 필자는 1930년대 한국 모더니즘 소설의 전반적 특성을 밝히고자 하는 구상 아래 연구를 진행중에 있고, 이 논문은 그 과정에 속하는 셈이다. 특히 관심을 두려고 하는 점은 1930년대의 모더니즘 소설이 식민지 상황에서 근대적 경험을 어떤 방식으로 담론화하는가, 그리고 이들 작품이 참다운 의미에서 근대적 지향성을 보이는가 하는 것이다. 이에 대하여 관심을 가지는 이유는, 이 시기 모더니즘 소설의 특수성과 한계성을 바르게 읽어야 문학사적 차원에서 우리 문학의 독자성을 찾을 수 있기 때문이다. 최근 학자들이 비교적 활발하게 전개하고 있는 모더니즘 소설에 대한 연구 경향도 궁극적으로는 이러한 관심에서 출발하는 셈이다. 그러나 다양한 연구가 진행되고 있지만, 아직 우리 근대성의 특수성과 문학의 관련성을 제대로 해명하였다고 볼 수는 없다.

1930년대의 모더니즘 소설은 우리 소설 문학이 근대의 껍질에서 벗어나 탈근대의 길로 진입하려는 일정한 징후를 보여 준다. 그 진행이 일반적 경향이라 여길 만큼 보편성을 지닌다고 할 수는 없고, 그 작품들에 어려 있는 탈근대의 지향성이 진정성을 지니는지도 이제부터 따져 보아야 할 과제이지만, 이상, 박태원, 최명익, 유항림 등이 시도한 창작 방법과 창작 정신에서 새로운 미의식을 탐색하려는 의지를 읽을 수는 있다. 그러나 필자가 보기에 각 작가의 미적 실천은 일정한 편차를 보인다. 따라서 각 작가의 모더니즘 소설을 정밀하게 읽음으로써, 우리 문학이 근대적 경험을 어떤 방법으로 새로운 인식의 세계로 확장하려 하였는지, 아니면 근대적 경험 자체에 갇혀서 새로운 인식으로 전진하지 못하였는지, 혹은 근대 경험을 제대로 파악하지 못하여 헛발질만 하고 말았는지를 종합해 볼 수 있을 것이다.

특히 박태원은 다양하고 폭넓은 작품 활동으로 이상과 함께 우리 모더니즘 문학의 계보를 일군 작가로 인정받아 왔고, 그만큼 최근의 모더니즘 소설 연구 중 박태원에 대한 연구의 비중이 크게 차지하고 있다.[1] 그 중에서도 『소설가 구보씨의 일일』은 박태원의 대표작으로 연구의 초점에 자리잡고 있다. 따라서 이 작품에 대한 연구만으로 1930년대 모더니즘 소설의 특성을 전반적으로 볼 수는 없겠지만, 우리 모더니즘 소설과 우리 근대 경험의 특수성과의 관련성을 찾을 수 있는 단서를 얻을

---

1) 월북작가의 해금조치 이후 박태원에 대한 연구는 매우 활발하여, 필자가 대충 찾아본 논저만 하더라도 60편이 넘는다. 이 중 특히 다음 글을 많이 참고하였다.
김윤식, 「고현학의 방법론」, 『한국문학의 리얼리즘과 모더니즘』, 민음사, 1989.
나병철, 『한국문학의 근대성과 탈근대성』, 문예출판사, 1997.
명형대, 「박태원 소설의 공간시학」, 『겨레문학』, 1990 봄호.
문흥술, 「의사 탈근대성과 모더니즘―박태원론」, 『외국문학』, 1994 봄호. (열음사).
백문임, 「모더니즘과 공간―박태원의 〈소설가 구보씨의 일일〉을 중심으로―」, 『현대문학의 연구』 제7집, 앞의 책.
상허문학회, 『박태원 소설 연구』, 깊은샘, 1995.
오경복, 「박태원소설의 서술 기법 연구」, 이화여대 박사논문, 1993.
윤정헌, 『박태원 소설 연구』, 형설출판사, 1994.
최혜실, 「〈소설가 구보씨의 일일〉에 나타나는 산책자(flâneur) 연구」, 『관악어문연구』 13, 1988.

것으로 기대한다.

2. 작품의 서사 구조

『소설가 구보씨의 일일』은 누차 연구가들이 지적하였듯이 '집-외출-집'
의 회귀구조를 가졌다. 여기서 '집'은 어머니가 표상하는바 따뜻함과 안
정감, 전통적 행복의 원천이라는 일반적 의미로 읽을 수 있다. 이 작품
의 초반은 구보의 어머니와 그 어머니의 의식을 서술의 주 대상으로 삼
는다. 구보의 어머니는 보편적이고 전통적인 어머니상 그대로이다. 자식
의 결혼을 걱정하고 공부를 많이 한 구보가 소설쓰기보다는 돈벌기를
잘하기를 바란다.2) 이렇게 어머니를 서술함으로써 집이라는 공간이 기
본적인 행복의 토대라는 전통적 상징 의미에 해당함을 드러내고 있다.

반대로 집을 나와서 구보가 산책하는 '길'은 소외감과 불안감, 피로와
욕망의 표상이 된다. 구보는 집을 나와 길에 들어서는 순간 어디로 갈
것인가를 고심하고, 갈 곳 없는 소외감을 느낀다. 또 길에 나서자마자
자전거와 부딪칠 뻔 하는 등 불안한 상태에 놓이게 되고, 그 불안감은
건강에 자신이 없다는 초조감으로 확대한다. 서울역에서 구보가 느끼는
군중 속의 고독은 근대 사회의 소외감을 여실히 드러낸다. 이처럼 '길'은
근대적 공간으로서 기능하게 된다.

구보의 '길'은 소외와 불안만 주는 게 아니라 스스로 욕망을 잉태하는
공간인 만큼 이를 비판하고 자신을 정립하려는 소설가 구보에게는 고현
학의 연구 대상이 되는 것이고, 연구 대상으로 삼는 그 거리감만큼 궁극
적으로는 철저하게 개인을 개인으로 남게 하는 세계이다. 따라서 '거룩
한 어머니의 사랑'이 있고, '조그만 한 개의 행복'이 있는 '집'과 대립하는

---

2) 소설쓰기 때문에 돈벌기를 하지 못한다는 어머니의 생각은 단순하게 서술되었지
   만, 소설가를 주인공으로 내세워 근대를 비판적으로 보고자 하는 이 작품의 의도
   에 비추어 볼 때, 여기서 '소설쓰기'의 의미는 물질화한 근대 사회의 자기 상실에
   해당하는 '돈벌기'에 대립하는 비판적 행위로 볼 수 있다.

곳이다.

작품을 정리하여 이 두 세계를 도식화하면 다음과 같다.

서사 공간	인 물	여 성	욕 망	주체성	존재인식	성 격
집	어머니	선 본 여인	잠재, 축소	객관 우세	조그만 행복	전통적
길	조우하는 여러 사람	까페 여급	분열, 확산	현실과 자기의 분열	피로와 욕망	근대적

'집을 나섬/집으로 돌아감'의 바깥 틀에다, 집을 나서서 돌아가기까지 그 과정을 이야기로 채운 것이 이 작품의 서사 구조이다. 집을 나와서 하루를 보내고 집으로 돌아간다는 이야기 자체는 너무나 평범한 일상사이므로 겉만 보면 이 작품이 이야기감도 되지 않는 것을 길게 써 내려간 듯이 보인다. 그러나 여기서 집으로 돌아감은 일상적인 회귀로 볼 수 없는 복잡함을 내재하고 있다. 무엇보다 중요한 것은 귀가하는 육신이 아니라, 그 과정에서 주체가 어떤 변화를 안게 되는가 하는 점이다. 구보는 귀가하면서 몇 가지 선택을 하게 된다. 생활을 가지리라는 것, 창작하겠다는 것, 어머니의 욕망을 물리치지 않겠다는 것(즉 결혼하겠다는 것) 등이다. 이 선택은 작품의 초반부와 전개 과정에서 볼 수 있는 구보의 태도에 비추어 보면 엄청난 변화의 결과로 읽을 수밖에 없다.

초반부에서 어머니의 의식과 행동을 서술함으로써 간접적으로 제시하는 구보에 대한 정보에서는 구보가 결혼에 대한 관심을 거의 갖지 않는 것으로 나타났는데, 후반에서는 결혼하겠다는 의지를 가지는 것으로 그렸다. 또 구보는 소설쓰기에 소극적이거나 의지가 탈각된 상태인데[3], 하루를 마치고 돌아갈 때는 소설을 쓰겠다는 의지를 갖는다.

---

3) 구보가 외출하는 일은 한편으로는 모데놀로지를 공부하기 위함이지만, 한편으로는 글을 쓰지 못하기 때문이기도 하다. 그런데 글을 쓰는 일은 자기의 주체성을 객관적으로 보는 일이기 때문에 현대 경험에서 자기를 보려고 하는 고현학, 혹은 산책자 경험은 자기를 물화하는 일이기도 하다. 그러나 그 물화에서 자기를 발견할 수 없으므로 소설쓰기는 한계에 부딪힌다.

구보는 포도 위에 서서, 문득, 자기도 창작을 위하여 어디, 예하면 서소문정 방면이라도 답사할까 생각한다. '모더놀로지'(modernology, 考現學)를 게을리하기 이미 오래다.
그러나 그러한 생각과 함께 구보는 격렬한 두통을 느끼며, 이제 한 걸음도 더 옮길 수 없을 것 같은 피로를 전신에 깨닫는다.(174쪽)4)

구보가 두통을 느끼는 장면은 두 번 반복하는데 두 번 다 구보가 갈 곳이 없어 방황을 시작하는 순간에 두통과 피로가 생긴다. 이는 구보의 방황이나 도시 탐색이 즐거움의 대상이 아님을 의미한다. 오히려 주체를 찾을 길 없는 고통에 접어드는 것이다. 이 현상이 더 내면화하면 고독의 사상으로 발전할 것이다. 위 인용문에서 구보가 창작을 생각하고 고현학을 떠올릴 때, 구보에게는 소설쓰기—눈에 보이는 물화한 세계를 통하여 자기를 되돌아보는, 다르게 말하면 존재 바깥 세계에 자신을 내비치는— 가 격렬한 두통과 피로로 안겨 드는 것이다. 이는 구보가 소설을 쓰기 어려운 내면 상태임을 보여 준다. 그러나 말미에 가서는 소설을 쓰겠다고 한다. 이러한 변화는 주체의 존재 의미가 달라졌음을 뜻한다. 또 구보는 생활을 가지겠다고 하는데, 돈벌기에 무관심한 구보가 생활을 가지겠다 함은 산책으로 채워지는 일상에서 벗어나서 평범하고 세속적인 일상으로 진입하겠다는 것이다.
마지막 장면에서 구보가 결정한 이 선택은 단순히 전통적인 것과 타협함이라기보다는 주체를 소멸시키려는 근대적 삶(피로와 욕망)에 대한 어떤 대응의 의미를 내포하고 있다. 일단 표면적 서사는 전통적 삶의 욕구에 회귀하는 것으로 결말을 짓고 이 선택을 위하여 구보는 하루를 소비하는 것으로 짰는데, 작품의 대부분을 차지하는 구보의 하루는 바로 그 어떤 선택을 하게 되는 연유를 보여 준다. 따라서 그 선택의 과정이

---

4) 이 논문은 편의상 「성탄제」(동아출판사, 1995)를 텍스트로 삼는다. 현대 철자법으로 고치되 비교적 원작에 충실하기 때문에 특별히 원작의 표현이 중요한 일이 아니면 여기서 인용한다. 앞으로는 쪽수만 밝히도록 한다.

무슨 의미를 담고 있는가를 우리는 읽을 필요가 있다. 구보로 하여금 평범한 삶으로 귀착게 하는 것은 무엇이었는가, 즉 구보는 무엇을 보았기에 그러한 전통적 혹은 보편적 회귀로 돌아섰는가, 표면적 서사의 의미 안에 내재하는 심층적인 의미는 무엇인가 하는 점들을 찾는 것이 이 작품을 이해하기 위한 필수 과정이다.

이 작품은 (1) 육체적 존재자로서 자기 길을 찾지 못하고 방황하는 구보의 현재 행위와 (2) 과거의 기억을 되새김으로써 자신을 정리해 가는 시간적 존재자인 구보의 회상과 (3) 현재의 자기 내면을 바라보는 반성적 존재자인 구보의 느낌과 생각을 교차하고 있다.(부록 참조) 서술자는 이렇게 주인공을 다원화시키고 다원화한 인물을 바라보면서 인물 개인의 내적 충돌을 서술하는 방법으로 텍스트를 채워 나간다.

그러면서 서술자는 끊임없이 주인공의 고독과 행복을 이야기한다. 개인의 내면을 다루는 모더니즘 소설의 경우 서술자와 주인공이 중첩하는 일인칭 서술 방식을 쓰는 것이 일반적인데 이 작품은 3인칭 서술 상황에서 서술자가 주인공과 일정한 거리를 유지함으로써 주인공의 내적 상황을 객관적으로 보려고 한다. 그러나 주인공의 의식과 감상, 느낌 즉 불쾌감과 유쾌함, 우울함과 외로움, 피로와 욕망 등을 서술할 때에는 서술자의 언어는 주인공의 의식화 과정과 밀착한다. 그러한 내면 세계는 고독과 행복이라는 화두로 집결하는데, 이 둘은 앞의 표에서 본 것처럼 대립적인 개념이다.

그러나 주인공-서술자에게는 고독과 행복이 단순한 개념이라기보다는 존재의 방식으로 다가선다. 그러므로 고독과 행복은 현실적인 삶의 방식에서 자유롭지 못한 언표라 할 수 있다. 현실과의 매개적 구실을 하는 또 다른 언표들이 피로와 욕망이다. 피로와 욕망은 '고독/행복'과는 다른 차원에서 대립하는 것이지만 고독과 행복이라는 더 근원적인 자기 발견에 매개적 기능을 하는 것이다. 그렇다면 방황의 하루를 보내고 집으로 회귀하는 실존적 존재자인 구보가 자기를 정립하는 표면 서사의 내부에, 과거 회상과 현재의 자신 읽기를 병행하면서 근대적 삶이 지닌 의미를 얻는 심층 서사가 스며 있음을 알 수 있다. 거기에서 피로와 욕망이라는 근대적 경험을 겪으며 자기 찾기에 골몰하는 한 근대인의 초상을 발견할 수 있을 것이다.

따라서 서술의 방식 역시 세 차원으로 구분할 수 있다.

서술의 방식	서술의 대상 및 특성	서술의 내용
객관적 서술	구보의 행위, 구보가 만나는 우연한 사건을 객관적으로 서술	구보가 목격하는 외부 현실과 구보가 만나는 사람들
내적 체험의 서술화	구보의 느낌, 심리 등을 서술자 언어로 표현	현실의 투사에 따른 내면 체험
주인공 의식화	구보의 생각을 서술자의 개입 없이 표현	현실 체험, 내면 체험을 통한 자기 발견의 과정

결국 주인공은 표면적으로는 전통적 욕망과 행복을 선택하지만, 욕망과 행복이 근대적 삶의 표상으로 단순화시킬 수 없는 성격임을 위 표와 같은 복잡한 서술 과정이 닫아 내고 있다. 그것을 파악하려면 한 주인공의 내부에 있는 여러 존재자들이 벌이는 갈등을 자세하게 들여다볼 필요가 있고, 또 고독과 행복, 피로와 욕망이 어떤 의미에서 존재의 방식에 얽혀 있는지를 밝혀야 한다. 그러려면 세 가지 차원으로 구조된 서술 체계에서 다원화된 주인공이 어떤 방식으로 상호 관련을 맺으며 변화하는가를 찾아야 할 것이다.

3. 존재자의 삼차원적 자기 찾기

하버마스의 구도에 따르자면, 리얼리즘과 모더니즘은 모두 근대 계몽 기획에 속한다. 그러나 리얼리즘이 현실을 매개로 하여 근대 가치를 계몽한다면 모더니즘은 그런 매개를 거치지 않고 인간의 주체성을 인간의 내면에서 찾으려는 기획이라는 점에서 대조적이다. 현실의 문맥이 아니라 주체 내적 문맥에서 주체를 발견하는 일은 외부 현실의 논리를 의심하는 데서 출발한다. 물론 그 근저에는 물신화, 시장화, 문명화, 다원화하는 현실의 빠른 변화가 놓여 있다. 따라서 모더니즘 소설은 새로운 틀로 세계를 이야기하는 기획이다. 그 중 가장 뚜렷한 현상은 흔히 지적하듯이 인과론적 틀을 벗어난 서사 해체라고 할 수 있다.

그런 점에서 『소설가 구보씨의 일일』은 모더니즘 기획의 전형적 형태를 띠고 있다. 문장과 문장 사이에, 혹은 장과 장 사이에, 혹은 에피소드와 에피소드 사이에 인과율로 이해할 수 없는 단층이 생기고, 인물의 행위에도 정상적인 논리로는 이해하기 어려운 측면이 많다. 그러나 이 작품이 전혀 플롯을 가지고 있지 않다고 할 수는 없다. 앞 장에서 밝혔듯이 집으로 돌아가는 결말 부분에서 주인공에게 일정한 변화가 생기고 그에 따르는 논리를 제공하고 있다. 다만 그 변화를 해명하여야 하는 사건 전개에 일정한 선이 없다는 것이다.

보통, 인과의 원리는 시간의 축에서 형성된다. 원인과 결과의 관계는 시간적 흐름에 따르는 것이기 때문이다. 따라서 인과론은 역사적 인식을 바탕으로 한다. 그러므로 시간-존재인 인간에게는 인과론을 벗어날 어떤 가능성도 없다고 할 수 있다. 우리가 우연이라고 하는 일은 인과적 질서가 깨어진 결과가 아니라 우리가 그 인과적 관련을 보지 못하는 것일 뿐이다. 따라서 인과론에서 벗어난 서사란 있을 수 없으며, 모더니즘 소설은 그 인과의 질서를 숨겨 두고 다른 조건으로 대체할 뿐이다. 시간의 공간화란 바로 인과관계를 숨기고 존재 상황을 전면에 배치하는 서사적 전략일 따름이다.5)

---

5) 필자가 보기에 리얼리즘이 주체에 대한 인과론적 이해를 외부 현실과의 매개를 통해 추구한다면, 모더니즘은 주체 내부에서 직접 찾는다는 점에서 다르다. 그러나 모더니즘이 주체의 분열상을 내부에서 추구한다 하더라도 인과적 논리를 숨기고 있으며, 포스트 모더니즘처럼 적극적으로 인과론적 질서를 해체하지는 않는다. 모더니즘 소설에서 쓰이는 기법들은 내재하는 논리를 감추는 데 쓰이는 장치라고 볼 수 있다. 이러한 기법들은 모더니즘의 기능을 강화한다고 할 수 있는데, 그 기법이 잘 활용될수록 외부에 대한 의존도가 약해진다고 할 수 있다.

그러므로 모더니즘 소설을 이해하는 방법 중 하나는 숨겨 둔 인과관계를 유추하는 작업이다. 인과관계는 시간의 차원에서 형성하고, 공간은 인과율의 매개나 결과를 나타내는 조건을 형성한다. 시간의 축에서 인과율을 이해하면 원인은 과거가 되고 결과는 현재가 된다. 물론 결과가 과거이면 원인은 과거의 과거일 것이다. 이 작품에서 반복적으로 서술하는 과거의 회상이라는 차원은 시간적 존재자인 구보와 공간적 존재자인 구보를 매개하는 구실을 한다. 다음과 같은 이해는 그 예가 될 것이다.

(1) 작품에서 서술자는 먼저 구보의 어머니를 서술 대상으로 삼는다. 이때 서술의 태도는 객관적이며 현실적이고 세밀하다. 어머니는 객관적인 논리로 이해할 수 있는 인물이며 글쓰기보다 돈벌기의 가치를 우위에 두는 근대적 세계에 노출된 인물이다. 그러면서도 남자는 여자와 결혼하고 가정을 꾸려서 행복을 찾아야 한다고 생각하고, 아들이 가정을 꾸릴 것을 욕망한다. 그 어머니가 생각하는 아들 구보는 일상적인 존재자이다. 어머니를 서술의 주 대상으로 삼은 서두 부분은 사실상 어머니에 얽혀 있는 구보를 설명하는 대목이다. 구보의 현실에 관한 정보 제공이다.

(2) 그 이후부터 끝까지 구보에 대한 서술이 이어진다. 서술 방식을 보면, 삼인칭 서술 상황이면서도 주인공의 내면 의식이 초점에 잡혀 있다. 이런 서술 방식은 인물을 이원화하기 쉽다. 서술자가 보고 있는 일상적, 육체적 존재자인 구보, 즉 전차를 타고 다방을 들어가는 그런 구보와, 과거를 회상하는 심리적 혹은 의식적 존재자인 구보가 그것이다. 이 두 존재자에 대한 서술이 교차하므로 인관론적 틀을 표면적으로는 해체한 것으로 보인다. 이를테면 어머니가 불러도 대답 없이 나온 것을 뉘우치는 구보는 그러나 막상 갈 곳이 없다. 이 사실은 어머니를 팽개치고 길을 나선 구보가 어머니의 세계, 즉 가정을 울타리로 삼아 작은 행복을 추구하는 그러나 무의미한 그런 삶에 대항함을 뜻하며, 그러나 구보가 대안을 가지고 있지는 않다는 것을 뜻한다. 이런 상태는 구보의 정

신적 방황이라는 결과를 초래하며 병적 상태로 상징화되어 그려진다. 이 어지는 과거에 대한 기억, 즉 병원에 가서 처방을 받은 이야기, 안과에서 검사받은 이야기들은 과거의 사실이므로 현재의 상태에 대한 원인으로 기능하게 된다. 그런 회상은 과거 의식으로서 구보를 설명하게 된다. 병에 대한 구보의 생각은 자신을 불행한 존재로 이해하도록 하고, 따라서 구보는 행복 찾기로 존재를 옮기게 된다. 그 다음 구보(육체적 존재자)가, 아이를 데리고 백화점에 놀러 온 젊은 내외를 보게 되는 것은 행복의 의미를 묻기 위한 것이다. 물론 작품에서는 우연한 일로 그려지지만, 그들 가족의 목격은 이런 상황에서 구보가 행복의 기호를 찾게 된 결과인 셈이다.

(3) 이렇게 과거와 현재의 서술이 교차한 다음 구보는 어떤 느낌과 생각을 갖는다. 백화점을 나와 전차를 타는 구보는 '외로움과 애달픔'을 맛보고 서술자는 이어 '요사이, 구보는 고독을 두려워한다'고 서술한다. 과거 회상과 현재의 행위가 이어지는 서술이 하나의 마디를 이루면 구보의 자기 응시, 자기 느낌이 나타난다. 이는 개인의 자기라는 존재 확인의 과정이다. 이와 같은 방식으로 작품은 미끄러져 나가며 구보의 최종 선택(귀가)에 이른다. 그러나 이러한 독법은 말 그대로 유추이지 논리적 당위성을 지닌다 할 수는 없다. 문제는 이러한 담론 방법이 논리적 진리를 추구하는 데 목적이 있지 않고 미적 실천을 목적으로 한다는 점이다. 그 점을 보기 위하여 서술 방식과 서술 대상을 함께 고려하여 정리할 필요가 있다.

위와 같이 읽으면, 주인공 구보는 앞에서 밝혔듯이 세 차원에서 다루어짐을 알 수 있다. 하나는 (1)에서 볼 수 있는, 움직이고 살아가는 현실적 존재자(정신과 육체를 가진)이고, 다음은 (2)에서 볼 수 있는 (1)의 존재자를 형성케 한 원인으로서 회상으로 표상하는 과거 시간(회상적) 존재자이며, 셋째는 (3)에서 볼 수 있는 존재하는 자기를 응시하고 발견하는 어떤 반성적(비판적)인 존재자이다. (1)과 (2)는 시간 차원에서 분열되어 있고, 그들과 (3)은 공간 차원에서 분열되어 있다. 이처럼 각기 다른 삼차원의 존재자를 교차하면서 서술하므로 인과적 이해가 차단되는 것이다. 이는 앞에서 말한 대로 근대적 인간 조건을 이해하는 새로운 미적 구현 방식이다.6)

구보가 결말 부분에 가서 변화를 맞는 계기는 여러 삽화가 중첩되지만 가장 비중 있게 이야기된 것은 동경의 여인을 회상하는 부분이다. 이 부분은 작품 내의 회상 중 가장 길게 서술되었고, 현실과의 병치 기법도 두드러지게 나타나 있다.

> a참지 못하고, 구보는 걷기 시작한다. b사실 나는 비겁하였을지도 모른다. 한 여자의 사랑을 완전히 차지하는 것에 행복을 느껴야만 옳았을지도 모른다. 의리라는 것을 생각하고, 비난을 두려워하고 하는, 그러한 모든 것이 도시 남자의 사랑이, 정열이, 부족한 까닭이라, 여자가 울며 탄하였을 때, 그 말은 그 말은, 분명히 옳았다, 옳았다.
> c구보가 바래다주려도 가니에요, 이대로 내버려두세요, 혼자 가겠어요, 그리고 비에 젖어 눈물에 젖어, 황혼의 거리를 전차도 타지 않고 한없이 걸어가던 그의 뒷모양. 그는 약혼한 사내에게로도 가지 않았다. 그가 불행하다면 그것은 오로지 사내의 약한 기질에 근원할 게다. d구보는 때로, 그가 어느 다행한 곳에서 그의 행복을 차지하고 있는 것같이 생각하고 싶었어도, 그 사상은 너무나 공허하다.
> e어느 틈엔가 황토마루 네거리에까지 이르러, 구보는 그곳에 충동적으로 우뚝서며, 괴로운 숨을 토하였다. f아아, 그가 보구 싶다. 그의 소식이 알구 싶다. g낮에 거리에 나와 일곱 시간, 그것은, 오직 한 개의 진정이었을지 모른다. h아아, 그가 보구 싶다. 그의 소식이 알구 싶다……. (194~195쪽, 영어 부호는 필자)

a와 e문장은 주인공 구보의 체험을 기준 시간으로 보면, 현재 구보의 행위를 서술하되, 객관적 외부시점화되어 있다. c는 과거 회상인데 역시

---

6) 명형대, 위의 책에서는 공간 분석으로 이 작품을 해명하고 있는데, 필자가 보기에는 이 작품의 경우 공간의 이동이나 관련성은 시간과 연계하지 않고서는 바르게 이해할 수 없다.

객관적으로 서술하였지만 인물의 내면이 어느 정도 투영되었다. b와 d
는 과거 회상의 결과로서 지금의 구보가 내리는 반성적 의식인데, "나는"
으로 시작하여 인물 반영 의식화가 뚜렷하다. d의 경우 "그 사상은 너무
나 공허하다"가 인물의 의식이다. 또, f, h 부분은 현재 구보의 감정을
묘사한 것이므로 인물의 내부시점화이다. 그리고 g, '낮에 ~ 모른다'는
서술자가 객관적으로 판단한 것이다. 그렇다면 결국 서술자가 말하고자
하는 핵심은 자신의 판단을 기술한 바로 이 g문장일 것이다. 하루의 방
황에서 얻은 한 개의 진지한 발견은 무엇인가. 그것은 구보 자신의 진실
을 발견하는 것이다. 한 여자의 사랑이 지닌 무게를 깨닫는 것, 어쩌면
세속적인 사랑의 순수한 가치를 아는 것, 그리고 자신을 고독하게 하는
것은 결국 나약한 자기 자신임을 발견하는 것이다. 이 결론은 단순하게
내려진 것이 아니고 현재의 현실적 체험과 그 내면에 있는 과거의 내적
체험이 중첩되어 얻어진 것이다.

이러한 과거의 원인을 대면함으로써 구보는 그 결과인 현재를 대면할
수 있게 된다. 이후(부록 참조, 23장 이후)부터 구보는 명랑하여질 것
같은 예감을 갖고 유쾌함을 느끼게 된다. 물론 이 예감과 유쾌함은 진실
된 가치성을 지니는 성질을 띠지는 않는다. 오히려 성욕적이고 공허한
것이지만 구보는 애써 자신을 세속적인 토대로 끌어올린(내린 것이 아
니라) 것이다. 이처럼 과거를 매개로 하여 현실을 반성하는 자아의 주체
성 회복이 결과로 그려졌다.

4. 행복과 고독의 근원 찾기

이 작품이 삼차원의 바라봄이라는 서술 방식으로 근대인의 주체 발견
을 종합적으로 시도한 것임을 살펴보았다. 그 근대인의 주체성을 행복과
고독의 이항대립으로 표상하고 있어서 이 문제를 곧 작품의 주제로 노
출하였다. 사실 이 주제는 모더니즘에 있어서 뿐만 아니라, 전통적 소설
에서도 보편적인 문제이다. 그렇다면 이 작품의 특수성은 이를 문제삼는

다는 것에 있지 않고 이를 어떻게 해석하고 제시하는가에서 찾아야 할 것이다.

앞에서 그 서술 방식을 분석했고, 이를 기법이라 한다면 시간의 공간화, 병치, 몽타주 기법 등의 이름을 붙일 수 있을 것이다. 그런데 이와 같은 기법들이 행복과 고독, 즉 삶의 조건과 존재의 근원을 파헤치는 데에는 이르지 못한 듯하다. 왜냐하면 과거 시간의 존재자가 보여 주는 과거 경험이 부분적으로는 의식의 근저에 이르기도 하지만, 대체로 현실의 문맥에 의지하기 때문이다. 이는 서술자와 구보의 공간적 거리가 상당함에서도 나타나지만, 욕망과 행복을 등치하는 회상의 물질성에서도 나타난다. 이 점은 이상(李箱)의 창작 방법과 비교해 보면 뚜렷해진다. 이상의 소설의 경우 현실과 주체의 관련성은 그 자체가 응시(비판) 대상이 되는데, 이 작품에서는 현실적 요구에 의존하여 주체를 응시한다.

구보는 자기의 시대를 황금광시대라고 부른다. 이는 욕망이 물질화하는 시대임을 뜻한다. 그가 생각하는 욕망에는 전통적 삶에의 회귀도 포함되지만, 구보는 대체로 근대 공간이 뿜어 내는 물질성에 욕망의 바탕을 둔다. 욕망의 주체화라는 구상을 통하여 이 작품은 근대적 경험을 내면화하는 지평을 얻는다.

> 세 개의 욕망. 그 어느 한 개만으로도 구보는 이제 용이히 행복될지 몰랐다. 혹은 세 개의 욕망의, 그 셋이 모두 이루어지더라도 결코 구보는 마음의 안위를 이룰 수 없을지도 몰랐다.
> 역시 그것은 '고독'이 빚어 내는 사상이었다. (203쪽)

구보가 찾는 세 개의 욕망은 계집, 총명한 아내, 십칠팔 세 소녀(딸)로 상징되어 있다. 여기서 계집은 성욕을 의미하며 따라서 육체적 차원의 욕망인데 이는 다시 황금광시대의 금과 같은 세속적 욕강의 의미를 갖는다. 총명한 아내는 사실상 과거 선을 본 여자를 지칭하는 것으로서 과거의 전통적 여성상을 상정하는 것이고, 가정의 행복, 즉 전통적 의미에서 말하는 욕망이다. 그런데 십칠팔 세 소녀를 딸로 삼고 싶다는 욕망은 어쩌면 가장 순수하고 근원적인 인간애에서 나오는 것일 터이다. 혹은 다르게 보면, 동경의 여인을 염두에 둔 일상적이고 세속적인, 보편적인 가치성을 표징하기도 한다.

세 개의 욕망은 앞에서 분석한 세 차원에 대응한다.

1) 과거(회상) 존재자—주체의 갈등 (전통성과 근대성)—욕망의 물질화(여행과 소유, 금전, 시간 이 주는 만족감, 부란한 성욕 등)와 그에 대한 반작용.

2) 현실적 존재자—근대 현실 경험의 내면화—주체의 상실감과 욕망의 무위—피로와 고독.

3) 반성적(비판적) 존재자—글쓰기와 주체성 찾기—행복에 대한 의미 찾기.

현실적 존재자인 구보는 길을 걷고 여기저기를 다니면서 현재적 현상을 목격하거나 탐색한다. 이른바 고현학이다. 이런 걸어다니기는 눈에 보이는 현상을 의미 있게 제시하기 위한 이야기거리가 아니고 그 현상과 교류하는 주체 자신을 새롭게 보기 위한 방법의 하나이다.[7] 그러므로 이 소설에서 현실적 존재자의 체험이 직접적으로 논리적 의미를 갖지 못하는 것이고, 초점은 그 경험을 내면화함으로써 주체를 독자적인 존재성으로 두고 그 근원을 보려는 데 맞추고 있다. 이 작품이 외부시점화와 내부시점화를 교차시키면서도 삽화마다 그 단락의 매듭은 내부시점화를 통한 인물의 느낌 서술로 짓는 것은 주체의 자기 발견을 목적으로 하기 때문이다.

그리고 그 자기 발견은 궁극적으로 생각이라는 차원으로 정리되어야 의미를 얻으므로 응시적 존재자라는 설정이 필요하게 된다. 자기 내면을

---

7) 이를 산책자의 개념으로 이해할 수 있겠으나, 우리 소설의 경우 현실의 한계로 인해 산책자의 원래적 기능을 찾기는 어려워 보인다. 산책자의 문제에 관해서는, 최혜실, 위의 책.
조영복, 「1930년대 한국문학에 나타난 근대성의 담론 연구」, 서울대 박사학위 논문, 1996 참조.

느끼는 구보와 그 느낌을 보면서 자기 스스로 자신을 의미화하는 구보가 있는 것이다. 그 둘 사이를 과거 회상의 존재자인 또 하나의 구보가 서술 대상으로서 현실적 구보와 응시적 구보를 매개하는 기능을 한다.

처음의 도표로 다시 돌아오자면, 〈집〉과 〈길〉의 사이에서 갈등하는 구보는 현실적 존재자인데, 그 갈등의 내용은 근대적 환경에 있다. 권태로운 보편적, 전통적, 일상적 삶의 가치를 무화시키고 황금과 성욕의 욕망으로 치장하는 시장 바닥과 같은 현실, 거기에 부딪혀 소외와 고독을 절절히 느끼는 룸펜 지식인의 무력감, 바로 그것이다. 그러나 구보에게는 아직 상징적 의미로서 〈어머니〉가 있다. 그 사이의 방황을 구보는 정면으로 보아야 한다. 그것이 소설가의 운명이니까. 그 '봄'을 위하여 과거 회상을 불연속적으로 끼어 넣는다. 과거를 매개로 한 응시의 결과 구보는 세속적 욕망에 돌아가는 것이다. 그것은 타협이나 굴복이 아니라 자기에로의 귀환인데 다만 그 자기가 현실적, 욕망적 자기일 뿐이다. 여기에 어떤 가치관이 개입할 여지는 없어 보인다.

이 작품이 고독에 대한 담론을 중심점으로 삼는 것처럼 보임은 근대 경험의 와중에서 자기 공간을 탐색(산책)하며 생각의 혼란을 겪는 현실적 존재자인 구보를 담론의 주 대상으로 삼기 때문이다. 이 차원에서는 이 작품이 매우 효과적으로 인물과 심리와 현실관계를 묘파한 것으로 보인다. 그리고 그 모호한 조건과 삶의 과정에 대한 근거로 그려지는 과거 회상 존재자와의 교차도 흥미롭다.

그러나 결국 구보가 전통적 욕망의 세계로 돌아가고 마는 것은, 고독의 근원을 찾지 못한 탓이다. 고독이란 존재와 존재자 사이의 간극에서 연유한다면 그것을 바라보는 응시적 차원에서 현상을 가르는 근원적 담론이 필요한데, 작품은 그 지점에 이르기 전에 전통적 행복과 근대적 행복을 타협하는 것으로 마무리를 짓는다. 서구의 모더니즘 소설에서도 전통주의가 여전히 잔재하지만 그것은 그림자로 남고 그 위를 새로운 삶에의 혁명적인 성찰이 뒤덮게 마련이다. 집과 길의 갈등, 자체가 서구적 모더니즘의 본래적 모습에서 벗어난 것이고, 과거의 회상이 전통적 집짓기에 더 비중을 두는 것도 본래적 모더니즘과는 거리가 먼 것이다.

필자는 그 원인을 식민지적 특수성에 두고자 한다. 식민지에서 근대적 현상이란 늘 두려움을 수반한다. 과학의 발달, 교통수단의 진보, 기계생산의 진전 등 모더니즘 발생의 근원적 환경은 자본주의가 농숙해진 선진사회 혹은 제국주의사회에서는 물질적 풍요와 안락한 삶을 보장하는 것이지만, 식민사회에서는 그 수단 자체가 다시 자신들을 억압하고 수탈하는 도구가 될 것이기 때문이다. 이러한 두려움은 개인이 의식하느냐 아니냐 하는 수준에서가 아니라 식민사회의 한 정신적 무의식으로서 자리잡게 된다. 따라서 식민 경험을 내재하게 된 작가들의 담론에서는 고독과 같은 선험적 세계가 최후의 성찰 과제로 유지되기 힘들다. 두려움의 내면이 개입하기 때문이다.

지금까지 분석해 본 이 작품의 서사적 특성은, 형식적으로는 새로운 글쓰기의 방법을 제시하면서 논리적·합리적 세계를 의심하는 근대 극복의 지향성을 지니고 있지만 한편으로는 실제적 삶에 대한 관심이 스며있어서 그 지향의 내면화를 중도에 그치고 말았다는 점이다. 어머니에게 돌아가는 이야기가 외곽 구조로 나타나고 이야기 내부에서는 표면적으로는 비논리적이면서도 사실은 경험 추수적인 구조를 지님도 마찬가지다. 이런 서사 구조는 우리 모더니즘 소설의 한계성이기도 하며, 또 그것대로 식민지 경험의 아픔을 보인다는 의미를 가지는 만큼 우리 모더니즘 소설의 독자성이 되기도 한다.

5. 맺음말

『소설가 구보씨의 일일』은 근대를 겪으며 자신을 읽으려는 한 지식인의 주체성 찾기를 보여 주는 작품이다. 근대를 겪는 젊은 지식인의 내적 방황을 드러낸다는 국면에서는 이 작품이 어느 정도 새로운 실험을 성공한 것으로 볼 수 있지만, 주체성 찾기라는 국면에서는 갈 길을 다 가지 못한 것으로 보지 않을 수 없다. 이런 미성숙성의 원인은 작가의 이중적 태도, 즉 현실 문맥과의 거리를 넓혔다 좁혔다 하는 어정쩡함에도 있겠지만, 더 거시적으로 브면 우리의 근대적 단계가 작품이 창작된 당대의 시점에서는 미성숙 단계였다는 데도 있다.

앤더슨이 말한 바 세 요인, 전통주의의 잔존, 근대 과학의 약진, 사회 혁명이 임박했다는 상상이라는 문화적 요건으로 보자면, 근대 문명의 발달과 사회 혁명에 대한 기대는 우리 모더니즘 문학의 대두에 그다지 긍정적 요건으로 작동하지 못한다. 근대 문명에 대한 경험은 놀라운 것이었지만 그 자체가 제국주의의 힘을 상징하는 것이었으므로 무의식적으로 이를 경계하는 것이 식민지 지식인의 실상이었고, 우리의 모더니즘 문학 발현이 사회 운동의 지하화와 맞물린 것도 파시즘적 식민지 상황에서 나타난 현상이었다. 한편 전통주의에 대한 향수는 무척이나 왜곡되어 정서화되는데 그 또한 식민지 경험에서 나오는 과거에 대한 회의와 허무감이 반영되는 것이다. 따라서 식민지 상황은 근대 경험을 일정하게 제한하는 것이다.

이 작품을 비롯하여 1930년대 모더니즘 소설이 보여 주는 미성숙 형태는 근대화 자체가 자기 한계 혹은 자기 억압으로 환원되는 식민지 단계를 반영한다. 『소설가 구보씨의 일일』도 머리는 근대를 심하게 앓지만 몸은 전통주의에 안존하려는 지식인의 내면을 그려 낸 작품으로 정리할 수 있다. 이를 통하여 우리는 식민지 경험의 특수성이 문화와 삶에 미치는 영향과 그 과정을 볼 수 있을 것이다.

※부록 : 작품 분석

장	서사 공간	현실 경험 (육체적 존재자)	과거 회상 (과거 존재자)	자기 응시 (반성적 존재자)	심리 감상
1	집	어머니의 근심	결혼하지 않는 구보 걱정	어머니의 생각(글쓰기 보다 월급쟁이가 낫다, 내 아들의 일자리)	
2	집	구보의 외출	어머니의 애정		
3	천변 길	갈 곳 없음 자전거 지나침	중이질환	기계에 의존하는 삶 (문명에 의한 소외)	격렬한 두통
4	천변 길 화신상회	무의미한 걸음 젊은 부부와 아이 목격	안과 진찰	혼자 있음의 외로움과 애달픔	외로움과 애달픔
5	전차 안	좌석 없음 동전 다섯 닢	고독 사랑	행복의 무망함 고독을 두려워함	어디로 갈 것인가
6	전차 안	여자에 대해 망설임, 후회	선본 일, 짝사랑하던 누이의 생활 소녀 생각	여자에게서 행복을 찾음 결혼과 행복의 관계에 관한 부정적 생각 얼마를 가져야 행복할까	가만히 한숨 지음
7					
8	조선은행 앞 하차	다방으로 향함			
9	다방	다방에서 차 듦		돈과 행복, 벗이 그리움	음울
10	다방	그 사내를 피함 친구를 찾음		사람과의 교섭 회피 십 분, 모더놀로지 답사	두통과 피로
11	거리	건강 자신없음 옛 친구 만남	춘향전 읽던 일 서해 생각	소설책과 건강의 관계 지식의 고갈 친구의 회피	공허함 울 것 같은 감정
12	경성 역	온정을 찾을 수 없음 병자를 피하는 신사, 얼굴 부종		오히려 고독은 그곳에 있었다. 온갖 사람에게 의혹을 갖는 현대인	우울
13	개찰구 앞	금광 브로커인 벗을 만남	고도의 금광열	황금광시대	외설
14	역 밖 거리	벗의 여자 생각		황금과 행복, 행복은 지극히 주관적인 것이다	고독과 피로
15	다방	강아지	사랑을 표현한 일이 없음을 생각	강아지에게 고독 발견	벗에 대해 분노
16	다방	벗을 만남, 구보 작품 비평, 능금 문제 꺼냄	벗에 대한 생각과 불신	벗을 가짐에 다행함을 느낌, 벗의 말에 권태 느낌, 다섯 개 능금과 계획 없음	반가움 밝음 명랑, 웃음
17	다방	어린애 울음소리 벗과 헤어짐	사생아 낳은 벗과 죄악 생각	새로움만이 가치가 아님, 누구와 이 황혼을 지낼까	황혼거리의 맑고 깨끗함
18	종로	집으로 가는 벗 현대인의 위태로운 걸음, 단가 불음		집으로 가서 제 시간을 갖는 기쁨에 대한 이중 생각 불안정함을 깨닫지 못하는 사람들.	외로움
19	다료	어느 청년의 명랑성을 부러워함	동경의 다방에서 남의 윤리학 노트 훔쳐봄	사랑보다 우정에 마음을 의탁하려 함	권태와 고독

장	서사 공간	현실 경험 (육체적 존재자)	과거 회상 (과거 존재자)	자기 응시 (반성적 존재자)	심리 감상
20	거리	미인 여급 만남 설렁탕 먹음	동경의 여인 회고, 사랑을 잃음	과거, 현실의 교차 한 여인의 사랑에서 행복을 느껴야만 옳 았다	그리움 괴로운 숨을 토함
21					
22	광화문 통	후회	과거를 후회함	그를 어디서 다시 찾나	공허함
23	거리	벗의 조카 아이를 만나고, 달래서 보냄	아버지로부터 버림받은 아이들	자신의 웃음에 못생긴 얼굴의 지나가는 여인이 모욕을 느낌에 홍소함	명랑해질 듯한 예감
24	거리	부녀자들을 봄	벗으로부터 편지 받지 못함	부란된 성욕, 성욕과 편지 받기가 같은 욕망임	성욕을 느낌
25	다방	사내를 만남			불쾌감
26	조선 호텔	금정으로 걸어감		벗의 눈에 피로가 있음 세 개의 욕망	고독
27	술집	여급과 술 마심		현대병에 흥미를 가지는 자신 이 환자임	유쾌함
28					
29	술집	여급과 어울림	동정과 연민, 애정과 증오 생각	다변증, 음주 불감증에 대한 대화	유쾌함
30	술집	비가 내림 소복한 여인 단남 여급에게 놀러 가자며 가부표하라고 함		무지함에서 얻는 기쁨 소복한 여인의 여급 일에 대한 혐오와 절망을 발견	유쾌함
31	종로 네거리	밤거리의 사람들을 보고 생각, 외로운 어머니 생각 벗과 헤어짐 집으로 향함	`	밤 거리의 사람들—일순 행복 했으나 슬픔과 고달픔을 안고 집으로 감 어머니의 사랑이 힘있고 거룩함 생활을 가질 것을 다짐- 창작 을 하려 함, 어머니의 욕망을 물리치지 않을 것을 생각함.	한 개의 행복을 가짐

식민지 특수성과 근대성의 미적 실천

조 정 래

1. 머리말

이 글에서는 1930년대 우리 나라 모더니즘 문학을 종합적으로 점검하려는 기획의 일환으로 최명익 소설을 논의하려 한다. 이 기획에 따라 최명익의 소설을 연구하는 자리라면, 이미 '최명익의 소설은 모더니즘 문학으로 분류한다'라는 사실을 전제하고 논의를 시작하는 셈이다. 그러나 필자는, '과연 최명익의 소설은 모더니즘 소설인가'라는 의문을 먼저 던져 두고자 한다.

이런 의문으로 글을 시작한다고 해서, 최명익의 소설이 모더니즘인가 아닌가를 밝히는 데 이 논문의 목적을 두려는 것은 아니다. 최명익 소설이 담고 있는 '인물들의 이중성과 구조적 역설'을 들어 '모더니즘적 문학의 깊이'를 갖추었다는 평가가 있고[1], 주인공의 '산책자'적 기능과 '무성격'적 특성을 들어, 또는 심리주의적 기법이나 서술적 특성을 들어 모더니즘 소설임을 당연시하는 연구 결과들이 많다.[2] 그럼에도 불구하고 과

---

1) 김윤식, 「최명익론」, 『한국 현대 현실주의소설 연구』, 문학과지성사, 1990, 108쪽.

연 모더니즘인가 하는 의문을 서두에 제기하는 것은, 이 소설이 모더니즘에 속할 수 없음을 주장하려는 의도가 아니라, 근대사회와 근대생활을 지향하는 역사적 과정의 한 정신적 지류로 최명익 소설을 보고자 하기 때문이다.

미리 모더니즘이라는 틀에 맞추어 작품을 분석하는 방법은 부분적으로 성과를 얻을 수 있겠고, 또 거기에는 기존의 연구 성과의 밑받침이 있으므로 타당성을 갖겠지만, 그럴 경우 연구자의 의도와 상관없이 모더니즘이라는 용어 자체가 가지는 세계사적 보편성이 작용하므로 역사적 관점을 차단당할 가능성이 있다. 이런 우려는 모더니즘이라는 화두 자체의 성질에서 비롯되는 것이다. 모더니즘이라는 개념 자체가 텍스트에서 식민지 경험을 삭제하거나 흐릿하게 지워 버리게 할 가능성이 농후하기 때문이다. 모더니즘의 생리적 현상이나 병리적 징후들을 강조하는 경우, 그리하여 역사적 문맥에서 한 켠으로 밀어 놓는 결과를 야기하는 문학사적 기술이 그러한 예가 될 것이다.[3]

최근에 나온 젊은 학자들의 연구 성과들은 위에서 제기한 위험성에서

---

2) 1990년대 들어 모더니즘 소설에 대한 관심이 높아지면서 최명익에 대한 연구가 크게 늘었다. 대표적인 논문으로 다음 논문들을 들 수 있다.
  김진석, 「한국 심리소설 연구」, 고려대 박사논문, 1990.
  최혜실, 「1930년대 한국 모더니즘 소설 연구」, 서울대 박사논문, 1991.
  명형대, 「1930년대 한국 모더니즘 소설의 공간구조 연구」, 부산대 박사논문, 1991.
  임병권, 「최명익의 작품세계 연구」, 서강대 석사논문, 1991.
  김예림, 「최명익 소설 연구」, 연세대 석사논문, 1994.
  김민정, 「1930년대 후반기 모더니즘 소설 연구」, 서울대 석사논믄, 1994.
  양문규, 「최명익 소설 연구」, 강릉대 인문학보 9호, 1990.
  진정석, 「최명익 소설에 나타난 근대성의 경험양상」, 〈민족문학사연구〉 8호 1995.
  채호석, 「최명익 소설 연구—〈비오는 날〉을 중심으로」, 〈작가연구〉 2호, 새미 1996.
3) 백철, 『신문학사조사 -현대편』, 백양당, 1949 ; 송욱, 「한국모더니즘 비판」, 『시흔-평전』, 일조각, 1963 ; 이재선, 「의식과잉자의 세계」, 『한국현대소설사』, 홍성사 1979 등을 예로 들 수 있다.

벗어나, 비교적 넓은 통찰력을 보이고 있기도 하다. 그러나 필자가 보기에는 최명익 소설 자체의 분석에서 얻는 성과에 비하여, 근대성으로의 지향에 대한 성찰과 그 담론에 대한 비판이라는 측면에서는 아직도 충분하지 못한 듯하다. 최명익의 소설은 모더니즘 문학인가, 라는 질문으로 시작하려는 뜻은 최명익의 소설을 분석적으로 재점검함으로써 근대 지향의 성과를 어느 정도 확보하였는가, 그리고 그 방향성이 역사적으로 합당한 것인가 등을 검토해 보려는 것이다. 이러한 작업은 식민지 경험과 근대성의 경험을 동시에 하게 된 우리의 역사적 특수성을 고려하면서, 모더니즘이라는 미적 실천이 서구와 어떻게 다르며, 어떤 특성을 지니는지를 밝힐 수 있는 가능성을 타진하는 과정이기도 하다.

2. 식민지 상황과 모더니즘

최근의 연구 중에는 최명익의 소설을 '저개발의 모더니즘'이란 틀과 관련 짓는 논문들이 있다.4) '저개발의 모더니즘'이란 용어는, 버만이 페테스부르그라는 러시아의 도시를 예로 들어, '(현대화의) 장대함과 화려함이 음울한 공기 속으로 계속 녹아 들어가고' 있는, 역동적인 정신은 강력하지만 도시에 생기를 주기에는 무력한, 허깨비로 축소된 페테스부르그가 도시의 부조화로 인해 파생하는 기이한 형태의 원천과 영감을 가리키며 사용하였다. 그러나 버만은 이 용어를 조심스럽게 제안했다.5)

---

4) 진정석, 위의 책, 193쪽이 그 예이다. 여기서는 최명익의 지식인 소설이 저개발의 모더니즘이 내포한 일반성을 보여 준다고 하면서 일반성의 근거로서, '환각에의 열정-좌절-퇴폐적 생활에 대한 탐닉'을 들고 있다. 그러나 이 구도가 최명익 소설의 전반적인 특성이라 하기 어렵고, 그렇다 하더라도 버만이 말하는 근대성에 대한 환상과 몽상이라는 일반성에 일치한다고 단정하기 어렵다.

5) 마샬 버만, 윤호병·이만식 역, 『현대성의 경험』, 현대미학사, 1994. 235-236쪽. 버만은 '이것을 우리는 저개발의 모더니즘이라 부를 수 있을지도 모르겠다'고 표현했다. 번역상의 어감 차이를 감안하더라도 조심스러운 표현이다. 원칙적으로 저개발과 모더니즘은 상반되기 때문일 것이다. 따라서 이 용어는 모더니즘의 일반적 형태를 서구에 기준을 둘 때 저개발권의 변질된 모더니즘적 성향을 가리키는 말로

자체로 모순을 내포한 어법이어서 조심스러웠을 것으로 추측되지만, 오히려 그 내적 모순성 때문에 우리의 모더니즘 문학을 설명하는 데에는 유용한 듯하다.

버만은 "19세기의 러시아를 20세기에 대두하는 제3세계의 원형으로 생각할 수 있다."[6]는 것을 전제로 삼고 있다. 그런 점에서도 그가 개발한 '저개발의 모더니즘'이 우리의 30년대 모더니즘 문학을 살피는 데에 도움이 될 것이다. 그러나 유럽을 향한 창문을 열어 둔 페테스부르그와 동경을 향한 창문으로 근대를 본 식민지 조선의 현실은 엄밀히 다르다. 근대화를 향한 역동적 에너지가 자체내에서 솟아나지 않음은 같겠지만, 욕망의 형식과 경험 방식은 다를 수밖에 없다.

1930년대의 조선이 삶의 조건상 저개발 상태였음은 분명하다. 동시에 김기림과 이상이 목격하였던 신문명의 도래와 그에 따른 새로운 담론의 제기가 있었음도 분명하다. 그러나 이 부조화의 상태가 식민지적 현실 안에서 매개될 때, 그 양면성은 대등한 힘으로 작용하지 않는다. 거기에다 덧붙여 생각할 것은, 문화적 힘의 '사회적 뿌리는 나라에 따라, 그리고 시대에 따라, 구체적인 경우마다 다르게 해명되어야 한다'[7]는 점이다. 특히 제3세계의 경우 근대성이 산출되는 과정은 서구와는 달리 지역과 민족에 따라 각기 다르고, 따라서 근대성에 대한 사회적 의미도 다양하였다. 이런 사실은 우리의 모더니즘 문학에 대한 이해와 평가를 함에 있어서 역사적 관점이 중요함을 의미한다.

또, 모더니즘이 궁극적으로는 인간성의 질곡을 헤쳐 나가기 위한, 정치적 전위에 대응하는 미적 실천이라면, 그리고 모더니즘이 '역사적으로 불안정한 형태를 띠었던 사회와 미확정적인 시대의 산물'[8]이라면, 식민지 상황의 모더니즘 문학에 대한 연구는 불안정성과 미확정성의 원인과

이해된다.

6) 위의 책, 234쪽.

7) 페리 앤더슨, 김영희 · 유재덕 옮김, 「근대성과 혁명」, 『창작과비평』 1993년 여름호, 368쪽.

8) 위의 책, 369쪽.

경험을 역사적 문맥에서 잡아 낼 수 있어야 할 것이다. 이러한 요구 자체가 지나치게 이상적이라면, 적어도 삶의 변화를 추적하는 글쓰기의 에너지 성질을 밀도 있게 추적하는 작업이 식민지 특수성과 연계하여 이루어져야 할 것이다. 즉 식민지 상황에서는 모더니즘이 저개발 상황의 근대성에 기초하게 됨을 생각할 때, 그 미적 실천이란 유럽 문학의 미적 근대성과는 차별성을 갖지 않을 수 없다는 전제에 대한 인식이 필요하다.

앤더슨은 모더니즘 안에, 역사적, 지리적, 문화적 다양성이 존재함을 강조하고, 이를 해결하기 위하여 종합 국면의 차원에서 세 가지 결정적인 좌표들에 삼각 측량된 문화의 세력장으로 모더니즘을 이해하자고 하나의 가설로서 제안하였다. 그 세 가지는 귀족계급, 지주계급이 정치 문화를 주도하는 전통주의의 존속, 전화·라디오·자동차·항공기 등 과학 기술과 발명품의 등장, 사회혁명이 임박했다는 상상 등이다.9) 이 구도는 세계 문화사적 기준에서는 상당한 보편성을 가진 것으로 보인다. 그러나 30년대의 우리 문학사에 견주면 직접적으로 좌표 구실을 하지 못할 것이다.

모더니즘이 전통주의에 대한 대립을 기조로 함은 공식화되다시피 한 견해이다. 앤더슨이 역설적으로 주장하듯이, 전통주의가 끈기 있게 존속함에 따라 다양한 미적 실천들이 그 공통된 적이 있으므로 모더니즘이라는 이름으로 통일성을 얻을 수 있었음10)은 사실이다. 우리 나라의 경우 민족적 전통주의는 그 힘이 식민지 상태에서 강제적으로 쇠진되었으므로, 모더니즘의 적으로 남아 있을 만한 문화적 지배력을 갖지 못하였다.11) 그래도 1910년대는 이 대립운동이 비교적 강하게 작동하였지만,

---

9) 위의 책, 344-348쪽.

10) 위의 책, 348쪽.

11) 모더니즘은 한편으로는 전통문화에 대립하면서도, 천박한 상업주의 문화에 대응하기 위하여 비록 비현실적이기는 하나 전통주의 안에 잔존하고 있는 고전적 고급 문화에 의존하는 이중성을 보이기도 하였다. 이런 점은 30년대 후반에 우리 나라에서 나타났던 고전 살리기 기획과 상통한다.

30년대에 오면 민족적 전통주의의 존속은 매우 약해진다. 전통주의를 성리학적 세계관을 기반으로 하는 유교 철학적인 것으로 본다면, 개별 주체의 의식에 침투하는 방식의 존속력은 상당한 기간 유지되지만, 유럽에서 귀족, 지주계급이 하였던 전통주의의 구실을 맡을 만한 힘은 상실하였고, 그 자리에 일본제국주의 정치적 지배력이 차지하였다. 조선의 모더니즘 운동이 상대해야 할 적은, 그 힘이 물리적으로 강하고 정신적으로 약하였기 때문에 조선에서는 모더니즘이라는 이름으로 통일성을 얻을 수 있는 기반이 조성되지 못한 셈이다.

한편 두 번째 좌표인 과학기술과 발명품의 등장이란 측면의 경우, 민족적 차원에서는 전무하다시피 하였고 그 경험이 있었다면 식민 상황의 산물이었다. 기차라는 사물을 접하는 경탄과 고무감은 일찍이 최남선의 「경부철도가」에서 볼 수 있었지만, 유럽처럼 혁명적 상황으로까지 발전하지 않았고, 더구나 과학기술 자체가 식민지의 열등감을 자극하는 점도 있었다. 그러므로 산업사회로의 진입에 대한 열망은 솟구치지 않았고, 산업사회로의 진전에 따르는 감각과 지각의 고밀화와 근대적 사고의 이성화 사이에 발생하는 복합적인 관계12)도 아직까지는 심각할 여유가 없었다. 요컨대 기계시대의 활력과 그에 따르는 모더니즘적 감수성이 직접 개발되지는 않았다. 있었다면, 동경(東京)의 경험을 통한 동경적(憧憬的), 불구적 감수성이었다.

세 번째 사회주의에 대한 전망은 우리에게도 비교적 타당성을 가지는 좌표인데, 30년대 중반기 이후에도 그 상상이 있었다면 지하적 상상력일테고 표면적으로는 그 상상이 사라지면서 모더니즘이 대두되었다. 그러나 사회주의 혁명이 가능하다는 상상이 본질적으로 사라진 것이 아니라, 잠적하였을 뿐이다.13) 이런 현상은 사회의 자체적 변화에 따른 서구와 달리 식민지적 억압의 형태로 나타난 것이기 때문에 모더니즘이

---

12) 김우창, 「과학기술시대의 문화」, 『심미적 이성의 탐구』, 솔, 1995, 327쪽.
13) 해방 직후에 나타난 상황은 그 상상이 구체적 열망으로 존속되어 있었음을 보여준다. 이 점은 1950년대 모더니즘과도 결부시켜 생각해 볼 만하다.

새로운 혁명성을 획득하는 데 장애적 요인이 되었다. 이렇게 보면, 우리
의 모더니즘은 과거와 현재와 미래가 기형적으로 뒤섞인 형태의 것이었
다. 20세기초 유럽의 모더니즘이 반(半) 귀족주의적 지배질서, 반 산업
화된 자본주의 경제, 반쯤 봉기상태에 들어간 노동운동이 교차하는 지점
에서 발생했다면14), 우리의 30년대 모더니즘은 식민지 지배질서, 왜곡
된 자본주의 경제, 탄압에 의해 휴면상태에 들어간 노동운동 상태에서
나타난 셈이다. 이런 사실은 우리 문학을 서구의 일반적 기준으로 평가
하기가 어려움을 보여 준다.

　위와 같은 점을 고려할 때, 우리의 모더니즘에 대한 이해는 꼼꼼한 서
사 분석을 거치는 섬세한 작업을 필수적으로 선행해야 할 것이다. 그래
야만 우리의 특수한 현실과 매개하는 모더니즘 문학의 특수성을 읽을
수 있을 터이다. 그러나 여기서는 우선 최명익의 소설을 통하여 그 가능
성을 타진해 보려는 데에 주력하려 한다.15)

3. 길과 거리의 거리(距離)

1)「逆說」,「봄과 新作路」─근대화에 대한 부정적 인식

　보들레르가 그랬듯이, 근대화의 경험은 거리에서 출발한다. 물론 이때
의 거리란 사람들이 걸어다니는 물리적 공간만을 의미하지는 않는다. 밖
으로는 삶의 호흡과 안으로는 내면적 심리를 경험하는 공간, 따라서 주
체와 현실이 통합되는 공간이 거리이다. '거리의 풍경', '거리의 질서' 식
으로 우리가 흔히 문학에서 만나는 '거리'라는 말은 사람이 다니는 공유
공간인 길 위에 형성된 문화적 현상을 담고 있다. 거리는 문화적 언표이
고, 따라서 주체와 대상의 관계로 본다면 주체의 내면에 투영된 현실의

---

14) 페리 앤더슨, 위의 책, 349쪽.
15) 여기서는 최명익의 소설집 『장삼이사』에 실린 작품을 중심으로 살핀다. 앞으로의
　　인용문은 『장삼이사』(을유문화사, 1947)에서 인용하며, 인용문 뒤에 이 소설집의
　　쪽수를 기록한다.

문화적 대상으로 볼 수 있다. '산책자'라는 개념도 주체를 중심으로 주체가 외부를 인식하는 한 방법을 의미하는 것이다.16)

이에 반해 '길'은 '거리'의 상위 범주로 볼 수 있어서, 그만큼 문학적으로는 더 추상성을 지니게 된다. 일반적으로 '삶의 공간,' 혹은 '현실' 등의 존재론적 언표이거나, '지향점,' '방향,' '방법' 등의 알레고리적 언표로 쓰인다. 최명익의 초기 소설에서는 거리가 아니라 길을 서사한다. 이때 '길'은 생활 방법, 혹은 생활 공간의 의미를 지니는 것으로 보인다.

최명익 소설의 본령에서 벗어난 것으로 평가받는 「봄과 新作路」는 도시가 아니라 농촌의 변화를 다루고 있다. 농촌의 변화는 도시적 근대성의 전사(前史)적 형태를 지니기도 하고, 후사(後史)적 형태를 지니기도 한다. 일반적으로 도시의 문명이 농촌으로 흘러간다는 점에서 근대성의 경험은 후사적 형태이지만, 근대화의 출발선에서는 도시의 형성을 위하여 농촌의 구조를 먼저 깨뜨린다는 점에서 전사적 성격을 갖는다. '신작로'는 30년대 소설에 자주 쓰이는 소재이다. 그만큼 농촌 변화에 대한 상징성이 강한 소재이다. 30년대의 소설에 신작로가 쓰일 때는 이미 변화된 농촌의 현실 문제를 드러내기 위한 길찾기일 것이다. 따라서 「봄과 신작로」는 근대성 경험의 후사적 성격이 강하다.

「봄과 신작로」에서 사건의 원인은 길에서 출발한다. '신작로'라는 길은 자동차가 달리는 길이고, 시간을 공간으로 바꾸어 주는 길이다. 그만큼 욕망 충족을 빠르게 현재화할 수 있는 현실적 공간이다. '봄'이라는 시간적 배경과 '신작로'라는 공간적 배경은 알레고리로서 기능하는데, '봄'이 욕망의 솟구침과 도시 세계에로의 열망을, 신작로는 그 실현의 도구를 상징한다. 그러나 결국 욕망의 주체인 금녀가 죽음으로써, 욕망의 부정성과 신작로의 허위성을 고발하는 것으로 작품은 종결한다. 이런 종결

---

16) 최혜실, 위의 책,. 등 산책자의 모티프로 최명익의 소설을 해명하는 시도가 있으나, 최명익 소설의 경우 앞으로 논의하겠지만, 주체가 소극적이어서 산책자 기능으로 이해하기 어렵다.
  산책자의 개념과 우리 문학의 관련성에 대하여는 조영복, 「1930년대 문학에 나타난 近代性의 談論 硏究」, 서울대 박사논문, 1996. 이 비교적 소상하다.

구조는 근대화 자체를 부정하는 의미를 생성하게 된다.

「봄과 신작로」는 부정적 욕망을 배태하는 근대화 경험의 허위성 외에 또 다른 측면에서 부정적 인식을 드러낸다. 그것은 외래적인 것에 대한 비판이다.

> 송아지가 죽은 원인은 밑도는 아까시아 껍질을 먹은 탓이라는 기사가 난 신문이 구장 집에 온 날 금녀의 상여는 나갔다.
> 온 동리 사람들은 심지도 않고 접하지도 않았지만 산에나 들에나 마당 귀에나 심지어 부엌담 안에까지 뻗어 온 아까시아 나무를 새삼스럽게 훑어 보며 소와 돼지를 경계하였다.
> 아까시아는 본디 아메리카의 소산이라는 신문 기사를 들은 그들은
> ― 거 흉한 놈의 나무 같으니라구. 아메리카라니 양코대 사는 미국 말이지? 어떤 놈이 갖다 심었는지 미국서 예까지 와서 우리 동네 소를 죽여! 어억을 하지.
> ― 억울한 말 다 해서. 사람의 신수라니…! 생떼 같은 송아지가 죽고 어끄제 데려 온 며느리가 죽구.
> ― 그러게 말이야. 소는 미국 아까시아를 먹구 죽었대두 꽃 같은 색시는 왜 죽었을까―. (94-95쪽)

금녀가 죽은 날, 송아지가 죽었다는 구도는 동화적 발상이지만, 금녀의 죽음과 송아지의 죽음을 병치시킴으로써 금녀의 죽음에 대한 의미 부여는 분명해졌다. 송아지의 죽음이 서구 문명의 수입과 연결되고(아까시아를 이 땅에 퍼뜨린 것이 일본이니, 그것은 일본 자본주의의 침탈에 이어지는 것이다), 이는 신작로와 자동차가 부여한 금녀의 죽음과 이어진다. 금녀의 죽음은 제국주의적 근대화의 침투에 그 원인이 있다는 것이다.[17] 이 작품에서 신작로라는 길은 변화하는 현실이고 그 현실은 부

---

17) 이호, 「1930년대 한국 심리주의 소설 연구」, 서강대 석사논문, 1994, 146쪽. 이 논문은 「봄과 신작로」를 서사론적 방법으로 분석하고, 이 작품이 양분론적 세계관에 입각해 있다고 한다. 외래의 사물에 대한 태도는 양분론적이다. 또 개인의 운명이 외부적 갈등요인에 의해 결정된다는 점에서 최명익의 다른 작품과 차별성을 가진다고 지적한다.

정적인 것이다. 물론 이 길은 근대적 거리가 되지는 않지만, 농촌의 길을 통하여 우회적으로 도시의 공간 변화를 엿볼 수는 있다.

외래의 사물에 대한 거부감은 「역설」에서도 상징적으로 서술되어 있다.

> 이 땅이 옛 주인격인 꼬부장한 소나무가 몇 그루 손님격이면서도 개화의 발자취를 따라 어디나 넓게 자리를 차지하는 뽀부라 아카시아 이 땅의 백성 같이 성명 없이 났다 꺾이고 삭으러지는 꽃나무 오리나무 같은 잡목과 그리고 흔히 무덤 가에 노란 꽃이 피는 사철화가 몇 떨기 난 그대로 목책안에 가치 있을 뿐이다. (11쪽)

'개화의 발자취를 따라 어디나 넓게 자리를 차지하는'이란 수식절은 비판적 어조를 띠고 있는데, 이렇게 근대화가 넓게 진행된 현실이야말로 「역설」이란 작품의 환경이다. 「역설」의 주인공 문일은 그 현실에서 일정한 거리를 유지한 채 물러나 있는 인물이다. 따라서 이 작품에서는 두 개의 세계가 병치되어 있다. 현실의 세계와 현실에서 멀찍이 떨어져 있는 문일의 세계이다.

현실의 세계는 '어디나 넓게 퍼져 있는' 근대화의 세계, 즉 욕망의 세계로서, 신문의 보도와 교장 자리의 다툼 등으로 서사되어 있다. 문일의 세계는 은둔의 세계, 동면의 세계로서, 문일의 일상과 계향의 춤추기로 그려져 있다. S씨가 문일에게 교장을 맡기를 권함에도 문일이 사양하는 것은 현실의 세계로 나가기를 거부하기 때문이다. 그 교장직은 '선교사업을 위한 기관이 설립자'이므로 외래적 근대화의 첨단직이 된다. 즉 문일은 외래적 힘의 부산물인 근대화된 욕망의 세계를 부정하고 있다. 이 두 세계는 단절되어 있지만 심리적으로는 이어져 있다. 두 세계 사이를

진정석, 위의 책, 189-190쪽. 에서는 괴테의 「파우스트」와 비교하면서 제국주의의 지배하에 근대화를 겪은 우리 근대사의 경로가 유비적으로 반영된 것으로 파악한다. 이 판단은 옳으나, 버먼의 도식과는 달리 「봄과 신작로」에서는 근대적 성장과 개발이라는 목표가 보이지 않는다는 점에서 「파우스트」와 비교하기는 어렵다.

잇는 것은 문일이 발견한 목책 뒤의 좁은 길이다. 이 길은 문일의 뒷뜰과 신작로를 잇는 길인데, 현실적으로는 단절되어 있는 길이다.

> 그 길을 발견한 문일은 매일이다 싶이 그 길을 걸었다. 무슨 생각을 하는 것도 아니지만 하루라도 걷지 않으면 그 길은 더욱 길어져서 이러고 말 것을 염려하는 듯이 걸을 뿐이었다. 문일이는 이 길이 어디서 어디로 가는 길인가를 알려고 찾아 나섰던 것이다. 집 앞의 목책 밖으로 나간 길을 쫓아 가면 얼마 안 가서 밭언덕길과 이어지는 것이라고밖에는 생각할 도리가 없었다. 그나마 그 밭언덕길도 밭이 끝나는 곳에서 이 주택지로 들어 오는 새 신작로에 부디쳐서 녹쓸은 이 길의 꿈은 깨어지고 마는 것이다. (12쪽)

'하루라도 걷지 않으면 ~ 걸을 뿐이었다'는 구절은 문일의 심리적 초조감을 반영하고 있다. 문일은 어떻게든 길을 찾고 싶은 것이다. 그러나 현실에서는 길이 보이지 않는다. 문일은 현재의 동면을 벗어나고 싶으나 갈 곳이 없고, 간다면 현실의 세계로 나아가는 것이지만 그곳은 부정의 세계이므로 갈 수 없는 곳이다. 그리하여 새 길을 찾는 과정은 꿈과도 같지만 그 길이 보이지 않으니 길의 꿈은 깨어지고 만다. 길을 찾을 수 없는 소외된 존재로서의 문일은 옴두꺼비로 상징되듯이 형해로만 존재하고 있다. 이런 상황에서 문일이 선택할 수 있는 것은 무엇인가?18)

길의 꿈이 깨어진 마당에서 문일은 세계의 꿈을 꾼다. '동면이란 꿈을 먹고 사는 것이 아닐까'라고 하면서 그는 '낡은 껍질을 벗고, 새 봄을 맞으려는 꿈은 결코 악몽이 아닐 것'이라고 스스로 자위하면서 작품은 종결한다. 그러나 새 봄은 자연에서는 늘 그냥 돌아오지만 인간의 삶에서는 그러하지 못하다. 꿈만 꾸고 있으면 찾게 되는 것이 아니다. 길의 꿈이 깨어져서 방법을 잃었는데, 세계를 찾을 수 있으리라는 꿈은 한갓 헛

---

18) 명형대, 「1930년대 한국 모더니즘 소설의 공간 구조 연구」, (부산대 박사논문, 1991, 117쪽)에서는 최명익 소설의 길은 방황과 지향의식을 상징하는 역동성의 매체가 된다고 한다. 대체로 「봄과 신작로」의 길이 역동성을 가지는 반면에, 「역설」에서는 방황만을 그리고 있다.

될 뿐이다. 이런 낭만적 사고는 전근대적이다. 결국 주인공은 소외된 삶에서 욕망의 세계로 돌아가지 못하고 전통적인 관념적 낭만 의식에 머물고 만다. 그것은 객관세계로 바르게 나아갈 주체의 길찾기를 상실하였기 때문이다.

외래 문물의 수입은 근대화의 일차적 조건이라는 점에서 그에 대한 부정이 곧 모더니즘적인 듯하지만, 여기서의 부정은 그 성찰 과정이 전통적 기법에 의존하고 있다는 점에서 반모더니즘적이다. 「역설」과 「봄과 신작로」는 인물들이 욕망을 생성하고 실현하려는 과정을 내적인 삶으로 서사하지 못하였다. 그러므로 서구 문명에 대한 최명익의 태도가 관념적임을 알 수 있다. 욕망의 주체인 근대적 인간상을 충분히 찾지 못한 채 관념적으로 근대의 부정성을 그려 낸 것이다. 그런데, 먼저 발표한 「역설」(『여성』 1938. 2-3)이 「봄과 신작로」(『조광』 1939. 1)보다는 주체와의 연관성이란 점에서 덜 추상적이다. 목책길은 신작로보다는 개인의 의식이 더 강하게 비쳐지기 때문이다. 그렇다면 더 앞에 발표한 「비오는 길」(『조광』 1936. 5-6)을 분석해 볼 필요가 있다.

2) 「비오는 길」, 근대화의 경계선

「비오는 길」도 '길'을 중심으로 이야기를 꾸려 간다. 그러그로 이 작품을 이해하기 위하여는 길의 배경과 의미를 찾아보아야 할 것이다. 작품은 '길'에 대한 언술로 시작한다.

> 성(城) 밖 한 끝에 사는 병일이가 봉직하고 있는 공장은 역시 맞은 편 성 밖 한 끝에 있었다. 맞은 편이지만 사변 형의 대각은 채 아니므로 三十분쯤 걷는 그 길은 중로에서 성 안 시가지의 한 모퉁이를 약간 스칠 뿐이다. (98쪽)
> 밤이면 행길로 문을 내인 서편 집들 중에 간혹 문등을 단 집이 있었다. 그것은 토지, 가옥, 인사 소개업이라는 간판을 붙인 집이었다. (99-100쪽)
> 이러한 외곽 거리의 맞은 편은 아직도 집들이 들어 서지 않았었다.

> 시탄 장사, 장독 장사, 옹기 노점, 세멘트로 만드는 로관 제조장등, 성
> 밖에 빈 땅을 이용하는 장사터가 그저 남아 있었다.
> 　도시의 발전은 옛 성벽을 깨뜨리고, 아직도 초평(草坪)이 남아 있는
> 이 성 밖으로 뛰어 나오기 시작한 것이었다. (101쪽)

이 길은 도시의 내부를 약간 스칠 뿐, 도시의 외곽을 잇는 선을 따라 형성되어 있다. 그러므로 도시적 삶의 핵심을 보여 주는 길은 아니다. 위 인용문은 길의 공간적 배경뿐만 아니라 시간적 배경을 보여 준다. 인용문들은 지금, 이 도시가 성을 기준으로 도시 개발이 성 밖으로 확대되어 가고 있는 과정에 있고, 부동산의 매매가 상업적으로 이루어지고 있음을 전한다. 따라서 자본주의의 성장이 이제 막 시작되어서 도시가 신흥상공도시(101쪽)로 발전하는 그런 시대적 단계에 놓여 있음을 알 수 있다. 이런 단계에서 예민한 혹은 전위적인 모더니스트라면, 도심 내부의 공간인 '거리'와 관계되는 주체의 내면 심리를 다룰 수 있을 것이다. 그러나 최명익은 도심 내부를 건드리지 않는다. 그가 보고 있는 곳은 신작로가 잇대인 도시 외곽의 길, '누렇던 길이 매연과 발걸음에 나날이 질어서 꺼멓게 멍들기 시작한' 길이다.

이러한 시간적, 공간적 배경은 주인공 병일의 삶을 조건 짓는 환경 구실을 한다. 「비오는 날」에서도 「역설」과 마찬가지로 두 개의 대립적 세계를 병치하고 있다. 성문을 기준으로 하여, 즉 작품의 공간인 '비오는 길'을 기준으로 하여, 하나는 성문 구멍으로 들여다보이는 '휘황한 전등의 거리'(104쪽)의 저쪽 세계이고, 또 하나는 병일이 생활하고 있는, '무덤과 같이 답답하게 돌아 앉아 있는'(104쪽) 어둡고 음산한 골목의 이쪽 세계이다. 전자는 근대화의 중심 세계이고, 후자는 그에 대립되는 전근대적 혹은 근대화의 뒷전에 밀려 있는 세계이다. 「역설」과 다른 점은 이 두 세계의 가운데에 또 하나의 세계를 설정하여 서사의 중심으로 삼는다는 데 있다. 바로 '비오는 길'이 그 중간 세계이고, 이 길은 사진사 이칠성의 욕망이 꿈틀대는 세계이다.

　작품의 중심 서사는 주체인 병일이의 중간 세계 경험이다. 병일은 중간 세계인 길을 통하여 저쪽 세계를 변화시킨 근대화가 미치는 영향을 느끼며, 그 경험을 통해 자신을 본다. 병일은 자본주의 제도와 질서에 적응하지 못하고, 이전 시대의 질서를 유지하려 한다. 자본주의적 질서는 물질중심주의, 또는 사물화 현상으로 나타나고, 이전 시대의 질서는 이성 중심, 지식 중심의 사고체계로 나타난다. 신원보증을 얻지 못함은 그 부적응의 증표이고, 독서에 몰두함은 시대적 변화에 대한 거부의 의미를 지닌다.

　저쪽 세계의 변화는 사장의 불신으로 형상되어 있다. 사장의 철저한 불신은 그 자체가 곧 근대적 삶이 된다. 길가의 유리창 안에 앉아 있는 주인 노파나 상품으로 진열되어 있는 능금이 같아 보인다는 병일의 지각은 삶 자체가 사물화되어 감을 느끼고 있음을 나타낸다. 사장의 불신과 성문 안의 분주한 사람들과 사물화된 노파에 대한 서술을 이어 가는 것은 저쪽 세계의 영향력이 이미 이쪽 세계로 퍼져 오고 있음을 의미한다. 문제는 이러한 현상에 대하여 병일이가 어떻게 대응하는가 하는 점이 될 것이다. 병일은 사장의 불신에 대하여 '불쾌감'을 느낀다. 그러나 불쾌감이란 일시적인 감정의 상태일 뿐이고, 그 행동적 반응은 헛구역질하는 정도이다. 욕망의 차원에서는 자신을 탐색하지 못하고, 감정적 차원에서만 반응할 뿐이다.

　'비오는 길'은 병일의 갈등을 유발한다. 비가 온다는 설정은 젖어 듦의 알레고리이다. 이 중간 세계에서 병일은 비로소 시대적 변화의 실상을 볼 수 있다. 이칠성과의 만남이 그 계기이다. 이칠성은 근대적 생활욕을 에너지로 가진다는 점에서 전형적인 속물성을 지닌 인물이다. 그의 욕망은 저쪽 세계로 편입하는 것이다. 이칠성과의 만남이라는 계기는 나아가 병일 자신의 숨어 있는 욕망을 목격하게 한다. 여기서 병일은 비로소 어떤 인식을 얻게 된다.

　　그는 천장을 쳐다 보며 이 년 내로 매일 걸어 다니는 자기의 변화-

없는 생활의 코오스인(오늘 밤 비 오는) 길에서 보고 들은 생활면을 다시 한 번 바라보았다.
  그것은 새로운 것도 아니었다. 물론 신기한 것도 아니었다. 오히려 그 같은 것을 머리 속에 담아 두고서 생각하는 자기가 이상하리만큼 평범하고 속된 것이었다. 그러나 그 같이 음산하게 떨어져 있는 현실은 산문적이면서도, 그 산문적 현실 속에는 일관하여 흐르고 있는 어떤 힘찬 리듬이 보이는 듯 하였다. 그리고 그 리듬은 엄숙한 비관의 힘으로 변하여 병일이의 가슴을 답답하게 누르는 듯 하였다. (121쪽)

속된 욕망의 세계가 바로 현실이라는 것, 그리고 그 현실은 충동하는 에너지를 갖고 있어서 거역할 수 없는 흐름이라는 것, 그것이 바로 병일이 얻는 인식이다. 병일이 이 흐름을 어쩔 수 없는 현실로 받아들이는 것은 바로 자신의 욕망 한 쪽은 그 흐름에 편승하고 싶어하기 때문이다. 비의 탓으로 돌리지만 이칠성의 사진관으로 발이 닿는 것은 그런 욕망의 실상이 표현되는 것이다. 그러나 또 한 편의 의식에서는 그 흐름에 대한 거부가 자리잡고 있다. 그것은 자신 속으로 침잠하는 세계이다.19) 병일이가 즐기는 '자신만의 시간'과 독서의 시간은 반시대적인 질서의 시간이다. 이칠성과의 대화로 그 시간을 희생시키는 것은 바로 이칠성이 대표하는 욕망의 공간으로 편입하려는 숨어 있는 욕망 때문이다.
  이와 같은 갈등을 거치면서 결국 병일의 선택은 독서로 귀결된다. 독서로의 회귀는 그 자체의 순수성은 존중할 수 있지만, 결과적으로는 길을 통해 얻은 현실의 경험을 외면하고 전통적 세계로 칩거함을 의미한다. 뒤집어 말하면, 병일이란 주체는 아직 근대적 주체로 진입하지 못한 상태에 있다. 주체가 독서라는 이름의 전통주의 벽에 갇혀 있으므로 그가 바라본 현실은 다분히 추상적 현실이지 살아 있는 근대성의 경험은 아니다. 비오는 길이 아직 길에 머물러 있고 거리가 되지 못하는 것이다.
  「비오는 길」에서 병일이란 주체는 스스로 경험하지 않는다. 서사 안에

---

19) 김예림, 위의 책, 33쪽.

서는 병일이란 주인공이 주체적으로 행동하는 사건이 없다. 병일은 부딪히기만 하고, 앞에 벌어진 일들을 목격만 할 뿐이다. 그러므로 이 주인공은 현실을 발견할 뿐이지 생활하지는 않는다. 그의 생활은 독서뿐인 것이다. 물론 독서의 일반적 가치는 인정할 수 있지만, 여기서 독서가 표상하는바 기성의 지성 회복이 현실을 헤쳐 나가는 방법이 될 수는 없다. 그러므로 이 작품에서 찾는 유토피아는 반역사적이다. 앤더슨의 서좌표를 기준으로 보자면, 전통주의의 잔존이라는 점에서는 모더니즘적이지만, 기술문명에 대한 어떤 전망도, 혁명에 대한 담론도 담고 있지 못하다. 더구나 그 전통주의에 대한 태도도 역동성을 지니고 있지 않다. 이런 점에서 이 작품은 모더니즘적 유토피아를 상실하였다고 보는 것이 옳을 것이다.

내면화된 이데올로기로서 갈등에 휩싸이긴 하지만, 결국 병일은 쉽게 굴복한다. 스스로 노방의 타인으로 남게 되기를 선택하는 것은 현실에 대한 굴복이 아닐 수 없고, 그 대안을 독서라는 상징에 둔다는 자체가 관념적 칩거로의 도피인 것이다. 그러나 「역설」과 「봄과 신작로」에 비하면, 두 작품보다는 현실에의 탐색이 이야기의 중심 과정에 놓여 있고, 그 갈등을 인물의 자의식과 자기 반성으로 표현한다는 점에서는 모더니즘 소설의 성격을 더 많이 가진다고 볼 수 있다. 또 이 작품의 '길'은 「역설」의 '길'보다 더 구체성을 지닌다.

이렇게 보면, 최명익은 초기 소설인 「비오는 길」이 담고 있는 근대화를 거부하는 관념 의식과 근대화의 현실 사이에 놓인 '지식인의 자아 찾기'에서 출발하여 「역설」에서는 근대화를 거부하는 관념 의식 내부로 침잠하고, 「봄과 신작로」에서는 근대화의 욕망에 대한 부정성을 재확인하는 과정을 밟은 셈이다. 출발은 모더니즘적 인식에서 시작하였으나 점점 전통적 글쓰기로 물러선 것이다. 한편 물러서기에 비례하여, 갈수록 오래 문물에 대한 비판은 강해지고 노골화되어 갔다. 이러한 현상으로 비추어 보면, 최명익의 글쓰기는 근대 문명과 기술 진보를 정상적으로 경험할 수 없는 식민지 상황에서의 근대성 인식이라는 어려운 문제를 내포하고 있다 할 것이다.

4. 현실의 함정과 인간성의 파탄

1) 「無性格者」와 주체의 방황

「비오는 길」에서 「역설」로 나아가는 과정에 「무성격자」(『조광』 1937. 9)가 있다. 「무성격자」의 주인공 정일은 시골의 대지주인 아버지 만수 노인의 돈으로 도시에서 퇴폐적 생활을 누리는 지식인이다. 그는 교원으로 취직을 했으나, '서재에서 매력을 잃게 되면서'(34쪽) 방황을 하기 시작하고 애욕의 탐닉에 빠지게 된다.

> 그래서 술잔을 들 때마다 조금 먹고 말리라고 시작하는 것이지만 종시 취하고 마는 것이다. 취하였던 이튿날 겨우 일과를 치르고 나서는 혼탁한 머리와 떨리는 다리로 번잡한 거리를 망녕과 같이 방황하는 것이었다. 방황하던 길에 혹시 서점으로 들어가기도 한다. 그것은 학생 생활의 습관 중에 오직 남은 한 가지일 것이다. 그러나 지금의 그 습관, 희구적 감상으로 물들여진 것이다. 연구의 체계와 독서의 플랜을 흩으러 버린지 오랜 지금은 전과 같이 어떤 필요한 책을 찾으러 가는 것이 아니었다. (35-36쪽)

위 인용문에서 눈여겨볼 만한 점이 두 가지 있다. 하나는 독서의 세계에서 탈출한다는 점이다. 「비오는 날」이 독서의 세계를 견지함으로써 현실에 대응한다면, 「무성격자」에서는 독서의 세계를 버렸을 때 나타나는 현상을 중심 서사로 다루고 있다. 또 하나는 독서의 세계를 벗어나면서부터 이제 주인공은 중심을 잃고 방황하게 된다는 것이다. 작품 내에서 정일의 방황 이유는 분명하게 제시되어 있지 않다. 독자가 알 수 있는 표면적인 이유는 서재를 버린 것인데, 어쨌든 방황하면서부터 최명익 소설의 주인공은 이제 '거리'로 나서게 된다. 그러나 '거리'의 경험이 구체적으로 묘사되지는 않는다. 아직은 거리가 주체의 인식적 대상으로 객관화되지 않고 있다. 정일이 나선 거리는 현실의 중압감에서 벗어나려는 관념적 도피처의 성격이 짙다.

정일의 거리는 문주라는 다방 마담이다. 그 거리에 대립하는 또 하나의 세력은 아버지 만수노인이다. '문주/만수노인'의 대립은 '근대/반근대'의 대립을 연상케 한다. 재미있는 것은 문주와 만수노인이 다 병들어 있다는 설정이다. 병든 두 세계는 동시에 정일을 요구한다. 그러나 정일이가 문주를 두고 집으로 내려가는 전개는 문주의 힘보다 만수노인의 힘이 강함을 드러낸다. 문주가 달콤하나 나약하고, 종잡을 수 없음에 비해, 만수노인은 그 수명이 다하였음에도 강직하고 두렵다. 이 두 힘의 자장 가운데서 방황하고 갈등하는 정일이지만, 결국은 만수노인의 세계로 돌아가고 만다.

작품의 초반에서는 문주가 근대적 탐닉을, 만수노인이 전근대적 아집을 표상하지만, 작품 후반부로 가면, 생명에 대한 만수노인의 욕구와 물질을 향한 용팔과 정일의 욕구가 부딪치고 있다. 여기에 이르면 정일은 자의식에 휩싸이는 지식인의 탈을 벗고 물질적 유혹과 윤리적 도리 사이에서 갈등하는 유형적 인물로 바뀌어 근대라는 시대성을 상실해 간다. 문주와 만수노인이 같은 날 밤 동시에 죽었을 때, 정일은 '죽은 사람은 죽은 사람으로 장사하게 하라는 말대로 하자면 자기는 문주를 장사하러 가는 것이 당연하다'면서도 만수노인의 장례를 택한다. 스스로를 죽은 사람으로 치부하는 것은 현실에 적응하지 못함을 뜻한다. 주인공은 '무성격자'로서의 근대성을 담지하지 못하고 근원으로 회귀하고 마는 것이다. 그러므로 이 작품의 제목인 '무성격자'는 근대인의 한 내면적 특성을 드러내는 것이 아니라, 시대적 성격을 획득하지 못한 인물상을 의미하는 것으로 읽어야 할 것이다.

최명익은 인물을 '거리'로 내보내고서도, 채 근대성의 본질을 경험하기도 전에 후퇴시키고 말았다. 「비오는 길」에서 인식하듯이 근대적 공간으로의 이동이 강물의 리듬과 같은 현실임을 자각하면서도 거기로 나아가기를 멈칫거린다. 이런 서사 구조는 근대의 부정성이 강하게 작용하기

때문이다. 근대화가 어떤 형태이든지 유토피아를 열어 주어야 하는데 그
것은 보이지 않고, 그렇다고 그 현실을 거스를 수도 없는 고통이 최명익
소설의 내면에 깔려 있다. 근대로 향하는 현실은 무엇인가 함정을 파두
고 있는 것이다. 욕망의 꿈틀댐을 인지하지만, 근대성의 함정이 두려워
나아가지 못하는 현상은, 근대성 자체가 안고 있는 이중성이나 혼란성과
는 성격이 다른 것이다.

　문화적 담론이 무의식적으로라도 정치성을 내포한다는 제임슨의 견해
를 고려한다면, 근대를 체험하는 과정을 서술하지 않은 채 근대화를 경
계하는 최명익의 담론은 식민지 정치 상황에 연유하는 것으로 보인다.
식민지의 근대화란 그 달콤함의 이면에 파탄을 이끄는 함정을 내포하기
마련이다.[20] 근대성의 경험이 곧 욕망을 이용하여 억압을 내면화하려는
전략의 결과가 된다는 것이 식민지 지식인의 고뇌인 것이다. 이때 지식
인은 무엇을 선택할 수 있는가? 지식 안에 안주하는 방식(「비오는 길」)
이 역사적 선택은 아닐 것이다. 그리하여 근대적 호흡을 해보려 하였으
나 바로 부딪치는 것은 병적 상황이었음을 「무성격자」는 보여 준다. 그
리하여 근대 사회와 단절하는 방식(「역설」)으로, 다른 한편으로는 근대
의 부정성을 배후에서 비판하는 방식(「봄과 신작로」)으로 나아간 것이
다. 그러나 최명익이 택한 어떠한 방식에서도 변화에 대한 본질적 탐구
를 찾아볼 수 없다. 인물이 사건의 중심 역할을 못하고, 따라서 사건은
성격과 삶의 조건을 제시하지 못하고 만다. 현실의 함정이 무엇인지를
대면하지 못하고 근대라는 사회현실에 침전될 때 인간성 자체는 크게
훼손당하게 된다. 「心紋」은 지식인의 방황이 이르는 끝자락을 보여 주는
작품이다.

---

20) 이런 양상은 버만이 말하는, 위와 아래로부터의 현대화 실험의 충돌이라는 저개
　　발의 모더니즘과는 근본적으로 다르다. 페테스부르그의 경우는 도시에 대한 자기
　　권리가 보장되어 있었으나, 식민지의 경우는 그 권리가 원천적으로 부정당한다.
　　버만, 위의 책, 346-347쪽.

2) 「心紋」과 주체의 소멸

「心紋」은 최명익의 소설 중 모더니즘 문학의 특징적 요소를 다른 작품에 비해 잘 갖추고 있다. 이 작품은 일종의 여행담소설이다. 여행이 끝난 뒤 여행 중에 겪었던 일을 이야기로 전하는 형식이다. 이런 구조에서는 경험하는 주체와 경험이 끝난 뒤 그 경험을 서사하는 주체, 즉 경험자와 서술자를 쉽게 분리할 수 있다. 그 공간(세계)의 분리는 시간의 거리에 의해 이루어진다. 시간적 거리가 현재 서술과 과거 경험을 구분짓는데, 중요한 것은 시간적 거리가 단순히 물리적 시간의 흐름으로 인지되는 것이 아니라, 인물의 변화로 감지된다는 점이다. 그러므로 시간의 흐름은 일반적으로 소설 작품이 삶에 대한 이해와 의미를 생성할 수 있는 논리를 제공한다. 이 소설에서는 시간의 관계 맺기가 중요한 모티프가 된다. 다음 인용문은 이 작품의 서두 부분이다.

> 時速 五十 몇 키로라는 특급 차창 밖에는, 다리 쉼을 할 만한 정거장도 역시 흘러 갈 뿐이었다. 산, 들, 강, 작은 동리, 전선주, 꽤 길게 평행한 신작로의 행인과 소와 말. 그렇게 빨리 흘러 가는 푼수로는, 우리가 지나친 공간과 시간 저 편 뒤에 가로 막힌 어떤 장벽이 있다면 그것들은 칸바스 위의 한 텃취, 또한 텃취의 「오일」 같이 거기 부디쳐서 농후한 한 폭 그림이 될 것이 아닐까?고 나는 그러한 망상의 그림을 눈 앞에 그리며 흘러 갔다. (142쪽)

작품이 기차에서 느끼는 속도감에 관한 서술로 서두를 시작하는 것은 이러한 시간의 서술이란 관점에서 볼 때 독특한 의미를 가진다. 체험적 자아인 '나'는 흘러가고 있다. 흘러감의 의식은 기차라는 기술문명을 이용함으로써 갖게 되는데, 흘러가는 것은 나뿐만이 아니라, '산, 들, …'로 표상된 세계가 흘러가며, 그 세계를 가로지르는 시간도 흘러간다. 체험적 자아는 자기를 지나친, 즉 과거의 시간과 공간을 하나의 정지된 화폭으로 집약시킨다. 그 화폭을 서술적 자아인 '나'가 회상하면서 이야기는 시작된다. 여기서 '시간의 공간화'21)라는 모더니즘적 특성을 만나게 된다.

그러나 빠른 속도감을 서술자는 하나의 관능 유희로 받아들인다. 속도
감에서 얻은 세계의 한 화폭은 그 자체가 심오한 철학을 깔고 있는 것
이 아니라, '疎然感을 아실아실 느껴 보는'(143쪽) 관능 유희적 현대적
감각에 대한 감상술로 치부되고 만다. 따라서 시간을 집약하여 만든 공
간화에는 주체의 내면을 투영하지 않고, 객관 세계의 경험 자체만을 화
폭에 올린다. 이 순간에 서술적 자아이든 체험적 자아이든 주체의 내면
의식은 더 이상 이어지지 못하게 된다. 여기에서 문학의 지향점은 소실
되고, 작품은 흘러가는 인간의 한 단상을 적어 줄 뿐이며, 유토피아에
대한 희구는 물론이거니와, 절망도 주체와 현실의 관련성 안에서 제시하
지 못한다. 관능 유희적 감각은 '경험 주체인 나'가 세계를 바라보는 시
각에서 유발된 것이고, 이는 '서술 주체인 나'와 동일하다. 이 작품에서
'서술 주체인 나'는 어떤 반성적 인식도 제시하지 않는다.22)

> 그러나 이번 내 여행이 결코 如玉이를 만나러 가는 길은 아니다. 연
> 래로 李君이 편지마다 오라는 것이요 나 역 가고 싶던 할빈이라 가는
> 것이지만, 일부러 如玉이를 만날 욕심도 흥미도 없는 것이다. (155쪽)

이처럼 서술자는 경험 세계에 대하여 일정한 거리를 유지한 채 자신
의 세계를 만들어 내지 않는다. 그의 여행에는 목적이 없다. 따라서 경
험 주체가 느끼는 관능 유희의 감각은 바로 서술의 목적이 된다. 이 점
이 이 작품을 굳이 여행담 형식으로 구조화하는 이유이다. 경험은 하였

---

21) 모더니스트 소설가들은 외적인 시간성을 버리고 과거·현재·미래를 응축시킨 심
리적 계기에 의해 이루어진 '경험의 동시성'을 추구한다. 그렇게 함으로써 더 깊은
실재를 발견할 수 있다고 믿는다.
유진 런, 김병익 역, 『마르크시즘과 모더니즘』, 문학과지성사, 1986. 47-48쪽.
22) 경험의 동시성과 관련하여 절대주의 미학과 연관 지은 문홍술의 견해는 흥미롭
다. 그러나 부분적 묘사의 미적 특성을 지나치게 확대하여 해석하고 있다.
문홍술, 「추상에의 욕망과 절대주의(Suprematism) 미학」, 『관악어문연구 20집』,
1995.

으되 그것은 흘러 지나치는 화폭과 같다는 것이다. 그러므로 경험은 공간으로 고착되고 경험의 역사성은 사장되어 버린다.

이 작품에서는 시간을 기준으로 볼 때 세 국면이 배치되어 있다. 하나는 서술의 시간 국면-①이고, 또 하나는 여행의 시간, 즉 중심 사건의 시간 국면-②이며, 나머지 하나는 여행 시간을 기준으로 그 과거의 시간, 즉 오룡배에서 여옥을 모델로 그림을 그리는 시간 국면-③이다. 각 시간의 배치는 이야기 주체의 변화를 내포하고 있다. 「심문」의 중심 사건은 내가 여행중에(이 여행은 전과 다름없는 방랑이라 한다) 할빈에서 겪었던 여옥과 현의 파탄을 목격하는 일이다. ③은 중심 사건이 있는 ②의 상황을 설명하기 위한 에피소드이다. ③은 주인공이 여옥을 경험하는 사건을 이야기하는데, 그것은 곧 나의 근대성 경험과 상통한다. 낮과 밤이 다른 여옥의 모습은 근대성의 이중성을 연상케 한다. 죽은 부인에 매여 있는 나는 그런 여옥을 수용하지 못한다. 여옥에게서 주인공이 선택하는 것은 '낮에 보는 여옥이의 印堂'이며, 인당이 곧 현숙한 아내의 이미지라면 주인공은 근대적 인간상이 아니라 고전적 인간상에 매여 있는 셈이다. 그래서 '나는 더욱 인격적으로 여옥이의 열정을 받아들이고 사랑하여야 할 것이었다'(154쪽)라고 표현한다. 이런 주인공의 태도는 근대적 상황 앞에서 나아가지 못하는 「무성격자」의 주인공이 보이는 멈칫거림과 흡사하다. 그런 나를 욕망적 인물인 여옥이가 수용하지 못함은 당연하다. 그 여옥이가 현실로 나아갔을 때 어떤 일이 생기는가를 보여주는 것이 ②이다. ②는 ③의 후일담과 같다.

②의 중심 사건은 여옥과 현의 관계이므로 중심 인물은 여옥과 현이다. 나는 목격자로 물러선다. 이야기의 핵심은 ③에서 ②로 나아간 여옥의 변화이다. 현은 여옥이라는 주체를 변화시킨 외부 현실의 집약체로 볼 수 있다. 현은 사회주의 이론가이며 활동가로서 많은 젊은이로부터 숭배받았던 인물인데, 지금은 아편 중독자로 파탄에 빠져 있다. 아편을 위하여 여옥을 돈과 바꿀 정도로 타락해 있다. 여옥이 의지하기 위하여 찾아간 현이 병들어 있음은 곧 현실이 병들어 있음을 뜻한다. 현실은 타

락해 있고, 여옥의 순정은 기댈 곳이 없어져 버린 것이다. 그 현실은 여옥조차 파탄에 빠지게 한다. 아편에 의지하는 현의 논리는 다음과 같다.

> 그것은, 역사적 결론의 예측이나 이상은 언제나 역사적으로 그 오류가 증명되어 왔고, 진리는 오직 과거로만 입증되는 것이므로, 현재나 더욱이 미래에는 있을 수 없다는 것이다. 그러므로 사람의 생활은 그런 이상을 목표로 한다거나, 그런 진리라는 관념의 율제를 받아야 할 의무도 없을 것이요 따라서 엄숙하랄 것도 없다는 것이다.

이런 역사관에서는 생활은 이미 존재하지 않는다. 아편이란 중독의 힘은 사회주의로 표상되는 정치적 힘을 무력화시키고 만다. 현은 이런 현상을 시대나 환경의 탓이 아니라, 스스로 '자포자기'한 것이라 한다. 사회주의적 이상은 아편으로 중독되어 있고, 과거로만 남아 있을 뿐이다. 모든 사물을 과거로 되돌리는 세계관은 서두 부분의 시간 문제로 되돌아간다. 현재는 이야기되지 않고 과거만 정물로 그려지는 것이다. 따라서 이 작품은 그 중심 사건만 보아서는 시대를 떠나서 인간 자체의 보편성을 파헤치는 것인지, 근대적 인간상의 몰락을 담론으로 삼는 것인지 불분명하다. 이러한 현과 여옥의 파탄에 대한 이야기가 사회주의 사상과 이성적 합리성이라는 근대 기획에 대한 비판을 담는 고전적인 모더니즘 담론인지, 아니면 근대적 사회를 상실해 버린 모더니즘의 왜곡 현상인지를 판단해 보아야 한다.

이 작품에 대한 분석은 ①의 국면으로 돌아와야 한다. 여행 경험 자체의 이야기 국면에서는 나는 목격자에 머물고 있어서 나의 태도가 모호하기 때문이다. 그 경험이 끝나는 지점에서 나의 심리와 의식이 매우 중요해진다. 이 작품은 문장 형식과 내용이 분리되어 있다. 서두 부분의 언술은 나라는 주체의 내적 의식으로 채워져 있지만, 사건이 시작되면서 (주인공이 여옥을 만나면서) 나라는 주체는 의식의 반영자이기보다는 사건의 전달자로서 기능하기 때문이다. 이 사건을 목격한 후에 나는 무엇을 의식하는가 하는 점이 이 작품의 주제가 될 것이다.

> 한 점의 티나 가느른 한 줄기 주름살도 없는 如玉이의 印堂을 들여
> 다 보면서 죽은 내 처 혜숙이의 그것을 다시 보는 듯이 반갑기도 하였
> 다. 그 영롱한 印堂에 그들의 아름다운 心紋이 비치어 보이는 것이다.
> (205-206쪽)

사건은 여옥의 자살로 종결한다. 여옥의 시체를 바라보며 나는 인용문과 같은 의식을 가진다. 결국 나는 아내의 인당에서 벗어나지 못한다. 즉 나는 인당이 상징하는 바 현숙함과 인격적 애정이란 보편적 가치에 여전히 얽매여 있다. 사건의 경험을 거치면서 나의 변화는 아무것도 없는 것이다. 제목 '心紋'은 죽은 여성들의 '마음의 풍속도'이지 근대적 경험에서 오는 마음의 무늬는 아닌 것이다.23) 이렇게 보면, 이 소설에서 다룬 여행의 목격담은 주체의 소멸 현상이란 이야기거리를 서술 주체가 객관적으로 전달한 것에 그친다. 따라서 인간성의 몰락이라는 보편적 사회 현상에 대한 담론으로 그치고 근대에 대한 비판의 담론으로 나가지는 못한 것으로 결론지을 수 있다.

이 작품에서 두 가지의 근대적 이상이 허물어짐을 볼 수 있다. 하나는 사회주의라는 이상이고, 또 하나는 이성적 애정이라는 이상이다. 전자는 현의 파탄에서 후자는 여옥의 파탄에서 볼 수 있다. 그리고 작품은 두 파탄을 하나로 결합시킨다. '사회주의도 정치이고, 연애도 정치이므로'(172쪽) 두 파탄의 결합은 정치적 산물이다. 이 지점에서 이 작품은 다분히 정치성을 드러낸다. 사회주의 이론가가 외국을 떠돌고, 여옥이란 지식 여성이 그를 찾아가고, 그 사회주의자는 지독한 빈곤과 절망에 자포자기하는 상황, 이런 설정 자체가 식민지적 상황에서만 가능한 것이다. 식민지 현실에서는 이상적인 현재와 미래가 그려지지 않는다. 이 작품은 혁명에 대한 상상이 완벽하게 사라지고, 인격에 대한 신뢰도 완전

---

23) '마음의 풍속도'란 용어는 김진석, 「최명익 소설 연구」, 서원대 인문과학논집, 1993. 6. 85쪽에서 인용함.

히 사라지는 정치의 무력화를 제재로 삼고 있다. 그리하여 사회주의 사상이나 인격에의 신뢰가 근대화에 따른 욕망 에너지로 자연스럽게 변화하지 않고, 그 주체성이 갑작스럽게 소멸됨을 이야기하고 있다. 현실과 미래는 자연스럽게 무화되고 만다. 이런 양상은 식민지 상황의 절망감이 문화적 담론에 끼여든 결과이다. 시속 50킬로가 넘는 기차로 여행하는, 그 속도감과 소연감으로 시작한 근대성 경험의 서사가, 사회주의자의 변신과 인간주의의 파탄에 대한 고발로 채워지는 것은 바로 식민지 상황의 근대 경험에 대한 담론이 부딪치는 한계인 것이다.

그 결과, 최명익의 소설에서는 인물들이 끝내 근대 세계로 뛰어들지 못하고 고정된 이데올로기 안에 칩거하고 만다. 즉 근대세계에 대한 경험은 서사화되지 않는다. 「張三李四」도 그런 한계성을 벗어나지 못한다는 점에서 마찬가지이다. 「張三李四」는 문체적인 측면에서 앞의 작품들과는 다른 면모를 보이고, 기차 안이라는 좁은 공간에서 일어나는 작은 사건을 객관적으로 그리고 있다는 점에서 독특한 작품이다. 그러나 근대인의 심리를 건드리면서, 매춘 여성의 문제를 제기하면서도 가볍게 소묘하고 있다는 점에서, 특히 '나'라는 서술 주체가 끝까지 목격자의 위치에서 벗어나지 않는다는 점에서는 「심문」이 이른 경계에서 벗어나지 않고, 오히려 심리 탐구라는 측면에서는 후퇴하고 있다. 다만 묘사의 정밀도와 언어 감각에서는 다른 작품보다 근대적 성격을 더 띠고 있다. 사실 대부분의 최명익 소설이 설명 위주의 문장으로 엮어져 있음은 이 작품의 근대적 성과를 크게 훼손시키는 요인이 된다. 지금까지 인용한 문장들만 보더라도 '~ 것이다' 식의 종결법을 자주 씀을 알 수 있다. 이런 표현은 서술자가 자기의 목소리로 내면화하여 이야기하지 않고 상황 설명에 급급함을 나타낸다. 서술자가 상황에 따라다니는 서술 방식은 주체가 괄호 안에 묶여 있기 때문으로서, 최명익 소설이 지니는 담론적 한계가 문장에서도 역시 드러나는 것으로 볼 수 있다.

5. 맺음말

지금까지 분석한 결과를 정리하면, 최명익의 소설은 주체와 현실 사이를 之자 형으로 방황하였음을 알 수 있다. 변화하는 현실을 가장 객관적으로 포착한 작품이 「비오는 길」인데, 여기서부터 근대화된 세계와 그 세계를 거부하는 주체 사이의 갈등을 제시한다. 다음 작품부터는 두 가지 사이를 들락거리다가 궁극적으로는 인간성을 파탄에 이르게 하는 현실의 밑바닥에 이르고 만다. 이러한 글쓰기 경로는 모더니즘 글쓰기의 특수한 행태를 보여 주고 있다.

물론, 최명익의 소설에서 모더니즘의 일반적인 기법과 지향을 볼 수 있다. 즉 욕망에 대한 주체의 저항, 새로운 세계에 대한 갈망과 부정의 이중성, 주체의 분리, 시간의 공간화 등의 기법을 그 예로 들 수 있다. 그럼에도 불구하고, 본질적인 국면에서는 일반적 모더니즘 소설과는 다른 서사적 차별성을 지니고 있다. 본론에서 다루지 않았지만, 일반적으로 모더니즘 소설이 전지적이고 확실한 서술자보다는 시점을 다양화하고 내면적인 서술자를 내세우는 데24) 반해, 최명익의 소설은 「심문」과 「장삼이사」 외에는 전지적 서술자를 내세우고 있다. 물론 내부적으로는 반영자 의식화25)를 내세워 내면의식의 표현을 해결하지만, 설명하는 서술자가 작품을 통괄하는 형식에서는 근대적 인식이 잘 포착되기 어렵다. 이런 담론 형식과 함께 서술의 대상이 주체의 경험보다는 목격담으로 설정된 것도 역시 근대성의 경험을 서사화하는 모더니즘 소설의 전략에 맞지 않는 점이다.

최명익 소설의 공통된 특징은 두 세계를 병치시킨다는 점인데, 이 두 세계가 표면적으로 대립하지는 않지만, 인물의 내면에서는 갈등적 요인이 된다. 그런데, 최명익의 소설에서는 인물이 두 세계의 가치 사이에 갈등하고 방황하기는 하나, 근원적으로 인물을 붙드는 어떤 힘이 작용하

---

24) 유진 런, 위의 책, 49쪽.
25) 조정래, 『소설과 서술』, 개둔사, 1995. 179-189쪽 참조.

고 있다. 버만이 모더니즘을 설명하면서 '견고한 모든 것은 녹아버린다'
고 하였지만, 최명익의 소설에서는 끝까지 녹지 않는 단단한 그 무엇이
다리를 붙들고 있다. 그렇다고 이 단단한 것이 확고한 혁명적 신념이나
이성, 혹은 전통에 대한 신뢰이지도 않다. 격동과 환상과 탐닉의 욕망
세계에 뛰어들어 그 실체를 파악할 기회를 갖지 못하게 하는, 그 붙잡는
힘은 최명익의 마지막 보루일지도 모른다.

　본론에서는 최명익 소설이 보여 주는 독서의 세계, 동면의 세계, 순수
애정의 세계에 대한 침잠 경향을 식민지 상황의 모더니즘 특성으로 풀
이하였다. 근대화하는 현실이란 기대감과 절망감의 이중성, 환상적 탐닉
과 퇴폐주의에 대한 저항 등의 뒤섞임을 갖는 것이지만, 최명익의 양가
치적 갈등은 근대화 자체의 성격에 기인하는 것은 아니다. 주인공이 내
적으로는 이중성을 지니면서도 사건에 대하여는 목격자의 위치를 고수
하는 점, 따라서 주체가 객관 현실과의 관련성을 갖지 않는다는 점, 작
품의 종결에 가서는 독서, 동면, 인당 등으로 알레고리화한 반근대적 세
계로 침잠하는 점 등이 식민지 상황의 모더니즘 소설이 가지는 특성, 혹
은 한계로 보았다. 그것은 식민지에서는 근대성으로의 지향이 언제나 자
기 파멸로 나갈 수 있는 함정을 깔고 있기 때문에, 지식인의 선택은 근
대적 욕망을 무턱대고 실천할 수 없는 특수한 고뇌를 안게 되기 때문이
다.

　그런 점을 염두에 두고 보면, 최명익은 우리의 문학사에서 근대적 지
향의 고뇌를 가장 정확하게 짚은 작가라고 할 수도 있겠다. 하지만 비록
근대화가 함정을 숨기고 있다 하더라도, 미학적 실천이 되려면 그 함정
의 본질에 맞닥뜨릴 정도의 용기와 절망이 필요하기도 하다. 어찌 보면,
이상(李箱)의 절망은 철저하게 절망하는 깊이로 말미암아 나름대로 문학
사적 기여를 하였다고 평가할 수 있다. 앞에서 인용한 앤더슨의 세 좌표
로 다시 돌아가면, 최명익의 소설은 사회주의적 상상을 사전에 차단하
고, 기술문명의 현재화를 최대한 추상적 감각으로 줄인 채, 전통주의의
잔존이라는 좌표에만 의존하여 근대화의 큰 물줄기에 대면하였다. 최명

익의 소설이 보여 주는 근대적 지향의 정신적 지류는 식민지적 상황의 영향으로 외래문명에 대한 경계와 자기 세계의 폐쇄적 고수를 바닥에 깔면서, 전체적으로 근대로 향한 자아의 내면적 고뇌를 다루는 데에 있다. 그러나 그 내면 탐구가 현실 논리에 의해 차단당함으로써 근대적 실상이 경험으로 채 다루어지지 못하고 말았다.

그 결과 식민지의 상황에서 글쓰기가 가지는 의미를 생각해 볼 수 있는 여지를 마련하였으나, 근대성의 경험에 대한 본질적 비판이나 근대성의 경험이 지니는 현실적 문제성을 형상하는 데는 미진하였다고 평가할 수 있다. 최근 근대성에 대한 담론이 부상하면서 최명익의 문학사적 위치를 지나치게 고평하는 경향이 있는데, 지금까지 살펴본 대로 최명익이 모더니즘적 경향을 보인다고 해서 작가적 능력이 그렇게 뛰어난 것으로 볼 수는 없다. 그렇지만 30년대 문학사적 성격으로 볼 때, 이 작가에 대한 논의를 더욱 심화시킬 필요는 분명히 있을 것이다.

단층파 모더니스트의 행로와 작품세계

김 명 석

1. 머리말

　우리에게는 단층파에 속하면서 심리주의적 경향의 소설을 쓴 작가 정도로 알려진 유항림(兪恒林: 1914-1980)은 1937년부터 『斷層』 동인으로 문단에 등장한 이래 해방 전까지 「馬券」(단층 1호, 1937. 4), 「區區」(단층 2호, 1937. 10), 「符號」(인문평론 12호, 1940. 10), 「弄談」(문장 23호, 1941. 2) 등 4편의 단편과 「個性·作家·나」(단층 3호, 1938. 3), 「小說의 創造性」(단층 4호, 1940. 6)이라는 2편의 평론만을 발표하였다.

　그러나 그는 해방 후에 재북 작가로 평양에 있으면서 최명익 등과 함께 평양예술문화협회를 결성하여 작품활동을 재개하면서 단편 「휘날리는 태극기」, 「개」, 「고개」, 「와샤」, 「부득이」, 「아들을 만나리」, 「형제」, 「직맹반장」, 「판자집 마을에서」, 「열차 안에서」, 「축포」 등을 발표하였고, 장편 『대오에 서서』를 『조선문학』에 연재하였다. 작품집으로는 『유항림 단편집』(조선작가동맹출판사, 1958)과 중편소설 『성실성에 대한 이야기』(조선작가동맹출판사, 1958)가 있고, 그 외에 『고향으로 가는 길(전투실화집)』(평양, 문예출판사, 1977) 등을 남겼다.

유항림의 작품에 대한 연구 업적은 많지 않다. 대부분이 독립된 작가론이나 작품론이 아니라 단층파 연구의 일부로써 다루어진 것이다.

유항림 당대의 비평가들은 주로 심리주의라는 개념으로 그의 소설을 바라보고 있다. 먼저 최재서는 「단층파의 심리주의적 경향」이라는 글에서 단층파의 문학적 경향을 "社會的 良心과 理論은 가지면서도 그것을 信念에까지 論理化시킬 수 없는 인테리의 懷疑와 苦悶을 心理分析的으로 그리려는 것이 共通된 傾向"이라고 규정했다. 그는 유항림의 「區區」를 분석하면서 이 작품의 의도가 시대의 중압으로 말미암아 생활 목표를 잃은 양심적 인텔리가 허무와 회의에서 자조와 향락으로 추락하여 가는 것을 그린 것이었다고 말하면서, 작자가 마르크시즘과 프로이디즘의 종합을 기도하였지만, 주인공 속에 있는 타협할 수 없는 두 경향의 불투명성 때문에 서로 조화되지 못하고, 독자로 하여금 작자의 허구를 의심케 한다고 평했다.1) 이 평론은 『단층』이 비록 지방에서 발행된 무명 신인들의 동인지였지만 일찍부터 중앙 문단의 주목을 받고 있음을 알려 주며, 이후 유항림을 평가하는 출발점이 되었다. 백철 역시 1930년대 후반의 문학적 양상의 하나로 '심리소설과 신변소설'을 들고, 『단층』의 동인들의 작품 성격을 주로 심리주의적 경향으로 파악하면서, 유항림의 「區區」를 인용하여 자의식의 과잉으로 고민하고 퇴폐적으로 되는 작가의 모습을 지적했다.2)

김윤식·정호웅의 소설사에서는 모더니즘 소설의 형성과 분화를 다루는 장에서 단층파와 지식인 문학, 전향문학과의 관계를 설명하기 위해 유항림의 「구구」와 「마권」을 인용하고 있다. 생활도 갖지 못하고 이데올로기에 대한 확신도 없는 인텔리의 타락에 시대의 중압이라는 연막을 쳐, 그 위에 사회적 양심을 비추는 것이 단층파였다고 규정하고, 그들의 독자성으로 개성을 제시했던 유항림을 "단층파의 가장 뛰어난 작가"로

---

1) 최재서, 「단층파의 심리주의적 경향」, 『문학과 지성』, 인문사, 1937. 185-187쪽.
2) 백철, 『신문학사조사』, 백철문학전집 4권, 신구문화사, 1968. 517-518쪽.

평가하고 있다.3) 이 글은 서울중심주의와 평양중심주의, 현대인의 내면 풍경탐구를 통한 고현학의 방법론적 극복, 마르크시즘과 모더니즘의 상호침투 등의 의미 있는 문제를 지적하고 있다.

작가 유항림에 대한 언급은 1930년대 모더니즘 또는 심리소설에 대한 연구논문4)에서 단층파의 경향을 서술할 때 잠깐씩 나타나다가, 단층파에 대한 독립적인 논문과 학위논문5)이 등장하면서 본격적으로 연구되기 시작한다. 특히 단층파의 소설의 특징을 지성의 역설적 발현, 좌절과 극복의 원리로서의 알레고리, 생활세계에 대한 부정과 권태로 파악하면서 단층파의 비관주의적 집단의식을 밝히는 데 주력한 신수정의 논문과 전반적인 심리주의적 경향 속에서도 특히 전향 지식인의 양심의 문제에 초점을 맞춰 30년대 후반기 문학에서의 전향의 의미를 따져 나간 이상갑의 논문은 주목을 요한다. 물론 이러한 논문들은 단층파의 내면적 경향을 심리소설적 기법으로 살펴본 전대의 전통을 계승했건 비판했건 간에 단층파 전체의 일반적 특질을 발견하는 데 목적이 있었으므로 유항림 소설만의 고유한 가치를 설명하기 위한 작업은 아니었다.

유항림에 대한 독립적인 작가론으로는 박덕은·류보선·유철상의 논문이 있다.6) 박덕은은 유항림의 작품세계가 대체로 심리주의적 경향을 띠고 있으며, 특히 인텔리 층의 의식구조 중 회의와 고민과 갈등 및 애

---

3) 김윤식·정호웅, 『한국소설사』, 예하, 1993.
4) 이강언, 「단층파의 심리소설 기법」, 한사대 『국어교육연구』 제3집, 1980.
   김진석, 「1930년대 한국심리소설연구」, 고려대 박사논문, 1989.
   최혜실, 「1930년대 한국모더니즘 소설연구」, 서울대 박사논문, 1991.
5) 홍성암, 「단층파의 소설연구」, 한양대 석사논문, 1983.
   김애란, 「1930년대 심리소설연구-단층파를 중심으로」, 대구대 석사논문, 1992.
   6.
   신수정, 「〈단층〉파 소설연구」, 서울대 석사논문, 1992. 8.
   이상갑, 「'단층파'소설연구」, 『한국학보』 66, 1992 봄호.
6) 박덕은, 「유항림의 작품세계」, 『해금작가작품론』, 새문사, 1991.
   류보선, 「전환기적 현실과 환멸주의」, 『한국문학과 모더니즘』, 한양출판, 1994.
   유철상, 「유항림 소설에 나타난 불안의식과 존재탐구」, 『운당 구인환교수 정년퇴임기념논문집』, 1995. 4. 5.

정의 세계를 분석적으로 그려 가면서 인간존재의 해명과 삶에 대한 구제의 길을 나름대로 모색하려고 했다고 보았다. 또한 생경하고 노골적인 서술, 관념적이고 사변적인 문체, 너무 잦은 시점 이동으로 인한 서술구조의 혼란과 작품의 사실구조의 혼란을 단점으로 지적하였다. "이 땅에 애정심리를 나름대로 깊이 있게 다룬 작가"로서 작가의 의의를 제한적으로 평가했지만, 유항림에 대한 독립된 작가론으로는 처음이라는 점과 일제시대의 네 작품 모두를 취급, 소개했다는 점에서 의미가 있다.

본격적인 연구 성과로는 루보선의 1930년대 후반 문학을 바라보는 시론적 성격의 논문이 있다. 여기서는 당시의 파시즘적 시대 상황에 대한 지식인들의 방향 감각 상실이 극도의 환멸주의로 나아갔다고 전제하고, 「마권」이나 「구구」에서 현실에 대한 환멸을 상징의 힘으로 해결하는 데 한계를 보였으나, 이후의 소설에서 현실에 대한 관심의 회복과 자기 반성이 나타난다고 평가했다. 결론에서 해방 후 문인들의 체계 선택 및 문학적 이념과 방법의 선택이 바로 1930년대 후반에 기존 문학에 대해 어떠한 반성과 모색의 길을 걸었는가 하는 점에서만 설명될 수 있다고 하여, 1930년대 후반과 해방직후 문학의 연속성을 파악하려 했다. 이는 해방 이후 유항림의 행로와 부합되기는 하지만, 원래부터 평양 출신의 재북 문인이었으며, 민족문학을 주장했던 임화나 프로 문학을 주장했던 한설야와는 일정한 거리가 있었던 유항림을 사례로 결론의 주장을 증명하는 것은 다소 무리한 측면이 있다고 하겠다. 한편 유철상의 논문에서는 현대사회의 무의미한 일상적 삶에 대한 거부와 그 좌절에서 오는 불안의식이 모더니즘의 특질을 형성한다는 전제 아래 유항림의 작품을 해석하였다. 이것은 기존의 협소한 문예사조적 접근이나 사회사적 발생론에 집착했던 모더니즘 연구사의 단점을 극복하고, 이에 대한 새로운 시각을 확보하려는 최근의 시도들 가운데 하나로 볼 수 있다.

이러한 연구성과를 기반으로 본 논문은 정보의 제한 때문에 작가론의 기본 작업이면서도 소홀히 되어 온 작가 유항림의 생애를 재구성하고, 현 시점에서 구할 수 있는 해방 이후의 그의 작품들에 대한 논의의 장을 마련하는 데 그 일차적 목표를 두었다. 그리고 그간의 연구사에서 1930년대 후반의 유항림 소설의 모더니즘적 특성을 단지 심리주의적 기법상의 혁신에 기댄 사조적 문제로만 처리하지 않고, 자본주의 시장의 확대와 함께 밀어닥친 근대적 일상에의 경험과 이에 대한 일정한 비판이라는 의미에서의 확장된 개념에서 바라보려고 한다. 아울러 유항림이라는 한 작가의 운명을 통해 1930년대 중반의 문학적 경향이 해방과 6·25를 거치면서 어떻게 변모되어 가는가를 고찰하고자 한다. 이는 분명 유항림 한 사람만의 문제가 아니라 재북 또는 월북이라는 경로를 통해 북한문학사로 편입해 들어간 최명익·박태원·허준 등과 같은 모더니스트들의 행로와 연결되는 것이며, 장차 우리문학사에서의 모더니즘의 계보를 구축하는 데 있어 확인하고 넘어가야 할 부분이기도 하다.

2. '단층' 시기의 모더니즘 소설

유항림은 1914년 평양에서 태어나 소학교를 마치고 이어 광성고보를 졸업하였다. 그의 약력은 그 동안, 단층파로 함께 활동했던 사람들과 관련지어 간접적으로 추측할 뿐이다. 그는 같은 광성고보 선후배간으로 함께 『단층』지를 통해 동인 활동을 했던 김이석·최정익·김화청 등과 비슷한 연배였다. 이들 단층파는 동인 다수가 평양을 중심으로 활동했으며, 기독교 계통의 학교 교육을 받았다는 점, 그리고 서북 부르주아 집안 출신이라는 공통점을 갖는다.7) "심리주의적 모더니즘의 작풍이 사치한 남 감리교계의 교풍과 아울러 생각할 때 흥미를 준다."8)는 당대의 지적은 이들 동인의 성격을 잘 설명해 준다.

그러나 북측 자료에서는 유항림이 노동자의 가정에서 태어나 중학교 졸업 후 고서점에서 일하면서 마르크스주의 서적들과 진보적인 소설책들을 많이 읽고, 그 과정에서 사회 현실의 불합리성과 모순을 점차 인식

---

7) 신수정, 「〈단층〉파 소설연구」, 서울대 석사논문, 1992. 8. 64-72쪽 참조.
8) 이석훈, 「문단풍토기: 평양편」, 『인문평론』, 1940. 8. 79쪽.

하고 문학창작으로 그것을 폭로하고, 항거할 생각을 갖게 되었다고 한다. 이는 위에서 언급한 단층 동인에 대한 기존 평가와는 상당히 엇갈리는 부분으로 성장 과정에서의 사상적 성향은 그의 초기작을 통해 판단해 볼 수밖에 없다. 만약 사실이라면 해방 후 월남하지 않고 북쪽을 선택했던 이유와도 무관하지 않을 것이다.

유항림이 동인으로 참가했던 『단층』은 1937년 4월 창간되어 9월에 제2호, 다음 해 3월에 제3호, 그리고 1940년 6월에는 제4호가 서울에서 발행된 순수 문예지였다 9) 유항림은 이 동인지 창간호에 데뷔작 「마권」을 발표하면서 문단에 등장한다.

유항림의 데뷔작 「마권」은 만성·창세·종서 등의 지식 청년들이 등장하여 그들의 無爲한 일상적 삶과 사랑, 탈출을 다룬 작품으로 다른 작가들의 경우에서도 찾아볼 수 있듯이 데뷔작에서의 작가의 문학적 의도가 이후의 작품에서 확장되어 나타난다는 점에서 특별한 주목을 요한다. 「마권」의 구조는 주인공 만성의 무위한 일상으로부터의 탈출 과정을 기본 줄거리로 종서와 혜경과의 연애담이 삽입되어 있는 구조이다. 이러한 지식인의 허무한 일상과 그로부터 탈출하려는 욕구간의 너적 갈등이 이 시기 그의 문학적 테마이며, 이와 함께 남녀 등장인물간의 연애가 각 작품의 서사적 전개의 내용을 이룬다. 그러므로 이 장에서 데뷔작 「마권」의 분석을 통해 30년대 모더니즘 소설의 양상을 고찰해 보기로 한다.

그러면 먼저 주인공 만성의 일상의 비밀을 밝혀 내기 위해 작품의 첫 장면을 살펴보자.

> 「저 미안하게되었읍니다. 시간이밧버서 껨중도지만 실례하야겠는데 용서하십시요.」
> 「천만애요. 그리 밧브지않으면 가치 치시면 좋을텐데….」

---

9) 『인문평론』 12호(1940. 10)에 나오는 유항림의 「부호」에 대한 김남천의 작품 설명을 근거로 유항림의 '니코라이 고-고리에 관한 노-트'가 수록되어 있다는 『단층』 4호의 존재 여부에 대해 그 동안 논의가 분분했으나, 이번에 『단층』 4호는 1940년 6월 25일 경성 박문서관에서 발행되었음을 직접 확인하였다.

「중도에 참 미안합니다. 다음에 또 짬이 있으면!」

그사이에 료금을 치르고 말을 끝가지 맞추기전에 총총걸음으로 달리듯이 꼴프장을 나왔다. — 그런즉 어데로 갈까. 萬成이는 아직도 밧분 걸음을 늦잡지않은채 갈곳을 적어도 가도 좋을 곳을 찾노라기에 발보담도 머리가 분주히 도라감을 늣겼다. 인제는 찾어갈곳은 한박휘돈셈이고—옳지 도서관이 있지않는가 (유항림, 「마권」, 『단층』 1호, 73-74쪽)

위의 인용문에 의하면 만성의 일상은 언뜻 매우 바쁜 것처럼 보이지만 사실은 정반대이며, 만성이 의도적으로 상대방에게, 또는 특정치 않은 세상 일반에, 또는 자기 자신에게 바쁘게 보이려고 애쓰고 있음을 암시하고 있다. 작가 특유의 섬세한 심리묘사를 통해 엿볼 수 있는 표현은 "이것으로 삐삐꼴프 한번치는사이에 세번째 시간을 보는셈"이라는 만성의 행동이다. 그것은 단순히 현대인의 일상생활의 분주함을 의미하는 것은 아니다. 갈 곳을 찾지 못하고 하는 일 없이 바쁜 일과에서 오는 무의식적 행동이 아니라 다분히 의도적인 것이기 때문이다. 모더니즘 소설에서 근대 도시의 일상을 보여 주는 카메라로서의 '산책자'의 역할을 맡게 된 주인공 만성이 여타 산책자와 구별되는 곳도 이 점이다. 그는 끝없이 두리번거리며 넝마주이처럼 버려진 현실의 조각 속에서 가끔씩 주워 올린 뜻밖의 횡재에 반가워하는 한가한 산책자가 아니다. 그는 공간의 산책자라기보다는 시간의 산책자이다. 목적지가 있는 사람처럼 끊임없이 발길을 재촉해야 하는 만성의 행로는 근대적 현실에 대한 어느 식민지 지식인의 부적응과 회의를 반어적으로 보여 주고 있다.

작자는 등장인물의 이러한 행동과 내면심리의 양상을 주인공의 일기에 삽입해 놓았다. 이 부분은 일기의 형태로 서사 전개를 압축해 놓은 부분이지만, 사실 새로운 사건이 발생하고 전개되는 부분이라기보다는 이야기가 본격적으로 전개되기 전에 당대 지식인의 무위(無爲)의 일상을 배경화하려는 의도에서 주인공의 일기장을 빌어 작가가 거의 직접적인 개입을 시도한 것이다. 이는 서사적 전개 중간에 다른 글의 일부를 직접

삽입시키는 형식적 파괴를 통해 작가의 의도를 관철하고자 하는 모더니즘적 기법을 수용한 것으로. 이 경우 일기장을 통한 독백은 등장인물의 내면 심리묘사뿐만 아니라 근대적 삶에의 적응에 대한 작가의 비판적 의식의 일단을 표출하고 있는 것이다.

> 九月二十八日 또낮잠, 하품, 글몇줄, 거리로—.
> 九月二十九日 또 그렇게.
> 九月三十日 또.
> 十月一日 또.
> 十月二日 또. 「또」가 거듭되니 분주한것같아도 보인다.(위의 책, 76쪽)

위의 인용문에서 볼 수 있는 것처럼 그의 일과는 '무위'의 연속이다. 이러한 현상은 만성에게만 해당되는 것이 아니다. 도서관을 찾은 만성이 발견한 사람들의 모습 역시, 삽화를 오리는 중학생, 나체미술전집을 신청하는 자칭 변호사시험 준비생, 하던 공부를 집어치우고 산부인과책을 펴놓고 소리를 죽여 웃고 있는 중학생들이다. 열심히 독서중인 사람은 없다. 적어도 주인공의 시선을 빌어 작가가 포착하고 있는 사람들의 모습은 그렇다. 사실 도서관이라는 공간은 독서와 사색의 공간이다. 거리의 '산책자'로부터 발길을 멈추고 잠시 정착할 공간으로서의 도서관은 독서행위가 이루어지는 곳이며, 이 독서행위는 또 다른 의미의 산책로이다. 근대적 풍경에 대한 고현학적 관찰에서 한 차원 격상된 근대적 본질에의 개념적 인식의 가능성이 열린 곳이다.10) 그러나 유항림의 경우는

---

10) 진정석은 최명익의 「비오는 길」에서 주인공 병일이 정체성 위기를 극복하고 다시 공장과 집 사이를 왕복하며 무용한 독서와 사색을 일삼는 자신의 생활로 복귀하는 결말구조가 작가 최명익의 근대에 대한 반응양식을 드러낸다고 보았다. 작가는 생동하는 근대적 풍경에 대한 심리적 대응보다는 근대의 본질에 대한 개념적 인식에 기울어져 있으며, 병일의 독서행위는 단순한 교양습득의 차원을 넘어 '삶의 형식'으로까지 고양된다는 것이다.
진정석, 「최명익 소설에 나타난 근대성의 경험양상」, 『민족둔학사연구』 8호, 1995.

이를 철저히 부정한다. 작품에 등장한 군중들로부터 독서라는 행위는 풍자의 대상으로 격하되고, '산책자'로서의 주인공 만성에게 있어서도 마찬가지이다. 신문의 삽화나 미술전집 속의 나체나 만성이 신청한 셰스토프 전집이나 모두 근대의 개념적 인식과는 거리가 먼 소재들이다.11)

그렇다면 무위의 일상이 당대의 만연된 현상인가. 구보풍의 현실의 나열적 묘사로는 주인공의 이러한 무위의 근원은 밝히기 힘들다. 최재서도 이러한 주인공의 행위에 의문을 표하면서 "이 小說의 主人公은 自己의 無爲에 관하야 一種의 强迫觀念에 빠져있다. 그것이 프로레타리아的良心에서 오는 것인지 或은 單純한 孤獨恐怖症에서 오는지는 몰라도……"12) 라고 지적한 바 있다. 그러나 만성의 인식의 지평은 일기를 쓰는 행위를 통해 확장된다. 이러한 '쓰기'라는 삶의 형식은 「농담」에서의 영배의 수기나 「부호」에서 동규의 소설 호노리아로 이어지면서 유항림의 작품세계에서 중요한 의미를 갖게 된다. 유항림에게 있어 현실은 읽어지는 것이 아니라 쓰여지는 것이었다. 각설하고 우리는 이 무위의 근원을 찾기 위해 또다시 주인공의 일기 속으로 되돌아가야 할 것이다. 작품 외적 진단을 성급히 내리기 전에 다시 한번 작품 속으로…….

十月七日 無爲의生活을 하는것은 자기에대한 자기의 일이다. 무위의 생활을 하는것같이 보임은 세상에 대한 자기의일이다. 무위의생활로

---

11) 이러한 논리전개를 뒷받침하기 위해 다음 작품 「區區」의 한 구절을 인용한다.
"지금 서포에서서 喧喧한 物議를 일으키고있는 지-드의 여행기를 읽고있지만 읽어서 소용없는 것은 누구보다도 저자신이 잘알고 있다. ……(중략)…… 애써 책 한권이라도 더읽고 조금이라도 더 思索을 만지작거리면 더욱 사상의 深淵은 어지러워진다는 것은 알고 있다. 그리고 그것을 안다는 것이 또한 한갓지식이고 사실이지 아모런 倫理도되지않는다는 곳에 지식은 끄친다. 그것이곳 지식의 終點이라고 생각되었다."(「區區」,『단층』2호, 84-85쪽)
이는 유항림의 작품 속에서의 지식의 한계를 보여 주는 것이며, 지식에 대한 행위의 대립과 우위는 읽기에 대한 쓰기의 대립과 우위로 드러난다. 한편 도서관에서의 책읽기의 한계와 주인공의 시선을 빈 현실의 나열로 오는 세상읽기의 한계가 서로 조응하게 된다.
12) 최재서, 위의 책, 185쪽.

보이는 때문에 나의생활이 더욱 무위하게 되는것아닌가 남이 머라든 나는 나대로 주때있는 생활을 하고있다는 자부심이 있었을때는 그것은 문제가 아니었다. 그러나 지금 그것을 용허할여유가 있는가 분주한척 한다고 남을 속이는즛은 결코 아니다. 나를 특별히 한가한인종으로 차별하기를 중지함은 공평한일이고 또 나의 당연한요구다. 注意 (1) 큰 거리로 여럿이 짝지어 단기지 않을것 (2) 걸음발 빨리할것 (3) 할것이 없으면 위선 그리 반갑지도않고 맞나야할일도 없는 동모들이라도 차례로 한번씩 찾어감도 무방 (4) 但, 한시간이상의 長坐는 禁物. (위의 책, 77쪽)

이 대목은 앞에서 나온 만성의 행동들이 그의 생활신조에서 나온 것이라는 사실을 알려 준다. 만성은 '무위의 행위'와 '무위의 생활을 하는 것같이 보임'을 구분 짓고 있다. 전자는 '자기의 일로'로 후자는 '세상에 대한 자기의 일'로 규정한다. 스스로 자신의 일에 자부심을 갖고 있었을 때는 문제가 안 되지만, 지금은 그럴 형편이 아니므로, 후자 때문에 자신의 생활이 무위하게 되지 않을까 두려워하는 것이다. 후자가 전자의 결과가 되어야 상식인데 현재의 형편은 정반대로 이해되고 있다. 왜냐하면 전자의 상태로부터 벗어날 방법을 찾을 수 없는 상황이기 때문에 '특별히 한가한 인종'으로 차별받지 않으려면 일부러라도 분주해 보여야 할 필요가 생긴다. 만성의 이러한 피해의식은 어디에서 생긴 것일까. 그것은 타인의 시선에 대한 끊임없는 의식 때문이며, 그들의 시선은 의심이요 추궁이기 때문이다. 그것은 단순히 룸펜 지식인이 갖는 무력감과 열등의식 이상의 것이다. 중학교 4학년 때 독서회사건으로 검사국으로 넘어갔다가 요행히 기소유예로 석방되었던 만성의 과거가 이를 뒷받침해 준다.

이러한 타인의 시선에 대한 피해의식이 극대화된 모습은 다음 작품 「區區」에서도 발견할 수 있다. 주인공 면우는 의외로 공판이 2년 만에 끝나 4년 집행유예로 석방되었을 때, 함께 석방된 근조와 P, 그리고 자신 중에 그 사건을 판 인물이 있다는 소문을 듣는다. 이는 서로를 불신하게 함으로써 세상과 격리시키고, 나아가 학생 인텔리 전반에 대한 불신을 조장시킴으로써 학생운동 일반을 고립화시키려는 이간책이었다. 그 일이 있은 뒤에는 정치논문, 사회평론, 심지어는 소설에까지 소시민에 대한 경멸이 더 심해진 것 같았다. 면우는 이러한 소문과 의심의 시선을 끊임없이 의식하며, 근조로부터 자백을 받아 냄으로써 심리적 해방감을 찾으려고 노력한다. 더구나 어머니를 찾아와 "이러이러한 일이 있으면 꼭 알려주어야지 그렇지 않으면 이번에는 정말 큰일난다."고 위협하는 '츠근츠근한' 사내 역시 현실적인 감시의 시선이 된다. "학생으로서는 과감하게 학생운동이란 선을 뛰어넘어 지하의 손을 잡았든" 면우의 경력은 앞서 말한 만성의 경력과 유사성이 있으며, 보다 주목해야 할 곳은 이들이 공통으로 느끼는 '타인의 시선'에 대한 의식에 있다. 이는 전향 지식인의 내면의식에 대한 탁월한 묘사이다. 또한 이러한 타인의 시선에 대한 강박적 의식을 이해함으로써 앞에서 언급한 역설적 논리도 가능하다는 사실을 발견할 수 있다.

그런데 작가 유항림의 '타인의 시선'에 대한 통찰은 여기서 그치지 않는다. 그는 전향 지식인인 주인공뿐만 아니라 작자 자신의 내면 속에 깊숙이 자리잡은 이러한 시선을 작품 곳곳에서 드러내고 있다. 주인공 만성이 아버지에게서 타낸 양복값으로 금융조합에 저금하러 가던 길에 친구 진규를 만나는 장면의 뒤에는 "그놈이 무슨 저금을 하고 밧부긴 무엇이 밧부댄다노 하고 의심하면서 우진 길로 나와 뒷모양을 바라보는" 아버지의 시선이 있다. 정전으로 컴컴해진 방에 단둘이 남아 있는 종서와 혜경의 방 안으로 서술자는 '벽력' 같이 길수어머니를 들여 보내 의심의 눈길로 사건을 발전시키고 있다. 여기서 그치지 않고, 이미 주인공 만성과 창세로 하여금 이 현장을 염탐하러 보내기까지 한다. 타인의 시선을 의식한다는 사실은 자신도 남을 엿볼 수 있다는 사실과 통한다고 볼 수 있다. 만성은 도서관에서 사람들의 행동을 신문지 너머로 유심히 관찰하고 그들의 남 모를 행위를 독자 앞에 폭로시킨다. 주인공의 내면을 탐구하는 시선, 주인공의 눈을 통해서나 관찰자적인 작중 인물 배치(만성의 아버지, 종서의 어머니와 같은 주요 등장인물의 주변인물, 또는 길수어머니와 같은 존재)를 통해서 현대인의 행동심리를 탐구하는 작가의 서술방식에 주목해야 한다.

이러한 심층묘사란 당대의 표현에 의하면 심리소설로서 이는 모더니즘 소설의 한 유형인 고현학의 한계에 대한 방법론적 극복에 성공한 단층파의 존재 이유를 설명해 준다. "말하자면 박태원이 망원경을 들었다면 단층파들은 현미경을 갖추고 있었다"는 표현은 단층파 소설의 특징을 비유적으로 설명한 것이다.13) 그러나 이러한 평가가 가능해지려면 유항림의 소설을 모더니즘 소설사의 계보에 편입시켜야 하는데 단순히 심층심리묘사만으로 판단하기에는 아직 무리가 따르며, 더구나 유항림의 작품은 의식의 흐름을 주로 하는 서구의 정통 심리소설과는 차이가 크다. 1930년대 우리의 심리소설의 특수성을 구별하여 "심리주의적 문학은 일언하여 현대 지식인의 자의식 문학인데 그 자의식이란 현실과 지식인의 이념과의 부조화, 불균형에서 온 불구적인 편향적인 표현, 말하자면 신체는 왜소한데 두뇌만이 거대한 기형아를 연상하는 병적인 경향"14)이라고 한 문학사적 전통을 인정하고 유항림을 여기에 끼워 맞춘다고 해도, 그 점과 모더니즘과의 관계는 좀더 깊은 고찰을 필요로 한다.

여기서 "근대성은 자본주의적 근대의 초기로부터 오늘날까지 일관되게 통용되는 개념이요, 근대인들이 공유하는 경험이며, 모더니즘은 이러한 개념을 수용하면서도 이에 주체적으로 대응하려는 근대의 온갖 예술과 사상을 통칭한다."는 버먼의 논리와 이러한 모더니즘을 가능케 하고 또 요구하는 것이 근대화, 즉 본질적으로 경제적인 발전인 자본주의 세계시장의 등장과 확대에 따른 사회변동이라는 지적15)을 상기해 보자. 모더니즘과 자본주의적 경제양식과의 상관성16)을 고려한 후에 1930년대 한

---

13) 김윤식·정호웅, 위의 책, 247-248쪽.
14) 백철, 『신문학발달사』, 박영사, 1975. 274쪽.
15) 백낙청, 「문학과 예술에서의 근대성 문제」, 『창작과비평』, 1993 겨울호.
16) 모더니즘은 과학과 합리성이 낳은 폐단에 의해 사물화라는 비인간적이고 반근대적인 현상이 발생하고 그러한 병리현상이 만성화된 현실에서 반근대성을 노출한

국 모더니즘을 조망해 볼 문제의식을 던져 주는 주장이다. 이에 대해 최
원식 교수는 30년대 모더니즘의 등장을 문학사적 필연으로 보고, 이 시
기에 이르러 조선의 공업화가 새로운 수준에서 추진됨으로써 국내 농업
적 질서를 급속히 해체하는 도시화의 물결 속에서 자본의 실감이 식민
지 사회를 엄습했다고 보았다.17) 더구나 일본제국주의를 통해서 자본주
의 시장에 편입되어야만 했던 1930년대 식민지 현실은 정치적 반항을
허용치 않고 이를 대신할 미학적 저항으로서의 모더니즘 출현의 계기가
된다. 한국 모더니즘의 출현에 대한 이와 같은 일반적인 배경 설명이 유
항림의 경우에도 적용될 수 있는가가 새로운 문제로 제기된다.

그렇다면 단층 동인들의 계층적 기반과 삶에 대한 태도를 알아보기
위해서 평양 자본가의 존재방식을 고찰한 신수정의 논문이 도움이 될
것이다. 이들 단층 동인의 활동의 중심지로서, 일찍이 식민지 경제의 파
행성에도 불구하고 자본주의적 산업이라고 할 메리야쓰 공업과 고무공
업의 발달을 이룩해 온 평양은 여러 가지 측면에서 다른 지방과는 다른
독특한 특질을 보인다. 평양은 초기 중국과의 인삼교역의 근거지였던 탓
으로 일찍이 형성되었던 상업자본이 산업자본으로 전화되어 갔고, 이를
근거로 부르주아 계층이 확립될 수 있었다. 그러나 중일전쟁 이후 이들
자본은 거의 일본 자본에 동화되고 마는데, 그 역시 자신의 속성 속에
내재했던 예속적 측면의 표출이었다. 단층파의 대부분은 일찍이 기독교
를 받아들인 개화한 부르주아 계층 출신으로 아버지 세대의 부의 원천
과 이용방식은 평양의 다른 자본가 계층과 그리 다르지 않은 것이다. 이

자본주의적 근대성에 저항한 것이다. 모더니즘의 또다른 특징은 근대적 반항이 대
부분 미학적인 전략으로 이루어졌다는 점이며, 이는 모더니즘의 정치적 대항의 기
반이 그리 확고하지 못했음을 의미한다. 자본주의의 모순이 훨씬 더 격화되었지만
그와 함께 체제 전복적인 힘을 제어하는 고도자본주의 구도가 형성되어 있던 서구
에서 모더니즘은 이런 위기상황과 강한 방어력의 양면을 지닌 고도자본주의를 배
경으로 나타나며, 모더니즘이 정치적 반항의 내용보다 미학적 저항의 방법을 선택
한 것도 이 때문이다.
나병철, 『근대성과 근대문학』, 문예출판사, 149-153쪽 참조.
17) 최원식, 「한국문학의 근대성을 다시 생각한다」, 『창작과비평』, 1994 겨울호.

들의 작품 속에 등장하는 아버지의 모습은 자본주의적인 삶의 전형이자 속물로 파악되며, 부르주아 2세들인 이들은 아버지가 보여 주는 유용성을 지향하는 삶은 비판하면서 결과적으로 무용성, 사회적인 역할을 거부하는 지식인으로 자신들을 정립한다.[18]

이로써 유항림 문학이 등장하는 사회적 배경과 그의 문학이 갖는 모더니즘적 성격과의 관계도 어느 정도 설명이 가능하게 된다. 「마권」에 등장하는 만성이 부자간의 대화를 통해 자식에게 구십 원이나 나가는 양복값을 단번에 지급해 줄 능력이 있으면서도, 자신에게는 인색한 평양 자본가의 전형을 발견할 수 있다.

> 돈을 받아쥔 이상 차언피언할게 아니라고 도라세나가는 아들의 뒷모양을 내다보며 의아스러운 듯이 「그것이 벌서 못닙게 됐겄다. 재작년에 한 것이 벌서」 하고는 십여년동안을 입고도 아직 몇해는 넉넉히 수명이있는 자기의 덧저고리를 딜어다본다. 소절수장을 덮어서 금고에 넣는길에 금고속에서 몇십년동안이나 쓴것인지 칼날이 칠분이상 달엇보기에도 흉측스레된 면도를 끄내 쥐고 거울을—이것도 면도와 동년대의것인지 뒷면 水銀이 군데군데 얽고 농이로 동여매이고한 거울을 딜어다보며 또 중얼거린다. —자식이 아니면 누가 그꼴을 본담」 (위의 책, 85쪽)

만성의 부친이 '한닙돈에도 구들거리면서' 아들이 청구하는 데는 아끼지 않는 데는 만성이가 독서회 사건으로 검사국에 넘어갔다 기소유예로 석방시 "계모라고 하는데 사이가 어떳소 흔히 이런일에 참여하는 젊은 사람은 가정이 불행한 사람"이라는 주의를 받았기 때문이다. 그래서 그는 옷값 같은 것은 요구하는 대로 주지 않으면 안 되겠다고 생각하는 것이다. 그런데 그런 돈으로 보여 주는 만성의 기이한 행동은 일반적 상식으로는 쉽게 이해되지 않는다.

---

18) 신수정, 앞의 논문, 68-71쪽

　　은행에서 소절수를 박구노라고 기달리는 사이에 문득 생각난 것은 어렸을적의 은행노리란것이었다. 지전을 만들어 저금하고 찾아내고하며 놀든 거기서 힌트를얻어 특별당좌예금에 오십원을 저금하고 N금융조합에 또 저금할려고 그리로 가든 길에 진규를 만났고 그의 아버지도 그를 보앗든 것이다. 금융조합에 이십원을 처음으로 저금하고 그길로 우편소로갔어 이십원을 저금하고 새 통장을 받어넷다. 이렇게 구십원을 세곳에 널어놓았다.

　　그이튿날은 금융조합과 우편소에서 십원씩 끄내다 은행에 저금한다. 또 그이튿날은 은행에서 육십원을 찾아내다 우편소와 금융조합에 저금한다. 늦잠을 자고나서 그세곳을 단겨오면 비용드는 일도없이 하로해가 곳잘 지나갔다. 따라서 양복을 다지어놓고 기다릴 양복점에는 자연 발길을 하지않었다.(위의 책, 36쪽)

　　이러한 행동의 기저에는 우선 무위의 일상으로부터 시간을 때울 일을 찾던 만성의 고육지계가 있다고 하겠다. 그러나 그 이상의 의미가 있겠는데 그것은 자본주의에 대한 역설적 비판이라는 점이다. 원래 모더니즘은 근원적으로 유동하는 근대적 감수성의 탐닉과 함께 자본주의를 경멸하는 일종의 고전적인 반근대지향을 동시에 가지고 있다.[19) 만성은 가장 자본주의적인 산물이라고 할 은행을 이용하여 어린 시절에 하였던 놀이라는 상징으로 자신의 성장 배경이었던 자본주의의 구조를 풍자하고 있다. 「마권」의 모더니즘적 성격이 부각되는 지점이다.

　　그런데 작가의 반자본주의적 성격은 여기서 그치지 않고 주인공 만성의 무위적 일상이라는 기본 줄거리 속에 삽입된 종서와 혜경과의 연애담을 통해 다시 한번 심화되고 있다. 종서와 혜경의 교제는 이 작품 속에서 단순히 독자의 흥미를 북돋우기 위한 연애담의 통속적 역할만을 담당하는 것이 아니라, 근대적 인간관계의 문제점을 드러내 주며, 나아가 현실과 이론의 괴리상을 상징적으로 보여 주는 장치이다. 주인공 만성에게서는 근대적 일상에의 부적응을 개인과 사회와의 엇갈림 속에서

---

19) 최원식, 위의 책, 28쪽.

보여 주었다면, 이 두 남녀의 만남은 실제 그 사회를 구성하는 개인과 개인간의 문제로 취급되었고, 만성과 종서, 창세간에 오가는 것과 같은 관념적 형태의 대화가 아니라 구체적 사건으로 다루어지고 있다.

주인공 만성의 절친한 친구인 종서는 시대의 巨濤와 보조를 같이하는 세계관과 젊은 열정을 가지고 졸업했건만 세상은 벌써 혼미한 적막이 있을 뿐이고, 졸업 후로 미루었던 포부를 살릴 길 없는 현실에 부딪쳐, 이론으로서는 극복했다고 믿던 가정과 빵을 위하여 죽은 아버지의 친지를 찾아 25원의 초라한 밥자리에 매달려 있다. 결국 '가정과 빵'을 위해 전향한 지식인이라는 것이다. '가정과 빵'이란 '생활'을 뜻하는 것이고, 다른 말로 하면 '현실'이다. 여기서 '이론'과 '현실'의 대립항을 설정할 수 있다. 이 최초의 대결에서 증서는 '이론'으로는 극복했다고 생각하던 '현실' 앞에 일단 굴복했다는 의미로 해석할 수 있을 것이다.

이러한 종서에게 있어 혜경과의 만남은 로맨틱한 것이 아무것도 없는 '산문적 로맨쓰'였다. '산문적'이라는 의미는 혜경이에게서 이성을 본 순간 결혼을 생각했고, 경제적 보장이 없는 가정에 그녀를 맞아들일 자신이 없었기에 "저편에서 적극적으로 나선다면 몰으지만 그렇지도않는이상 될 수있으면 성을 초월한 그 무엇이라 설명해버릴려는 노력을 잊지 않았기 때문"에 일부러 거리를 두게 되었고, 혜경 또한 같은 '위신의 경주'를 벌이며, 혜경은 종서를 일요일에, 종서는 화요일에 각기 방문하는 습관을 만들었다. 이러한 '위신' 때문에 이들은 아무 일 없이 정전된 방에서 함께 있었던 것이다.

그러나 그 사건으로 갑작스런 혼담이 나오자 종서는 이를 해명하고자 혜경을 불러 내어 결혼이나 연애를 전연 생각지도 않았다고 마음에 없는 말을 하고 만다. 혜경도 같은 반응을 보인다. 이때 작가가 개입한다.

> 누구든지 하나가 나는 그대를 끝없이 사랑하고 결혼해주기를 바란다는 이미의 말을 어떻게 서투른형식으로라도 밝히었다면 당장에 그리고 즐거히 몸을 그의 가슴에 던지거나 혹은 힘차게 끌어안을만한 마음의

> 준비를 사년의 세월이 그들에게 주지않았다고 어떻게 단언할수있을것
> 인가, 그리고 그렇게되면 그것을 합리화할 이론이 그들의 리지에 준비
> 되여있지 않았을 것인가, 그러나 지금 그것은 한갓 공상에 속한다.
> (위의 책, 90쪽)

　다음 대목에서 혜경과 태홍의 갑작스런 약혼 소식이 전해진다. "밥격
정이나 없고 넉넉히 남편의 코를 잡을수 있어보이는데"를 선택한 것이
다. 금융조합 부이사로 있는 태홍의 관심사는 누구의 월급이 얼마라는
것뿐임이 이미 앞에서의 대화를 통해 밝혀져 있다. 종서의 조심스러운
'이론'은 이렇게 혜경의 변심이라는 분명한 '현실' 앞에 또 한번 무릎 꿇
을 수밖에 없었다. 그런데 이를 자세히 살펴보면 종서의 무행동성에 대
한 반발임을 발견할 수 있다. 평소 조심스럽던 혜경이 태홍을 만나서는
처음부터 술담배를 권하면서 '남자가 담배못먹어 어떻게 하는가'하는 식
으로 새로운 유형의 여자로 변신한 것이 그것을 증명한다.
　앞에서 인용한 것처럼 주인공이 사랑을 고백하지 못하고, 이를 부정함
으로써 현상을 유지시켜 나가려다가 파멸하는 내용은 이후 유항림의 소
설에서도 지속적으로 등장한다. 「구구」의 주인공 면우는 기생 록주를 사
랑하면서도 이를 인정하지 않고 기둥서방 노릇에 머물고 있다가 최 변
호사에게 록주를 빼앗길 위기에 처하고 만다. 「농담」에서는 주인공 영배
가 농담조로 친구에게 연애술을 코치해 준 대상이 그가 일기 속에서만
사랑을 고백해 왔던 경희였음이 드러난다. 다행히 정일이 이 사실을 전
해 주어 이 사랑은 유일하게 해피엔딩으로 마무리되지만, 이는 주인공의
주체적 행동이 아닌 우연과 타력을 빌린 것이었을 뿐이다. 진실을 고백
하지 못하는 이러한 '종서형' 인물에게 있어 글쓰기의 작업은 내적으로
감추어진 사랑을 표현하는 유일한 방법이 된다.
　「부호」에서 주인공 동규가 창작하고 있는 소설 속의 주인공 호노리아
는 바로 자신을 배반한 애인 혜은의 분신이다. 그녀는 동규의 지성만 있
고 행동이 없는 태도에 반발, 강한 현실지향적 사고와 행동력을 가진 성

호와 결혼하지만 곧 파경에 이르고 만다. 이때 혜은의 행위는 데뷔작 「마권」에서의 혜경의 행위와 동궤에 놓인다.

이러한 애인의 행적이 밝혀짐에 따라 전개되는 소설 속의 주인공 호노리아의 삶 또한 이와 마찬가지 양상을 보인다. 한편, "이상에 피곤해졌을 땐 그것과 정반대로 하고 싶어지는 충동—불행할 줄 알면서 그리로 들어가는 현대의 비극"은 파시즘의 논리와 연결된다. 지식과 행동 또는 이성과 감정을 대립시키고, 지식과 이성의 무력함과 그에 따른 행동과 감정의 힘을 의미 있는 것으로 모색하던 단층파의 인식구조와 맥을 같이 하면서, 유항림이 이성 또는 지성 대신에 찾은 감정 또는 속물적인 생활력에 대한 집착은 파시즘의 논리로 다가설 위험성을 다분히 안고 있다.[20] 앞에서 말한 유항림 소설의 모더니즘적 가능성은 이 지점에서 다시 파시즘이라는 당대의 시대적 분위기와의 관련성 속에서 다시 점검될 필요가 있는 것이다. 혜경의 선택에 대해 비판적 해석을 내린다면, 이는 파시즘에 대한 비판의 논리가 될 것이지만 여기서 다시 주인공 만성에게로 돌아가 보자.

만성은 애인을 잃은 종서와 창세간의 언쟁을 들으며, '변증법적 유물론자가 될려다가 못된 무리,' '열정없는 청춘이여 어둠을 탄식하는 개구리'라고 마음속으로 고함치면서 혼자 달아난다. 그리고 밤새 고민한다.

「과거를 청산하는 것은 좋다. 그러나 새로운 출발점은 어떤것인가 이렇게 묻는 말이겠지. 그것도 한 「제네레이숀」전의 일이다. 발전 가운데 과거를 청산하는 것은 내게는 유쾌한 고담소설의 이야기에 지나지 못한다. 나는 단순히 버리는것이다. 그렇다고 내 생활의욕이나 리지적판단을 버리는것은 아니다. 그것을 버린다면 자살이다. 나는 生活없는 形骸를 버릴뿐이다. 이것으로 나를 좀더 발전식힐수있다면 횡재다 다행이다. 또 그렇기를 바란다. 여기 통용치못하는 「루불」지폐가 있다면 그리고 그것으로 馬券을 살수 있다면 그것도 도박이라고 위험하다고 할 수 있겠나. 나는 요행을 바라고 마권을 산 것이다.」(위의

---

20) 류보선, 위의 책, 75-85쪽.

책, 96쪽)

이러한 자기 고백을 남기고 만성은 동경으로 떠난다. 이러한 결말을 만성의 도피적인 동경여행으로 보는 견해21)도 있으나, 무위한 삶의 굴레에서 벗어나기 위한 탈출 시도로 보는 것이 옳을 것이다. 그러면 여기서 만성이 향한 동경이라는 장소의 의미는 무엇인가. 식민지 조선에서 이루지 못한 어떤 전망을 성취해 낼 수 있는 장소는 물론 아니리라. 오히려 파시즘적 모순의 시발점인 그곳은 주인공을 향해 더 큰 절망을 감추고 있는 일시적 탈출구일 수도 있다. 그러나 그곳을 아무 희망이 없는 도피처라고만 볼 수는 없다. 주인공의 출발은 새로운 소설의 시작이지 종착지가 아니다. 오히려 모순의 한복판에서의 모험을 여는 서장인 것이다. 소설의 제목에서의 '마권'이 갖는 상징도 현실의 절망과 불투명한 미래에 대한 도박과 같은 모험적 선택이 아닌가. 이 점에서 이 소설이 작가가 계획하고 있는 더 큰 장편의 일부라는 사실을 염두에 두어야 할 것이다. 주인공, 그의 친구 창세라는 이름이 갖는 역설22)이 현실화할 날을 기대해 보아도 좋을 것이다. 그러나 아직도 문제는 남는다. 과연 이러한 결말이 끝이 아니라 시작이라 해도 이러한 결말이 제시하고 있는 전망의 내용에 대한 암시가 불충분하다는 비판에 대하여 작자는 어떻게 답해 줄 수 있는가. 하지만 이러한 질문은 1930년대를 체험해 보지 못한 세대의 현 시점에서의 요구를 소급시킨 것이어서는 곤란하다. 낙관적인 전망이 불가능한 시대에도 '전망의 과장'이란 오류를 범했던 작가들을 우리는 기억하고 있다. 이 작가가 답할 수 있는 부분은 그러므로 제한적일 수밖에 없음을 인정해야 한다. 객관적인 전망이 부재한 시대에는 주관적인 전망을 찾아야 하며 그 도달점이 어딘지 몰라도 주인공은 출발해야 했다. 유항림의 작품에서 그것이 무엇인지는 불분명해도 그것

---

21) 이상갑, 「단층파소설 연구」, 『한국학보』 66, 1992 봄호.
22) 주인공 萬成의 이름은 萬事成就하라고 지은 것이며, 그의 친구 昌世라는 이름 역시 세상을 繁昌시키겠다는 의지를 보여 주는 것이다.

은 생활과의 결별도 아니고, 이성의 포기도 아니라는 점에서 단순한 전향의 논리는 아니었다. 작가 자신이 소설 속에서 소시민에 대한 경멸로 흐르는 것에 반발하지 않았던가. 이 모든 것은 결국 1930년대라는 답이 없는 현실 속에서 그러한 상황에 그대로 순응할 수만은 없었던 한 작가의 성실한 노력으로 모아져야 한다.

단층 1, 2호에 두 편의 소설을 발표한 후 한동안 작품활동을 중단한 채 작가 노트 수준의 평론23)만을 썼던 유항림은 김남천의 추천으로 인문평론 12호(1940. 10)의 신인작가 특집을 통해 중앙문단에 진출한다. 소개의 글에서 김남천은 유항림의 '고-고리에 관한 노-트'24)를 읽고, "유씨가 현재 경험하고 있는 정신상태에 대해서 어떤 적지 않은 전환 같은 것이 있지나 않을까 하는 것을 예기"한다고 하면서 유항림이 "단층파의 최초의 이단자"가 될런지도 모른다고 지적한 바 있다.25) 여기서 단층파의 이단자라는 말은 무슨 의미인가. 기존의 심리주의적 경향으로부터의 탈피를 의미하는 것이며, 고골리의 경향으로 본다면 사실주의로의 전환을 뜻하는지도 모른다. 이 평론은 고골리 연구의 간략한 소묘이자 그의 문학적 사고의 출발점을 보여 주는 글이다. 유항림은 당시 문단에 대해 "主題의 喪失이란 歎息이 아모런 情熱도없이 되푸리되고, 一顧의 價値도 없는 世態文學論이 盛行되고 藝術品이 되기 몇步인가 前에 멎어버린 川邊風景이 레알리즘의 擴大(?)의 貢獻이 있고— 대관절 虛榮心이란 것을 除하고 보면 무엇 때문에 文學을 하는지 몇 사람이나 意識하고 다시 追求하고 있는가."하는 의문을 제기한다. 또한 소설은 "現實을 眞實에까지 끌어올리려고 加工한 精神의 意匠이고 따라서 作家에 依한 現實의 飛躍"이라고 하면서, 이러한 '現實의 飛躍으로서의 虛構性'을 '픽숀'(Fiction)이라 부른다. 그리고 단순한 이야기(스토리)의 환상미도 뛰어난 인생관

---

23) 「개성・작가・나」(『단층』 3호, 1938. 3)와 「소설의 창조성」(『단층』 4호, 1940. 6)을 말함.
24) 위의 「소설의 창조성」을 말함.
25) 『인문평론』 12호, 1940. 12. 110쪽.

찰의 타당성도 한 편의 소설이 빚어 내는 인생 편도(人生編圖)에 비하면 보잘것없다며, 사실 있는 것 이상의 어떤 진실을 찾아 멈출 줄 모르는 정신의 능동성을 강조한다. 이 점에서 그는 고골리를 현대문학에 있어서 자신이 말하는 '픽숀'을 가장 깊이 이해하고 그것을 의식적으로 활용한 최초의 작가라고 단언한다.

그런데 사실 단층에 발표된 그의 소설은 앞서 그 자신이 비판한 작품들과 비슷한 평가를 받고 있지 않는가. 이 점에서 작가 자신의 확신에 찬 주장과는 달리 이 시기는 새로운 작품세계를 열어 나가기 위한 모색기였다고 보여진다. 이러한 전환은 실제 작품을 통해 증명되어야 한다. 그러나 이때 발표한 「부호」는 이전에 단층지에 발표되었던 「마권」, 「구구」와 동일한 계보에 속하는 작품으로, 김남천은 이 작품을 '노-트'가 쓰여지기 훨씬 전에 쓴 것으로 본다.[26] 하지만 김남천의 앞선 지적이 해방 이후 북한 문단 핵심에서 활동하면서 보여 주는 작가 유항림의 또 다른 모습을 설명해 주는 데 도움이 될 것이다.

3. 해방 후의 문학적 변모와 새로운 인간상의 모색

해방 후의 유항림은 최명익이 중심이 된 평양예술문화협회의 멤버로 참여한다. 1945년 10월에 결성된 이 단체에는 유항림뿐만 아니라 김조규·이휘창 등 단층 동인이 다수 참여한다. 회장을 맡은 최명익 역시 단층 동인이었던 최정익의 형이었다. 순수한 문학예술단체를 지향했던 이 단체는 이후 공산당 중심의 평남지구 프롤레타리아 예술동맹과 대립하

---

26) 유철상은 작품 「부호」가 앞의 두 작품이 단지 현대 도회에서의 지식인들의 일상적 삶의 무의미, 허무, 절망 등을 중점적으로 다루고 있는 것과 달리 그것이 예술창작이라는 것과 매개되어 시대정신을 두드러지게 반영하고 있다고 파악하면서 이 작품을 추천했던 김남천이 '단층파 최초의 이단자'가 될지도 모른다고 언급한 것에 주목하고 있다. 그러나 김남천의 이러한 지적은 위에서도 말한 바 『단층』 4호에 나온 '니코라이 고-고리에 관한 노트'를 통해서 발견할 수 있는 전환을 의미하는 것이다.
유철상, 위의 책, 627쪽 참조.

다가 북조선문학예술총동맹으로 통합된다. 최명익·유항림·김조규 등 처음에 민족진영의 평양예술문화협회를 구성했던 주요 멤버들도 문예총이 발족되고 그것이 확대 강화됨에 따라 어쩔 수 없이 공산당 편으로 돌아서고, 김화청·김이석·이휘창 등은 무소속으로 남게 된다.27)

유항림의 이러한 변신의 계기는 무엇일까. 이와 관련된 일화가 하나 있다. 해방 후 유항림은 최명익·오영진과 함께 남산정 김일성의 집에 초대받은 일이 있다. 오영진의 증언에 의하면, 모임을 마치고 헤어질 무렵에 최명익은 "과연 장군인데!"하고 감탄했다고 하며, 유항림 역시 "그대로 전기를 써도 소설이 되겠군"하고 혼자서 소설을 구상하는 눈치였다고 한다.28) 그러나 이 사실이 이후 유항림의 작품상의 변화를 모두 설명해 줄 수는 없다. 박태원·최명익 또는 이태준 등이 해방 이후 보여주었던 사상적 변모에 대한 분명한 설명이 곤란한 것처럼, 유항림의 설명하기 어려운 변모 과정 역시 구체적인 작품 분석을 통해 증명되어야 한다. 그 과정에서 어쩌면 30년대 중반 이후 일제의 강압하에 일시 단절되었던 진보적 문학의 전통과 굴절에서 우리가 쉽게 발견하지 못했던 연속성을 찾을 수 있고, 한국 현대사의 굴곡을 어렵게 헤쳐 나가는 한 작가의 대응방식을 엿볼 수 있을 것이다.

유항림은 해방 후 북조선 교육국 국어편찬위원회와 북조선 문학예술 총동맹 출판국에서 일하면서 창작활동을 계속한다. 1946년 11월『문화전선』2집에 단편소설「개」를, 1947년 3월에는『조쏘문화』제4집에 단편「고개」를 발표하는 등 해방 직후에도 계속하여 작품을 발표한다.29) 그 외에도 현재로서는 작품내용은커녕 출전도 확인하기 어려운 가운데 목록만을 추려 내는 데 만족해야 하는 많은 작품들30)을 발표한다. 불행하게도 1958년에 출간된『유항림단편집』에는 이 시기의 작품들이 거의

---

27) 이기봉,『북의 문학과 예술인』, 사사연, 1986, 39쪽, 197쪽 참조.

28) 이기봉, 위의 책, 135-139쪽.

29) 김재용,「북한문단을 해부한다」,『문예중앙』, 1995 겨울호, 442쪽.

30)「휘날리는 태극기」(1945),「와샤」(1948),「부득이」(1949),「아들을 만나리」(1949),「형제」(1949) 등이 그것이다.

소개되지 않아 어떻게 해서 모더니스트였던 유항림이 사실주의 소설가로 변모해 가는지 살피는 데 있어 단절의 아쉬움만 크게 안겨 주고 있다.

6·25 당시에는 종군작가로 낙동강 전선까지 갔으며, 전후에는 조선작가동맹출판사 출판국 등에서 근무하면서 문제적인 작품을 발표한다. 북에서 말하는 소위 '전후복구건설과 사회주의기초건설을 위한 투쟁시기'(1953. 6-1960)에 단편소설 「직맹반장」(1954)을 발표하면서 북한문학사의 대표작으로 남긴다.31) 1956년 10월에 열린 조선작가동맹 제2차 작가대회에서 결정된 동맹의 위원명단에 의하면 유항림은 중앙위원회 후보위원에 올라 있다. 이 시기야말로 북에 남은 유항림이 가장 활발한 활동을 보이던 시기이며 첫 작품집인 『유항림 단편집』(1958)도 이때 출간된다.32) 그러나 첫 작품집에 수록된 작품들은 주로 6·25를 배경으로 쓰여진 전선문학이며, 여기서 제외된 「판자집 마을에서」(1958), 「렬차안에서」(1960), 「축포」(1961)와 같은 작품에서 이 시기의 유항림 소설의 참모습을 찾아볼 수 있으리라 기대해 보지만 현재로서는 자료 획득에 어려움이 따른다. 한편 그 동안 단편소설만을 창작해 오던 그는 보다 호흡이 긴 중·장편소설로 나아간다. 전쟁 직후 광산을 배경으로 하여 전후 건설에 나선 광산노동자들의 이야기를 쓴 중편소설 「성실성에 대한 이야기」(조선작가동맹출판사, 1958)와 「대오에 서서」(『조선문학』, 1961. 10-?)가 그것이다. 그러나 이 작품을 뒤로 하고 10여 년간 다른 작품을 발표했음을 확인할 수 없는데, 그 이유는 알 수가 없지만 최근에 발표된 문학사에도 이름이 올라 있는 것을 보면 종파투쟁에 의해 축출되지는 않은 것으로 보인다. 1977년에 소설이 아닌 전투실화집이라는 이름으로 『고향으로 가는 길』이라는 책을 한 권 남겼다.33) 그

---

31) 박종원·류만, 『조선문학개관』Ⅱ, 인동, 1988, 199-200쪽.
32) 이 단편집에 수록된 작품 목록은 다음과 같다. 「부득이」(1949. 8), 「최후의 피 한방울까지」(1950. 7), 「누구 모르랴」(1951), 「소년 통신병」(1953), 「직맹반장」(1954. 3), 「진두평」(1951. 8), 「불바다 속에서」(1958. 8) 등이 그것이다.
33) 『고향으로 가는 길』이라는 제목의 이 책은 유항림의 「고향으로 가는 길」 외에도

후 유항림은 불치의 병중에도 마지막 순간까지 성실하게 창작생활을 하다가 1980년 11월 5일에 슴을 거두었다고 전한다.

앞서 김남천이 지적한 유항림 소설의 변모 가능성을 작품 자체에서 찾아볼 수 있는 것이 있다면 사변전의 작품으로는 유일하게 첫 창작집에 수록된 「부득이」가 있다. 1949년 8월에 창작된 것으로 표기된 이 작품은 해방 후 북에서의 토지개혁 상황과 이로 인해 거듭나는 한 청년의 모습을 보여 준다.

평남 수리공사장의 점심시간에 둘러앉아 대화를 나누는 가운데 '부득이'라는 별명을 가진 룡문이라는 청년의 과거 이야기가 나온다. 핏골 동네 앞에 부득샘이란 늪이 하나 있다. 그 늪과 거기서 물이 흘러내리는 도랑에 여름이면 부득풀이 성하기 때문에 생긴 이름이다. 20년 전 소작인의 딸이 늙은 지주의 첩으로 끌려가게 된 신세를 저주하며 자살한 그 곳으로 삼십이 넘도록 장가를 들지 못한 룡문이가 밤이면 처녀귀신을 만나러 간다는 소문이 퍼지면서 부득이라는 별명을 갖게 된다. 삼십이나 되도록 장가들지 못한 신세를 비웃는 말이라, 화가 날 때면 "이 쌍! 부득이가 뭐야, 부득이가 다 뭐야?"하고 달려들던 그는 그 덕에 해방 후 토지개혁 때 주민 모두의 찬성으로 마을에서 제일 기름진 부득샘 첫배미 일천삼백여 평을 얻고 젊은 과부와 새살림까지 차리게 된다. 룡문이는 "부득이, 부득샘 첫배미는 님자 것이 됐다네"하는 말을 들었을 때 부득이란 이름이 은근히 기쁘기조차 했다. 이러한 지명 유태와 주인공의 과거에 대한 요약적 제시를 통해 일제의 수탈과 농민의 고통이라는 역사적 배경을 저변에 깔고 있다. 그러나 이름과 관련된 우스개로 토지개혁의 의미를 희화화하는 잘못을 범하지 않고 작품 중반부부터는 부득이가 공화국이 지향하는 농민의 전형으로 변화 발전하는 모습을 상당히

김학연의 「포화속을 뚫고 가는 132호」, 김승구의 「남진의 길에서」를 수록하고 있다. 그러나 「고향으로 가는 길」이라는 작품은 이전에 단편집에 수록되었던 「진두평」이라는 작품을 전투 장면 중심으로 일부 개작한 것으로 새로운 창작물로 볼 수 없다.

구체적으로 형상화하고 있다.

마을의 세포위원장 태수의 입을 통해 전해지는 룡문의 이야기는 다음과 같다. 룡문이는 수리 안전답인 자신의 땅에 '랭상모'를 심기로 하고 이곳저곳을 찾아 기술을 배운다. 이러한 노력의 과정에서 "력사상 처음으로 사회의 진정한 주인으로 등장한 근로인민대중의 생활과 투쟁이 깊이 있게 그려져 있으며 자연과 사회의 개조자로서의 근로대중의 적극적인 혁명적 역할"34)을 그린다는 소위 평화적민주건설시기(1945. 8-1950. 6)의 문학의 과제를 작품 내에서 충실히 수행한다.

북한은 1946년 초에 토지개혁을 필두로 그들이 주장하는 제반 민주개혁을 실시하였다. 그러나 제도가 바뀌어도 의식이 이를 따르지 못할 때 그러한 개혁은 실패할 수밖에 없다는 문제가 발생한다. 이에 북에서는 건국 사상 총동원 운동을 전개하여 사람들의 의식 속에 남아 있는 낡은 사상적 잔재를 없애고 새로운 사상으로 교양하는 일련의 운동을 개시한다. 북한 문학계에서도 이 운동을 뒷받침하기 위한 대대적인 운동이 일어난다. 작가들은 이제 새로운 사상을 교양하기 위하여 새로운 인간 타입을 그려 내야 하며, 그것은 일반 대중들에게 모범적인 인물 형상을 보여 줌으로써 그들로 하여금 그것을 따르도록 하는 것이었다. 이는 필연적으로 문학이 가진 인식적 기능보다는 교양적 기능을 우선시하는 것으로 나타난다. 문학이 객관적 현실의 연관과 그 발전을 반영하기보다는 긍정적 모범을 제시하고 그것을 통해 대중들을 교양하는 것으로 됨으로써 현실의 객관성에 기초하지 않은 주관적 지향에 기울어진 혁명적 낭만주의의 경향으로 나아가게 되는데 이를 소위 고상한 사실주의라고 부른다.35)

작품 후반부에서 룡문이의 성공을 시기하여 "머슴살이나 하던 놈이"라며 시비를 거는 최서방을 마을 주민들의 입을 빌어 비판하면서 "노동에 대한 새로운 주인다운 태도와 립장"을 강조한다.

---

34)『조선문학사』1945-1958, 과학백과사전출판사, 1978.
35) 김재용,『북한문학의 역사적 이해』, 문학과지성사, 1994, 95-97쪽.

"이자식 늦모를 했으면 어떻단 말인가? 그래 웬 걱정이가? 며칠 전까지두 남의 머슴살이나 하던 놈이 제 세상 만났다고 건방지게 웬 야단이야? 야! 부득이 자식아." (「부득이」, 『유항림 단편집』, 30쪽)

"그게 무슨 언사요? 언사보다 그게 무슨 사상이요. 얼마 전까지두 우리는 지주에게 작인놈이 건방지게! 하고 호통을 들어왔소. 그러나 어젯날의 작인은, 지금은 그런 호통을 용납하지 못하겠쉐다. 또 어젯날의 머슴도 지금은 그런 호통을 용납하지 못할거웨다. 여보 최서방! 그래 언제 지주가 됐기어 그런 호통이요? 수모받던 지난날이 생각돼서 견딜 수가 없쉐다. 머슴살이나 하던 놈이란 최서방의 말 한마디가 내 가슴팍에 한 뼘 대못같이 꽉 박힙내다…." (위의 책, 33쪽)

이 시기의 소설에도 갈등은 있다. 이는 일본제국주의와 이에 영합한 지주에 대한 소작인들 간에 있었던 적대적 갈등과는 성격이 사뭇 다르다. 농민들의 속에 아직도 남아 있는 지난날의 봉건잔재에 대한 청산의 문제와 함께 토지분배 이후 새로이 등장한 경제구조에 적응하지 못하고 갈등하고 있는 모습을 솔직히 드러내고 있다는 점에서 토지개혁 소재의 다른 작품들과 비교해 볼 필요가 있다. 작품에서는 룡문이가 먼저 최서방을 찾아가 화해를 청하는 것을 통해 잘못된 사고를 고치는 것뿐만 아니라 서로 화해하고 협력하여 나가야 한다는 결말을 제시하고 있다. 그러나 작품의 결말은 다분히 도식적이며, 룡문이라는 영웅적인 인간상을 농민의 전형으로 제시하면서 농업상에 있어서의 과제와 농민의 의무를 강조하고 있다.

「여러분이 보시는 바와 같이 룡문네 적은이는 이 공사장에서두 드러나게 일을 잘 합니다. 이게 모두 제 일이지 남의 일이 아니니까요. 부득샘 첫배미 일천 삼백평은 물걱정없는 논이라 금년에도 물론 랭상모를 실시할 예정이지만 나머지 일천 오백평은 물이 임의롭지 못해서 랭상모를 못하겠느니까 이 공사가 끝나기를 조바심을 해가며 기다린다

우. 수리 불안전답을 분여 받아 가지고 그걸 수리 안전답으로 만들고 수리 안전답은 다시 랭상모로 배 소출을 내고! 이렇게 하는게 우리 농민의 의무이지요. 우리나라의 땅을 배로 늘쿠는 일이니까 얼마나 우리 농민들의 자랑이웨니까? 삼천리 강산이라던 것이 륙천리 강산 맞잡이로 만드는 셈이웨다. 룡문네 적은이가 흥이 나서 일할만도 한 일이웨다.」 (위의 책, 37쪽)

해방 4년 후에 이 작품은 주체사상에 의한 재정리된 문학사에서 수식어처럼 들어 있는 수령의 지침에 대해서는 아직은 전혀 언급하지 않으면서, 처음으로 자기 땅을 받아 새로운 의지를 다지는 농민들의 건설적인 모습을 형상화한 데서 평가를 해주어야 한다. 해방 4년 후에 쓰인 이 작품에 이르면 선전적이고 도식적인 측면이 있으나 이는 이 시기 북한 문단의 전반적인 추세 속에서 이해해야 한다. 이러한 긍정적인 인물상의 제시에서 식민지 시기의 자신의 평론에서 주장한 바 "사실 있는 것 이상의 어떤 진실을 항상 찾아 멈출 줄 모르는 정신의 능동성"36)을 보여 준다는 측면에서 작가가 생각한 소설가의 위대한 창조성을 발휘할 공간을 획득한 것으로 보기보다는 당대 비평가들의 요구에 부응한 것으로 보아야 할 것이다.

적지 않은 우리의 작가들이 새로운 노동자를 그리는데 공장에서 광장에서 철도에서 민주주의 조국 건설을 위하여 인민 경제 발전 계획의 예정 숫자를 넘쳐 실행하기 위하여 모든 난관을 극복하면서 새로운 창의와 새로운 방법을 탐구하면서 영웅적인 노력과 투쟁을 아끼지 않는 그야말로 위대한 미래를 바라다보고 나날이 높은 곳으로 올라가는 새로운 노동자의 전형을 그릴 줄 모른다. 새로운 농민을 그리는 데 있어서 토지를 얻은 농민이 조국에 대한 애국적 정성으로써 경작 면적을 확장하며 농사 기술을 향상시키며 국가의 요청에 대답하기 위하여 열성적으로 헌신하는 새로운 농민의 전형을 그릴 줄 모른다.37)

---

36) 김재용, 「소설의 창조성」, 위의 책, 123쪽.
37) 안막, 「민족문학과 민족예술 건설의 고상한 수준을 위하여」, 『문화전선』, 1947.

응향사건 등에서 확인할 수 있는 바와 같이 이러한 시대적 요구와 평론가들의 주문을 만족시키지 못한다면 문단에서 도태될 수밖에 없었다. 작가들은 고상한 예술을 창조하기 위해서 공장, 광산, 농촌, 어촌 등으로 들어가야 했다. 따라서 해방 전 주로 도시 지식인을 다루었던 몇몇 과거 모더니스트들의 문학적 소재도 고정될 수밖에 없었다.

『유항림 단편집』에 실린 대부분의 작품들은 6·25를 배경으로 하고 있다. 「최후의 피 한방울까지」는 이름난 씨름꾼이었던 동근이 참전하여 정찰임무를 수행하는 이야기와 전선에서 동생 창근에게 보내는 편지를 내용으로 하고 있다. 이 작품은 평양폭격시 등화관제로 어두컴컴한 방안에서 전선으로 지원해 나가는 작가의 막내 동생을 생각하며 쓴 작품이라고 한다. 「소년통신병」은 작가 자신이 1951년 4월 인제 부근 전투에서 다리에 부상을 입은 어린 통신병을 만났던 체험을 바탕으로 쓴 작품이다. 그 소년이 저 자신 부상을 입고서도 중상을 입은 다른 부상병을 돕던 장면이 작자에게 무척 인상깊었으며, 이 점이 글을 쓴 동기가 되었다고 한다.38) 이러한 6·25 소재의 작품들은 통일문학사 수립시 어떻게 다루어야 하는가 하는 질문을 던져 준다.

이 시기 작품 중 가장 주목할 것이 「진두평」이다. 주인공 두평은 12세 때 부모를 따라 고향 통영을 떠나 간도로 향한다. 갓난아기였던 막내 동생을 아들이 없던 동네 오 서방에게 남기고 출발하는 그 가족에게 고향의 감나무는 서럽기만 하다. 그러나 그들이 도착한 간도성 연길현 역시 춥고 배고프기는 마찬가지였고 의지하던 아버지마저 벌목판을 떠돌다 동맹파업건으로 끌려갔다가는 숨지고 만다. 아버지는 어린 그에게 "두평아, 왜놈의 개만은 제발 되지 말아"라는 유언을 남겼을 뿐이다. 두평은 열여덟 되던 해에 해방을 맞아 간도에서 군대에 참가한다. 이후 그

8, 이선영 외 편, 『현대문학비평자료집(이북편)·1』(태학사, 1993) 243쪽에서 재인용.

38) 『유항림 단편집』 후기 참조.

는 고향 경상남도 끝 쪽 남해 바닷가를 찾아 남진을 거듭하던 중 김포 비행장에서는 백골부대와 혈투를 벌인 후 인천시를 점령하고 도피중이던 경찰서장을 체포하기도 한다. 이렇게 두평을 군인으로 성장시켜 준 데는 그를 훈련시키고 글을 깨우쳐 준 분대장의 힘이 컸다. 주인공의 초년의 시련이나 구원자의 등장과 같은 작품의 구성 요소들을 미루어 볼 때 이 작품은 단순히 전투 장면만을 재현하는 것이 아니라 그들이 생각하는 전쟁 영웅의 전형이 탄생하는 과정을 보여 주는 것이다. 시련과 구원 또 다른 고난을 통해 영웅이 탄생하니, 마지막 전투인 서북산 전투에서 두평은 수류탄에 부상을 입으면서도 마침내 고지 정상에 도달하는 것이다.

작가는 원래 이 작품을 전선에서 틈틈이 썼다고 한다. 때로는 농가의 관솔불 밑에서도 썼고, 때로는 행군하다가 휴식하는 사이에 산골짜기에 웅크리고 앉아서 해바라기를 해가면서 썼다. 미리 면밀한 구상을 짤 틈이 없이 덮어놓고 시작해서 전선에서 반쯤 써서 단편집 출간시 약 四분지 一을 생략하고 거의 전체 문장을 다시 한 번 손질했다고 한다.[39]

그런데 이 작품은 후에 「고향으로 가는 길」이라는 제목으로 개작되어 1977년에 동명의 전투실화집으로 발간된다. 전투실화라는 이름에 부응하기 위해서인지 원래 작품 서두에 있던 두평이 고향을 떠나던 이야기를 중반부에서 주인공이 과거를 회상하는 것으로 돌리고 있다. 그 대신 첫 장면은 인민군의 행군을 지켜 보던 두평이 "장수 아니라도 군대에 들어갈 수 있습니까? 장군님의 군대에 말이요?"라면서 자원하는 것으로 바꾼다. 여기서 주체사상이 강화된 후 북의 문학작품들이 개작된 증거를 분명히 확인할 수 있다. 북한문학 연구시에는 작품분석에 앞서 텍스트비판이 선행되어야 하는데, 가령 1967년 주체문학이 성립되기 이전에 발표된 작품들이 『조선단편집』(1978)에 실리면서 거의 예외 없이 개작되었다. 개작의 주된 방향은 원본에는 없었던 김일성이 등장하거나 혹은

---

[39] 『유항림 단편집』 후기 참조.

그의 말이나 그에 연관된 내용이 새로 들어간다.40) 원작에는 없던 토지분배에 관한 언급으로 "미국놈이 땅 안줬대요,에서는 장군님께서 땅을 주셔서 다들 잘사는 데 말이요."41)라는 구절이 들어간 것이나 마지막 문장이 "그러나 남해도 통영도 자기 품에서 태어나 최고 사령관 김일성 장군님의 혁명전사로 자라간 용감한 아들 진두평이 오늘밤 서북산 상상봉에 올라선 이 모습을 어찌 모를수 있으며 잊을 수 있으랴."라고 개작된 것을 확인할 수 있다.42)

이러한 개작을 통해 이 작품은 진두평이라는 한 인물을 중심으로 일제와 전쟁이라는 민족의 아픔을 체화하는 것으로부터 인민에게 전투의지를 북돋우기 위한 전투실화로 떨어지고 만다.

끝으로 북의 문학사에서 전후복구건설과 사회주의기초건설을 위한 투쟁시기(1953. 7-1960)의 대표작으로 평가하는 「직맹반장」(1954)을 살펴보자. 『조선문학개관』에서는 이 작품이 농민과 소시민을 비롯한 각 계층 군중들이 노동계급의 대열에 대대적으로 들어가던 당시의 사회 현실을 배경으로 하여 일부 노동계급 속에서 나타나는 자유주의적이며 무규율적인 현상, 개인주의적인 사상잔재와 일부 일꾼의 관료주의적이며 형식주의적인 사업작풍을 비롯한 온갖 비노동적인 사상잔재를 극복하기 위한 투쟁을 형상하였다고 평가한다.43)

이 작품은 전후복구사업의 과정을 보여 주면서 이에 나서는 노동자들의 자세를 관념적이 아니라 구체적으로 형상화했다. "형상적으로 사고하며 형상을 가지고 독자들에게 이야기44)"하는 것이 작가라고 말하는 유항림은 인물의 형상화에 초점을 맞춰 작품을 전개하고 있다.

---

40) 김재용, 『북한 문학의 역사적 이해』, 문학과지성사, 1994.
41) 유항림, 『고향으로 가는 길』, 문예출판사, 1977. 6쪽.
42) 유항림, 위의 책, 93쪽.
　　원작에는 이 부분이 "그러나 남해도 통영도 자기 품에서 태여난 용감한 아들은 진두평이 이 감격에 겨운 날에 서북산 상상봉에 올라선 이 광경을 어찌 모를 수 있으며 잊을 수 있으랴!"(『유항림단편집』, 267쪽)라고 되어 있다.
43) 박종원·류만, 위의 책, 199-200쪽.
44) 『유항림 단편집』 후기, 299쪽.

작품의 서두는 만달산 기슭에 자리잡은 시멘트 공장과 그 부속시설인 석회로의 모습을 묘사하고 있다. 제4석회로에 새로이 부임한 영희는 직맹반장으로 일하게 된다. 여성 노동자를 주인공으로 선택한 것이 이 작품의 특색인데 주인공 영희는 일반적인 여성들과 다른 면모가 있다. 웃을 때도 "젊은 녀자들이 항용 그러하듯이 손등으로 입을 가리워 가며 태를 내서 조심스럽게 웃는것이 아니라 남자들 모양으로 입을 활짝 벌리고 뼈덩이인 앞이를 이몸까지 드러내놓으며" 웃는다. 마음에 숨기는 것이 없음을 느끼게 하는 웃음이란다. 그러나 작품에 소개된 영희의 약력을 보면 전쟁으로 남편을 잃고 세 살박이 유복자를 키우고 있는 아픔을 간직하고 있는 여성이었다. 이곳에서 영희는 여성에 대해 편견을 갖고 있는 직공장 김학선과 비협조적인 통계원 준호 때문에 어려움 속에서도 원칙을 강조하면서 사람들을 설득하여 제4석회로를 완전 복구하는 데 성공하게 된다.

이 소설은 특히 노동자들의 사상이 발전함에 비례하여 석회 생산량도 증가하는 것으로 내용을 전개하면서, 노동자의 전형으로서의 영희라는 인물의 제시뿐만 아니라 다른 노동자들이 각성해 가는 과정을 상징적으로 보여 주고 있다.

또한 통계원 준호를 비롯한 부정적 인물의 형상화는 주목할 만한 부분이다. 고상한 사실주의 제기 이후에는 한동안 드물었던 현상이다. 작품에서는 영희와 같은 긍정적 주인공과 이러한 인물들의 갈등을 통해서 낡은 것을 극복하고 새로운 것이 승리하는 것을 보여 주었다. 과거라면 이와 같은 방법이 결과적으로 사회주의 북한의 단점을 폭로하는 것이라 여겨져서 피하던 방식이다. 지식인 출신 준호의 형상화에서도 지식인의 형상화에 대한 이전의 입장과 사뭇 달라진 모습을 보인다. 과거 같으면 "새로운 인테리겐차를 그리는 데 있어서 자기의 재능과 지식을 조국과 인민을 위하여 헌신적으로 적용하는 고상한 목표를 향하여 아무런 주저 없이 나아가는 그러한 새로운 인테리겐차의 전형을 그리는 대신에 되지 못한 낡은 인테리겐차를 보여 주는 데 불과한 것들이 많다."[45]는 식의 입장에서 준호와 같은 인물의 등장 자체를 비판적으로 평가했을 것이나 이 시기에는 이들이 노동자의 대열에 합류하는 데 있어서의 갈등을 인정하고 있는 것이다. 이는 이전의 무갈등론적 창작 방법에서 탈피해 가고 있는 이 시기의 경향, 즉 1952년부터 소련의 영향을 받아 북한 문학계에서 일어난 변화를 간접적으로 보여 준다.

4. 맺음말

이상의 검토를 통하여 작가 유항림의 복원 가능한 생애의 추적과 관련 연구사를 다시 한 번 정리하였다. 1930년대 후반의 유항림의 소설은 단층파와의 관련 속에서 심리소설로 또는 모더니즘 소설로 평가되고 있다. 그러나 여기서 의미하는 모더니즘의 개념이 심리소설적 경향만을 의미한다면 이는 작가의 전모를 이해하는 데는 한계가 될 것이다.

본문에서는 데뷔작 「마권」에 나타난 특성이 식민지 시기 이 작가의 다른 작품들에까지 지속적으로 나타난다는 사실을 전제하고, 「마권」의 모더니즘적 특성을 현대인의 심리탐구, 자본주의·파시즘과의 관계를 밝히면서 드러내려 했다. 이때의 모더니즘의 개념은 단순한 기법, 심리추구 이상의 것으로 근대적 현실에 대한 인식과 이에 대한 반응이라는 새로운 이해에 근거한 것이다.

이제 유항림의 모더니즘적 특성을 통해 1930년대 한국 모더니즘에 대한 인식의 확대를 모색해 보자. 그가 구현한 모더니즘은 단순히 고현학이 갖고 있던 한계를 현대인의 내면풍경 탐구를 통해 방법론적으로 극복했을 뿐만 아니라, 모더니즘적 정신의 적극적 구현을 통해 당대 현실에 대한 미적 비판을 시도하였다. 또한 생활에 굴복하지 않고 잠재적 형태로 사상을 보전하여, 해방 후 작가적 경로를 설명해 줄 수 있는 그의 전향소설을 통해 우리 문학에서도 마르크시스트와 모더니스트가 만날

---

45) 안회남, 위의 책, 243쪽.

수 있는 가능성을 열어 준 것도 「마권」을 비롯한 단층시기의 소설에서 작가 유항림이 거둔 성과라고 할 수 있다.

해방 후의 사실주의적 소설은 자료 수집상의 제한 때문에 일부 작품 밖에 확인할 수 없었으나, 「부득이」·「진두평」·「직맹반장」 등에서 작가 유항림의 문학적 변모 과정을 확인할 수 있었다. 이 시기 그의 작품들은 해방 전부터 추구해 온 모더니즘적 경향과 단절함으로써 마르크시스트와 모더니스트의 결합이라는 기대를 충족시키는 데는 실패하였다. 하지만 소위 평화적 건설시기, 조국해방전쟁시기, 전후복구건설과 사회주의 기초건설이라는 그 사회의 시대적 과제와 밀접히 연관된 가운데 작품을 통해 각각 농민·군인·노동자의 전형을 형상화하면서 시대가 요구하는 새로운 인간상을 제시하였다.

〈참고 문헌〉
『단층』(영인본), 경문사, 1976.
유항림, 『유항림 단편집』, 조선작가동맹출판사, 1958.
유항림 (외), 『고향으로 가는길』, 평양 문예출판사, 1977.
김윤식·정호웅, 『한국소설사』, 예하, 1993.
김재용, 『북한문학의 역사적 이해』, 문학과지성사, 1994.
_____, 「북한문학을 해부한다」, 문예중앙, 1995 겨울호
나병철, 『근대성과 근대문학』, 문예출판사, 1995.
류보선, 「전환기적 현실과 환멸주의」, 『한국문학과 모더니즘』, 한양출판, 1994.
박덕은, 『해금작가작품론』, 새문사, 1991.
박종원·류만, 『조선문학개관Ⅱ』, 인동, 1988.
백낙청, 「문학과 예술에서의 근대성 문제」, 창작과비평, 1993 겨울호.
백철, 『신문학사조사』, 신구문화사, 1968.
_____, 『신문학발달사』, 박영사, 1975.
신수정, 「〈단층〉파 소설연구」, 서울대 석사논문, 1992. 8.
이기봉, 『북의 문학과 예술인』, 사사연, 1986.
이선영 외, 『현대문학비평자료집(이북편)』, 태학사, 1993.
최원식, 「한국문학의 근대성을 다시 생각한다」, 창작과비평, 1994 겨울호.
최재서, 『문학과 지성』, 인문사, 1937.